grafit

Die niederländische Originalausgabe »Dubbelspoor« erschien 1993 bei De Boekerij Amsterdam

Deutsche Erstausgabe

Chemnitzer Str. 31, D-44139 Dortmund
Internet: http://www.grafit.de
E-Mail: Grafit-Verlag@t-online.de

Umschlagillustration: Peter Bucker
Druck und Bindearbeiten: Elsnerdruck GmbH, Berlin
ISBN 3-89425-506-4
1. 2. 3. 4. 5. / 2003 2002 2001

Jac. Toes

Auf der Strecke geblieben

Kriminalroman

Aus dem Niederländischen von
Stefanie Schäfer

grafit

Der Autor

Jac. Toes, geb. 1950 in Den Haag/Niederlande, lebt seit seinem zwölften Lebensjahr in Arnheim. Nach dem Studium der Niederländischen Literatur und Linguistik war er zunächst als Lehrer tätig. Er engagierte sich in Arnheim in der Hausbesetzerszene und gründete 1980 einen Radiosender. 1993 erschien der vorliegende Kriminalroman, der wie die folgenden für den höchstdotierten niederländischen Krimipreis ›Gouden Strop‹ (›Der goldene Strick‹) nominiert wurde. 1995 gab Toes seinen Lehrerberuf auf, um sich ganz dem Schreiben zu widmen. 1999 wurde er für sein jüngstes Buch ›Fotofinish‹ mit dem ›Gouden Strop‹ ausgezeichnet.

Haarlem, Montag, 15. April, 16.00 Uhr

Der Fremde fragt Willem Logen, ob er ein paar Minuten Zeit für ihn habe. Er fragt sehr höflich. Logen kennt den Mann nicht, doch er spürt intuitiv die Unbeugsamkeit eines Menschen, der sich mit einer Weigerung nicht abfinden würde.

Logens Blick fällt auf den mattschwarzen Aktenkoffer des Fremden. Ein Hausierer? Ein Meinungsforscher? Der Mann scheint ihm weder das eine noch das andere zu sein. »Worum geht es?«

Er kann nicht älter als dreißig sein, denkt Willem Logen. Er spürt, wie eine unbestimmte Angst in ihm aufsteigt, obwohl er dem Unbekannten körperlich ohne weiteres überlegen wäre. Logens Spitzname lautet nicht umsonst ›der Bär‹.

Der Fremde nickt verständnisvoll, als habe er diese Frage erwartet. Freundlich lächelnd sagt er, er würde gern Logens Meinung zu einigen Dokumenten hören. Es regnet Bindfäden und der Mann schaut bereits an Willem Logens Schulter vorbei ins Haus. Und es werde auch nicht lange dauern.

Der Fremde stellt sich vor und nimmt nach einer einladenden Geste Logens am kleinen Tisch im Wohnzimmer Platz. Der Name des Mannes sagt Logen nichts. Seine Frau schaut fragend zu dem Fremden hinüber, der sie mit einem höflichen Nicken grüßt. Sie sitzt am Tisch, die Hände über dem Bauch gefaltet, wie eine Buddhafigur im Blümchenkleid. Logen tippt auf seine Armbanduhr. Ohne ein Wort zu sagen steht sie auf und verlässt das Zimmer.

Logen schätzt sich glücklich, dass seine Frau zu ihrem üblichen Kartenspiel-Nachmittag in den Seniorenclub geht. Kurz durchzuckt ihn der Gedanke, dass der Mann das bereits vorher gewusst hat. Und dass er möglicherweise noch viel mehr über ihn weiß.

Er bietet dem Mann Tee an und stellt eine Tasse mit Untertasse vor ihn auf die Tischdecke. Das Emblem der Nederlandse Spoorwegen dreht er zu ihm hin. Der Mann sieht es. Er sagt nichts dazu.

Als sich Logen hinsetzt, lehnt sich der Mann zurück und Willem Logen wird von dem beklemmenden Gefühl erfasst, noch einmal geschätzt und gewogen zu werden, bevor es ernst würde. Später sollte er sich daran erinnern, dass er sich in diesem Moment wie ein kleines Teilchen in einem groß angelegten Schema vorkam, einem umfassenden Plan, den dieser Mann durchführte. Logen spannt sich an, geht in Abwehrhaltung.

Auf dem Gesicht des Fremden erscheint ein trauriges Lächeln, das Logen in Verwirrung bringt.

»Ich habe unendlich viel Aufwand betrieben, um Sie zu finden«, sagt der Mann. »Es hat mich viel Zeit gekostet.«

»Dann hoffe ich, dass Ihre Mühe nicht umsonst war. Ich bin fünfundsechzig, ich habe nie ...«

Der Fremde stellt den Aktenkoffer auf seinen Schoß, klappt ihn auf und holt zwei Plastikmappen heraus.

»Es geht um dies hier«, sagt er.

Er schiebt die Mappen über den Tisch zu Logen. Das Ticken der friesischen Wanduhr im Zimmer scheint zwischen den beiden Männern hin- und herzuhallen.

»Ja?«, sagt Logen. Er räuspert sich; er kennt die Briefköpfe der Akten, die darin stecken.

»Sie sind doch der Wilhelmus Logen, der Lokomotivführer im Dienst der Nederlandse Spoorwegen war, aus diesem Grund Sonderermittlungsbeamter und damit dazu berechtigt, diese Protokolle anzufertigen?«, fragt der Fremde.

Sein Finger ruht direkt neben Logens Unterschrift auf dem Dokument. In seiner Stimme schwingt keine Ungeduld mit, lediglich wieder diese Unbeugsamkeit. Logen ist versucht, über die förmliche Ausdrucksweise des Mannes zu lächeln, doch seine Lippen verkrampfen sich.

Der Mann deutet auf die andere Mappe. »Und auch der Wilhelmus Logen, der von zwei Beamten der Gemeindepolizei als Zeuge vernommen wurde, und zwar am …«

Er wirft einen Blick auf die Mappe und schiebt sie über die Tischdecke hinüber zu Logen.

»... am 23. Januar 1982?«

Logen räuspert sich und unterbricht ihn: »Warum … welche Funktion haben Sie?«

»Ich bin davon betroffen, nicht mehr, aber auch nicht weniger. Wenn ich gleich hier zur Tür hinausgehe, können Sie alles vergessen. Für immer.«

Obwohl Letzteres auch wie eine Drohung hätte klingen können, fasst Logen es als Versprechen auf. Es beruhigt ihn, er hat nichts zu befürchten. Doch das Wissen, das der Mann über ihn zu haben scheint, macht ihn nervös: Das, was in diesen Protokollen steht, versucht er schon seit Jahren zu vergessen.

»Nun, dann wollen wir doch mal sehen, ob ich Ihnen helfen kann«, sagt er.

Der Mann streicht sein dunkles Haar zurück.

»Wissen Sie noch, was Sie in diesem Protokoll der Gemeindepolizei von Arnheim erklärt haben?«

Er tippt mit dem Zeigefinger auf die rechte Mappe. Anklagend, denkt Logen.

»Was da drinsteht, ist Unsinn«, sagt Logen, »Lügen,wenn Sie es so nennen wollen, aber ich habe damit nichts Böses angerichtet, im Gegenteil.«

Er schaut auf seine Hände. Groß und breit, mit

plumpen Fingern. Er kann eine rohe Kartoffel damit zerquetschen.

»Wissen Sie noch, was darin steht?«

Logen betrachtet das ausdruckslose Gesicht seines Gegenübers. Er hat dunkle Augen, schwarz wie Onyx, undurchdringlich.

Fast verächtlich schaut Willem Logen die Mappen an.

»Darin steht, dass ich einen Güterzug von Groningen nach Arnheim fuhr. Ich war fast am Ziel und hatte meine Geschwindigkeit schon auf fünfzig, sechzig Stundenkilometer reduziert. Kurz vor der Bahnstrecke in Richtung Deutschland sah ich jemanden zwischen den Schienen entlanglaufen. Eine junge Frau. Sie lief vor mir her, den Rücken zu mir gewandt. Ich gab ein Warnsignal, aber sie reagierte nicht. Oder doch: Sie blieb augenblicklich stocksteif stehen. Ich gab noch ein Signal, diesmal länger. Und noch eins. Sie rührte sich nicht. Ich bremste, aber es hatte keinen Sinn. Sie mach te einen vollkommen ruhigen und besonnenen Eindruck.«

Er schweigt einen Moment.

»Sie hat sich nicht umgeschaut«, wiederholt er. »Irgendetwas in der Art steht dort wohl. Das sind Standardformulierungen, um diese Art von Vorfällen zu beschreiben. Eine Lebensmüde, wie so viele andere. Die ganze Geschichte passte auf eine einzige Seite.«

Logen zuckt mit den Schultern. Er blickt auf die Plastikmappe, rührt sie aber nicht an. Der Fremde nimmt sie und lässt sie in seinen Koffer gleiten.

»Darüber wollen wir nicht weiter reden.«

Die andere Mappe lässt er liegen. Er schaut Logen abwartend an.

Logen trinkt einen Schluck Tee. Er merkt nicht, dass er den Zucker vergessen hat.

»Es war höhere Gewalt, dass will ich Ihnen gleich sagen. Ich hatte keine andere Wahl. Ich habe unterzeichnet, was da steht, und so ist es in die Geschichte eingegangen. Ich habe lange darüber nachgedacht, aber ich bin zu dem Schluss gekommen, dass ich das Richtige getan habe. Ich habe dadurch viel Leid verhindert.«

Der Mann antwortet nicht, macht aber eine Geste, die bedeuten könnte, dass er darüber nicht zu urteilen habe.

»So«, sagt er dann nachdrücklich, »also damit müssen wir uns hier und jetzt beschäftigen.«

Logen nickt.

»Wurde in irgendeiner Form Druck auf Sie ausgeübt, um dies hier niederzuschreiben?«

Logen sagt: »Ich hatte Probleme damit. Es hätte gegen mich verwendet werden können. Meineid ... von Amts wegen ...«

»Man hat Ihnen Versprechungen gemacht.«

So, wie der Mann es sagt, ist es eine Feststellung, die keinen Widerspruch duldet.

»Ich muss sagen, dass ich nie Probleme dadurch bekommen habe. Sie haben ihr Versprechen gehalten. Niemand hat die Sache je auch nur mit einem Wort erwähnt. Woher haben Sie dieses Protokoll? Aus dem Archiv der Bahnpolizei? Ich habe noch nicht einmal selbst eine Kopie davon.«

Der Fremde schüttelt den Kopf, als habe Logen nichts damit zu tun.

»Es hat mich einiges gekostet, das in die Hände zu bekommen. Ich habe noch ein paar Fragen dazu. Wollen Sie es vorher lesen?«

Willem Logen nimmt die Mappe und holt zwei Blätter heraus. Er ist sich der Anwesenheit des Besuchers unangenehm bewusst, der ihn ruhig anschaut und ab und zu die Blicke über die rauchgelben Tapeten, die unechten Bilder und den Teppich wandern lässt. Das Blumenmotiv ist überwältigend. Die kleine Wohnung ist pieksauber und Logen spürt plötzlich, dass der Besucher ihn durchschaut. Dass er weiß, dass Logen schon vor langer Zeit beschlossen hat, das Leben auszusitzen und es dabei bewenden zu lassen. Ungeschickt setzt Logen die Brille auf, um seine hilflose Scham zu verbergen.

Nachdem er fertig gelesen hat, nimmt Logen die Brille wieder ab. Er reibt sich die Augen. Er hat die Situation wieder deutlich vor Augen, deutlicher, als er erwartet hatte.

Logen ist, wie er aussieht: ehrlich und rechtschaffen, und aus diesem Grund liegt ihm der Zwischenfall in Arnheim noch immer im Magen. Er möchte die Fragen rasch beantworten. Der Fremde bietet ihm die Gelegenheit, reinen Tisch zu machen. Und das tut er, ohne zu zögern, fast automatisch.

Nachdem er einmal angefangen hat, kommen die Worte wie von selbst. Als hätten sie jahrelang bereitgelegen, auf diesen Moment gewartet. Der Fremde nickt ab und zu verständnisvoll, sogar beruhigend. Ein paarmal unterbricht er Logen mit einer kurzen Frage. Manchmal lässt er ihn Teile seiner Geschichte wiederholen.

Als Logen ausgeredet hat und der Fremde zu verstehen gibt, dass er keine weiteren Fragen mehr hat, senkt sich eine Stille herab, die das ganze Zimmer ausfüllt. Beide Männer meiden die Blicke des anderen und Logen verspürt nur die Hälfte der Erleichterung, die er erwartet hatte. Der Fremde scheint in Gedanken versunken. Seine dichten Augenbrauen sind zu einem gepeinigten Stirnrunzeln zusammengezogen.

»Was ist danach passiert?«, fragt er schließlich, aber das Interesse ist aus seiner Stimme gewichen.

»Die übliche Betreuung«, antwortet Logen. »Es hat

mich fertig gemacht. Man hat mich gut behandelt und danach haben sie mir ihr Problem erklärt und gesagt, dass die Folgen …«

»Sie haben unterschrieben. Wie lange sind Sie danach noch im Dienst gewesen?«

»Noch ein Dreivierteljahr. 1983 wurde ich für dienstunfähig erklärt.«

Der Fremde steht auf.

»Sie waren betroffen …?«, sagt Logen, halb fragend. Eigentlich will er die Antwort gar nicht wissen.

»Ja«, sagt der Fremde auf dem Weg zur Haustür, »nicht mehr als das. Aber auch nicht weniger. Das war alles. Guten Tag.«

Als Logen ins Wohnzimmer zurückkommt, ist es, als sei niemand da gewesen. Die Tasse Tee des Fremden steht noch auf dem Tisch, voll und unberührt.

Zwolle, Donnerstag, 1. August, 21.00 Uhr

Der Barkeeper sah die Leiche zuerst, genau gesagt um 21.15 Uhr, wie später festgestellt wurde.

Kurz vor diesem Zeitpunkt, an einem langsam ausglühenden Augustabend in Zwolle, mixte er nach den exakten Anweisungen eines etwa fünfunddreißigjährigen Mannes einen Cocktail, der angeblich Eagle's Wing Number One hieß. Der Barkeeper hatte zunächst den Namen dieses Cocktails auf einer Tastatur neben der Kasse eingetippt. Danach hatte er lange hinauf zu einem Bildschirm gestarrt, der sich zwischen den Flaschenregalen über der v-förmigen Bar befand. Aber der Schirm blieb leer.

Schließlich hatte er das Warten aufgegeben und die Erniedrigung hingenommen, dass der Gast ihm die genauen Bestandteile des Drinks, ihre Reihenfolge sowie die Mixzeit diktierte.

»Also ein aufgedonnerter Wodka mit Fruchtsaft«, sagte er nörgelig zu dem Mann, der Fred Benter hieß.

Er hatte ein gebräuntes Gesicht mit breiten Wangenknochen und einem auffälligen Grübchen im Kinn. Sein blondes Haar war sehr kurz geschnitten, was ihm das Aussehen eines gefechtsbereiten amerikanischen Marinesoldaten verlieh. Doch seine Augen straften die Härte seines Gesichts Lügen, sie verrieten, dass er jederzeit anfangen konnte zu lachen. Er trug einen weißen Smoking mit einer glänzenden rosafarbenen Krawatte und bewegte sich darin mit einer Selbstverständlichkeit, als sei dies seine Alltagsgarderobe.

Der Mann neben ihm, der die Vorliebe seines Begleiters für Cocktails mit der Nachsicht des zufriedenen Biertrinkers hinnahm, wartete, bis der Drink fertig war, und bestellte ein Pils. Er hieß Donald de Wacht und fühlte sich überaus unwohl in dem viel zu warmen Anzug, den er sich von Benter ausgeliehen hatte. Das Jackett spannte über dem Bauch und die Hosenbeine waren zu kurz. De Wacht war ein großer Mann mit einem bleichen Gesicht, das viel Büroarbeit verriet. Die beiden dunklen Haarbüschel an den Seiten seines Kopfes hatte er über den Ohren, wo er schon ergraute, nach hinten gekämmt und mit Gel fixiert. Obwohl er erst achtunddreißig Jahre alt war, schien er unter der Last einer konstanten Lustlosigkeit gebückt zu gehen. Das war jedoch nur Schein, denn zwanzig Jahre als Journalist, davon mindestens die Hälfte an vorderster Front in gefährlichen Gebieten, hatten ihn gelehrt, sich ein allzu eifriges Interesse an seiner Umwelt für Notfälle aufzusparen.

Mit einem grimmigen Knall stellte der Barkeeper den Cocktail vor Benter auf die Theke, zapfte ein schlampiges Bier für de Wacht und kontrollierte mit routiniertem Blick die Bar, an der etwa fünfzehn Leute mit dem Rücken zu ihm saßen.

Sie schauten zu einer Band von sieben Musikern mit einem Sänger und drei Sängerinnen, die auf einer kleinen Bühne weiter hinten im Saal ein Stück von Louis Jordan spielten. Ihr Auftritt fand anlässlich des Erscheinens ihrer ersten CD statt. Benter hatte irgendwann einmal einen Abend und einen Teil der Nacht mit einer der Sängerinnen verbracht und de Wacht war eingeladen worden, weil er als Journalist überall dort willkommen war, wo Werbung dem Geschäft dienlich sein konnte.

Das Publikum im Saal – hauptsächlich geladene Gäste sowie vereinzelte Stammgäste – lauschte der Musik, die Drinks in der Hand oder in Griffweite. Einige lehnten an Marmorsäulen, andere saßen auf Designerstühlen mit einer teuren, wenig Sitzkomfort bietenden Formgebung. Die Musik war unaufdringlich, ebenso wie die etwas oberflächliche Konversation zwischen den Gästen. Manche Männer trugen Smokings, einige der Frauen Abendkleider. Sie passten harmonisch zum Ambiente: dem rosafarbenen Marmorfußboden, den weißen Korbmöbeln, den üppigen Chromverzierungen sowie dem Prunkstück des Clubs, einer v-förmigen Bar, die mit Einlegearbeiten aus verschiedenen Tropenhölzern geschmückt war und wie der Bug eines alten Schiffes in den Raum hineinragte.

Der Sänger der Band, ein verklemmter Mann in den Vierzigern mit amerikanischem Akzent, der ihm ein spezielles Flair verlieh, kündigte an, dass eine der Sängerinnen jetzt ›eine Zait lang‹ übernehmen werde. Gleich darauf griff er nach dem Bier, das seine Freundin für ihn bewachte, und wurde beinahe von zwei Frauen über den Haufen gerannt, die ihr Erscheinen auffällig inszenierten, indem sie während des Applauses vor der Band herliefen. Eine von ihnen trug ein schwarzes Kleid, das vorn sehr kurz und hinten sehr lang war. Die Kreation wurde von einer enorm großen goldenen Brokatschleife auf ihrer Schulter zusammengehalten. Die Sängerinnen stimmten lächelnd eine Nummer von Benson an, ›You're my meat‹.

Der Blick des Barkeepers wanderte an den Gläsern auf der Theke entlang, glitt zwischen den Rücken seiner Gäste hindurch in den Saal hinein, an den Stühlen und Tischen vorbei, am Lift vorbei, blieb an den Beinen der Sängerinnen hängen und kehrte dann abrupt wieder zurück zum Lift.

Im Aufzug lag ein Mann in einem nagelneuen, glänzenden Smoking. Der Mann war tot. Er saß beziehungsweise lehnte in einer grotesken Haltung an der

Rückwand. Sein linkes Bein lag abgeknickt unter dem gestreckten rechten, seine Arme hingen schlaff neben seinem Körper herunter. Der Kopf war geradezu kokett zur Seite geneigt, was ein fast lächerlicher Anblick gewesen wäre, wenn nicht das linke Auge an ein paar Fäden an seiner linken Wange heruntergebaumelt hätte. Das rechte Auge fehlte ganz. Der Unterkiefer stand in einem merkwürdigen Winkel zum Rest des Kopfes, über den aus den Augenhöhlen, der Nase, dem Mund und den Ohren Ströme von Blut geflossen waren. Auch die Glaswände des Lifts waren blutverschmiert und sogar die gläserne Decke wies zahlreiche Blutspritzer auf.

»Jesus Christus!«, stammelte der Barkeeper.

Genau in diesem Moment schlossen sich die automatischen Türen und der Lift setzte seine Fahrt fort, die ihn ins Erdgeschoss und von da aus in den Keller führte.

Der Lift bildete die Hauptattraktion des Lokals und verlieh ihm zugleich seinen Namen: *Elevator*. Er befand sich genau in der Mitte des Raums und war auf eine sechzig Sekunden dauernde Reise zwischen dem Keller, wo sich die Toiletten befanden, dem Eingang im Erdgeschoss sowie der eigentlichen Bar im ersten Stock programmiert. Während der Öffnungszeiten fuhr er in seinem Glasschacht ununterbrochen hinauf und hinunter.

Fred Benter, der an seinem Eagle's Wing Number One genippt und etwas zu viel Zitrone geschmeckt hatte, wollte als Reaktion auf die Worte des Barkeepers etwas bemerken wie: ›Na, wo brennt's denn, Junge?‹ Doch als er das Entsetzen auf dem Gesicht des Barkeepers sah, folgte er dessen Blick zum Lift. Er hatte gerade noch genug Zeit, das Bild in sich aufzunehmen, ebenso wie etwa zehn andere Gäste, die sich in der Nähe des Lifts aufhielten. Einige schreckten zurück, jemand schrie, ein Tisch wurde umgestoßen, Gläser und ein voller Aschenbecher fielen zu Boden und zerbrachen. Dann verschwand der Lift in den Eingeweiden des Gebäudes.

Ein Großteil des erschrockenen Publikums glaubte einfach nicht, was es gesehen hatte, und meinte, zu viel getrunken zu haben. Die Musik brach mitten im Stück ab. Man wartete auf die Rückkehr des Aufzugs. Die Gäste, die an der Bar standen, wussten noch nicht, was eigentlich los war. Sie schauten erschrocken und unentschlossen hinüber zum Liftschacht.

Benter, der den spontanen Impuls unterdrückte, seinen Drink in einem Zug zu leeren und die Bar zu wechseln, drehte sich um und stellte sein Glas auf die glänzende Theke, mitten in eine Pfütze von Erbrochenem, das vom Barkeeper stammte.

»Verdammt und ...«, begann er, bekam aber keine Gelegenheit, seine Verwünschung ordnungsgemäß zu beenden, weil der Lift wieder nach oben kam.

Sechzig Augenpaare waren auf den Aufzugschacht gerichtet. Es war, als hielte selbst das Gebäude den Atem an. Die Lifttüren gingen wieder auf und gaben den Blick auf den schaurigen Inhalt frei.

»Das bedeutet Nachtschicht«, stellte de Wacht fest. Er machte plötzlich einen aufgeweckten und fitten Eindruck, erhielt aber nicht sofort eine Antwort.

Oder vielleicht doch, aber sie wurde von der heftigen Panik übertönt, die in diesem Moment ausbrach.

Zwolle, Donnerstag, 1. August, 21.15 Uhr

Während die schockierten Zuschauer voller Entsetzen davonrannten, als liefen sie selbst Gefahr, Opfer eines Verbrechens zu werden, erschienen auf dem Computerbildschirm über der Bar endlich die Rezepte für eine ganze Reihe von Eagle's Wings.

»Zu spät ...«, murmelte Benter, denn der Barmann war mit seinen Gedanken schon längst nicht mehr bei seiner Bestellung. Er hatte ein Telefon unter dem Zapfkasten hervorgeholt und die Notrufnummer gewählt. Er fluchte und wiederholte, er wolle mit der Polizei verbunden werden. Der Telefonist am anderen Ende der Leitung hatte ihn wohl um einen Augenblick Geduld gebeten und den Pausenknopf gedrückt. Das dauerte dem Barmann zu lange und er suchte ununterbrochen fluchend in einem Telefonbuch nach der Nummer des Polizeipräsidiums vor Ort. Benter wartete, bis dem Barkeeper auffiel, dass er die Nummer in den Gelben Seiten vergeblich suchte.

»Wie ist denn verdammt noch mal die Nummer der Polizei hier?«, schrie er schließlich verzweifelt.

»Sag du sie ihm, Don«, meinte Benter.

De Wacht beugte sich über die Theke und nannte die Nummer, laut und deutlich artikulierend. Der Barmann drückte auf die leuchtenden Tasten. Nach drei Zahlen schaute er wieder fragend zu de Wacht auf, der ihm die letzte Zahl diktierte.

Inzwischen studierte Benter das Chaos, das sich noch vergrößerte, als sich die Frau in der schwarzgoldenen Kreation oben an der Treppe auf ihren zehn Zentimeter hohen Absätzen den Knöchel verknackste und zur Seite wegsackte. Bei dem Versuch, sie festzuhalten, fasste sie jemand an der Schleifenkreation auf ihrer Schulter, die sich ohne besonderen Widerstand löste. Nun hinderte nichts mehr das Kleid daran, sich den Gesetzen der Schwerkraft zu unterwerfen. Das Kleidungsstück rutschte der Frau augenblicklich bis hinunter auf die Taille, so dass kurz darauf ihre schweren Brüste – vollständig – für jeden sichtbar wurden. Dadurch dass sie versuchte, sich an den Jacketts, Hosen und anderen Kleidungsstücken der vorbeirennenden Gäste hochzuziehen, zappelten schon bald drei Leute auf dem Fußboden und blockierten auf effiziente Weise die Treppe.

Dem Barmann war es unterdessen gelungen, dem Dienst habenden Telefonisten im Polizeipräsidium von Zwolle die Information zu übermitteln, dass im *Elevator* ein Mord geschehen war. Mord im *Elevator*. Er wiederholte diese Mitteilung genau so lange, bis draußen das Geheul einer sich nähernden Sirene zu hören war.

Nach dieser bemerkenswerten Leistung warf der Barkeeper das Telefon unter die Theke und lehnte sich schwer atmend an die Espressomaschine. Über den Apparat hinweg starrte er auf den Lift, der sich gleich zum vierten Mal öffnen würde, um den Blick auf seinen schockierenden Inhalt freizugeben. Das Geheul der Sirenen hatte einen beruhigenden Effekt auf die Panik der Gäste, die sich nun ebenso schnell legte, wie sie entstanden war.

Donald lehnte sich jetzt nach vorn und hielt sein Glas unter den Zapfhahn.

»Sie haben doch nichts dagegen, wenn ich mich selbst bediene?«, fragte er den Barkeeper freundlich.

Der reagierte nicht. De Wacht drehte den Zapfhahn eine viertel Drehung von sich weg und ließ den schäumenden Strahl in sein Glas laufen.

»Du auch eins?«

Er blickte fragend über die Schulter hinweg zu Fred. Diesem wurde bewusst, dass er heute Abend nur eine sehr geringe Chance hatte, noch einen zweiten Eagle's Wing Number One serviert zu bekommen. Jedenfalls von diesem Barkeeper. Und in dieser Bar. Er zuckte mit den Schultern.

»Na gut, eins«, sagte er.

Ein Pils war immerhin besser als gar nichts.

Zwei junge uniformierte Streifenpolizisten kamen herein und bahnten sich einen Weg durch die dicht gedrängten Trauben von Gästen bei der Treppe. Trotz des Chaos gingen sie ruhig hinüber zur Bar und fragten den Barmann nach dem Grund für die Aufregung. Er öffnete den Mund, doch der dazugehörige Laut blieb ihm im Hals stecken.

»Im Lift liegt eine Leiche«, sagte Benter.

Er zeigte auf die Lifttüren, die sich gerade wieder schlossen. Die Beamten konnten nicht mehr als einen kurzen Blick von der Leiche erhaschen. Die Blutstreifen auf dem nach unten gleitenden Glas waren allerdings alarmierend genug.

Einer der beiden Beamten ging in die äußerste leere Ecke des Raums und begann, aufgeregt in sein Funkgerät zu sprechen.

Der andere wartete, bis der Lift zurückkam, und stellte einen Stuhl zwischen die Türen, um sie zu blockieren. Zum ersten Mal blieb die Leiche lange genug an Ort und Stelle, so dass sie ausführlich betrachtet werden konnte.

Zwolle, Donnerstag, 1. August, 21.45 Uhr

Wo immer sich Kriminalkommissar Sidjon Kylow aufhielt, schien der Raum kleiner zu werden. Er war ein stämmig gebauter Mann mit großen, behaarten Händen, der seine Kleidung stets in einem Armyshop kaufte. Seine Stimme erreichte mit Leichtigkeit neunzig Dezibel und hatte schon so manchen Häftling beeindruckt. Außerdem war er einen Tick vulgär. Einige Kollegen in der Einheit fanden ihn ziemlich ungehobelt, zu ungehobelt für eine gutbürgerliche Stadt wie Zwolle. Ihrer Meinung nach wäre er bei den hart gesottenen Kollegen in bestimmten Dienststellen von Amsterdam besser aufgehoben gewesen.

Kylow schaute sich rasch im Saal um, wobei sein Blick kurz an Benter hängen blieb, dem gerade ein zweites von de Wacht gezapftes Bier mit makelloser Schaumkrone serviert wurde. Die Augen Kylows verengten sich einen Augenblick. Er sagte etwas zu dem Beamten neben sich und ging dann resolut hinüber zum Lift, der gerade mit rotweißem Flatterband abgesperrt wurde. Kylow hatte geglaubt, er habe bereits genug Tote gesehen und könne durch nichts mehr aus dem Gleichgewicht gebracht werden, aber der Anblick im Lift schockierte ihn dennoch.

»Hat ihn jemand angefasst?«, fragte er den Beamten, der ihm am nächsten stand.

Der Mann schüttelte den Kopf. Kylow zog sich ein Paar Plastikhandschuhe über, die er aus der Innentasche seiner Jacke geholt hatte und die seit kurzem zu seiner Standardausrüstung gehörten. Er holte tief Luft und beugte sich über den Stuhl zwischen den Lifttüren. Er untersuchte die Leiche gründlich, fasste in alle

Taschen und berührte so wenig wie möglich. Schließlich stand er auf.

»Absolut tot«, ohne sich dabei an jemand Bestimmten zu wenden. »Ruft die Jungs vom technischen Dienst und danach kann sich der Pathologe ans Werk machen. Hat man ihn schon identifiziert?«

»Das ist Mischa Baarl, der Besitzer von dem Laden hier. Seine Freundin und sein Bruder kommen gleich wegen der Identifizierung vorbei.«

Kylow nickte. »Die ganze Bude abriegeln und alle verhören.« Sofort erkannte er die Undurchführbarkeit seines Auftrags und korrigierte sich. »Notieren Sie in jedem Fall sämtliche Personalien.«

Er streifte die Handschuhe ab und warf sie gedankenlos auf den Marmorfußboden.

»Hast du das gehört?«, fragte de Wacht Benter. »›Absolut tot.‹ Das ist wirklich eine brillante Feststellung.«

Benter zuckte mit den Schultern. »Na ja, einer musste es ja mal sagen.«

Im Aufzug war der Erkennungsdienst bereits mit der Sicherung eventueller Spuren beschäftigt. Ein Fotograf hielt die Szene mit einer Videokamera fest, während ihm ein Kollege mit einer Messlatte behilflich war. Ein Beamter in Uniform brachte die erste voll bespielte Kassette zum Polizeipräsidium, wo die Bilder von der zuständigen Abteilung der Kriminalpolizei studiert werden sollten. Die Wände und Türen des Lifts wurden sorgfältig mit einem Klebstofffilm bedeckt und abgepudert. Dann kopierten die Beamten die vielen Dutzend Fingerabdrücke auf schwarze, daktyloskopische Folie. Fusseln, Haare und andere Spuren, die sie auf dem Fußboden des Aufzugs fanden, verpackten sie in luftdichte und nummerierte Tütchen. Inzwischen befragten die Beamten der Kripo die Anwesenden einen nach dem anderen im Büro hinter der Bar.

Kommissar Kylow war mit zwei Kriminalbeamten hinunter ins Kellergeschoss gegangen. Man erreichte den Keller über eine Wendeltreppe. An den Wänden standen Kartons, Stapel verpackter Bierdeckel, Kästen mit leeren Flaschen und andere Utensilien für den Kneipenbetrieb. Hinten in der Ecke befand sich eine Tür. Die beiden Beamten sicherten eventuelle Fußspuren mit Hilfe eines Dustlifters. Als sie fertig waren, versuchte Kylow, die Türklinke mit dem Ellenbogen herunterzudrücken. Doch die Tür war abgeschlossen.

»Fingerabdrücke nehmen, Jungs. Herman, finde heraus, was hinter dieser Tür ist und wer den Schlüssel hat. Ist die Rückseite von dem Schuppen hier schon abgesperrt?«

Der angesprochene Beamte ging hastig nach oben.

Auf dem staubigen Betonfußboden, direkt vor dem Eingang zum Aufzug, lag das fehlende Auge, mitten in einer kleinen Pfütze von geronnenem Blut.

Kylows Magen revoltierte.

»Alles versiegeln und Spuren sichern. Aber nirgendwo drankommen«, sagte er weniger markig, als er es beabsichtigt hatte.

Die Anwesenden in der Bar, die nach und nach wieder hereingekommen waren, standen oder saßen in kleinen Gruppen beieinander und unterhielten sich in gedämpftem Ton. Obwohl das Opfer jämmerlich zugerichtet war, hatten ihn einige als den Barbesitzer erkannt.

Inzwischen war ein Staatsanwalt des Verwaltungsbezirks Zwolle eingetroffen. Er wechselte einige Worte mit Kylow und verschwand kurz darauf.

Fred Benter und Donald de Wacht saßen noch immer an der Theke und schienen jeder in seine eigenen Angelegenheiten vertieft. De Wacht notierte allerlei Fakten in einem kleinen Notizblock. Er hatte zwischen den selbst gezapften Pils die Redaktion seiner Zeitung angerufen und die Nachricht durchgegeben. Zwar war sofort ein Fotograf losgeschickt worden, aber mehr als die Fassade der bewachten Bar, die in diesem Moment mit Flatterband abgesperrt wurde, bekam er nicht zu sehen. Kylow ging auf Benter und de Wacht zu, stellte sich direkt hinter Benter und sagte leise: »So, Benter, wenn's Stunk gibt, bist du auch nicht weit.«

Benter drehte sich langsam um und schaute den Kommissar an, der ihn um mindestens zwanzig Zentimeter überragte.

Er schüttelte mitleidig den Kopf.

»Ich dachte, du würdest immer noch hilflose kleine Hausbesetzer zu Brei schlagen.«

»Das wird auf die Dauer auch langweilig«, sagte Kylow und wandte sich anschließend an de Wacht.

»Und wer bist du?«

De Wacht, der inzwischen von den vielen Bierchen auf Kosten des Opfers etwas angeheitert war, blickte verstört von seiner Schreibarbeit auf, streckte gleichgültig die Hand aus und sagte: »De Wacht. Ich arbeite bei … einer Zeitung. Können Sie uns schon ein paar Einzelheiten mitteilen, Meneer Kommissar?«

»Die Pressekonferenz findet um 9.00 Uhr im Polizeipräsidium statt. Wie immer«, antwortete Kylow kurz angebunden.

Er drehte sich wieder zu Benter um, wurde aber in diesem Moment von einem Beamten am Arm gepackt und beiseite genommen. Der Beamte begann, eindringlich auf Kylow einzureden. Kylow bellte ihm hin und wieder eine Frage ins Gesicht. Da sein Stimmvolumen selbst im Flüsterton noch erheblich war, fing auch der Kriminalbeamte an, lauter zu reden. Benter und de Wacht fingen Fetzen des Gesprächs auf.

»... schweres Kaliber ... aufgesetzter Schuss ... deshalb sind die Augen ... fast nicht ...«

Benter und de Wacht schauten sich kurz an. De Wacht notierte wieder etwas.

Benter fragte: »Was kritzelst du da?«

De Wacht, der als Journalist seit Jahren daran gewöhnt war, mit kleinen Informationsbröckchen zu wuchern, antwortete: »Er wurde mit einem großkalibrigen Revolver erschossen. Oder mit einer Pistole. Dadurch sind ihm die Augen aus dem Kopf geblasen worden. Dein toller Kommissar denkt wahrscheinlich, dass es eine Abrechnung der Unterwelt war. Aus Mangel an einer fix und fertigen Lösung.«

»Das ist nicht mein toller Kommissar«, erwiderte Benter.

»Würden Sie bitte auch kurz mitkommen?«, fragte ein junger Beamter.

Er zeigte auf de Wacht, der schnell sein halb volles Glas leerte und aufstand, wobei er Mühe hatte, das Gleichgewicht zu halten.

Zwolle, Freitag, 2. August, 10.30 Uhr

Fred Benter hatte in dieser Nacht nicht mehr als fünf Stunden geschlafen. Obendrein hatte er sich in der einzigen Nachtbar der Stadt an dem einzigen Cocktail gütlich getan, der dort ausgeschenkt wurde, einem Tahiti Swing, laut de Wacht einfach Ananassaft mit Rum und zerstoßenem Eis, nichts Raffiniertes. Trotzdem sah Benter aus, als habe er die ganze Nacht den süßen Schlaf der Gerechten geschlummert.

Glatt rasiert, in ausgezeichneter Laune und mit der Energie eines Jungmanagers bestellte er seinen zweiten schwarzen Kaffee mit Croissants auf der Terrasse des örtlichen Journalistentreffs, der dem *Elevator* genau gegenüber auf der anderen Seite des Platzes lag. Das Café hieß *Bodoni,* mit müder Kreativität nach der Schriftart benannt, in der die lokale Tageszeitung gedruckt wurde.

Der Tag war noch jung, roch genauso frisch wie die Croissants und der grausame Tod des Mannes im Smoking am Abend zuvor schien nicht mehr als eine perverse Geschichte zu sein.

Kauend betrachtete Benter den Beamten, der direkt hinter der Drehtür Wache hielt. Die Sonne schien heiß durch die Glasscheiben. Trotz seiner Sommeruniform war dem Beamten jetzt schon warm. Er langweilte sich und schaute sehnsüchtig hinaus zum geparkten Polizeiwagen. Benter vermutete, dass er am liebsten eingestiegen und mit offenen Fenstern durch die Stadt gerast wäre.

Benters Vernehmung war reine Formalität gewesen. Er hatte seinen Namen und seine Adresse angegeben und erzählt, was er gesehen hatte. Der Kriminalbeamte hörte die Geschichte zwar schon zum dreißigsten Mal, schrieb sie aber brav auf. Benter hatte nichts Besonderes bemerkt und hatte auch nicht die blasseste Ahnung, was Motiv und Täter anging. Ferner hatte er erklärt, das Opfer nur flüchtig zu kennen.

Das stimmte jedoch keineswegs und dasselbe galt auch für Donald de Wacht.

Sie kannten das Opfer ziemlich gut, obwohl sie andererseits nicht gelogen hatten, wenn man unter ›kennen‹ versteht, einigermaßen über die Gefühle oder Gedanken eines Menschen Bescheid zu wissen.

Sie hatten beide vom ersten Augenblick an beschlossen, den Mund zu halten. Benter aufgrund früherer Erfahrungen mit der Polizei, de Wacht, weil er gelernt hatte, jedem in einer Uniform bis auf die Knochen zu misstrauen.

Benter streckte die Beine aus und brach ein neues Päckchen Gitanes an. Er erwog, die Kellnerin um Feuer zu bitten, überlegte es sich dann aber anders, weil sie zu viel zu tun hatte. Alle Tische waren besetzt; es sah danach aus, als ob der sonst übliche Tagesumsatz heute noch vor dem Nachmittag eingenommen werden würde.

Die Blicke, die auf die andere Seite geworfen wurden, verrieten das Gesprächsthema und den Grund der ungewöhnlichen Betriebsamkeit.

Es war elf Uhr. Sich sorgfältig auf der schattigen Seite der Straße bewegend, näherte sich de Wacht der Terrasse. Sein Gesichtsausdruck verriet, dass er schwere Kopfschmerzen unter der Schädeldecke mit sich herumtrug, und er ging, als mache er nach langer Krankheit die ersten Schritte. Er setzte sich neben Benter und kniff die Augen zusammen. Stöhnend versuchte er, die Aufmerksamkeit der Kellnerin auf sich zu ziehen.

»Musst du denn keinen Artikel schreiben?«, fragte Benter.

De Wacht drehte sich steif um, runzelte die Augenbrauen und fing an, sich die Stirn zu massieren.

Zwischen den Fingern hindurch bestellte er ein Glas Wasser und einen Milchkaffee. Aus seiner Brusttasche holte er einen Streifen Saridon hervor und drückte zwei Tabletten heraus.

»Den habe ich heute Nacht schon am Telefon durchgegeben«, antwortete er, während er die Tabletten ins Wasser gleiten ließ.

Er schwenkte das Glas und trank es langsam aus. Benter sah, wie sich de Wachts unrasierter Adamsapfel gierig auf und nieder bewegte.

»Was hast ...«, wollte Benter fragen, aber de Wacht hob abwehrend eine schlaffe Hand und schloss mit einer Grimasse die Augen.

Benter schwieg und richtete seine Aufmerksamkeit auf die Ablösung der Wache, die im *Elevator* stattfand.

Eine Kollegin übernahm die Aufgabe und der Beamte ging erleichtert zu seinem Ford. Die neue Wache stellte sich bequem hin, die Beine ein wenig gespreizt, die Hände auf dem Rücken, den Kopf hoch erhoben, die Augen aufmerksam von rechts nach links und wieder zurück bewegend, als sei sie Zuschauerin eines sehr langsamen Tennismatches. Nach zehn Minuten erstarrte ihr Blick und sie langweilte sich ebenso gründlich wie ihr Vorgänger.

De Wacht griff nach seinem Kaffee.

»Bist du sicher, dass du heute Nacht deinen Bericht durchgegeben hast? Hattest du wirklich die Redaktion am Apparat? Meiner Meinung nach konntest du ein Telefon nicht mehr von einem Blumentopf unterscheiden.«

De Wacht griff in seine Tasche und brachte eine Morgenausgabe der Zeitung zum Vorschein: »Eine Vorankündigung auf der Titelseite und eine fette Schlagzeile auf Seite drei! Von unserem Berichterstatter vor Ort!«

De Wacht warf die Zeitung auf den Tisch.

»Die Schlussredaktion hat ihren Fluchrekord gebrochen, aber sie haben etwas Lesbares daraus gemacht. Sie haben mich später aus dem Bett geklingelt, um mich zu fragen, ob Mischas Augen wirklich aus seinem Kopf geflogen waren. Ich habe wahrscheinlich einen Haufen Unsinn verzapft, aber das stimmte ja zufällig wirklich.«

»Ein beschissenes Ende«, bemerkte Benter.

De Wacht nickte. Er hatte als Auslandskorrespondent in Kriegsgebieten mehr Schweinereien und Elend gesehen als Benter, und an die Anzahl der Leichen konnte er sich gar nicht mehr erinnern. Es berührte ihn mehr, als er zugeben wollte.

»Ich bin nie schlau aus ihm geworden. Ein harter Bursche, habe ich immer gedacht, und jetzt ist er selbst über den Haufen geschossen worden«, sagte er nachdenklich. »Hast du irgendeine Ahnung, warum?«

Benter lachte schnaubend.

»Ich habe vor anderthalb Jahren zum letzten Mal mit ihm gesprochen. Er tauchte auf einmal auf der richtigen Seite der Theke im *Elevator* auf. Einen Monat später hatte er schon drei Leute eingestellt. Der Laden lief wie geschmiert. Vor einer Weile gab er seine Pläne für eine Erweiterung bekannt. In einer Pressemitteilung sprach er von der Sensation der östlichen Niederlande.«

Er steckte ein halbes Croissant in den Mund.

»Was hast du auf der Pressekonferenz erfahren?«

De Wacht seufzte tief und ließ sich in seinem Rattan-Caféstuhl weiter nach unten rutschen.

»Kylows Sonderkommission wurde auf den Fall angesetzt. Das war vorauszusehen. Fünfundreißig Mann sind Standard bei dieser Art von Morden.«

Die Augen halb zusammengekniffen, massierte er ständig mit Daumen und Zeigefinger die Stirn.

»Ein Mord vom Kaliber *Elevator*«, fuhr er fort, »zieht immer die Aufmerksamkeit der Massenmedien auf sich. Deshalb waren im Präsidium neben den Vertretern der örtlichen Käseblättchen auch Kollegen der überregionalen Presse anwesend. Ich saß neben Keuchenius. Schon mal von ihm gehört?«

Benter zuckte mit den Schultern. Er verfolgte mit seinen Augen die Kellnerin, der beim Servieren jedes Mal an seinem Stuhl vorbeizulaufen.

De Wacht redete unbekümmert weiter: »Keuchenius ist der aufsteigende Stern am hiesigen journalistischen Firmament. Noch arbeitet er für die Abendzeitung, hat aber schon in Amsterdam einen Fuß in der Tür. Er ist eitel, er ist grob, er spricht viel zu laut, er haut dich in die Pfanne, und zwar am liebsten während du danebenstehst. Kurzum, ein Fünf-Sterne-Arschloch. Abgesehen von diesen, für einen Journalisten unerlässlichen Eigenschaften ist er – als wenn das nicht schon reichte – auch noch gut in seinem Fach. Während der Pressekonferenz führte er das Wort.«

De Wacht trank vorsichtig einen Schluck von seinem Milchkaffee und krempelte die Hemdsärmel hoch. Die Saridon entfalteten ihre Wirkung.

»Stell dir vor«, sagte er. »Vor dir sitzen der Polizeipräsident, dieser neue PR-Typ, der das Image der hiesigen Polizei aufpolieren soll, der Bezirks-Presseoffizier und natürlich Kylow. Eine bedeutende Delegation, auf deren Schultern die Aufgabe lastet, ›alles über den Fall rückhaltlos darzulegen‹. Die Kameras fangen an zu surren; einer von diesen Kabelschmutzfinken hatte auch ein Team hingeschickt. Kylow liest die Erklärung vor und der Presseoffizier gibt eine Übersicht über die zu verfolgende Strategie. Nichts Neues, wenn man das hier gelesen hat …« Er tippte auf seinen eigenen Artikel, »... und der Rest ist uninteressant. Aber Keuchenius riecht Blut und fängt an zu fragen.«

De Wacht imitierte eine tiefe, röhrende Stimme.

»›Stimmt es, dass die Augen des Opfers aus seinem Kopf geblasen worden sind?‹

Kylow nickt gewichtig.

Keuchenius: ›Wodurch wurde dies verursacht?‹

Kylow schaut den Polizeipräsidenten an. Der starrt in die Kamera.

Er sagt: ›Heute Nachmittag wird eine Obduktion durchgeführt.‹

Keuchenius: ›Entstand Panik unter den Gästen?‹

Kylow: ›Wir sind noch bei der Rekonstruktion.‹

Keuchenius: ›Wurde das Opfer im Lift ermordet?‹

Kylow: ›Dazu möchte ich zu diesem Zeitpunkt noch nichts sagen.‹

Keuchenius: ›Gibt es Hinweise auf einen Täter?‹

Kylow: ›Natürlich. Irgendjemand muss es ja wohl getan haben.‹

Keuchenius: ›Ist das das Einzige, was man über den Täter weiß?‹

Kylow: ›Ja.‹

Keuchenius: ›Ist etwas über das Motiv bekannt?‹

Kylow: ›Es wäre nicht angebracht, an dieser Stelle etwas dazu zu sagen.‹

Und so geht es eine ganze Weile. Schließlich übernimmt der Staatsanwalt und verspricht, dass die Damen und Herren von der Presse auf dem Laufenden gehalten werden.«

De Wacht feixte. »Ist doch ein toller Job, was? Man wird auf dem Laufenden gehalten!«

Benter wusste nicht, ob de Wacht seinen eigenen Job oder den von Kylow meinte. Die Kellnerin kam vorbei und Benter versuchte, sie auf sich aufmerksam zu machen. Sie trug eine enge Jeans und ein ärmelloses weißes T-Shirt aus dünner Baumwolle. Ein schwarzer BH-Träger war ihr über den braunen Oberarm gerutscht. Sie war groß, aber nicht größer als Benter, der 1,85 Meter maß. Schmale braune Füße, registrierte Benter, und ein breiter Mund, den sie mit glänzend rotem Lippenstift betont hatte. Glattes schwarzes Haar, nach hinten gekämmt, wodurch sie vielleicht strenger wirkte, als sie war. Schnelle und energische Bewegungen. Schweißtropfen glitzerten auf ihrer Stirn. Unter ihren Achseln, bleich und glatt rasiert, war es auch feucht, wie Benter sah, als sie den Tisch abräumte. Er stellte sich vor, dass sie dort nach jungen Kätzchen roch. Er wollte sie anlächeln, aber de Wacht war schneller als er: »Jaël, bringst du mir bitte ein Bier?«

»Hallo, Donald. Und für deinen Freund?«

Sie richtete den Blick auf Fred Benter.

»Äh … für mich dasselbe wie für ihn«, sagte Benter, dem so schnell nichts Besseres einfiel.

»Okay, also ein Bier für die zwei Herren«, sagte sie spöttisch.

Benter dachte noch über etwas Lustiges nach, das er ihr hätte sagen können, etwas, woran sie sich heute Abend oder am Wochenende erinnern würde, aber de Wacht gab ihm einen Tritt gegen den Fuß.

»Da ist Kylow.«

Auf der gegenüberliegenden Seite zwängte der Chef der Kriminalpolizei von Zwolle, seit gestern Nacht Leiter der Sonderkommission, seinen massiven, großen Körper in einer Korkenzieherbewegung aus dem kleinen Ford, der ihn transportiert hatte. Er schaute nicht hinüber zu ihnen, sondern wischte sich den

Schweiß von der Stirn und verschwand sofort im *Elevator*.

»Wie ich gestern Abend gesehen habe, hattet ihr wohl früher schon mal Kontakt miteinander«, sagte de Wacht.

»Kurzschluss, meinst du wohl«, antwortete Benter. »Der benimmt sich noch genauso bescheuert wie vor zehn Jahren.«

»Du auch«, wollte de Wacht sagen, überlegte es sich aber anders. Er war noch nicht in Form für eine hitzige Diskussion.

Benter zündete sich wieder eine Zigarette an, blies den Rauch in die warme blaue Luft und versank in Erinnerungen.

»Ich sehe ihn noch auf dem Treppenabsatz des Polizeipräsidiums von Arnheim stehen, als eines Abends ein zusammengewürfelter Haufen Aktivisten die Freilassung von zwei Leuten forderte, die bei einer Demonstration festgenommen worden waren. Er hatte einen Schlagstock in der Hand und wartete darauf, dass irgendetwas Verbotenes passieren würde. Und er bekam seinen Willen. Irgendjemand klebte ein Plakat auf ein Fenster und schon war die Hölle los. Er rief dem Pförtner etwas zu und gleich darauf sprang die gesamte Mannschaft der Nachtschicht in Einsatzanzügen aus dem Gebäude raus. Sie kamen von überall, wie Kastenteufelchen. Kylow prügelte drauflos, als hätte er einen ganzen Topf Speed auf einmal runtergekippt.«

De Wacht, der zu jener Zeit von einem wirren Krieg in einem mittelamerikanischen Land berichtete, wo allein der Gedanke an eine Demonstration schon die Todesstrafe einbrachte, lächelte matt.

»Mischa Baarl war übrigens auch dabei«, fuhr Benter fort. »Damals trug er noch eine Lederjacke und einen Palästinenserfeudel. Aber er blieb immer schön außer Schussweite, immer in der dritten oder vierten Reihe oder sogar noch weiter hinten. Er war zwar beteiligt, aber nur aus einem gewissen Abstand heraus.«

Er lachte säuerlich.

»Vor allem wenn es Prügel setzte.«

De Wacht brummte zustimmend, denn er fand das vernünftig. Er hasste sinnloses Heldentum. Allerdings war ihm klar, dass damals in den aufmüpfigen Kreisen der Niederlande die Blessuren, die man sich bei Auseinandersetzungen mit der Polizei einhandelte, wie Trophäen gehegt und gepflegt wurden. Ein unvorstellbarer Luxus, dem er nirgendwo sonst auf der Welt begegnet war.

»In Holland ist alles nur Spielerei«, bemerkte er.

Benter war selbst einmal verhaftet worden, um genau zu sein an genau jenem Abend und aus Versehen. Bei dem Angriff, der so plötzlich ausgeführt wurde, verlor er seine Haustürschlüssel. Als er sich bückte, um sie aufzuheben, blieb er allein zurück. Ein gefundenes Fressen für das Einsatzkommando, das direkt hinter den Linien der Bereitschaftspolizei operierte. Diesem Zwischenfall verdankte er seinen Ruf als revolutionärer Rechtsanwalt. Er hatte gerade eine kleine Kanzlei eröffnet und nach dieser Sache landete jeder Fall, der auch nur entfernt nach Politik roch, auf seinem Schreibtisch. Das brachte ihm viele Mandanten, aber nur wenig Geld ein, da er hauptsächlich unentgeltlich arbeitete.

»Baarl hat sich rechtzeitig eine lukrativere Beschäftigung gesucht«, sagte de Wacht, »bevor er beim Warten auf die Revolution versackte, die einfach nicht kommen wollte.«

Er schaute Benter spöttisch an.

»Na ja, da war er nicht der Einzige.«

Benter, der sich angesprochen fühlte, reagierte nicht. De Wacht hatte Recht. Teilweise.

Sein gesellschaftliches Engagement hatte sich mittlerweile auf verbitterte Bemerkungen beim Durchblättern der Morgenzeitung reduziert und sein Kampf gegen das Großkapital bestand heute hauptsächlich aus dem Zerreißen von Schreiben der Postbank, die ihn auf das lang anhaltende Minus auf seinem Konto aufmerksam machten.

Das Herumwursteln mit kleinen Fällen hatte ihm auf die Dauer zum Hals herausgehangen. Er hatte sich immer häufiger dabei ertappt, wie er allerlei Feld-, Wald- und Wiesenfälle an andere Kanzleien weiterreichte. An einem kühlen Frühjahrsmorgen hatte er das Schild seiner Kanzlei von der Hauswand abgeschraubt und seine Mietwohnung gekündigt. Er zog nach Zwolle, wo de Wacht bereits seit einem halben Jahr wohnte, und ließ sich in den Gelben Seiten als selbstständiger juristischer Berater eintragen.

Die Kunden, die seine Dienste in Anspruch nahmen, waren genauso ehrbar beziehungsweise kriminell wie seine politischen Mandanten, verfügten aber über deutlich mehr Geld und wollten dies gern geheim halten.

Im Austausch für einen relativ kleinen Teil ihres Vermögens gab Benter – nun nicht mehr behindert durch die Ethik seines Rechtsanwalt-Eides – Ratschläge, wie sie dies verwirklichen konnten.

Er war noch nicht so ganz zufrieden mit seinem Leben, aber ihm blieben zumindest genug Zeit und Geld, um es regelmäßig zu genießen. Mischa Baarl hatte vielleicht dasselbe gewollt.

»Über die Toten nichts als Gutes«, antwortete er, trotz seiner Abneigung gegen abgedroschene Phrasen.

Ohne Überleitung fragte er: »Kennst du eigentlich diese Kellnerin Jaël?«

»Na ja … sie arbeitet noch nicht so lange hier, sie ist Studentin, glaube ich, springt für ein paar Monate ein. Nettes Mädchen. Ansonsten kenne ich sie nicht näher. Ich bestelle, sie serviert, ich bezahle.«

Benter nickte aufmerksam und lächelte der Kellnerin noch zweimal zu. Er glaubte von sich selbst, sein Lächeln sei seine stärkste Seite. Das war in der Tat der Fall, doch Jaël war klug genug, sich das nicht anmerken zu lassen.

Beim zweiten Mal zwang sie sich, an ihm vorbeizuschauen, aber sie dachte bei sich, dass sie ihn gewiss nicht zum letzten Mal sah.

De Wacht zahlte. Er fühlte sich noch immer schlapp und sehnte sich nach einer Klimaanlage. Benter begleitete ihn zur Redaktion und wünschte ihm gute Besserung. Danach spazierte er in aller Ruhe zur Post, um sein Postfach zu leeren.

Es lagen drei Ansichtskarten von Kunden darin, die an drei verschiedenen Stränden in der Karibik dieselbe Sonne genossen.

Er steckte sie ein und beschloss, sofort zu kontrollieren, ob sie bei ihm noch Rechnungen offen hatten.

Gegen drei vermutete er, dass nun die größte Hektik auf der Café-Terrasse vorbei sei und sich die Kellnerin von ihm etwas zu trinken spendieren ließe. Er setzte sich an die Bar, wo es kühler war als draußen und er der einzige Gast war.

Er bestellte frisch gepressten Orangensaft mit Eis und fragte sie geradeheraus, ob sie etwas mit ihm trinken wolle.

Der lässt aber nichts anbrennen, dachte sie und antwortete daher: »Nicht jetzt und nicht hier.«

»Sag mir wo, dann sage ich eine Zeit«, antwortete Benter.

»Andersherum«, sagte sie.

Benter nannte den Namen eines Lokals mit Terrasse am Fluss. Es schien ihr zu gefallen, denn sie hatte nach der Arbeit eine Stunde Zeit.

Es wurden drei daraus.

Zwolle, Dienstag, 6. August, 7.30 Uhr

Die Lieblings-Sitzungszeit des Polizeipräsidenten, kurz PP genannt, war halb acht Uhr morgens. Zu dieser Zeit kam dreimal pro Woche der Stab zusammen, der aus ihm selbst, einem Polizeioberrat und fünf Kommissaren bestand.

Ort der Handlung war der Sitzungsraum des Präsidiums der Gemeindepolizei in Zwolle.

An der kurzen Seite des langen Tisches saß der Polizeipräsident, ein dynamisch wirkender Fünfziger mit kurzem grauem Haar, dem Ansatz eines Doppelkinns und einer sanften, wohlklingenden Stimme mit Brabanter Dialekt. Er war ein fähiger Organisationsspezialist und hieß Adrie Millcam. Neben ihm saß seine Sekretärin, die bei der Sitzung Protokoll führte.

An der linken langen Seite saßen die Kommissare, darunter Sidjon Kylow. Der Polizeioberrat hatte auf der anderen kurzen Seite des auf Hochglanz polierten Tisches, der übersät war mit Akten, Platz genommen.

Das Morgengebet, wie die Stabsbesprechung für gewöhnlich genannt wurde, war für alle Beteiligten, auch für den PP, zu einem Ritual geworden. Es begann mit einem einleitenden, harmlosen Witzchen des PP. Diesmal versprach er sich absichtlich, als er ankündigte, einige Kollegen aus Amsterdam würden zu einem Arbeitsbesuch vorbeikommen. Er legte den Anwesenden ans Herz, die ›Kollegen aus Amsteldam‹ herzlich zu empfangen. Die Anwesenden lachten pflichtschuldig.

Danach wurde Kylow gebeten, einen Überblick über den Stand der Untersuchungen im Mordfall Baarl zu geben, die nun inzwischen schon fünf Tage andauerten. Sidjon Kylow hatte gelernt, sich nicht mehr nur auf die Bemerkung zu beschränken, es gebe keine Fortschritte. Eine solch knappe Aussage wurde als Beleg für Unfähigkeit angesehen, wie ihm hochgezogene Augenbrauen und die peinliche Stille danach deutlich gemacht hatten.

Aus diesem Grund gab Kylow einen systematischen Überblick über die Resultate der Spurensicherung, der Befragung der Nachbarn, der Vernehmungen der vielen Anwesenden, der Freunde, Verwandten und Bekannten. Sie wüssten, so Kylow in seiner bekannten, wenig subtilen Art, alles von dem Opfer, bis hin zum Farbspektrum des Bremsstreifens in seiner Unterhose. Aber keine Spur vom Täter.

Millcam betrachtete eine seiner Hände. »Also keine Fortschritte?«

»Ich muss nach der Nadel im ...«, begann Kylow.

Millcam hob beschwörend die Hände.

»Ich will dir keine Vorwürfe machen, Sidjon, ich stelle nur fest, dass du, abgesehen von der Kugel, nichts in der Hand hast: kein Motiv, keine Waffe, keine Zeugen. Schon was von der Rechtsmedizin gehört?«

»Das Geschoss und die Hülse bildeten eine 44er-Spezialpatrone. Bei der Waffe, mit der geschossen wurde, handelt es sich wahrscheinlich um eine 44er Remington Magnum. Die Pistole wurde aufgesetzt; das Einschussloch direkt unter dem Schädelbein war größer als die Austrittsöffnung. Der Schuss hinterließ einen Kontusionsring und eine Schmauchhöhle. Das Geschoss verließ den Kopf durch das rechte Kiefergelenkscharnier, durchschlug das zwei Zentimeter dicke Glas der Aufzugwand, prallte ab und blieb in einer Kabelrolle des Aufzugmechanismus stecken.«

»Wurde der Schuss außerhalb des Aufzugs abgefeuert?«

»Dieser Lift diente vor allem als Attraktion und war nicht für den praktischen Gebrauch geeignet. Die Muster der Blutspuren auf den Wänden deuten darauf hin. Außerdem wurden auf dem Boden des Aufzugs nur ungenaue daktyloskopische Spuren gefunden. Noch nicht einmal welche von Baarl. Daraus können wir schließen, dass Baarl durch die Gewalt des Geschosses regelrecht von den Füßen gerissen und in den Lift geschleudert worden sein muss. Du weißt ja, was diese Dinger anrichten können, Adrie.«

Der Polizeipräsident rührte scheinbar abwesend in seinem Kaffee. »Eine 44er findet man nur selten in den Niederlanden. Egal von welchem Typ.«

»Gelegentlich taucht schon mal eine Ruger auf«, sagte Kylow träumerisch. »Vor ein paar Jahren haben wir mal eine *Charter Arms Bulldog Pug* erwischt. Was ganz Besonderes, wirklich einzigartig.«

Die anderen Anwesenden waren vergessen.

»Die Patrone befindet sich momentan bei den Schusswaffenspezialisten des CID. Aber bei der Untersuchung wird wohl nicht viel herauskommen.«

»Du sagtest, in gewissen Kreisen gebe es Gerüchte.«

»Baarl hatte offensichtlich Feinde. Er scheint Pläne gehabt zu haben, eine Diskothek zu eröffnen und sein Lokal zu vergrößern. Dafür waren ihm die anderen Restaurant- und Gaststättenbetriebe hier nicht gerade dankbar. Wird gesagt. Potenzielle Kundschaft gibt es hier in Zwolle nicht gerade im Überfluss. Außerdem war Baarl ein Zugereister, ein Außenseiter, der plötzlich auftauchte und Erfolg hatte. Er kam aus Arnheim.«

»Und woher hast du das? Vielleicht vom CID?«

»Genau, Adrie, aber die rücken nicht so leicht mit dem heraus, was sie genau wissen«, sagte Kylow säuerlich. Innerhalb seiner Sonderkommission war der CID für die Kontakte mit Informanten aus den kriminellen Kreisen von Zwolle verantwortlich. Kylow war wenig begeistert davon, weil die CID-Einheit unabhängig vom Soko-Team operierte. Daher geriet er regelmäßig mit dem Gebietskoordinator aneinander, der auf den vertraulichen Charakter der CID-Kontakte pochte. Der Kriminal-Informationsdienst konnte sich so der tatsächlichen Leitung des Soko-Chefs entziehen, was Kylow schon seit Jahren stank.

»Und die Fußabdrücke im Keller?«

Kylow nahm eine Akte zur Hand.

»Wir haben fünf verschiedene Abdrücke gefunden. Wahrscheinlich von den Arbeitern, die dort neue Toilettenräume gebaut haben. Aufgrund des Zementstaubs konnten wir den Dustlifter einsetzen. Einige Abdrücke stammen von Baarl. Außerdem ein paar deutliche Turnschuhabdrücke, Größe 43.«

»Dann bleiben uns ja nur noch 1,8 Millionen potenzielle Verdächtige«, bemerkte einer der Kommissare. Der Polizeipräsident ging nicht darauf ein.

»Ein seltenes Exemplar, diese 44er«, bemerkte er zu niemand Besonderem. »Was sagt uns das über den Mörder?«

Niemand reagierte, also beantwortete er seine Frage selbst.

»Er kennt sich im kriminellen Milieu aus. So eine Waffe bekommt man nicht an jeder Straßenecke. Er kann mit Schusswaffen umgehen. Das kann man aus der Art und Weise ableiten, wie er die ... äh ... Exekution durchgeführt hat. Und er hat den Mord gründlich vorbereitet.«

»Aber warum mit einer so großkalibrigen Waffe?«, fragte Kylow. »Warum nicht zum Beispiel mit einer 22er? Die ist viel leichter zu beschaffen. Das finde ich merkwürdig. Und warum ließ er die Leiche nicht einfach im Keller liegen? Warum hat er Baarl im Lift zur Schau gestellt? Das passt einfach nicht zusammen.«

Kylow lehnte sich in seinem Stuhl zurück und verbog einen Kaffeelöffel gedankenlos in einem Winkel von neunzig Grad.

»Es gibt zwei Möglichkeiten«, sagte er. »Ihm stand einfach keine andere Waffe zur Verfügung oder ...«

»... er wollte Baarl völlig kaputtmachen, vernichten«, ergänzte der Polizeipräsident. »Das erklärt vielleicht auch deine letzte Frage, Sidjon. Die totale Vernichtung Baarls vor den Augen seiner Gäste.«

»Niemand hat einen Schuss gehört. Ob er einen Schalldämpfer benutzt hat?«, fragte ein Kollege Kylows.

»O nein, nicht bei einer Magnum. Das hat keinen Sinn, die Kugel hat eine Mündungsenergie von fast 1400 Newton, verlässt also den Lauf mit einer höheren Geschwindigkeit als der Schall, und dagegen hilft nichts. Außerdem spielte zu diesem Zeitpunkt eine Band und im Keller war niemand. Er brauchte keinen Schalldämpfer.«

»Wie ist er eigentlich entkommen?«

»Durch die Tür zum Raum hinter dem Keller. Nur zwei Leute hatten den Schlüssel zu dieser Tür: Baarl selbst und der Barkeeper.«

»Und der Raum selbst?«

»Eine Art Arbeitsraum, den er umbauen wollte.«

Kylow hatte angenommen, dass der Arbeitsraum, der übrigens leer war, schon immer zum *Elevator* gehört hatte. Er wusste nicht, dass Baarl den früheren Mieter gezwungen hatte, das Gebäude zu räumen.

Man hatte es ihm auch nicht erzählt.

Zwolle, Dienstag, 6. August, 14.00 Uhr

Gegen zwei Uhr saß Kylow auf einer Holzbank an der verabredeten Stelle und betrachtete desinteressiert ein paar Böckchen, Ziegen und anderes Kleinvieh, das faul im Gras lag. Die Tiere gehörten zu dem Kinderbauernhof, wo er sich mit seinem Informanten verabredet hatte.

Sein Informant hieß Johan Kamps. Er zeigte sich nicht gern mit Kylow in der Öffentlichkeit und hatte deshalb den Kinderbauernhof vorgeschlagen.

Kamps war nun sechzig Jahre alt und nach Kylows Meinung kriminell bis in die Gene hinein. Sein Strafregister enthielt zahllose Verurteilungen wegen Diebstahls oder Hehlerei und er hatte insgesamt über fünfzehn Jahre im Gefängnis gesessen. Kamps operierte immer allein und hatte eine Vorliebe für Juwelen und Antiquitäten. Niemand begriff, wie er es anstellte, fast immer geschnappt zu werden. Innerhalb des kriminellen Milieus von Zwolle wurde er liebevoll ›Auf-frischer-Tat‹ genannt. Kylow selbst hatte Kamps ein paarmal einkassiert, als er noch in Uniform Streife ging.

Im Austausch dafür, dass einige Anklagen, die ihm sicher drei Monate ohne Bewährung eingebracht hätten, zu den Akten gelegt wurden, hatte Kamps zugestimmt, Kylows Informant zu werden. Der Staatsanwalt hatte nur zögernd die Erlaubnis zu diesem Deal erteilt.

Abgesehen davon hatte Kylow auf eigene Faust einige äußerst belastende Tatsachen aus dem letzten Protokoll weggelassen, wodurch so wenig von der Anzeige übrig blieb, dass Kamps wieder auf freien Fuß gesetzt wurde.

Um Viertel nach zwei setzte sich Kamps neben Kylow, der in der warmen Sonne beinahe eingenickt wäre. Kamps war ein kleiner, kräftig gebauter Mann mit slawischen Gesichtszügen, der mit einem leichten Den Haager Dialekt sprach.

Kamps fischte eine Zigarette aus seiner Brusttasche, inhalierte tief und blies den Rauch durch die Nasenlöcher aus. Danach schaute er Kylow an.

»Ich habe nur wenig Zeit; was wollen Sie von mir, Meneer Kylow?«

Er hatte sich nie mit seiner Rolle als Informant abgefunden und rückte nie restlos alles heraus, doch Kylow verstand es, ihm alle Informationen Stück für Stück aus der Nase zu ziehen. Das Ganze hatte sich zu einer Art Sketch für zwei Herren entwickelt.

»Schlechte Laune, Kamps? Bei dem Wetter?«

Kamps brummte etwas Unverständliches.

»Was ich will, sind Informationen«, sagte Kylow. »Du weißt schon, Daten, Fakten, und wenn es wirklich nicht anders geht, dann eben auch Gerüchte.«

»Worüber denn?«, fragte Kamps einfältig.

»Den Mord an Mischa Baarl, worüber denn sonst?«

»Baarl?«

»Ja, Baarl.«

»Sollte ich den kennen?«

Kamps spreizte in einer Geste der Ohnmacht die Hände. Kylow spürte, dass sich seine Geduld langsam dem Ende zuneigte und dass diese Sache ihm allmählich aus den Händen glitt. Er rückte näher zu Kamps und flüsterte dicht vor seinem Gesicht: »Jetzt hör mir mal gut zu, Kamps. Lass diesmal die Scherze. Jeder Mensch in dieser wunderschönen Stadt spricht über diesen Mord: der Postbote, die Junkies, die Kneipenbesucher, die Hausfrauen und die Unterwelt. Und, Kamps, wenn du mir weismachen willst, dass du noch nie von Mischa Baarl oder dem Mord an ihm gehört hast, dann lege ich dir auf der Stelle die Handschellen an, schleife dich mit aufs Präsidium und hole ein paar alte Akten über dich aus meiner Schublade. Innerhalb von fünf Minuten ist das Ermittlungsverfahren wieder eröffnet, das vor zwei Monaten so unbefriedigend abgeschlossen wurde. Und danach, Kamps, werde ich dafür sorgen, dass alle aus deinem Bekanntenkreis erfahren, dass du Demmers und seine kriminellen Söhne verpfiffen hast. Dann kannst du hier einpacken.«

Schon nach der Hälfte seines Monologes hatte Kylow angefangen, lauter zu reden, und den letzten Satz brüllte er heraus. Ein paar Belgische Riesen ließen ihre Grasbüschel im Stich und flüchteten in den Kaninchenbau. Kylow bemerkte, dass Kamps die Farbe aus dem Gesicht gewichen war. Vielleicht hätte er ihm sein rituelles Spiel des zähen Ringens um seine Informationen gönnen sollen.

»Okay«, sagte Kamps, während er eingeschüchtert um sich blickte. »Lass uns bloß ruhig bleiben, so viel Aufregung ist doch überhaupt nicht nötig.«

Er zwinkerte nervös mit den Augen.

»Es heißt, Mischa Baarl wollte sich auf das Terrain der Glücksspielbosse wagen. Er wollte einen *Golden-Ten-Club* eröffnen, was den deutschen Besitzern vom *Black Jack, Play Happy* und dem *Happy Fortune* überhaupt nicht passte. Es herrscht im Moment ziemliche Flaute und im *Play Happy* und dem *Fortune* hat es in letzter Zeit öfter mal kleinere Einbrüche gegeben.«

»Einbrüche?«, unterbrach ihn Kylow.

»Verluste«, antwortete Kamps. »Schlechte Abende. Wie dem auch sei, wenn jemand gute Gründe gehabt hätte, Baarl in die Rübe zu schießen, dann diese Moffen.«

»Haben diese Moffen auch Namen?«, fragte Kylow.

»Wahrscheinlich schon«, sagte Kamps. »Aber ich kenne sie nicht.«

Kylow kramte einen Fünfzigguldenschein aus der Hosentasche, zerknüllte ihn und gab ihn Kamps, während er ihm die Hand drückte.

»Zusammenarbeit macht uns alle stark«, sagte er.

Kamps warf ihm einen giftigen Blick zu, stand auf, straffte die Schultern und spazierte grußlos davon.

Kylow starrte vor sich hin und versuchte, die Informationen von Kamps in ein Puzzle einzupassen, von dem die meisten Stückchen noch fehlten. Er beschloss, zwei Beamte aus seinem Team auf die Deutschen anzusetzen.

Und noch heute Abend würde er dem *Play Happy* persönlich einen Besuch abstatten. Um den Geruch von Geld einzuatmen.

Zwolle, Dienstag, 6. August, 23.00 Uhr

Dieter Stauff, Eigentümer des *Play Happy*, des größten der drei *Golden-Ten*-Casinos, die es in Zwolle gab, schaute gelangweilt auf die vier Videobildschirme, die in einer Reihe auf seinem Schreibtisch standen. In regelmäßigen Abständen schaltete er den Ton ein, und ab und zu griff er nach einem Telefon, um den beiden Croupiers und dem Black-Jack-Dealer einen gemurmelten Befehl durchzugeben.

Die Bildschirme waren Teil eines Videoüberwachungssystems, das die Geschehnisse im Spielsaal registrierte. Die Videokameras waren gut sichtbar aufgehängt und die meisten Gäste wussten, dass sie beobachtet wurden. Man nahm an, dass dies etwas mit der Sicherheit zu tun habe. In gewisser Weise stimmte das auch: Die Apparatur war hauptsächlich deshalb angebracht worden, um den Gewinn von Stauff zu sichern.

Stauffs Aufmerksamkeit richtete sich vor allem auf den 24er-Tisch, bei dem der maximale Einsatz für einfache Chancen, in diesem Casino nur rot und schwarz, sechstausend Gulden betrug. Ein paar Chinesen näherten sich mit ihren Einsätzen fortwährend dieser Grenze. Einer von ihnen hatte schon zweimal hintereinander gewonnen, auf Rot, was Stauff einen Verlust von fast zehntausend Gulden einbrachte. Telefonisch erteilte Stauff dem Croupier den Auftrag, der Roulettescheibe »eine Vierteldrehung zu verpassen«. Dieser verstellte unbemerkt eines der Beine der Scheibe, in der die Kugel kreiste. Der Croupier konnte dadurch die Kugel mit ziemlich großer Genauigkeit in den schwarzen Bereich von 22 bis einschließlich 24, der 0 und dem X zielen. Oder, wenn er es nochmals tat, auf die Zero und das X sowie die roten Zahlen eins, zwei und drei.

Der Chinese, der dauernd gewann, hing praktisch mit der Nase auf der Roulettescheibe, lief nervös zum Tableau und kehrte dann wieder zurück zur Scheibe, um sich seiner Prognose der Spielergebnisse ganz sicher zu sein. Der Stapel viereckiger Chips im Wert von je tausend Gulden in seiner rechten Hand war klebrig vor Schweiß.

»Bitte das Spiel zu machen«, sagte der Croupier.

Der Chinese ging wieder zum Tableau, setzte drei Chips zu je hundert Gulden auf die Zehn, Elf und Zwölf, einen auf das Cheval 21/22, einen auf die Transversale simple von eins bis einschließlich sechs und die verbleibenden vier Chips im Wert von je eintausend Gulden auf Rot. Auf dem Weg zurück zur Roulettescheibe drängte er eilig andere Spieler beiseite. Einige warfen ihm vorwurfsvolle Blicke zu, doch der Chinese war viel zu besessen von dem Spiel, um es zu bemerken. Und selbst wenn er es bemerkt hätte, hätte es ihn nicht interessiert.

»Nichts geht mehr, vielen Dank«, sagte der Croupier gelangweilt.

Er wusste, dass der Chinese in der Falle saß. Die Einsätze der anderen Spieler konnte man vernachlässigen.

Die Kugel fiel in ein Fach.

»23, schwarz!«, rief der Croupier, jetzt etwas munterer.

Der Chinese, der auf einen Schlag viereinhalbtausend verloren hatte, verzog keine Miene.

Eine platinblonde Dame in hochhackigen Schuhen war die Einzige, die gewonnen hatte. Sie hatte zehn

Chips zu zwei Gulden fünfzig auf Schwarz gesetzt. Noch bevor ihr der Gewinn vom Croupier zugeschoben wurde, krallten ihre blau lackierten Nägel nach dem verdoppelten Einsatz.

In den folgenden fünf Runden verlor der Chinese insgesamt fast zwanzigtausend Gulden. Seine Kameraden versuchten unterdessen ihr Glück am Black-Jack-Tisch, an dem ein Maximum von zweihundert galt, bei einem Mindesteinsatz von zwanzig Gulden. Einer von ihnen gewann, die anderen verloren.

In seinem Büro über dem Spielsaal entging Dieter Stauff nichts, obwohl er einen ordentlichen Kater hatte. Bis früh am Morgen hatte er mit den sechs Croupiers den Rekordgewinn von zweiundzwanzigtausend Gulden vom Tag zuvor gefeiert und sich dabei mit zwei Damen von einem Escort-Service amüsiert. Es gab Leute, die behaupteten, Stauff sei der Prototyp eines echten Bayern: groß, blond und aufgedunsen, mit einem ansehnlichen Bierbauch und latent nazistischer Gesinnung. Ihn interessierte allerdings nicht die Bohne, was die Leute über ihn dachten, und schon überhaupt nicht, wenn er Gewinne einfuhr und sich eine Flasche Glenfiddich in Reichweite befand.

Die Kamera, die den Eingang beobachtete, registrierte einen Mann mit einer kaum wahrnehmbaren Ausbuchtung unter der linken Vorderseite seines Jacketts.

Stauff griff sofort zum Telefonhörer, um dem Türsteher den Auftrag zu erteilen, diesen Mann nicht hereinzulassen. Doch er sah noch rechtzeitig, wie der Mann mit einer Dienstmarke vor der Nase des Türstehers herumfuchtelte und dieser ihm ein Zeichen gab, durchzugehen. Stauff beugte sich näher zu Bildschirm Nummer 1 und erkannte Kommissar Sidjon Kylow.

Ein paar Sekunden später erhielt er seinerseits einen Anruf vom Türsteher.

Sidjon Kylow hatte, bevor er hineinging, das Gebäude zunächst einige Minuten von außen observiert. Ein mit Klebebuchstaben beschrifteter Leuchtkasten machte Vorübergehende auf den Namen des Casinos, *Play Happy*, aufmerksam. Kylow grinste kurz, als er sah, dass jemand das L weggekratzt hatte.

Die Frage des Türstehers, ob er eingetragen sei, verneinte er mit einem verächtlichen Schnauben und spazierte, mit seiner Dienstmarke wedelnd, in aller Gemütsruhe an ihm vorbei. Links von ihm befand sich der 36er-Tisch, etwas weiter hinten, fast in der Mitte des Spielcasinos, wurde 24 gespielt, wobei zwei Tische zu beiden Seiten der Roulettescheibe standen. In der linken Ecke befand sich der Black-Jack-Tisch.

Direkt neben dem Eingang war die Bar, wo Gäste kostenlos Häppchen, Erfrischungsgetränke und Kaffee bekommen konnten. Kylow setzte sich auf einen Barhocker und bestellte bei einer bleichen Frau hinter dem Zapfkasten eine Cola. Er knöpfte sein Jackett auf und schob seine Dienstpistole im Schnellholster ein wenig mehr nach rechts, wodurch die Beule unter der Jacke noch deutlicher sichtbar wurde.

Mit einem gezwungenen Lächeln stellte die Frau das Glas auf die Theke und schob schweigend eine Schale mit Milchpulvertütchen daneben.

Einer der beiden Rausschmeißer, der nur aus sich geschmeidig bewegenden Muskeln zu bestehen schien, ging auf Kylow zu und flüsterte höflich: »Herr Stauff erwartet Sie in seinem Büro.«

Er zeigte auf eine Treppe, die hinter dem Black-Jack-Tisch nach oben führte. Dann trat er einen Schritt zurück.

Kylow antwortete mit einem kurzen Nicken, blieb sitzen und wartete einen Moment, bis die Kugel am 36er-Tisch fiel. Er ging die Treppe hinauf, während die Rechen die verlorenen Einsätze über den Tisch kratzten. Der Muskelprotz ging ihm voraus. Leise klopfte er an eine Tür. Es erklang eine unverständliche Antwort.

Der Rausschmeißer öffnete die Tür und bedeutete Kylow mit höflichem Winken, einzutreten.

Dieter Stauff und Sidjon Kylow kannten sich schon seit Jahren. Kylow konnte Stauff nicht ausstehen. Er betrachtete ihn als gewöhnlichen Kriminellen, einen Gangster mit weißem Kragen, mit der Betonung auf Ersterem. Er war davon überzeugt, dass das *Golden-Ten-Spiel* nichts mit Geschicklichkeit, sondern ausschließlich mit Glück zu tun hatte. Ebenso sicher wusste er, dass das Glück von der Hand dieses Geschäftsführers organisiert wurde.

Dieter Stauff erhob sich, als Kylow hereinkam. Er streckte ihm die Hand hin und sagte in dem makellosen Niederländisch, mit dem Deutsche ihren teutonischen Akzent zu verbergen versuchen: »Sidjon, was für eine angenehme Überraschung.«

Kylow ignorierte die ausgestreckte Hand, zog die Kopie eines Charles-Eames-Stuhls zu sich heran und setzte sich darauf. Stauff hielt fragend ein Glas und die Flasche hoch.

Kylow schüttelte den Kopf.

»Keine Vertraulichkeiten, Stauff«, sagte er. »Für dich bin ich Meneer Kylow, und ich bin dienstlich hier.«

Stauff neigte den Kopf und fragte sich, was Kylow bei ihm zu suchen hatte.

»Ich bin im Zusammenhang mit dem Mord an Mischa Baarl gekommen. Davon wirst du zweifellos gehört haben.«

Kylow machte eine Pause. Stauff nickte langsam.

»Man sagt«, fuhr Kylow fort, »dass Baarl ein eigenes *Golden Ten* aufziehen wollte.«

»Wer sagt das, Meneer Kylow?«, fragte Stauff.

Kylow zuckte mit den Schultern.

»Man. Aber du frisst doch aus demselben Trog, Stauff. Warst du etwa damit einverstanden?«

Stauff lehnte sich in seinem Stuhl zurück und warf einen Blick auf die Videobildschirme.

»Man sagt so vieles, Meneer Kylow. Schon jahrelang regeln wir hier unsere Angelegenheiten selbst. Abgesehen von ein paar kleinen Schönheitsfehlern in der Anlaufphase kann man über das *Golden Ten* nichts Negatives sagen.«

Er schwieg kurz und trank einen Schluck.

»Meine Kollegen und ich beherrschen in Zwolle den Sektor Geschicklichkeitsspiele.«

Stauff grinste über das Wort.

»Wir haben abgesprochen, dass die Stadt für einen vierten Club zu klein ist. Die Realität hat unsere Absprache bestätigt. Drei Casinos reichen für Zwolle. Baarl war klug genug, das einzusehen. Ansonsten hätten wir ihm vorrechnen können, dass der Markt einfach zu klein ist. Ich bin sicher, dass Baarl das begriffen hätte. Nach zwei Wochen wäre er pleite gewesen. So einfach ist das. Na ja, aber jetzt ist er ja tot.«

»Und wenn er eure Ratschläge in den Wind geschlagen hätte?«

»Kein Problem, Meneer Kylow.«

Er zog aus seiner Schreibtischschublade einen Ordner heraus und schlug ihn auf. Nach einigem Blättern nahm er drei Plastikmappen heraus.

»Lesen Sie nur«, sagte er und reichte sie Kylow. Es befanden sich paarweise geordnete Zeitungsausschnitte darin. Der eine bestand jeweils aus einer überschwänglichen Anzeige, in der die Eröffnung eines neuen Spielclubs angekündigt wurde, in der anderen wurde bekannt gegeben, dass unter derselben Adresse je eine Boutique, ein türkisches Restaurant und ein Reisebüro aufgemacht hatten. Kylow sah sich die Daten an. Zwischen der Eröffnung der Casinos und den neuen Geschäften lagen nicht mehr als zwei Monate.

»Diese Leute, die sie erwähnt haben, vergessen, dass vor einer Investition ungefähr dreihunderttausend Gulden auf den Tisch gelegt werden müssen. Und dass damit ein hoher Risikofaktor verbunden ist.«

Er schwieg einen Moment.

»Diese Unternehmer sind sehr rasch wieder ausgestiegen, nicht wahr?«

Kylow hielt seine Augen halb geschlossen, um sie vor dem Rauch zu schützen, der von seiner Zigarette aufstieg.

»Und sie leben noch«, fügte Stauff hinzu.

»Wo warst du am Abend des ersten August zwischen fünf und halb zehn?«, fragte Kylow abrupt.

Stauff sah verärgert aus.

»Kylow, du glaubst doch nicht etwa …«

»Ich habe gefragt, wo du warst, Stauff«, unterbrach ihn Kylow.

»Sie verstehen nicht, Meneer Kylow. Wir brauchen nicht mit Pistolen herumzufuchteln, wenn ein Konkurrent auf der Bildfläche erscheint. Es reicht schon, wenn wir in dem Monat nach der Eröffnung eines neuen Spielclubs unseren eigenen Kunden Vorteile anbieten. Zum Beispiel geben wir ihnen für die ersten hundert Gulden Chips im Wert von hundertfünfzig Gulden. Oder …«

»Wo warst du?«

»Also gut. Zuerst war ich mit Lita in Dortmund. Was zum Anziehen kaufen. Danach sind wir nach

Zwolle zurückgefahren und sind gegen halb acht in *Johnnie's Place* essen gegangen, bis etwa um zehn, halb elf. Du kannst den Ober fragen.«

Stauff sah die Überraschung in Kylows Gesicht und lachte innerlich.

»*Johnnie's Place*?«, fragte Kylow mit hochgezogenen Augenbrauen. »Gegenüber vom *Elevator*? Du hast also in der ersten Reihe gesessen? Und wer ist eigentlich diese Lita?«

»Ach, ein Betthäschen, das an mir, oder besser gesagt an meinem Geld hängen geblieben ist.«

Kylow wusste, dass er eine falsche Spur verfolgte. Jedenfalls was Stauff betraf. Schon während des Gesprächs war ihm klar geworden, dass das Motiv für den Mord nicht in den *Golden-Ten*-Kreisen zu finden war. Kylow glaubte Stauff durchaus. Die Spielbosse hatten ihre eigenen Methoden, um Baarls eventuelle Glücksspielpläne zu torpedieren. Ein freundliches Gespräch gehörte gewiss nicht dazu. Aber Mord offensichtlich auch nicht.

Er stand auf.

»Ich lasse das überprüfen«, sagte er und ging zur Tür.

Stauff zog eine Schublade auf und holte einen Stapel Chips heraus.

»Meneer Kylow, darf ich Ihnen im Namen des *Play Happy* diese Chips anbieten?«

Kylow drehte sich um und warf einen sehnsüchtigen Blick auf die Chips, war sich aber darüber im Klaren, dass seine Position ihm verbot, sie anzunehmen.

»Ich spiele nie«, log er. Er öffnete die Tür und zog sie wieder hinter sich zu.

Stauffs Interesse galt bereits wieder den Bildschirmen.

Arnheim, Donnerstag, 8. August, 8.30 Uhr

Obwohl elektrische Oberleitungsbusse fuhren und die fünf großen Parks sich bis weit ins Zentrum hinein zogen, roch Arnheim genauso wie jede andere Stadt. Über Ringe und breite Boulevards führten die Autobahnen aus allen Himmelsrichtungen bis ins Herz der Stadt. Der Geruch wurde geradezu überwältigend von den Auspuffgasen des hineindonnernden Verkehrs bestimmt. Der örtliche Chemieriese fügte sein bittersüßes Aroma hinzu, das manchmal tagelang in der hermetisch abgeriegelten Innenstadt hängen blieb. An der Stelle, wo früher die Stadtmauern gestanden hatten, ragten inzwischen endlose Reihen von Büroklötzen empor. Auf der Südseite trat das lärmende Stadtzentrum mühsam mit dem verschmutzten Rhein in Kontakt.

Es entsprach dem widersprüchlichen Charakter von Jacob Klinker, dass der Achtunddreißigjährige in der Innenstadt arbeitete, aber in der nur vom Rauschen der Bäume gestörten Stille der Hügel auf der Nordseite der Stadt wohnte.

Dort besaß Jacob Klinker eine frei stehende Villa mit acht Zimmern und drei Toiletten. Weitere Früchte seiner erfolgreichen Unternehmungen bestanden in einer Garage mit fernbedienbarem Tor sowie Zwillingen, einem Jungen und einem Mädchen, die er einst in einer sorgloseren Phase seines Lebens gezeugt hatte.

Weniger positive Segnungen waren eine missglückte Ehe und ein unansehnliches Äußeres. Er war klein, dick und seine Haut glich durchscheinendem Pergament.

An den Wochenenden war er selten zu Hause.

Als Jacob Klinker aus der Garage hinaus ins Tageslicht fuhr, war er mit den Gedanken schon bei den bevorstehenden Tätigkeiten. Während er im zähfließenden Verkehr dahinkroch, sprach er über Autotelefon mit seiner Sekretärin. Er erteilte ihr den Auftrag, einen telefonischen Gesprächstermin mit einem Mandanten im Ausland zu vereinbaren. Eine Viertelstunde später, aber weniger als einen Kilometer weiter, kam er bei seinem Büro an, das sich in einem einundzwanzigstöckigen monumentalen Gebäude aus Beton, Stahl und Glas befand. Er parkte seinen Jaguar Sovereign auf einem reservierten Parkplatz. Bevor er das Gebäude betrat, atmete er noch einmal kräftig die Luft draußen ein. Erst zehn oder elf Stunden später würde er den Betonkoloss wieder verlassen. Er grüßte den Pförtner und sah zur gleichen Zeit, dass alle Lifte unterwegs waren. Er glaubte, Zeit zu sparen, indem er die Treppe nahm, doch er hatte nicht mit seiner schlechten Kondition gerechnet. Etwa alle zwei Etagen musste er anhalten und war gezwungen, durch die schmutzigen Fensterscheiben die Aussicht zu genießen. Die Innenstadt lag ein wenig verloren zu Füßen des pompösen Bauwerks.

Klinker war Mitinhaber einer Rechtsanwaltskanzlei mit Filialen in vier verschiedenen Städten. Das Briefpapier war beeindruckend, die verlangten Honorare ebenso. Er hatte sich mit einem kleinen Vermögen eingekauft, das sein Vater ihm vorgestreckt hatte. Dieser hätte ihm das Geld notfalls auch geschenkt, denn er war heilfroh, als sein Sohn den Rebellenpfad verließ und sich der gesellschaftlichen Ordnung zu fügen schien, die er als Student bekämpft hatte.

Doch Jacob Klinker hatte es als Ehrensache betrachtet, das Darlehen zurückzuzahlen. Und es hatte ihn nicht die geringste Mühe gekostet: In weniger als fünf Jahren war er bis in die Spitze der Kanzlei aufgestiegen und verdiente ein entsprechendes Gehalt. Man pflegte ihn als scharfsinnigen, aber langweiligen Juristen zu bezeichnen und er wäre der Letzte gewesen, der dem widersprochen hätte.

Klinker, als Spezialist für Arbeitsrecht und Konkursverfahren, war momentan damit beschäftigt, die Führungsspitze der Behörde Rijkswaterstaat, Abteilung Flüsse, unter Beschuss zu nehmen. Vor vier Wochen hatte er einen geharnischten Brief geschrieben, in dem er die Direktion dazu aufforderte, seinen Mandanten die Aufgaben durchführen zu lassen, zu denen er als Chef der Abteilung Rijn en Waal Nederland berechtigt war.

Nach jahrelangen großen und kleinen Meinungsverschiedenheiten über Angelegenheiten, die von der Reisekostenerstattung bis zur Teilung einer Sekretärin reichten, hatte sein Mandant den Leiter der Abteilung Flüsse als ›die reinste Umweltverschmutzung‹ bezeichnet. Dieser hatte nur auf einen solchen Verstoß gewartet und seine unmittelbare Reaktion bestand aus einem Schreiben, in dem er versuchte, in Erwartung der Ergebnisse einer näheren Untersuchung, den Mandaten aufs Abstellgleis zu schieben.

Klinker verlangte einen hohen Stundensatz, einen wesentlich höheren als die meisten seiner Kollegen. Wer Klinkers Arbeit einen vollen Tag in Anspruch nahm, bezahlte dafür die Summe von fünftausend Gulden. Auch seine Forderungen in den Prozessen waren entsprechend hoch. Die Aussicht auf viel Geld machte seine Mandanten zudem zurückhaltender, die Sache unter der Hand zu regeln, das heißt ohne seine Hilfe.

»Je größer die Mohrrübe vor ihrer Nase, desto länger marschieren sie brav im Joch«, hatte sein früherer Chef ihn gelehrt.

Klinker hatte die Erfahrung gemacht, dass dieser mehr als Recht gehabt hatte.

Am späten Vormittag hatte er im Labyrinth von Recht und Eigennutz den richtigen Weg gefunden. Zuerst diktierte er ein sachlich gehaltenes Schreiben an die Gegenpartei, in dem er ein kurzes Verfahren ankündigte, und danach einen freundlichen Brief an seinen Mandanten, in dem er ihm die gegenwärtige Sachlage auseinander setzte und ihn taktvoll beschwor, in der kommenden, entscheidenden Phase nicht auf Schritte der Gegenpartei einzugehen.

Klinker aß mit seinen Partnern in einem separaten Raum zu Mittag, in dem sich eine kleine Einbauküche befand. Er machte freundliche Witze über einen anspruchsvollen Mandanten und ließ sich von einem jungen Praktikanten einige spektakuläre Neuigkeiten aus der Welt des Fußballs berichten. Den Rest des Nachmittags verbrachte er in der Bibliothek. Gründlich und konzentriert suchte er juristische Literatur über einige komplizierte Konkursfälle zusammen. Schließlich zog er eine Stunde lang ein Informationsnetzwerk zu Rate, das von einem großen Verlag entwickelt worden war, um allerlei juristisches Wissen direkt zugänglich zu machen. Und zu verkaufen.

Um halb sechs schloss er seine Akten in den zentralen Tresor ein, stellte fest, dass er der Letzte in seiner Abteilung war, und ging nach Hause. Der Pförtner grüßte ihn mit abwesendem Blick.

Arnheim, Donnerstag, 8. August, 18.00 Uhr

Klinker geriet auf der Heimfahrt in den abendlichen Berufsverkehr, wodurch er für die Strecke genauso lange brauchte wie ein betagter Spaziergänger. Er massierte sich die Stirn, um die plötzlich aufkommenden Kopfschmerzen zu bekämpfen. Die flackernden Buchstaben des Computerbildschirms brannten noch auf seiner Netzhaut.

Er rieb sich die Augen und verspürte ein großes Verlangen nach einem entspannenden Bad, einem steifen Whiskey und einer aufregenden Frau.

Sofort drängte sich ihm der Gedanke an seine Exfrau auf. Er schüttelte ärgerlich den Kopf und schaltete das Autoradio ein. Heute Abend hatte er gewiss kein Bedürfnis nach einer Frau, die sarkastische Bemerkungen über die schwitzigen, feuchten Streifen zwischen seinen Speckrollen machte. Seine Gedanken wanderten zu Carina, einer teuren Prostituierten, die er in diesem Sommer immer häufiger bestellt hatte.

Während er die Post durchging, betrat er die Küche und ließ sich auf einen Stuhl sinken. Er blätterte gedankenlos in einer der Hochglanzzeitschriften, die man kostenlos zu den Kreditkarten erhielt. Die Menge an Werbeanzeigen für Luxusartikel war überwältigend.

Keine zehn Minuten später kam der Nachbar, ein pensionierter Major, ohne anzuklopfen durch den Garten zur Küchentür herein. Er machte die übliche Schnapsglasgeste und zwinkerte ihm zu. Der Major a. D. kam häufiger zu Besuch, als es Klinker lieb war. Klinker glaubte, dass er einsam war. Der Major dachte dasselbe von Klinker und betrachtete es als nachbarliche Pflicht, den jungen Mann ab und zu zu besuchen, obwohl er es bedauerte, dass dieser nicht im Militärdienst gewesen war.

Klinker besaß nicht die Geistesgegenwart, ihn mit einer plausiblen Ausrede sofort wieder wegzuschicken, und hatte dadurch für die nächste Stunde den Major am Hals, der seine martialischen Männer-unter-sich-Weisheiten zum Besten gab. Es war ungefähr sieben Uhr, als er sich so sehr langweilte, dass der sich entschuldigte und dringende Verpflichtungen am Abend vorschützte. Der Major bewunderte noch kurz die in der Küche aufgehängten Zeichnungen von Klinkers Kindern und verschwand dann schließlich.

Klinker knöpfte sein Hemd auf, während er nach oben ging. Die Badewanne hatte sich innerhalb von fünf Minuten mit lauwarmem Wasser gefüllt. Klinker stellte eine Flasche Famous Grouse und ein Whiskeyglas mit Eiswürfeln in Reichweite und ließ sich mit wohligem Seufzen ins Wasser gleiten.

»Jesus«, sagte er nur.

Eine halbe Stunde lang ließ er seinen Gedanken freien Lauf. Endlich konnte er ungestört an Mischa Baarl denken, den er früher einmal ganz gut gekannt hatte. Er wunderte sich darüber, dass ihm dessen Tod nichts ausmachte. Auch nicht die Tatsache, dass er ermordet worden war. Das Einzige, worüber er sich Sorgen machte, war die Rechnung, die Baarl noch bezahlen musste. Er machte sich in Gedanken eine Notiz, dass seine Sekretärin nächste Woche diesbezüglich einen höflichen Brief an den Nachlassverwalter schreiben sollte.

Er ließ seine Gedanken auf ein paar Schlucken Whiskey weitertreiben und blieb bei der Bowlingparty hängen, auf der er zum ersten Mal bemerkt hatte, dass seine Frau an einem jungen, viel versprechenden Betriebswirt mehr als nur interessiert war. Dieser machte ihr so große Versprechungen, dass sie Klinker nach ein paar Monaten endgültig verließ. Klinker dachte mit Zufriedenheit an das lange Scheidungsverfahren zurück, bei dem er so viel wie irgend möglich für sich herausgeholt hatte. Er hatte seinen Anwalt intensiv gecoacht und war als materieller Sieger aus dem Gefecht hervorgegangen.

Plötzlich stand er auf, zog einen Bademantel über und ging entschlossen zum Telefon in seinem Schlafzimmer.

Der Hörer glitschte ihm aus den nassen Händen, und als er anfing zu sprechen, merkte er, dass ihm der Alkohol auf leeren Magen zu schaffen machte. Er bekam seine Zunge in den Griff und bestellte Carina zu sich nach Hause. Sie würde um zehn Uhr zu seiner Verfügung stehen. Während er seine beginnende Erektion berührte, wartete er auf den Kontrollrückruf.

Nach einem zweiten Anruf, diesmal bei einem chinesischen Restaurant in der Nachbarschaft, wurde zwanzig Minuten später eine üppige Reistafel für zwei Personen zu ihm nach Hause geliefert.

Um sich in Stimmung zu bringen, legte er einen Sexfilm in den Videorekorder ein. Aus Plastikschälchen essend, verfolgte er das Geschehen auf dem Bildschirm.

Bereits um zwanzig vor zehn schellte es an der Haustür.

Arnheim, Donnerstag, 8. August, 23.55 Uhr

Jerzy Sobieski war Alkoholiker und galt offiziell als alt: Zur Erleichterung seiner Kollegen bei der Polizeibehörde für Parkkontrollen war er vor zwei Monaten pensioniert worden. Drei Tage später meldete er sich als Nachtwächter-Vertretung im Arnheimer Industriegebiet am Westervoortsedijk.

Genau eine Woche nach dem makabren Mord in der Bar *Elevator* radelte er über das Gelände, an Fabriken, Büros, Lagerhäusern und Firmengebäuden vorbei. Der Himmel war wolkenlos und es war warm, Jerzy Sobieski war sorglos, ziemlich angeheitert und relativ glücklich. Pflichtgemäß warf er ab und zu einen Blick nach links und nach rechts. Er konnte jedoch nichts Alarmierendes entdecken. Sein Hund, ein Tier unbestimmter Rasse, das zwar aussah, als sei mit ihm nicht gut Kirschen essen, aber ungefährlich war, trottete hinter seinem gemächlich dahinradelnden Herrchen her. Manche Menschen behaupteten, Hund und Herrchen würden sich in vieler Hinsicht ähneln. Wenn etwas Verdächtiges geschehen wäre, hätte es jedenfalls weder Hund noch Herrchen bemerkt. Sobieski war mit seinen Gedanken bei einer Flasche Jonge Jenever in der Baubude, der Hund dachte wahrscheinlich an gar nichts.

Kurzum, die richtige Nacht für einen Nachtwächter vom Kaliber eines Jerzy Sobieski.

Am Ende des Weges lag der Metallbetrieb Vesuvius, der hauptsächlich gewalzte Stahlplatten produzierte.

Sobieski würde, wie immer, kurz mit seiner starken Taschenlampe über das Fabrikgelände leuchten und danach wieder umkehren. Sein Hund, der schon nach wenigen Runden begriffen hatte, dass sein Herrchen auf demselben Weg wieder zurückfahren würde, auf dem sie gekommen waren, blieb in Sichtweite des Betriebs stehen und wartete im Gras schnüffelnd auf Sobieskis Rückkehr.

Dieser näherte sich der Stahlfabrik, die ziemlich weit außerhalb am südlichsten Punkt des Industriegebiets lag. In diesem Teil gab es noch keine öffentliche Beleuchtung und das Rauschen einer Reihe Pappeln übertönte das Dröhnen der weiter entfernt gelegenen Autobahn. Unwillkürlich tastete Sobieski nach dem Schlagstock in seinem Gürtel, das Erbstück eines Armeekameraden, der ihn bei der Militärpolizei häufig gebraucht hatte, um betrunkene Matrosen nach ihrem Landurlaub rechtzeitig wieder an Bord ihres Schiffes zu prügeln. In den Händen von Jerzy Sobieski schien er allerdings keinerlei Unheil anrichten zu können.

Er blieb vor dem Tor der Stahlfabrik stehen und stieg von seinem Fahrrad ab, um zu pinkeln. Trotz der Verlassenheit dieses Ortes ging er um einen fahrbaren Bauwagen herum, um außer Sichtweite von wem auch immer seine Blase zu entleeren.

Zuerst fiel ihm lediglich auf, dass dort ein Jaguar Sovereign geparkt war, dann wunderte er sich darüber, dass ein so teures Auto unbewacht zurückgelassen wurde. Und als er den Reißverschluss seiner Hose wieder zuzog, fand er dies ein wenig verdächtig. Er ging langsam auf den Jaguar zu und leuchtete mit seiner Taschenlampe hinein, doch er konnte nichts Auffälliges entdecken. Er untersuchte die Autotüren. Der Wagen war abgeschlossen. Danach kontrollierte er ihn von außen. Der Jaguar glänzte und schien äußerlich unbeschädigt. Sobieski notierte die Autonummer in seinem Taschenkalender und schlenderte ein wenig umher, während er auf gut Glück den Schein seiner Taschenlampe über das Gelände wandern ließ. Er beschloss, einmal rund um das Fabrikgelände zu laufen, hauptsächlich, um später keinen Ärger zu bekommen, falls er einen Einbruch nicht bemerkt hatte.

Das Gelände wurde von einigen Natrium-Bogenlampen erhellt, die entlang eines hohen Zaunes aufgestellt waren. Direkt links neben dem Eingang standen die Baracken für das Verwaltungspersonal. Schräg dahinter befand sich die Stahlwalzerei und praktisch genau gegenüber der Lagerplatz mit dem riesigen Kran.

Der Lichtkegel von Sobieskis Taschenlampe tanzte über die nördlich gelegenen Holzgebäude: Dort war das meiste zu holen. Alles sah ganz normal aus – das heißt hermetisch abgeriegelt. Er ging weiter und inspizierte den schwach beleuchteten Lagerplatz.

Nichts Auffälliges zu sehen.

Er schaute hinauf. Der Lichtstrahl seiner Taschenlampe reichte gerade einmal bis zur halben Höhe der massiven Träger des mächtigen Krans. Nur mit Mühe konnte er den Führerstand in der Stahlkonstruktion erkennen, die sich dunkel vor dem schwarzblauen Himmel abzeichnete. Die herunterhängenden Kabel und Haken schaukelten sanft im Wind. Der Führerstand des Krans schien unverändert.

Jerzy Sobieski gelangte nun zur seitlichen Fassade der Walzerei, die tagsüber eine Kakophonie zischender, schneidender und dröhnender Geräusche produzierte. Nun herrschte Totenstille.

Jede Fabrik hat ein Depot für Abfallstoffe sowie sonstiges Material, Maschinen und Werkzeuge, die veraltet oder beschädigt sind, aber zu wertvoll, um sie als Müll abholen zu lassen. Dazwischen: Abfall, Zeug, das man nicht sofort wegschaffen kann. Bei Vesuvius lagerte das alles unter freiem Himmel, auf der Rückseite des Gebäudes.

Dort stand Jerzy nun, im dunkelsten Abschnitt seiner Runde. Er schwenkte den Lichtkegel über das unordentliche Sammelsurium und fing damit praktisch sofort die Füße ein, die aus einer Tonne, besser gesagt aus einem Ölfass herausragten.

Jerzy Sobieski spürte den Schock wie einen Schlag in die Magengrube, riss sich zusammen und versuchte, etwas Genaueres zu erkennen. Er schaltete seine Taschenlampe ein paarmal an und aus, als wolle er eine Halluzination verscheuchen. Er konnte kaum glauben, was er direkt vor sich, acht Meter entfernt, mit eigenen Augen sah. Allerdings beschlich ihn eine Vermutung, die ihn frösteln ließ, nämlich, dass an diesen nackten Füßen die Überreste eines Menschen hingen.

Nun war Jerzy Sobieski kein Held, obwohl er in der polnischen Gemeinschaft gerne mit seiner heroischen Kriegsvergangenheit während der Schlacht von Arnheim aufschnitt. Doch er besaß – trotz seiner unverzeihlichen, alkoholbedingten Nonchalance – eine primitive Form von Berufsethos, die ihn zwang, diese unheimliche Situation näher zu untersuchen.

Durch den Adrenalinausstoß nüchterner geworden, bewegte er sich im Laufschritt in Richtung Tor, holte einen Schlüsselbund aus seiner Innentasche, öffnete die stählerne Zugangstür und rannte am Zaun entlang zurück. Keuchend und zu Gott betend, dass nicht wahr sein möge, was er da erblickt hatte, blieb er in sicherem Abstand stehen.

Die Knöchel waren mit Stricken gefesselt. Die Tonne war bis zum Rand mit einer ölartigen Substanz gefüllt, von der eine große Pfütze auf den Boden geschwappt war.

Kriegsheld oder nicht: Jerzy Sobieski brauchte mindestens drei Minuten, um diese Szene als Teil der Wirklichkeit zu akzeptieren. Er stand da wie angewurzelt und fluchte leise auf Polnisch, etwas, was er sich gar nicht mehr zugetraut hätte. Er näherte sich der Tonne bis auf Armeslänge und kniff in einen der großen Zehen. Der Zeh fühlte sich kalt und glibberig an. Aber vor allem: tot.

Er leuchtete in die Tonne, doch im glänzenden Schlamm spiegelte sich nur sein eigenes, schreckverzerrtes Gesicht wider. Das brachte ihn zur Besinnung.

Er stieß einen Schrei aus und rannte so schnell er konnte zum Eingang. Mit bemerkenswerter Geschmeidigkeit sprang Sobieski auf sein Fahrrad und fuhr so schnell wie möglich zur Baubude. Der Hund im Gras sah verwundert zu, wie sein Herrchen mit großer Geschwindigkeit an ihm vorbeisauste und begann, hinter dem sich rasch entfernenden Rücklicht herzutrotten. Bei der Baubude angekommen, stieg Sobieski vom Fahrrad, spuckte auf den Boden und bekam nach einigen vergeblichen Versuchen, bei denen er ängstlich über die Schulter blickte, die Tür auf. Er schnappte sich die Flasche billigen Jenever vom Tisch und nahm ein paar kräftige Schlucke. Die eingenommene Dosis konnte ihn jedoch nicht beruhigen, genauso wenig wie sein Hund, der nach einiger Zeit ebenfalls die Baubude erreicht hatte.

Erst fünf Minuten und ebenso viele tiefe Züge später nahm Sobieski den Telefonhörer ab und rief die Polizei an.

Arnheim, Freitag, 9. August, 0.50 Uhr

Bei dem Opfer handelte es sich um Jacob Klinker.

Um dies festzustellen, brauchte man drei Stunden. Wohlgemerkt: die ersten drei einer langwierigen und frustrierenden Untersuchung, die der Polizei alle Hände voll Arbeit bescheren sollte.

Nach der wirren Meldung von Jerzy Sobieski waren zwei Streifenpolizisten zum Industriegelände geschickt worden. Sie brauchten einige Minuten, um sich von dem Schreck zu erholen. Obwohl ein Laie eigentlich nur im Fall einer Enthauptung von vornherein davon ausgehen darf, dass das Opfer nicht mehr lebt, war ihnen klar, dass der Besitzer der Fußsohlen hundertprozentig tot sein musste. Über Funk nahmen sie Kontakt mit dem Polizeipräsidium auf. Dann hielten sie zehn Minuten lang Wache bei der Leiche, wobei sie die ganze Zeit unruhige Blicke um sich warfen. Doch es war keine Menschenseele zu sehen.

Als erster Vertreter der Kripo traf Kriminalkommissar Karel Zadig ein. Die Beamten erstatteten ihm kurz Bericht über das, was sie vorgefunden und was sie unternommen hatten. Zadig nickte. In der Ferne hörte er schon die Sirenen der Wagen, mit denen ein ganzes Regiment Kriminalpolizisten auf dem Weg hierher war. Die Beamten schickte er zurück zu ihrem Streifenwagen und für kurze Zeit blieb er mit der Leiche von Klinker allein. Er wahrte einen gewissen Abstand, um keine Spuren zu verwischen, und starrte die wehrlosen Füße an, die über den Ölspiegel hinausragten. Er wurde von einer tiefen Mutlosigkeit überfallen, einem prophetischen Gefühl, das drei Wochen später zurückkehren sollte, als es so aussah, als sei die

Untersuchung festgefahren. Doch in diesem Moment wurde sie von dem tragischen Anblick eines Menschen verursacht, der auf schmutzige Weise ermordet worden war, in einer schmutzigen Tonne in einem schmutzigen, entlegenen Winkel der Stadt.

Er richtete den Strahl einer kleinen Stablampe an seinem Schlüsselanhänger in den schwarzen Brei, der das Licht zu absorbieren schien und alles Mögliche verbergen konnte. Zadig steckte den Zeigefinger in den Schlamm und zerrieb ihn zwischen Daumen und Zeigefinger. Er fühlte Eisenspäne und fragte sich, wie viele Chemikalien das Labor wohl darin finden würde.

In diesem Augenblick hielten drei Streifenwagen auf dem Lagerplatz und innerhalb einer Viertelstunde hatte sich die Szenerie völlig verändert.

Drei große Scheinwerfer auf Stativen tauchten die Tonne in grellweißes Licht. In einem Radius von hundert Metern wurde das Gelände von Kriminalbeamten mit starken Lampen ausgeleuchtet, die mit einer Untersuchung der Umgebung begonnen hatten. Aus den Funkgeräten krächzten die Stimmen aus dem Präsidium. Beim Eingangstor drohte ein Handgemenge zwischen einem Beamten und den Zeitungsreportern eines lokalen Morgenblatts, die Fotos machen wollten, aber keine Erlaubnis dazu erhielten.

Zadig musste persönlich kommen, um die Lage zu entschärfen. Er versprach den Reportern, dass sie fotografieren dürften, wenn die Bahre in den Krankenwagen geschoben würde. Dies könne allerdings noch ein paar Stunden dauern. Während er zurückkehrte, gab er den Befehl, alle zur Verfügung stehenden Streifenpolizisten zusammenzutrommeln, um die Absperrung zu bewachen – schon allein im Hinblick auf die unvermeidlichen Bewohner der Nachbarschaft, die innerhalb kürzester Zeit feststellen würden, dass etwas passiert war, selbst wenn sie Kilometer weit entfernt wohnten.

Maßbänder wurden ausgerollt und allerlei Gegenstände, die eventuell wichtig sein konnten, mit einer Zange oder einer Pinzette umsichtig in Plastiktüten verpackt. Diese wiederum wurden sorgfältig zugedrückt und nummeriert.

Ein kleiner Kranwagen musste anrücken, um die Leiche aus dem Fass zu heben. Zadig starrte fasziniert auf die amorphe, schwarze Masse, die Zentimeter für Zentimeter aus dem Ölfass hervorkam. Ein Kollege von der Kripo untersuchte mit einer Pinzette vorsichtig die Taschen des Bademantels, den Klinker trug.

Die Identifikation des Opfers war Zadigs vordringlichste Sorge. Zunächst boten sich ihm nur relativ wenige Anhaltspunkte. In Klinkers Bademantel befanden sich ein paar durchweichte Papiertaschentücher und zwei verpackte Kondome. Das war zu wenig, um seine Identität feststellen zu können. Zur Sicherheit ließ Zadig kürzlich eingegangene Vermisstenanzeigen nachprüfen. Es gab keine.

Zadig selbst untersuchte noch an Ort und Stelle den Leichnam. Der Strick, mit dem man seine Fuß- und Handgelenke gefesselt hatte, war losgeschnitten und sorgfältig verpackt worden. Klinker lag jetzt mit weit gespreizten Beinen auf einer großen Plastikplane. Unter seinem Bademantel war er nackt und er verbreitete einen immer stärker werdenden Ölgeruch. Kein Armband, keine Uhr oder irgendein anderer Gegenstand zierte seinen dicken, toten Körper. Keine Tätowierungen oder Narben lieferten irgendwelche Indizien, bis auf die Verletzungen, die wahrscheinlich in Zusammenhang mit seinem kürzlichen Ableben standen.

»Wer hat ihn eigentlich entdeckt?«, fragte Zadig, während er dem Gerichtsmediziner ein Zeichen gab, der auf dem Kotflügel eines Streifenwagens saß und geduldig wartete, bis er an der Reihe war.

»Jemand vom Wachpersonal«, antwortete ein Kriminalbeamter.

»Wo ist er jetzt?«

Der Beamte zuckte mit den Schultern. Die anderen Kollegen fuhren mit ihrer Arbeit fort, als ginge sie die Frage nichts an.

»Geh zu ihm und bring ihn hierher«, befahl Zadig in scharfem Ton.

»Ja, Chef«, antwortete der Beamte.

Zadig beschloss, nicht auf diesen unverhohlenen Spott zu reagieren.

Der Gerichtsmediziner kam auf ihn zu.

»Der Tod ist erst vor kurzem eingetreten, erst vor einer oder vielleicht auch zwei Stunden. Maximal zwei«, sagte er.

»Noch keine Leichenstarre an den Kiefergelenken?«, fragte Zadig.

»Noch genauso weich wie sein dicker Bauch.«

Diese Art von mitternächtlichem Zynismus war durchaus nicht unüblich.

Der Kriminalbeamte kam nach einer Viertelstunde mit einem Zettel zurück, auf dem der Name von Jerzy Sobieski stand. »Er hat wohl von seinem Wachtposten aus angerufen«, sagte er.

»Schön«, antwortete Zadig, »dann weißt du ja, wo du ihn jetzt suchen musst.«

Er deutete auf einen jungen Beamten, der gerade mit einer neuen Rolle Flatterband angelaufen kam.

»Nimm ihn ruhig mit.«

Eine halbe Stunde später, in der sich nichts Besonderes ereignet hatte, wurde Zadig gebeten, sich zum

Kombi zu begeben. Im Wagen traf er einen aufgelösten Jerzy Sobieski an, der wütend protestierte. Seine Hände waren mit Handschellen auf dem Rücken gefesselt und der Polizist hielt ihn in Schach, indem er ihm einen Schlagstock unters Kinn presste.

Zadig blickte seinen Untergebenen fragend an.

»Und?«, fragte er.

»Das ist er«, antwortete der Kriminalbeamte. »Er wollte zuerst nicht mitkommen. Als wir darauf bestanden, drohte er, seinen Hund auf uns zu hetzen. Also Artikel 180. Danach widersetzte er sich seiner Festnahme.«

»Artikel 179«, ergänzte der Beamte.

Sobieski murmelte etwas und verschluckte sich, als der Beamte den Schlagstock ein wenig fester an seine Kehle drückte.

»Gott verd...«, begann Zadig, schluckte aber seine Wut herunter.

»Mach ihn los«, sagte er nur.

Er nahm Sobieski mit nach draußen und wies ihn an, sich auf einen Stapel Stahlplatten zu setzen. Jerzy war nicht nur außer Fassung, weil er die Leiche gefunden hatte, sondern erstickte auch beinahe an dem Zorn über die Behandlung, die er sich von Zadigs Untergebenen hatte gefallen lassen müssen.

Außerdem war er betrunken. Nachdem er die Polizei alarmiert hatte, hatte sich Sobieski auf die Flasche gestürzt, als sei es die letzte, die er in seinem Leben noch in die Hände bekommen würde. Es dauerte eine Viertelstunde, bevor sich Zadig aus den wirren Antworten Sobieskis ein Bild von den Geschehnissen zusammenreimen konnte.

Frage für Frage gelang es ihm, dahinter zu kommen, was Sobieski genau gesehen hatte, wann und wo. Zadig bot ihm eine Zigarette an und Sobieski tastete in seinen Taschen nach Feuer. Dabei holte er den Taschenkalender zum Vorschein, in dem die Autonummer des geparkten Jaguar Sovereign stand.

Er starrte sie verwundert an und reichte den Kalender ohne einen Kommentar Zadig, der ihn fragte, was er damit solle.

»Teures Auto«, murmelte Sobieski, »da!«

Er winkte mit der Hand in Richtung Straße. Zadig folgte seiner Handbewegung, sah aber nur den Fuhrpark der Polizei. Er fragte nochmals wo, bekam denselben Hinweis und fragte dann nach dem Zeitpunkt.

Das war eine viel zu schwierige Frage, doch Sobieski tat sein Bestes, die Antwort aus seinem benebelten Gehirn auszugraben. Er kniff die Augen zusammen und stemmte den Unterarm zwischen Kinn und Knie.

»Bring uns einen Kaffee«, sagte Zadig zu einem Beamten, der sich ihm mit einem Stapel Papiere in der Hand näherte. »Und lass diese Autonummer sofort überprüfen.«

Inzwischen entnahm er dem Bericht Sobieskis, dass er kurz vor der Entdeckung der Leiche einen metallicblauen Jaguar Sovereign an der Straße hatte stehen sehen. Nachfragen bei den Beamten, die den Toten danach aufgefunden hatten, ergaben eine negative Antwort. Der Wagen hatte zu der Zeit garantiert nicht mehr dort gestanden. Fünf Minuten später erhielt Zadig auf einem Zettel Name, Adresse und Alter des Autobesitzers.

Zunächst ließ er bei Klinker zu Hause anrufen. Niemand ging ans Telefon. Er schickte zwei Beamte hin, aber niemand öffnete ihnen die Tür. Als sie um das Haus herumgingen, entdeckten sie, dass bei einem der Nachbarn noch Licht brannte und sie beschlossen, sich dort zu erkundigen.

Ein brummiger Major a. D. machte ihnen auf. Er erklärte, Klinker sei etwa gegen zehn Uhr weggefahren. Wohin, wisse er nicht. Er habe ihn nicht zurückkommen hören, obwohl er einen leichten Schlaf habe. Das Knirschen des elektrischen Garagentors reiche aus, um ihn aus dem Schlaf zu reißen. Er ging zusammen mit den Kriminalbeamten zur Garage, um nachzuschauen. Das Tor stand noch offen.

Das sei nicht Klinkers Art, erklärte der Major bestimmt. Daraufhin baten ihn die Kriminalbeamten, nach telefonischer Beratung mit Zadig, einen Blick auf das zu werfen, was man auf dem Industriegelände gefunden hatte.

Um zehn vor vier in jener Nacht identifizierte der erbleichende Exsoldat den Leichnam in der Ölpfütze als Jacob Johanna Klinker, Notar und Rechtsanwalt zu Arnheim.

Zadig atmete erleichtert auf, als der Major davonwankte, und stellte zufrieden fest, dass die Ermittlungen nun rasch in Gang kamen.

Zwolle, Samstag, 10. August, 10.00 Uhr

Donald de Wacht stand an jenem Morgen mit einem unbehaglichen Gefühl auf. Etwas nagte an ihm. Normalerweise hätte er nach einer physischen Katharsis, die er durch eine acht Tage lange, spartanische Diät aus Obstsäften, isotonischen Getränken, kiloweise Grünfutter sowie vielen Kilometern Laufen erreichte, wieder der alerte, kritische Journalist sein müssen.

Doch das war er nicht.

Er hatte es nicht geschafft, seinen Geist nach den Ereignissen im *Elevator* zu reinigen. Die Nacht voller Alkohol, Zigaretten und Rock 'n' Roll, die dem Abend des Mordes gefolgt war, hatte das Bild des blutverschmierten Lifts nicht auslöschen können.

Als Auslandskorrespondent in Kriegsgebieten hatte de Wacht mit Hilfe eines sorgfältig aufrechterhaltenen inneren Abstands Tod und Gewalt in Nachrichten und Hintergrundstorys übertragen können. Wirkliche Betroffenheit hatte er sich nie erlaubt. Das hatte ihm eine gehörige Portion Zynismus, einen starken Hang zum Alkohol und eine Ehescheidung eingebracht. Seine Rückkehr in die Niederlande, zuerst nach Arnheim und vier Jahre später nach Zwolle, hatte den Beginn einer relativ sorglosen Periode eingeläutet, die nun spektakulär durch den Mord an jemandem, den er näher gekannt hatte, gestört wurde.

Splitterfasernackt saß de Wacht gähnend auf dem Rand seines Bettes und griff nach seinem Päckchen Zware Shag. Obwohl es erst zehn Uhr morgens war, perlten ihm am ganzen Körper Schweißtröpfchen hinunter.

Nach einer kühlen Dusche zog er eine Jeans und ein viel zu großes T-Shirt mit der Aufschrift: ›WHAT THE

HELL AM I DOING HERE?‹ an, das Geschenk eines australischen Kollegen, mit dem er einmal in San Salvador kräftig gesoffen hatte. Die Buchstaben waren inzwischen verwaschen und der Kollege war vor Jahren von einer Autobombe zerfetzt worden.

Aus dem Briefkasten vier Etagen weiter unten holte er die Post rauf, kochte sich einen Espresso und wollte sich gerade mit seiner vollen Aufmerksamkeit der Morgenzeitung widmen, als der Piepton des Telefons wie ein Skalpell seine morgendliche Ruhe durchschnitt.

Ella Beaulieu, seine Exfrau, teilte ihm mit, sie wolle nachher ›mal kurz vorbeischauen‹, nach einem Besuch bei ihrer Mutter, die in einem äußerst schicken Seniorenheim etwas außerhalb von Assen gut untergebracht war. Ella wohnte in Arnheim und ›schaute‹ mit zunehmender Häufigkeit ›vorbei‹.

»Ich werde Mama von dir grüßen.« Sie sprach ›Mama‹ französisch aus.

»Warum?«, fragte de Wacht. »Deine Mutter kann mich ungefähr so gut leiden wie ihre Hämorrhoiden.«

»Donald! Also bitte! Mama kann dich sehr gut leiden. Papa übrigens auch.«

»Ja, ja, schon gut, dann grüß deine Mutter eben von mir. Wann bist du hier?«

»So etwa gegen vier.«

Im Supermarkt in der Innenstadt lief er eine Stunde später Keuchenius, seinem Kollegen von der Abendzeitung, über den Weg. Der Spezialist für Klatschgeschichten war immer mit allen einer Meinung und verbreitete einen Geruch, der an einen Jauchewagen in Aktion erinnerte.

Nach der Ankunft von Donald de Wacht beim Nachrichtendienst in Zwolle flüsterte der Mann jedem, der es nur hören wollte, zu, de Wacht sei ein Sonderling, vielleicht sogar ein wenig bemitleidenswert. Er sei durch diverse Kriege völlig abgestumpft. Er sei blasiert. Und er trinke zu viel. Niemand glaubte ihm, aber alle hörten ihm zu.

De Wacht hatte sich tatsächlich erst allmählich wieder an den niederländischen *hokjesgeest*, dieses typische Schubladendenken, gewöhnen müssen; daran, dass viel Wind um nichts gemacht wurde, und auch an die Intrigen im Büro, die die Mentalität in einer Provinzredaktion prägten. Und besonders am Anfang hatte er viel Alkohol gebraucht, um den Gewöhnungsprozess zu beschleunigen. Er konnte fesselnd schreiben und hatte eine Nase für Neuigkeiten. Außerdem machte es ihm nichts aus, hart zu arbeiten oder seinen Kollegen Arbeit abzunehmen. Er war kritisch, konnte aber auch Kritik vertragen. Zudem wurde er ihnen nicht durch berufliche Ambitionen gefährlich. Vor allem deswegen akzeptierten sie ihn letztendlich.

Keuchenius begrüßte ihn herzlich. Zu herzlich, fand de Wacht.

»Okay, raus mit der Sprache, erzähl mir schon irgendein schmutziges Gerücht«, sagte de Wacht umgänglich.

Der Journalist senkte seine Stimme ein wenig und sagte in einem dramatischen Ton: »Ich habe gehört, dass du diesen Baarl vom *Elevator* noch von früher kanntest. Es lief wohl nicht so gut zwischen euch beiden, was?«

Er warf gespielt verschwörerische Blicke um sich.

»Und er wurde praktisch direkt vor deiner Nase umgebracht. So ein Zufall, was?«

»Ja«, sagte de Wacht, »so was nennt man in unserem Fach Instinkt. Schönes Wochenende noch.«

De Wacht ging mit seinem vollen Einkaufswagen zur Kasse und winkte Keuchenius, ohne sich umzudrehen, eine Art Abschiedsgruß zu. Es hätte auch eine Geste des Wegwerfens sein können.

Mit zwei Einkaufstaschen am Fahrradlenker und einem Kasten Pils auf dem Gepäckträger radelte Donald de Wacht zu seinem Mietshausviertel am Rande des Stadtzentrums. Es war nach dem Krieg in der damals unumgänglichen Krisenarchitektur erbaut worden, doch de Wacht schätzte seine geräumige Wohnung und vor allem die Anonymität, die das Viertel bot. Er kannte seine Nachbarn kaum.

De Wacht stellte sein Fahrrad im Schuppen ab und schleppte seine Einkäufe in die vierte Etage, die beiden Taschen in der linken Hand, den Bierkasten in der rechten. Bereits nach zwei Treppen brannte ihm der Schweiß in den Augen und oben angekommen schien es, als bade er in seiner eigenen Transpiration. Das T-Shirt klebte ihm am Körper.

Er packte die Einkaufstaschen aus und schob das Bier mitsamt dem Kasten in den altmodischen, aber sehr imposanten Stulz-Kühlschrank. In der Gemüseschublade fand er eine vergessene Bügelflasche Bier. Er setzte die Flasche an den Mund und trank den Inhalt in einem Zug leer. Dann spülte er unter der Dusche den Schweiß ab und zog anschließend eine Unterhose über. Erst da sah er das flackernde Lämpchen seines Anrufbeantworters.

De Wacht spulte das Band zurück und hörte die Stimme Fred Benters, der ihn bat, möglichst noch ›gestern‹ Kontakt mit ihm aufzunehmen. Noch bevor er die Chance dazu erhielt, klingelte das Telefon.

»Don, ich bin's, Fred.«

»Ich wollte dich gerade anrufen, Fred.«

»Hast du die Zeitung schon gelesen?«, fragte Benter. Sein Ton war unnatürlich direkt.

»Nein.«

»Schau dir mal die Titelseite an.«

De Wacht ging mit dem Telefon zum Tisch und fand nach einigem Suchen den ersten Teil der Samstagszeitung.

»Okay, ich hab sie. Was soll ich mir anschauen?«

»Den Mord an dem Arnheimer Rechtsanwalt«, sagte Benter angespannt.

»Rechts unten«, fügte er ungeduldig hinzu.

De Wacht las den Artikel.

»Ja und?«

»J. J. K., in Klammern 38, ist Jacob Johanna Klinker! Klinker und Mischa waren zu meiner Arnheimer Zeit dicke Freunde. Und jetzt sind beide über den Jordan. Und zwar nicht freiwillig, sondern beide wurden auf äußerst üble Weise um die Ecke gebracht.«

De Wacht konnte sich vage an Klinker erinnern, einen kleinen, sanftmütigen Jungen mit dicken Brillengläsern, der ein zwanghaftes Bedürfnis hatte, akzeptiert zu werden. Er stellte sich aber im Laufe der Zeit als ehrgeiziger heraus, als de Wacht vermutet hatte.

»He, de Wacht, bist du noch da?«

Donald de Wacht spürte, wie sich seine Laune verschlechterte. Er faltete die Zeitung zusammen und sagte: »Tja, harte Zeiten. Ich werde mal die Kollegen in Arnheim anrufen und sie nach weiteren Details fragen. Komm heute Mittag gegen zwei Uhr vorbei, dann machen wir es uns gemütlich. Und bring dein Archiv mit.«

Er schleppte einen Stuhl auf den Balkon und ließ sich hineinsinken. Er sah voraus, dass es nach Benters Ankunft mit seinem freien Samstag vorbei wäre, und beschloss, in der kurzen Zeit, die ihm bis dahin noch blieb, seine Freiheit zu genießen. Nach ungefähr zehn Minuten versank er in eine Art Halbschlaf. Schweißtropfen rannen ihm über die kaum gebräunte Haut.

Zwolle, Samstag, 10. August, 14.00 Uhr

Als Benter schellte, schlüpfte de Wacht in einen ausgeblichenen Morgenmantel und ein Paar Plastiklatschen. Er kontrollierte über die Sprechanlage, ob es wirklich Benter war, der ihn geweckt hatte. Er brauchte nicht lange an der Tür zu warten. Benter ging schon mit energischen Schritten die Galerie entlang; wahrscheinlich war er die zweiundsiebzig Stufen der Treppe heraufgeflogen. Er trug gelb-blau-rote Bermudashorts und ein geblümtes mexikanisches Hemd mit kurzen Ärmeln. Seine bloßen Füße steckten in verschlissenen Turnschuhen. Dazu hatte er eine weiße Kappe sowie eine Sonnenbrille mit verspiegelten Gläsern aufgesetzt. An seiner Schulter baumelte eine Ledertasche.

Fehlt nur noch der Fotoapparat, dachte de Wacht. Es erstaunte ihn, dass es Benter immer wieder gelang, selbst die lächerlichsten Klamotten mit so viel Stil zu tragen.

»Hi, Sunny!«, sagte Benter und zupfte kurz an dem Revers von de Wachts Morgenrock.

Er ging schnurstracks durch in die Küche und zog die Kühlschranktür auf. Kritisch beäugte er den Vorrat an Bierflaschen. »Ist das alles, was du hast?«

De Wacht zeigte auf eine Plastiktüte mit dem Aufdruck einer Ladenkette.

Benter nahm eine Flasche billigen weißen Rum heraus, eine lauwarme Flasche Cola und zu guter Letzt eine bunte Flasche weißen Martini, die er mit angewidertem Gesicht auf die Anrichte stellte. Ohne ein Wort zu sagen, tauchte er wieder in den Kühlschrank ab. »Na ja, wenigstens sind Eiswürfel da.« Er ließ sie klimpernd in ein Glas fallen, goss Cola und Rum in jeweils gleicher Menge hinzu und presste mit der Hand eine halbe Zitrone über dem Glas aus.

»Aaaah, ein altmodischer Cuba Libre«, seufzte er genüsslich nach einem kräftigen Schluck. »Trink du doch auch was«, fügte er hinzu, »dann fällt das Reden noch leichter.«

De Wacht öffnete eine Halbliterflasche Pils. »Du fühlst dich wohl überall zu Hause, was?«, fragte er.

»Ja, noch«, antwortete Benter, »aber wenn du dir Mühe gibst, wirst du der Einzige für mich, Schatz.«

De Wacht hob abwehrend die Hände. »Hast du dein Archiv dabei?«

Benter öffnete seine Schultertasche und reichte de Wacht eine mehrere Zentimeter dicke Aktenmappe. »Bitte schön. Meine dunkle und ruhmreiche Vergangenheit.«

De Wacht wies zum Balkon und nahm einen Stuhl. Er fing an, die Akte zu lesen, akribisch und systematisch. Sie enthielt Zeitungsausschnitte über die Hausbesetzerbewegung, Protokolle der verschiedenen Arbeitsgruppenversammlungen, zerfledderte Faltblätter, Listen mit potenziell besetzbaren Häusern, Ukasse, Aufrufe zu Demonstrationen und andere Überbleibsel aus Benters Vergangenheit als Aktivist. De Wacht hatte die Akte innerhalb einer Viertelstunde gelesen. Er war in der Lage, große Mengen von Informationen schnell zu verarbeiten, zu interpretieren und in seinem Gedächtnis zu speichern.

Er klappte die Akte zu.

»Nehmen wir einmal an, die Morde an Jacob Klinker und Mischa Baarl hätten etwas miteinander zu tun, dann bleibt noch die Frage offen, ob es eine Verbindung zu ihrer linksradikalen Vergangenheit gibt. Die Antwort darauf steht nicht da drin.« Er zeigte auf die Akte: »Mir ist zumindest nichts aufgefallen.«

»Das einzig Auffällige ist die Geschwindigkeit, mit der sie sich beide von Fulltime-Aktivisten in Fulltime-Yuppies verwandelten«, sagte Benter.

De Wacht nickte. »Aber das Gleiche gilt auch für andere Leute. Und die leben noch.« Er schwieg einen Moment. »Jacob ist auf furchtbare Weise ums Leben gekommen. Mischa ebenfalls. In ihrer aktiven Periode haben sie sich, soweit ich weiß, gut gekannt. Sie waren in denselben Arbeitsgruppen.«

De Wacht und Benter lehnten am Geländer des Balkons, der Aussicht auf ein Stück Rasen zwischen den Häusern bot. Etwa zehn Kinder spielten darauf Fußball.

»Sie haben sich in verschiedene Richtungen entwickelt«, sagte Benter. »Meiner Meinung nach hatten sie keinen Kontakt mehr zueinander.«

»Bist du dir sicher?«, fragte de Wacht. Er konnte sein journalistisches Misstrauen nicht unterdrücken.

»Nein«, antwortete Benter, »ich hab das nur so gesagt. Ich weiß überhaupt nichts. Manchmal höre ich etwas und manchmal sehe ich etwas. Aber für ein gutes Gespräch bin ich immer zu haben!«

Er ließ sich in de Wachts Balkonstuhl fallen und schob seine Sonnenbrille hoch.

De Wacht grinste düster. Er hasste unzuverlässige Quellen. Und Fred Benter war genauso verlässlich oder nicht wie jeder andere gewöhnliche Sterbliche. Doch Benter störte de Wachts Skepsis nicht.

»Durch die Snijder-Affäre hat sich ihr Verhältnis abgekühlt. Vorher waren sie dicke Freunde. Doch diese Sache bedeutete das Ende der x-ten Arbeitsgruppe, und wenn ich mich recht erinnere, hat Klinker sich danach von der Bewegung zurückgezogen. Er hatte es schon seit einer ganzen Weile satt und das war ein guter Anlass, auszusteigen und sein Studium zu beenden. Eine wirklich gute Entscheidung. Er ging nach

Amsterdam und hatte dort innerhalb eines Jahres sein Examen in der Tasche. Mit dem Geld seines Vaters hat er sich bei Schettring & Co. eingekauft. Danach zog er innerhalb kürzester Zeit ins Reicheleuteviertel um.«

»Worum ging es bei der Snijder-Affäre?«, fragte de Wacht.

»Es war eine dieser Geschichten, um die eine Menge Wirbel gemacht wird, die sich aber im Nachhinein als halb so wild entpuppen. In der Arbeitsgruppe Innenstadt war damals der Vorschlag gemacht worden, ein leer stehendes Fabrikgebäude zu besetzen. Es stand mitten in einem Wohngebiet und sollte abgerissen werden, weil an dieser Stelle ein Einkaufszentrum entstehen sollte. Der Großkapitalist, der diese Missetat begehen wollte, hieß Snijder und war Inhaber einer Baugesellschaft in Groningen.

Nach Prüfung der Sachlage kam die Idee auf den Tisch, in dem Gebäude eine kleinformatige Arbeits- und Wohngemeinschaft zu gründen. Jacob Klinker und Mischa Baarl koordinierten die Vorbereitung und die Durchführung. Mischa war verantwortlich für das Auskundschaften und die tatsächliche Besetzung, Jacob regelte die Kontakte mit der Presse und kümmerte sich um die juristische Seite der Sache. Er sollte auch die Verhandlungen mit der Gemeinde und den Politikern führen. Für Klinker war sonnenklar, dass der ganze Plan ohne die Unterstützung der politischen Parteien zum Scheitern verurteilt war. Man hätte hunderttausende Gulden an Gemeindesubventionen gebraucht, um das Gebäude nach der Besetzung umzubauen, und vielleicht hätte die Gemeinde es sogar ankaufen können. Klinker dachte weiter als nur bis zum Morgen nach der Besetzung und brachte seine Meinung offen zur Sprache. Er plädierte für einen engen Kontakt zu den linken und nach links tendierenden Gemeinderatsmitgliedern. Doch damit rührte er an ein sehr empfindliches Tabu der Bewegung: Dort war man allgemein der Überzeugung, dass sich gerade die Sozialdemokraten als kapitalistische Wölfe im sozialistischen Schafspelz erwiesen hätten. Hatte nicht ein sozialdemokratischer PvdA-Innenminister Tausende Bereitschaftspolizisten eingesetzt, um einen Volksaufstand gegen die Kernenergie in Dodewaard niederzuschlagen?«

Benter knöpfte sein Hemd auf und entblößte seinen gebräunten Oberkörper. Mit einem gewissen Neid stellte de Wacht fest, dass er seine Muskeln in perfekter Kondition zu halten verstand. Er stand auf, um ein kaltes Bier zu holen. Benter gab ihm im Vorbeigehen sein Glas mit.

»Noch mal dasselbe, bitte. Also, Klinker konnte seinen Vorschlag bald vergessen. Es musste entweder schnell passieren oder gar nicht. Nun war Klinker einen Monat vor der geplanten Besetzung festgenommen worden. Jacob hatte, wie es alle regelmäßig taten, bei einem Klebetrupp mitgemacht, der zu bestimmten Zeiten Plakate in der Stadt anbrachte. Ein Klebetrupp bestand aus drei Personen: einer mit einem Eimer Leim, einer mit einer Rolle Plakate und einer, der Schmiere stand. Eines Tages wurde der ganze Trupp sonntagmorgens in aller Herrgottsfrühe von zwei Polizisten in Zivil einkassiert. Jacob wurde erst im Laufe des Abends freigelassen, während die anderen beiden bereits nach einer halben Stunde wieder draußen auf der Straße standen. Klinker erzählte, er habe die ganze Zeit in einer Zelle gesessen. Entweder hatten sie ihn vergessen oder es war aus reiner Schikane geschehen. Diese Sache wurde später gegen ihn verwendet.

Die große Besetzung war für einen Montagmorgen während der Hauptverkehrszeit geplant. Zu diesem

Zeitpunkt hatte die Polizei alle Hände voll mit dem Straßenverkehr zu tun. Um jedes Risiko auszuschließen, wurde in der Snijder-Gruppe beschlossen, das Gebäude mit drei Leuten vorzubesetzen. Die große Gruppe von ungefähr fünfzig Mann hätte dann problemlos mit dem Hausrat durchmarschieren können, wenn ihnen die Türen von innen geöffnet worden wären. Auf diese Weise hätte man kostbare Zeit gespart und man hätte nicht auffällig mit Brecheisen und Vorschlaghämmern zu arbeiten brauchen, um in das Gebäude einzudringen. Die Vorbesetzung erfolgte nachts. Mischa Baarl und zwei weitere Mitglieder der Snijder-Gruppe rüttelten einen Kellerrost los und ließen sich hineinrutschen. Drinnen wurden sie von einer Schlägertruppe der Firma Snijder erwartet, sechs oder sieben Bauarbeiter, denen dieser Job richtig Spaß machte.«

Benter schwieg einen Moment, um einen Schluck von seinem frischen Cuba Libre zu trinken. »Prima Zeug! Die billige Cola schmeckt doch immer noch am besten. – Als sie mit Baarl und seinen Kumpeln fertig waren, übergaben sie sie vier Polizisten, die schon in einem Kleinbus auf dem Innenhof des Gebäudes warteten und Zigaretten rauchten. Von dort wurden die Besetzer dann zum Polizeipräsidium gebracht.

Die große Gruppe unter der Leitung von Jacob machte sich zur verabredeten Zeit auf den Weg und wurde von einem zivilen Streifenwagen aus unauffällig verfolgt und gefilmt. Bei der Fabrik machte auf das vereinbarte Klopfsignal hin keiner auf. Mit Stuhlbeinen schlugen sie ein Seitenfenster ein, und in diesem Moment wurde die Straße von zwei Einsatzwagen der Bereitschaftspolizei abgeriegelt. Alle wurden eingesammelt.«

»Warst du auch dabei?«, fragte de Wacht.

»Nein, ich war in der juristischen Beratergruppe. Als

ich an diesem Montagmorgen in mein Büro kam, hatte ich auf einen Schlag sechzig Mandanten dazugewonnen.«

»Da hat die Kasse geklingelt!«, sagte de Wacht.

»Von wegen«, antwortete Benter, »die Staatsanwaltschaft warf sie alle in einen Topf. Ich wurde in fünf Fällen zum Pflichtverteidiger bestimmt und war wochenlang damit beschäftigt, denn alle hatten ihre eigene Geschichte zu erzählen, die sie unbedingt loswerden wollten.«

De Wacht kannte Länder, in denen es Rechtsanwälte mit dem Tod bezahlten, wenn sie sich mit verhafteten Revolutionären einließen. Er schüttelte nur den Kopf.

»Was geschah mit Klinker?«

»Gegen ihn wurde eine Gerüchtekampagne in Gang gesetzt, die ihn zum Sündenbock machte. Er war den meisten schon suspekt geworden, als er sich mit den linksgerichteten Fraktionen im Gemeinderat einlassen wollte, und seine verhältnismäßig lange Haftzeit einen Monat vorher erledigte den Rest. Man nährte die Vorstellung, er habe angefangen, als Informant zu arbeiten. Mischa und seine beiden Kumpel waren über jeden Verdacht erhaben, weil sie am meisten unter der missglückten Besetzung gelitten hatten: eine gehörige Tracht Prügel, eine Woche Knast und einen Prozess wegen des Verdachts auf Einbruchdiebstahl am Hals.

Klinker wurde kaltgestellt. Er wurde gemieden wie die Pest. Als er dahinter kam, dass man hinter seinem Rücken Versammlungen abhielt, war er vernünftig genug, sich nicht zu verteidigen. Gegen Misstrauen und heimliche Verdächtigungen ist man sowieso machtlos. Er zog Bilanz und danach kostete es ihn nur wenig, den Schritt nach Amsterdam zu machen. Zwei Jahre später war er wieder zurück in seiner Heimatstadt.«

»Um sich dort sechs Jahre später ermorden zu lassen. Was meinst du, hat Klinker wohl die Sache verraten?«

»Wahrscheinlich nicht. Nachdem sie Klinker rausgeekelt hatten, sind noch vier weitere Besetzungen in die Hose gegangen. Einer Theorie zufolge soll die Polizei Pseudo-Informanten eingesetzt haben. Zum Beispiel suchte sie öffentlich Kontakt zu führenden Persönlichkeiten der Bewegung oder stellte etwas Ungewöhnliches mit Verhafteten an und ließ anschließend die Gerüchteküche den Rest der Arbeit tun. Die Bewegung war lange Zeit durch eine interne Vertrauenskrise gelähmt.«

»Es gibt also noch nicht den geringsten Hinweis auf ein Motiv oder einen Täter«, sagte de Wacht nachdenklich. Auf seinen Reisen ins Ausland verglich er die niederländischen Aktivisten-Bewegungen immer am liebsten mit holländischem Käse, Holzschuhen und Tulpen: Folklore.

»Die Jungs von der Redaktion hängen praktisch einmal pro Stunde am Telefon des Polizeipräsidiums von Arnheim«, fuhr er fort, »aber die Untersuchung befindet sich noch in einem sehr frühen Stadium. Ich wette, dass in ein paar Tagen ein Polizeibericht in die Nachrichten kommt. Wusstest du, dass er zwei Kinder hatte?«

Benter schüttelte schweigend den Kopf. »Baarl hatte große Pläne mit dem *Elevator*«, sagte er. Er hatte sich selbst einen neuen Cuba Libre gemixt und stellte sich neben de Wacht. »Er wollte umbauen und den Laden erweitern.«

»Ich weiß«, antwortete de Wacht. »Er hatte schon einen Pressebericht herumgeschickt.«

»Er wollte auch ein paar Diskoschuppen im Zentrum übernehmen, wird gemunkelt.«

»Von wem?«, fragte de Wacht.

»Ja«, antwortete Benter.

»Was ja?«

»Jaël, die Kellnerin aus deiner Stammkneipe. Für Freunde Ja.«

»Warum hat sie dir etwas zugeflüstert?«

»Weil niemand in der Nähe war.«

De Wacht runzelte die Augenbrauen. Er folgerte, dass es Benter gelungen war, näheren Kontakt mit ihr zu knüpfen. »Was hat sie denn sonst noch so geflüstert?«

»Alles Mögliche. Aber was Baarl angeht: dass große Aufregung unter den Gastronomiebetreibern entstanden ist. Man glaubt, es sei Raubmord gewesen. Im *Elevator* war viel Geld im Umlauf und Mischa war dafür bekannt, dass er eine dicke Brieftasche mit sich herumtrug. Schon blöken die ersten Leute wieder nach einem Waffenschein.«

In diesem Augenblick schellte es.

»Erwartest du jemanden?«, fragte Benter. Er schaute sehnsüchtig zum Kühlschrank.

»Ja.«

»Jaël?«

Benter sprang auf. De Wacht brach in Gelächter aus und versetzte Benter einen beruhigenden Klapps. »Nein, jemanden aus meiner dunklen und ruhmreichen Vergangenheit.«

»Ach, deine Ex«, sagte Benter achselzuckend, »darauf trink ich gleich noch einen Cuba Libre.«

Während Benter den Cocktail mixte, ging de Wacht zur Türsprechanlage und drückte auf einen Knopf. Danach ging er ins Schlafzimmer, zog eine verwaschene Jeans an, die ihm als ›stonewashed‹ verkauft worden war, und streifte ein weißes Baumwollhemd darüber.

Kurz darauf öffnete er die Tür.

Es wäre ein Untertreibung gewesen, die Frau, die hereinkam, als attraktiv zu bezeichnen. Sie war mit jeder Faser ihrer ein Meter fünfundsiebzig großen Erscheinung eine blendende Schönheit. Sie hatte langes blondes Haar, das nach hinten gekämmt und zu einem Zopf geflochten war. Auf ihrem Kopf saß eine Saumar-Chatilley-Sonnenbrille, die ein kleines Vermögen gekostet hatte. Trotz der Hitze trug sie ein klassisches schwarzes Coco-Chanel-Kostüm, schwarze Nylonstrümpfe und schwarze Pumps mit hohen Absätzen. Alles an ihr strahlte Reichtum aus. Selbstverständlich transpirierte sie nicht.

Als sie geheiratet hatten, hatten sich fast alle gefragt, was sie um Himmels willen an diesem schäbigen de Wacht fand. Einige andere dagegen, darunter Fred Benter, hatten sich gefragt, was de Wacht wohl unter ihrer blendenden Oberflächlichkeit zu entdecken glaubte.

Ella war es damals nach jahrelangem Drängen gelungen, de Wacht dazu zu überreden, bei einer regionalen Tageszeitung in Arnheim anzufangen.

Kurz darauf verließ er sie. Sie waren nicht in der Lage, es länger als ein paar Tage miteinander auszuhalten. Sein Job als Auslandskorrespondent erwies sich im Nachhinein als der bindende Faktor in ihrer Ehe. Er hatte das große Haus am Rhein mit denselben Koffern wieder verlassen, mit denen er aus Südamerika angekommen war, voll gestopft mit Kleidung und der vagen Hoffnung auf ein neues Leben.

»Hi«, sagte de Wacht und gab ihr einen flüchtigen Kuss auf die Wange. Sie duftete nach einem exotischen Parfum.

Benter, der an der Bar stand, schaute kurz auf, hob die Hand und sagte: »Tag, Ella.«

Sie schenkte ihm ein strahlendes Lächeln. »Hallo Fred, wie geht's dir?«

Ohne eine Antwort abzuwarten, setzte sie sich in einen der Sessel und sagte: »Viele Grüße von Mama. Sie hat gefragt, wann du mal vorbeikommst.«

Benter seufzte hörbar und trank sein Glas aus. Er nahm seine Tasche und stopfte die Akten hinein. »Ich geh dann mal.«

»Ja, ja«, sagte de Wacht.

»Indeed, indeed«, antwortete Benter, »keep in touch, Sunny.« Er nickte Ella zu. »Mir geht's gut, Ella«, sagte er munter, als er die Wohnung verließ.

Obwohl er mit de Wachts Exfrau nicht besonders gut auskam, fand er ihre sinnliche Unnahbarkeit immer erregend. Er stellte sich dann vor, wie er sie in einem verlassenen Parkhaus ausziehen und sie auf der Motorhaube ihres Wagens nehmen würde.

Zu Hause angekommen, rief er Jaël an. Sie versprach, innerhalb der nächsten halben Stunde vorbeizukommen. Benter nahm rasch eine Dusche, bezog hastig sein Bett, räumte ein paar Klamotten beiseite und legte eine LP von Ben Webster auf. Er öffnete einen seiner zwei Kühlschränke, die beide reichhaltig gefüllt waren, und holte eine Flasche weißen Baccardi heraus. Er goss eine großzügige Menge in einen Cocktailshaker, presste zwei Zitronen aus und füllte den Baccardi mit Zitronensaft, einem kleinen Schuss Zuckersirup und ein paar Eiswürfeln auf. Vor sich hin summend füllte er den Daiquiri in ein Cocktailglas und nahm einen Schluck.

Die Morde an Baarl und Klinker hatte er bereits vergessen.

Als es schellte, setzte er sein attraktives Lächeln auf.

Zwolle, Samstag, 10. August, 17.45 Uhr

»Wohnst du hier auch?«, fragte Jaël, als sie durch den Büroraum in Richtung Garten gingen. Benter gab im Vorbeigehen einer offen stehenden Schreibtischschublade einen Schubs.

»Nein, hier arbeite ich. Ich wohne über dem Büro. Ich muss Tag und Nacht für meine Kunden erreichbar sein.«

»Dann hast du aber sehr ausgefallene Kunden.«

»Stimmt. Und sie bezahlen auch ausgefallene Preise für ausgefallene Dienstleistungen.«

Jaël zog ein kritisches Gesicht.

»Was glaubst du jetzt?«, fragte er. »Dass ich ein Gigolo bin?«

Dieser Gedanke war Jaël tatsächlich durch den Kopf geschossen. Sie sagte: »Nein, das glaube ich nicht.«

Und dann, während sie auf die großen Schränke zeigte, in denen verschiedene Ordner kreuz und quer aneinander lehnten: »Dafür ist deine Verwaltung zu umfangreich. So viele Kunden könntest du gar nicht verkraften.«

Benter machte den Mund auf, aber Jaël sagte rasch: »Und jetzt bitte keine Macho-Phrasen über deine Potenz.«

Benter nahm diesen neckenden Seitenhieb feixend in Empfang.

»Sollen wir uns in den Garten setzen?«, schlug er vor.

»Okay.«

Benter zog den Hebel der Gartentür nach oben. Der Schließmechanismus krachte. Spinnen und kleine Käfer ergriffen die Flucht, als plötzlich Licht in die Ritzen fiel. Gleichzeitig ging die Alarmanlage los. Über den

Türen zum Garten flackerten drei Alarmleuchten und sowohl innerhalb als auch außerhalb des Hauses jagten Sirenen Lärmwellen durch die Luft.

»Verdammt!«

Benter rannte zu einem Kästchen an der Wand, suchte nach dem richtigen Schlüssel am Schlüsselbund, öffnete das Kästchen und schaltete die Alarmanlage aus.

Benter ging in den Garten und rief laut: »Falscher Alarm! Nichts passiert!«

Erst dann fing die Nachbarschaft an zu reagieren. Benter wohnte in einer Gegend, die einst ruhmreiche Zeiten gekannt hatte. Die stattlichen Herrenhäuser aus der Zeit der vorletzten Jahrhundertwende ließen keinen Zweifel darüber offen. Als jedoch in den sechziger Jahren die Unterhaltskosten immer höher gestiegen waren und die Bewohner sie nicht mehr aufbringen konnten, waren die Häuser Maklern in die Hände gefallen, die einzelne Zimmer vermieteten. Die Nachbarschaft bestand seitdem hauptsächlich aus Studenten und anderem jungen Volk, das sich im Wesentlichen damit beschäftigte, das Leben zu genießen. Die Polizei anzurufen oder auf irgendeine andere Weise auf eine Alarmanlage zu reagieren, gehörte nicht dazu, aber dass jemand der Allgemeinheit lauthals verkündete, dass nichts geschehen war, provozierte ungemein. Über den Balustraden verschiedener Balkone erschienen die Köpfe von Leuten, die die späte Mittagssonne genossen.

»Wo ist nichts passiert?«, schrie jemand.

»Hier«, rief Benter etwas unsicher zurück.

»Was schreist du dann so?«, fragte dieselbe Stimme.

Ein anonymes Gelächter brach los, hundertfach verstärkt durch die widerhallenden rückwärtigen Hausfassaden. Benter fühlte sich wie ein Clown in der Zirkusarena. Er schaute zu Jaël hinüber, die neutral die Augenbrauen ein wenig höher zog.

»Ich hole uns ein paar Stühle.«

Er machte Anstalten, zwei Bürostühle in den Garten zu rollen, aber Jaël sagte: »Nein, ich möchte erst sehen, wo du wohnst.«

Benter atmete erleichtert auf. Die Aussicht, mit Jaël im Kreuzfeuer launiger Bemerkungen im Garten sitzen zu müssen, begeisterte ihn nicht gerade, aber das wollte er sich nicht anmerken lassen. Ihm war bereits klar geworden, dass Jaël sich nicht mit seinem Flair als Lebenskünstler zufrieden gab. Nicht dass er vor ihrer anspruchsvollen Art Angst gehabt hätte, aber er wollte es sich auch nicht schwerer machen als unbedingt nötig.

»Ich müsste den Garten wirklich mal in Ordnung bringen«, sagte er und zeigte auf die Wildnis, die bis kurz vor die Tür gewuchert war.

»Ja, ich mag englische Gärten«, antwortete sie höflich, aber Benter hörte einen spöttischen Unterton heraus.

Anders als die Zimmervermieter in der übrigen Wohngegend hatte Benter reichlich viel Geld in die Renovierung seiner Kanzleiwohnung gesteckt. Jaël schaute sich anerkennend um, als sie auf der oberen Etage stand.

Der Kontrast zwischen dem geschäftsmäßigen Arbeitsbereich in der unteren Etage und dem Wohnbereich darüber war überraschend. Benter hatte im gesamten Stockwerk die Türen durch bogenförmige Durchgänge ersetzt. Die gemauerten Wände waren überwältigend weiß; an keiner Stelle wurden die Flächen von einem Bild oder anderen Gegenständen unterbrochen. Auf der Südseite hatte er den großen Balkon zu einem Wintergarten umgebaut, in dem er diverse Palmen züchtete. Da er die übrig gebliebenen Holzelemente des Daches hatte blau streichen lassen und für den Fußbodenbelag Terrakottafliesen gewählt hatte, erweckte der Raum einen tropischen Eindruck. Dass in den Niederlanden schon wochenlang die dazugehörigen Temperaturen herrschten, passte nun ganz ausgezeichnet dazu. Jaël fragte sich laut, ob in den neun Monaten, in denen Regen und Wind das Wetter bestimmten, die südliche Atmosphäre bestehen bliebe.

»Aber ja«, sagte Benter.

Er hatte diese Frage schon Dutzende Male gehört.

»Diesen Kontrast gibt es in Wirklichkeit sowieso nicht. In südlichen Ländern wird es auch oft kalt. Aber gerade dadurch, dass man sich so einrichtet, setzt man dem Klima etwas entgegen. Bei uns ist man daran gewöhnt, sich mit dem Wetter zu arrangieren, aber man kann sich auch dagegen wehren.«

Rund um einen niedrigen Tisch, der aus Glasdreiecken zusammengesetzt war, standen drei Ottomanen. Jaël suchte sich eine aus, von der aus sie in das grün gefilterte Licht des Wintergartens blicken konnte. Die Fenster standen offen und ein leiser Wind bewegte die Palmblätter.

»Ich hole dir etwas zu trinken«, sagte Benter. »Möchtest du einen Maiden Blush? Gin mit Zitronenlimonade und Grenadine.«

Jaël nickte automatisch. Sie war erstaunt, dass nur so wenige Möbel in dem großen Raum standen. Sie konnte auch keine Stereoanlage, keinen Fernseher und kein Radio entdecken. Nur in der Ecke, in der die Treppe mündete, stand ein winzig kleiner Kasten und auf dem Boden lagen zwei Wollteppiche mit einem blassblauen, geschlängelten Bandmotiv. Trotzdem hätte sie den Raum nicht als leer bezeichnet. Eher als sehr ruhig.

Benter kam mit zwei Cocktailgläsern herein. Er reichte Jaël eines davon, während er sich neben sie setzte.

»Auf dich«, sagte er mit einem kleinen Lachen.

Jaël hob ihr Glas. »Vielen Dank«, erwiderte sie ernsthaft.

Sie hatte absichtlich nicht ihren kürzesten Rock angezogen, bevor sie zu Benter ging, aber als sie sich entspannte und an die niedrige Rückenlehne schmiegte, schob sich der Saum hoch und das schwarze Leder umspannte eng ihre Oberschenkel. Sie beließ es dabei. Sie hielt Benter nicht für den Typ Mann, der absichtlich alle vernünftigen Sessel wegstellte, um eingeladene Damen in eine pikante Pose zu drapieren.

»Die Gastwirte kamen in Scharen zu seinem Begräbnis und lamentierten, aber in Wirklichkeit ist ihre Trauer nicht besonders groß«, meinte Jaël. Sie sprachen über den ermordeten Mischa Baarl.

»Unser Umsatz ist in dieser Woche um zwanzig Prozent gestiegen. Das Einzige, worüber sich der Chef Sorgen macht, ist, dass er selbst das nächste Opfer werden könnte.«

»Hat dein Chef denn Feinde?«, fragte Benter.

»Nicht mehr und nicht weniger als du oder ich. Er stellt sich an. Ach na ja, welcher Gastwirt hat denn nie Ärger mit lästigen Gästen?«

»Ich nehme an, das gehört dazu.«

»Genau. Und außerdem kündigen die Störenfriede ihre größeren Aktionen im Allgemeinen an. Baarl war übrigens als ruhiger Mensch bekannt. Er konnte zwar hart durchgreifen, wenn es sein musste, aber er war nicht unbeherrscht.«

»Hatte er Probleme?«

»Ab und zu. Aber er konnte damit umgehen. Das *Elevator* lief fantastisch. Er wollte es sogar ausbauen. Soweit ich weiß, wollte er aus den Kellerräumen eine Karibikbar machen. Er hatte schon einen Liftschacht in Auftrag gegeben, der den gläsernen Aufzug im *Eleva-*

tor ersetzen sollte. Aber der Mieter, der noch im Gebäude wohnte, machte ihm Ärger. Er wollte nicht raus. Vor ein paar Monaten ging das Gerücht, dass Baarl das Problem mit dem unliebsamen Mieter lösen wollte, indem er ihn im wahrsten Sinne des Wortes hinauswarf. Kann sein, dass er es nicht so gemeint hat, aber zumindest posaunte er herum, er wolle den Kerl ein wenig unter Druck setzen. Ich habe dann nichts mehr davon gehört. Vor einer Weile hat eine Baufirma mit den Arbeiten begonnen.«

»Und wie geht's jetzt weiter?«

»Gar nicht. Die Arbeiten ruhen, denn der Laden ist immer noch geschlossen. Wenn seine Frau oder Freundin das Lokal verkaufen will, könnte sie es innerhalb von fünf Minuten loswerden.«

»Würde sie einen guten Preis dafür bekommen?«

»Wie viel sie dafür kriegen würde, weiß ich nicht, aber das *Elevator* ist bestimmt zweimal so viel wert wie vor der Zeit, als Baarl den Laden übernahm.«

»Cherchez la femme?«

Jaël dachte kurz nach.

»Ich glaube nicht, dass die Polizei in diese Richtung ermittelt. Die Art, wie er erschossen wurde, sieht mehr nach einer Abrechnung aus. Sollte ich meinen Mann wegen seines Geldes ermorden, würde ich mir viel mehr Mühe geben, es wie einen Unfall aussehen zu lassen. Außerdem ist noch die Frage, ob sie nach dem Verkauf wirklich so viel übrig behält. Steuer und Bank halten doch sofort die Hand auf, wenn es etwas zu holen gibt. Außerdem munkelt man über Verbindungen zur Drogenszene. Das Ganze riecht ziemlich kriminell.«

»Jemand, den ich kannte und Mischa Baarl auch, hat vorgestern dran glauben müssen«, sagte Benter. »Ein Rechtsanwalt aus Arnheim. Er wurde ebenfalls auf ziemlich üble Weise umgebracht.«

Jaël fuhr überrascht auf, wobei ihr Rock zwei Zentimeter höher rutschte. Benter versuchte, nicht hinzuschauen.

»Hast du diesen Rechtsanwalt gekannt? Ich habe davon gelesen. Was hast du denn in Arnheim gemacht?«

»Baarl und der Rechtsanwalt gehörten zu denselben Kreisen, denen ich auch eine Weile nahe stand«, erklärte Benter. »Aktionen, Sitzstreiks, Hausbesetzungen, solche Sachen eben. Ist ungefähr acht Jahre her.«

»Baarl und dieser Rechtsanwalt, wie hieß er doch gleich noch …«

»Klinker, Jacob Klinker.«

»Sie haben sich also gekannt?«

»Ja«, sagte Fred Benter.

»Und du kanntest sie beide?«

»Worauf willst du hinaus, Jaël? So ungefähr jeder linke Aktivist kannte sowohl Baarl als auch Klinker, wahrscheinlich besser als ich.«

Sie schwiegen einen Moment. Dann fragte Benter: »Du machst dir doch nicht etwa Sorgen um mich?«

Jaël lachte, beantwortete aber seine Frage nicht. »Kannst du einen Pimpernell mixen?«

Benter sprang überrascht auf. Rasch überprüfte er seinen Getränkevorrat. Den notwendigen Schuss Stolynaya-Wodka fand er ganz hinten, vom Parfait Amour hatte er noch eine ganze, unangebrochene Flasche.

Während er die Zutaten in einem Shaker mit Eis schüttelte, fragte er sich, ob sie die Nacht mit ihm verbringen würde. Er wurde nicht schlau aus ihr. Wenn sie gleich ihr Glas hinstellen, sich recken und sagen würde: ›So, ich gehe jetzt‹, würde es ihn nicht wundern. Wenn sie allerdings sagen würde: ›So, genug geredet, jetzt zeig mir mal dein Bett‹, genauso wenig. Benter fand sie unberechenbar, war sich aber darüber im Klaren, dass dies vielleicht auf seine eigene Ungeduld zurückzuführen war. Während ihrer letzten Begegnung war nichts geschehen, was auf ein erotisches Prickeln hingewiesen hätte. Sie hatten am Fluss auf einer Terrasse gesessen, brav einander gegenüber an einem großen runden Tisch und hatten eine angeregte Konversation geführt, nur unterbrochen von den dröhnenden Motoren der vorbeifahrenden Lkw. Als es dunkel wurde, war sie in ihr eigenes Auto gestiegen.

»Ich ruf dich an!«, hatte er ihr noch hastig zugerufen.

Als Antwort hatte sie ihm zugewinkt. Benter hatte spöttisch gedacht, dass damit die Kennenlern-Prozedur abgeschlossen sei und beide Parteien jetzt das Für und Wider abwägen konnten. Trotzdem hatte er sich eine halbe Stunde lang wie ein verliebter Schuljunge gefühlt und hatte, um Abstand zu gewinnen, eine ganze Woche gewartet, bis er sie anrief.

»Zwei Pimpernell auf der Basis von Parfait Amour«, sagte er.

Jaël hatte die Beine angewinkelt und stützte sich mit beiden Ellbogen auf die breite Rückenlehne.

»Gibt es das noch, *parfait amour*?«, fragte sie.

Sie stießen an.

»Wenn man die nötige Geduld aufbringen kann«, antwortete er.

Sie ließ ihn warten, bis er ganz vergessen hatte, dass es so etwas wie ein Bett gab, geschweige denn, dass man darin mit einer Frau landen konnte.

Er hatte ein Essen für sie beide gemacht – das einzige, das ihm immer gelang, ein Salat Niçoise kombiniert mit einem würzigen Käsefondue. Sie hatten im Wintergarten unter den Palmen gesessen. Benter hatte zwei Flaschen kühlen Elsässer heraufgeholt, widerspenstigen Gewürztraminer, der dem stark gewürzten Fondue ordentlich standhielt.

Gegen elf Uhr verhinderte ein plötzlicher Geistesblitz sein Vorhaben, noch eine dritte Flasche zu holen. Dicke, lauwarme Regentropfen platschten auf die Fensterbank.

»Ich muss mal kurz das Dach zumachen«, sagte er und stand auf.

»Das Dach zumachen?«, frage Jaël. Sie kicherte kurz.

»Das will ich sehen.«

Benter eilte die Treppe nach oben. Auch die obere Etage hatte er weiträumig gestaltet, indem er alle Zwischenwände hatte einreißen lassen. Das Dach hatte er durch eine Glaskonstruktion ersetzt, die zu beiden Seiten leicht schräg abfiel. Jaël fühlte sich wie in einem Gewächshaus. In der Mitte stand Benters Bett, ein Ungetüm von zwei mal zwei Metern. Eine Wand wurde vollständig von einem Einbauschrank in Beschlag genommen.

Benter ging hastig durch zu seinem Bett, warf sich darauf und tastete nach einem Schalterkasten. Kurz nacheinander schoben sich die großen Fenster geräuschlos wieder zurück in ihre Fugen. Jaël schaute zu, bis sie sich alle geschlossen hatten. Über einen aufgewühlten schwarzen Himmel zuckten genau über ihnen Blitze in launisch aufleuchtenden Zickzackformationen.

»Das will ich mir anschauen«, sagte sie, während sie sich neben Benter legte.

Wie selbstverständlich schmiegte sie sich an ihn, und noch während es weiter blitzte und donnerte, zog sie Benter auf ihren warmen Körper.

Arnheim, Montag, 12. August, 15.00 Uhr

Die schlanken, sehnigen Hände des Pathologen von der Rechtsmedizin in Rijswijk nahmen fachkundig das Gehirn Jacob Klinkers aus dem geöffneten Schädel und deponierten die von feinen Äderchen durchzogene Masse auf einer digitalen Waage. Sein sommersprossiger, nur anderthalb Meter großer Assistent las das Gewicht ab.

»Vierzehnhundertachtzig Komma sieben.«

Zadig notierte die Zahl auf einer umfangreichen Standardliste und nahm einen Zug von seiner Mentholzigarette. Seitdem er an Sonderkommissionen beteiligt war, hatte er bereits mehr als zwanzig Obduktionen beigewohnt. Schon seit dem ersten Mal verspürte er dabei stets ein unerklärliches und unwiderstehliches Verlangen nach Mentholzigaretten. So nahm er zu jeder Autopsie ein Päckchen aus der Handtasche seiner Frau und rauchte es trotz des Rauchverbots im Obduktionssaal vollständig leer. Nur so konnte er ungerührt die aufgesägten Körper auf dem Sektionstisch anschauen.

Ab und zu kam Zadig näher, um einen Blick auf eine Besonderheit zwischen all den Befunden zu werfen, die der Pathologe in Diktiergeschwindigkeit herunterleierte. Der Assistent hantierte eifrig mit Glasgefäßen, in denen Präparate der verschiedenen Organe aufbewahrt wurden. Die Untersuchung war fast abgeschlossen. Während der Gerichtsmediziner die Leiche wieder einigermaßen ordentlich herrichtete, dachte Zadig an die Geschichte, die ihm der Assistent vor Jahren einmal in der Kantine der Rechtsmedizin erzählt hatte. Der Pathologe sei ein Ass in seinem Fach, hatte ihm der Kleinwüchsige erklärt, absolute Spitze, Weltklasse. Auf Zadigs etwas zynischen Gesichtsausdruck hin hatte der Kleinwüchsige ihn gefragt, ob er die Geschichte von den Einbrechern kenne, die durch die Analyse ihrer am Tatort hinterlassenen Fäkalien überführt worden waren. Zadig hatte genickt; die Geschichte hatte er schon während der Ausbildung gehört. Eines Tages, so erzählte der Kleine weiter, sei einmal der Rumpf eines Mannes hereingebracht worden. Kein Kopf, keine Arme, keine Beine und man fragte sich, wer das einmal gewesen sein könne. Innerhalb von einer Stunde hatte der Rechtsmediziner alle Hinweise zu seiner Identifizierung geliefert. Im Magen hatte er die Reste einer üppigen Mahlzeit gefunden und konnte daraus das Menü rekonstruieren, das der Mann gegessen hatte. Es enthielt relativ exklusive Bestandteile, durch die das Restaurant ermittelt werden konnte, in dem der Mann seine letzte Mahlzeit zu sich genommen hatte. Doch nicht nur das: Dem Gerichtsmediziner war es sogar gelungen, die Sorte, das Herkunftsgebiet und den Jahrgang des Weins, den der Mann getrunken hatte, aus einer Probe des Mageninhalts abzuleiten. Ohne sich des Computers zu bedienen, nur indem er am Reagenzglas das Bukett erschnüffelt hatte! Das hatte ausgereicht, um die Identität des Mannes festzustellen, denn der Wein stand auf der Rechnung. Zadig hatte diese Geschichte nicht geglaubt, sie aber mit Vergnügen den anderen Mitgliedern seiner Soko als wahre Begebenheit weitererzählt.

Der Pathologe streifte seine Chirurgenhandschuhe ab und warf sie in einen Treteimer. Er zog den Mundschutz herunter und grinste Zadig an. »Das war's dann.«

Zadig hielt ihm das Päckchen Zigaretten von seiner Frau hin. Der Pathologe nahm sich eine heraus und brach den Filter ab. Der Kleine gab ihm Feuer. Wie ein

Hund, der fortwährend um sein Herrchen herumscharwenzelt, dachte Zadig. Er sagte: »Die äußere Leichenschau liefert ja anscheinend gewisse Anhaltspunkte. Wann ist dein Bericht fertig?«

»Morgen, übermorgen.«

Der Rechtsmediziner überragte Zadig fast um Haupteslänge, wodurch der Kleinwüchsige noch winziger wirkte. Sie bildeten ein seltsames Duo.

Die dunklen Augen Zadigs ruhten für einen Moment auf der weißen Leiche Klinkers, die aufgeschnitten auf dem rostfreien Obduktionstisch lag. Ein Rinnsal von undefinierbarer Flüssigkeit tröpfelte in die Ablaufrinne.

»Ich werde dir sagen, was ich denke«, sagte der Gerichtsmediziner. »Er ist nicht in diesem Ölfass ertrunken. Ich habe keine Ölspuren in seiner Lunge gefunden. Er war bereits tot. Um genau zu sein: in Folge einer Subarachnoidalblutung, die wahrscheinlich durch die gewaltsame Einwirkung einer Eisenstange verursacht wurde. Lass es mich vorsichtiger ausdrücken: durch die Einwirkung eines schweren, stumpfen Gegenstands. Sein Schädel ist an drei Stellen gebrochen. Ich werde dir die medizinische Terminologie ersparen – in ganz normalen Worten ausgedrückt, ist er gestorben, weil ihm jemand den Schädel eingeschlagen hat.«

»Und die anderen Verletzungen?«

Zadig nahm die Liste vom Tisch und blätterte sie rasch durch.

»Hautabschürfungen an den Oberarmen, ein abgerissener Nagel am linken kleinen Finger sowie zahlreiche oberflächliche Quetschungen an beiden Schultern und in Höhe der Taille.«

»Das bedeutet, dass er mit seinem Mörder gekämpft hat«, sagte der Pathologe. »Die Abschürfungen entstanden, als er in das Ölfass gesteckt wurde.«

»Aber wer steckt denn in Gottes Namen eine Leiche in ein Altölfass? Was hat das zu bedeuten?« Zadig konnte seine Verwunderung nicht unterdrücken.

»Das ist euer Problem, Meneer Kriminalkommissar«, sagte der Kleinwüchsige mürrisch.

Der Pathologe nickte zustimmend.

»Eine Eisenstange, möglicherweise ein Totschläger«, sagte Zadig zu den Kriminalbeamten von der Sonderkommission, die zum Nachmittagsbriefing im Versammlungsraum des Präsidiums zusammengekommen waren.

Sie nickten ernst, in dem Bewusstsein, es mit einem wahnsinnigen Mord und wahrscheinlich einem wahnsinnigen Mörder zu tun zu haben. Außerdem hatten die meisten Anwesenden ihr freies Wochenende opfern müssen, was ihre Laune in überaus schädlicher Weise beeinflusst hatte.

Im Versammlungsraum war es heiß. Die Jalousien versuchten vergeblich, der stechenden Mittagssonne Widerstand zu leisten, und der Schweißgeruch erinnerte Zadig an einen Umkleideraum nach einem Hallenfußballspiel.

»Das Protokoll der Hausdurchsuchung befindet sich noch nicht in euren Akten. Der Kopierer ist mal wieder kaputt. Daher bitte ich um eine mündliche Erläuterung.« Zadig schaute hinüber zum Leiter des Teams vom Erkennungsdienst zu seiner Linken und zündete sich einen La-Donna-Zigarillo an. »Nur die wichtigsten Fakten bitte«, fügte er hinzu. Er nahm einen langen Zug von seinem Zigarillo und versuchte vergeblich, Rauchkringel in die feuchte, stickige Luft zu blasen.

»Am Samstagmorgen erhielten wir die Erlaubnis zu einer Hausdurchsuchung. Die Siegel am Gebäude wurden vom Untersuchungsrichter aufgebrochen. Wir haben das Haus mit sechs Mann den ganzen Tag lang akribisch durchgekämmt. Der Untersuchungsrichter ging um kurz nach zwei. Er wollte telefonisch mit uns in Kontakt bleiben.«

Der Leiter des Ermittlungsteams unterbrach seinen Bericht für einen Moment, als Zadig begann, mit den Fingern ungeduldig auf den Tisch zu trommeln.

»Wir haben im Haus Spuren eines Kampfes gefunden. Der Schirmständer im Flur war umgeworfen und ein Bein des Wohnzimmertisches war völlig verbogen. Auf dem Teppichboden fanden wir Blutspuren und ein Stückchen Fingernagel mit abgerissenem Fleisch. Das Blut wurde bereits analysiert. Es stammt von Klinker.«

Er zögerte. »Wir wussten schon vorher, dass der Nagel von Klinkers kleinem Finger abgerissen war. Das Stückchen, das wir gefunden haben, passte genau dazu. Die Kleidung des Ermordeten lag im Badezimmer. Im Hinterzimmer standen außerdem Reste einer Reistafel für zwei Personen in neun Plastikschälchen. Daneben lagen jedoch nur eine Gabel, ein Messer und ein Löffel. Im Abfalleimer fanden wir verschiedene Papiertüten mit dem Aufdruck eines chinesischen Restaurants. Dem Obduktionsbericht zufolge hatte Klinker tüchtig getafelt, aber das Essen noch kaum verdaut.

Wir haben keine Einbruchsspuren gefunden und schließen daraus, dass Klinker von jemandem überfallen wurde, der an seiner Haustür schellte. Vielleicht jemand, den er kannte.«

Zadig zog an seinem Zigarillo und nickte zustimmend. Mit einer Handbewegung forderte er den Leiter des taktischen Ermittlungsteams auf, zu übernehmen.

»Zwei Kollegen suchten um die Mittagszeit das chinesische Restaurant auf. Eine der Kellnerinnen hat letzten Freitag die telefonische Bestellung entgegengenommen. Sie berichtete, Klinker habe regelmäßig Mahlzeiten für zwei Personen bestellt und diese allein aufgegessen. Jedenfalls glaubte sie das, da er, wenn er im Restaurant aß, auch immer doppelte Portionen bestellte. Die Bestellungen wurden von einem fünfzehnjährigen Schüler ausgeliefert. Er heißt Aalt oder Aart und arbeitet nur an den Wochenenden. Der Besitzer konnte uns seine Adresse nicht sagen. Der Junge arbeitet gegen Barzahlung, pro Arbeitstag.«

»Also schwarz«, bemerkte einer der Beamten.

»Richtig«, antwortete der Kriminalbeamte, »und damit konnten wir ihn kriegen. Nach einer Weile kam auf einmal doch eine Telefonnummer zum Vorschein. Als wir bei dem Jungen zu Hause anriefen, ging niemand ans Telefon, aber über die PTT Telecom bekamen wir seine Adresse. Dabei stellte sich heraus, dass dieser Aart letzten Samstag zusammen mit seinen Eltern mit dem Wohnwagen nach Frankreich abgereist ist …«

»Dieser Knabe kann der Letzte gewesen sein, der Klinker lebend gesehen hat«, sagte Zadig. »Wir müssen ihn also finden.«

»Die Nachbarn sagen, die Familie sei für drei Wochen unterwegs, aber ich habe hier die Adresse von dem Campingplatz, auf dem sie sich befinden müssten. Wir haben bei der Campingverwaltung einen Reiseruf hinterlassen, dass sie uns dringend anrufen sollen. Heute Morgen waren sie noch nicht eingetroffen. Sobald sie angekommen sind, müssten sie sich bei uns melden. Wir haben folgenden Vorschlag: Hat der Junge nichts Besonderes bemerkt, belassen wir es vorläufig bei einer telefonischen Zeugenaussage. Hat er etwas Interessantes zu berichten, muss jemand hinfahren und seine Zeugenaussage zu Protokoll nehmen.«

Einige Kriminalbeamte begannen begeistert zu nicken. Zadig bemerkte, dass sich die Stimmung allmählich weiter verschlechterte.

»Ich möchte mich zunächst auf die Fakten beschränken«, sagte er. »Und kann vielleicht mal jemand was zu trinken besorgen? Setzt es auf die Spesenrechnung.«

Der Beamte, der dem Eingang am nächsten saß, schob seinen Stuhl zurück und verließ den Raum.

»Wir gehen über zu Spur Nummer zwei«, sagte Zadig, »der Visitenkarte.« Zadig schaute auf die Uhr und gab dem Beamten das Zeichen, fortzufahren.

»Beim Telefon im Schlafzimmer lag eine Visitenkarte, auf der nur eine Telefonnummer und ein Logo, das aus zwei ineinander verschlungenen Personen besteht, abgedruckt waren. Die Jungs vom Erkennungsdienst haben sofort mit Ninhydrin Fingerabdrücke genommen. Fast alle Abdrücke stammen vom Opfer; die übrigen waren zu undeutlich, um sie sicherstellen zu können. Wir haben bei der Nummer angerufen. Am Telefon meldete sich eine Frau nur mit Hallo. Ich fragte, wer am Apparat sei. Sie fragte mich dasselbe. Sofort nachdem ich es ihr gesagt hatte, unterbrach sie die Verbindung. Fünf Minuten später versuchte ich es wieder. Nach einigem Hin und Her stellte sich heraus, dass ich mit einem Escort-Service verbunden war. Die Frau weigerte sich, am Telefon irgendwelche Informationen herauszurücken.«

Er blätterte in seinen Papieren und sah auf.

»Am Samstagabend besuchten zwei unserer Männer den Hauptsitz dieser Organisation in Bemmel. Ein frei stehendes Haus. Sie trafen dort niemanden an. Heute übrigens auch nicht. Das Haus gehört einem Bob Kruite. Die Firma nennt sich ›Schuss ins Schwarze‹.«

Alle Anwesenden fingen an zu lachen. Der trockene Bericht des Kriminalbeamten hatte die bedrückte Atmosphäre aufgelockert. Zadig klopfte mit seinem Stift auf den Tisch.

Der Beamte kam mit einem vollen Tablett verlockend klingelnder Sprudel-, Orangenlimonaden- und Colaflaschen herein.

Das Gelächter verstummte.

Zadig bedeutete den Männern mit einem Kopfnicken, dass sie sich bedienen sollten. Auf seinem Hemd waren unter den Achseln und zwischen den Schulterblättern Schwitzflecken entstanden.

»Direktor der GmbH ist ebenfalls der euch allen wohl bekannte Bob Kruite.«

Einige Beamte wechselten ein paar Worte miteinander, ein anderer notierte sich etwas.

»Bob Kruite war einer der wenigen wirklich schweren Jungs in der kriminellen Szene von Arnheim.«

Der Mann vom CID ergriff das Wort. »Nachdem er Mitte der siebziger Jahre als Beschützer zweier aus Amsterdam stammender Prostituierter begann, hat er sich zum Makler in Sachen Sex hochgearbeitet. Ihm gehören etwa ein Dutzend Sexshops in Arnheim und Umgebung. Er trägt Maßanzüge, fährt einen Lincoln Continental und tritt in der Arnheimer Nachtlokal-Szene regelmäßig in Begleitung von lokalen Spitzenpolitikern auf.«

»Könnte es eine Verbindung zwischen Klinker und Bob Kruite geben?«, fragte jemand.

Der Mann vom CID zuckte mit den Schultern. »Vielleicht auf beruflicher Ebene.«

»Und auf welcher der beiden beruflichen Ebenen?« Die Frage kam von dem Beamten, der die Flaschen mit den Getränken öffnete und austeilte.

»Wie meinst du das?«, fragte Zadig.

»Na, für wen öffnet man denn nur mit einem Bademantel bekleidet die Haustür?«

Die Antwort war frech, aber sachdienlich, weshalb Zadig über den Ton hinwegsah und ruhig reagierte. »Rechtsanwälte und Kriminelle sind schon seit jeher ein Herz und eine Seele. Vielleicht kann uns *Pandora* weiterhelfen. Du und Benny, ihr kümmert euch um Bob Kruite. Wenn das wahr ist, worauf du da anspielst, dann sorgst du dafür, dass du auch mit den Angestellten von diesem Zuhälter sprichst. Ob Männlein oder Weiblein oder alle beide, denk dran.«

Der Beamte nickte.

»Okay, dann zum nächsten Punkt.«

Niemand sagte etwas. Zadig fühlte sich für einen Moment wie ein Lehrer vor einer unmotivierten Klasse.

»Die Befragung der Nachbarn«, sagte er ungeduldig. »Du, Freek?«

Der Mann neben ihm verschluckte sich beinahe an seiner Cola und setzte sich ruckartig gerade hin.

»Tja, meine Herren, einige von euch haben ja an der Befragung der Nachbarn teilgenommen und für euch ist es deshalb nichts Neues. Die erste Phase der Befragung beschränkte sich auf die Bewohner, die innerhalb eines Radius von dreihundert Metern von Klinkers Haus entfernt wohnen. Am Samstag waren die meisten von ihnen nicht zu Hause, so dass wir die Befragung am Sonntag noch einmal hier und da wiederholt haben.«

Unwillkürlich sank Zadig in sich zusammen. Ihm graute vor wortreichen Erklärungen, die einen Mangel an Ergebnissen verhüllen sollten.

»Die meisten Bewohner der Nachbarschaft kannten Klinker nicht persönlich. Es ist nicht gerade eine Wohngegend, wo der eine auf den anderen achtet. Sein direkter Nachbar, der Major a. D., hat gelegentlich ein Schnäpschen mit ihm getrunken. Er ist ein richtiger Tratschmajor.«

Er schwieg kurz, um seinen Zuhörern die Gelegenheit zu geben, ein anerkennendes Lachen zu produzieren. Doch nur sein fester Partner zeigte ein schwaches Grinsen.

»Der Major hat am Freitagabend mit Klinker einen Schnaps getrunken und sie haben sich ein wenig über dieses und jenes unterhalten.«

Zadig zog nun heftig an seinem Zigarillo.

»Nichts Besonderes. Nach einer Stunde ging der Major zurück nach Hause. Er sagt, Klinker habe sich nicht anders verhalten als sonst auch, vielleicht ein wenig gehetzt. Klinker scheint ein ziemlich geregeltes Leben geführt zu haben. Nur an den Wochenenden war er nie zu Hause. Wir haben noch nicht herausgefunden, wo er sich dann aufhielt.«

»Okay. Wahrscheinlich hat er die Wochenenden an seinem Zweitwohnsitz in den Ardennen verbracht oder seine Mutter besucht. Mir scheint, er war kein Typ für ein Doppelleben als Playboy. Aber quetscht mir trotzdem vorerst weiter die Nachbarn aus«, sagte Zadig müde. »Knöpft euch vor allem den Major noch einmal gründlich vor.«

Obwohl dieser behauptete, ein zurückgezogenes Leben zu führen und sich nicht in die Angelegenheiten der Nachbarn einzumischen, vermutete Zadig, dass der Major nichts lieber tat, als seine Mitmenschen hinter den Gardinen mit einem Fernglas zu beobachten.

Es ging jetzt allmählich auf vier Uhr zu und Zadig ergriff das Wort. Er nahm gern gegen Mitte eines Briefings resolut das Zepter in die Hand. Er fasste die Ergebnisse der Untersuchung energisch zusammen und verteilte in raschem Tempo seine Aufträge.

»Zwei Leute sollen heute Abend noch einmal mit seiner Exfrau sprechen«, sagte Zadig. Er schaute auf die Uhr. »Um halb fünf habe ich einen Termin mit seinem früheren Chef. Also in zwanzig Minuten. Vielleicht finden wir etwas in seiner Mandantenkartei.«

Zu Beginn des Briefings hatte Zadig zeitweilig die Ratlosigkeit übermannt. Doch nun fühlte er sich von seiner eigenen Dynamik gestärkt, mit der er auch das Team stimulierte. Eigentlich gab es genügend Anhaltspunkte. Er kannte sie zwar schon aus den Akten, aber sich im Gespräch eine Übersicht über Indizien und Spuren zu verschaffen, verlieh ihm wieder festen Boden unter den Füßen. Dass sich der Gegenstand der Untersuchung in zweieinhalb Tagen vom Täter zum Opfer hin verschoben hatte, beunruhigte ihn kaum.

Arnheim, Dienstag, 13. August, 11.00 Uhr

Am nächsten Tag waren sie bereits ein ganzes Stück weitergekommen. Allerdings nur indem verschiedene Möglichkeiten ausgeschlossen werden konnten.

Klinkers Jaguar Sovereign war nach einem Hinweis auf dem Parkplatz der Witte Prijzenhal aufgefunden worden, ungefähr vierhundert Meter Luftlinie von dem Metallbetrieb entfernt, wo man Klinkers Leiche entdeckt hatte. Nun stand der Wagen auf dem Innenhof des Polizeipräsidiums und wurde vom Erkennungsdienst Quadratzentimeter für Quadratzentimeter auf Spuren hin untersucht. Fingerabdrücke, Fasern und Fusseln verschiedener Stoffe, Nasenschleimpartikel, Kopfhaare, Hautschuppen – hauptsächlich von Klinker, der unter schuppigem Haar gelitten hatte – und Mikrospuren wie Spermien, alles wurde sichergestellt und ins Labor geschickt. Die Beweisliste wurde immer länger. Man nahm auch Geruchsproben von den Sitzen. Spürhund Rex von der Rijkspolitie würde später herausfinden können, ob sie vom Täter stammten. Nachdem alle Daten analysiert und kategorisiert waren, stellte sich heraus, dass achtzehn verschiedene Menschen auf die eine oder andere Weise etwas in dem Auto zurückgelassen hatten. Die meisten Spuren stammten allerdings von Klinker.

Inzwischen hatte eine vom Reiseruf alarmierte Familie in Südfrankreich den Notrufdienst der niederländischen Straßenwacht ANWB angerufen, der selbstverständlich nichts über die Hintergründe wusste. Es stellte sich heraus, dass die Direktion des *camping municipal* – nämlich der Wärter des Fußballplatzes nebenan – lediglich begriffen hatte, dass die

Familie sich so schnell wie möglich in den Niederlanden melden sollte. Am Dienstag erhielt die Soko endlich einen panischen Anruf.

Nachdem einer von Zadigs Beamten den Vater des Jungen beruhigt hatte – der bereits hundertfünfzig Gulden mit verschiedenen Familienmitgliedern vertelefoniert hatte – und ihm eine Erstattung der Kosten versprach, kam der Sohn an den Apparat.

Er erklärte, dass Klinker die Bestellung angenommen, dabei aber die Tür nur einen Spalt geöffnet habe. Er habe das Geld schon in der Hand gehabt, fünfzig Gulden inklusive eines dicken Trinkgelds.

Ob Klinker etwas gesagt habe?

Der Junge zögerte. Nein, kaum. Irgendetwas wie: Vielen Dank und bis demnächst. Und: Den Rest kannst du behalten.

Ob dem Jungen etwas aufgefallen sei?

Ja. Der Arm, mit dem Klinker die Plastiktüte mit der Reistafel angenommen habe, sei in einen Bademantel gehüllt gewesen.

Ob der Junge den Eindruck gehabt habe, dass Klinker allein zu Hause gewesen sei?

Ja. Nein. Eigentlich wisse er das nicht mehr. Er habe jedenfalls nichts mitbekommen, das auf Gesellschaft hingewiesen habe. Oder so.

Also habe Klinker nicht den Eindruck erweckt, unter Spannung oder einem gewissen Druck zu stehen?

Trotz der suggestiven Fragestellung meinte der Junge, dies sei nicht der Fall gewesen. Er habe nur einen Happen zu Essen an die Tür geliefert, der Kunde habe bezahlt und ansonsten habe er auf nichts weiter geachtet.

Der Kriminalbeamte beendete die telefonische Zeugenaussage mit der dringenden Mahnung, dass der Junge sofort im Arnheimer Polizeipräsidium anrufen solle, falls ihm noch etwas Besonderes einfiele. Der Junge versprach es.

Der Besuch bei Bob Kruite lief ebenfalls auf eine Enttäuschung hinaus. Benny, ein Polizeiwachtmeister, der schon länger als alle anderen beim Arnheimer Polizeikorps arbeitete, hatte sich zusammen mit Heino, einem Anfänger bei der Kripo, auf den Weg gemacht. Kruite stand ihnen im Garten eines Bordells im Spijkerkwartier Rede und Antwort. Der Puff war in einem klassischen Herrenhaus untergebracht. Die Vorderfront war zwar gesandstrahlt und erneuert worden, aber die rückwärtige Fassade sah verwahrlost und farblos aus.

Kruite trug nichts als eine winzige schwarze Badehose, kaum mehr als ein veredelter Stringtanga. Dadurch konnte man sämtliche Tätowierungen auf seinem gut durchtrainierten Körper bewundern. Bob Kruite besaß eine Vorliebe für Totenköpfe und gekreuzte Knochen. Er bestand darauf, den Herren einen Drink aus seiner fahrbaren Bar anzubieten, und gab sich alle Mühe, ihnen behilflich zu sein. Als er sein Glas an die Lippen setzte, wölbte sich sein Bizeps, wodurch der Totenkopf darauf die Mundhöhle zu einem breiten Grinsen verzog. Kruite gab zu, Direktor der Firma ›Schuss ins Schwarze‹ zu sein. Doch nur pro forma, wie er verkündete. De facto sei es seine Frau, mit der er übrigens in Scheidung lebe, die die Firma leite. Sie kümmere sich auch um die Verwaltung und koordiniere die geschäftlichen Vorgänge. Auch die am vergangenen Freitagabend.

Leider habe er keine Ahnung, wo sie sich aufhalte. Und was dieser Meneer Klinker mit ›Schuss ins Schwarze‹ zu tun habe, sei auch ihm ein Rätsel.

»So, jetzt reicht's, Bobbie«, sagte Benny ruhig, »hör schon auf, uns hinzuhalten. Wir wollen deine Buchführung ja gar nicht kontrollieren, das übernimmt schon die Steuerfahndung. Du hast also noch alle Zeit der Welt, deine Bücher in Ordnung zu bringen. Und jetzt, Freitagabend: Wer, was, wo und wann? Und wie natürlich.«

Bob Kruite stand gottergeben auf, nahm ein Handy von der fahrbaren Bar, die in einer Ecke des Gartens stand, und wählte eine Nummer. Leise sprach er ein paar Worte.

Benny flüsterte seinem jungen Kollegen zu: »Das läuft ja perfekt. Er wird uns alles erzählen, was wir wissen wollen, weil er jetzt beruhigt ist. Es stimmt tatsächlich, dass die Steuerbehörde ihm erst in einem Monat oder so an den Kragen will. Aber die Ausländerpolizei beschäftigt sich schon seit Wochen mit den Huren in seinen Clubs. Sie warten nur noch auf zusätzliche Informationen aus Bangkok, dann schnappen sie zu.«

Mit einem breiten Lächeln kam Bob auf die Beamten zu, die er unter einem Sonnenschirm platziert hatte. Das Telefon steckte er in einen Halter an einem breiten schwarzen Gürtel, der über der Rückenlehne seines Stuhls hing.

»Einen Moment Geduld, bitte.«

Er ging ins Herrenhaus hinein.

Benny bemerkte: »Der moderne Kriminelle trägt ein Telefon im Holster. Waffen sind out.«

Heino nickte und beugte sich nach vorn, um den Apparat aus der Nähe zu betrachten.

»Er hat einen Basis-Analyser eingebaut!«, sagte er überrascht. »Dadurch erfährt dieser wandelnde Friedhof sofort, ob er angezapft wird!«

»Gut so. Das geben wir an den CID weiter, sollen die sich mal damit beschäftigen.«

Nach einer Minute kam Bob Kruite wieder zurück.

»Das hier ist Carina; ein Bild aus unserem Archiv«, sagte er und gab Benny ein Foto. »Sie hatte Freitagabend vor, Meneer Klinker mit einer erotischen Spezialbehandlung zu verwöhnen. Ihre Adresse steht auf der Rückseite. Sie ist zu Hause.«

Auf dem Foto war deutlich zu erkennen, welche erotische Spezialität Carina für Klinker in petto gehabt hatte. Sie stand breitbeinig da, in Cowboystiefeln mit Sporen und Metallbeschlag, bekleidet mit einem schwarzen Lederbikini. Ihre knallroten Lippen waren zu einem wütenden Grinsen verzogen, in der rechten Hand trug sie eine lange Lederpeitsche und in der linken ein Paar Handschellen. Ihre Augen funkelten aus unerklärlichem Hass. Benny drehte das Foto um. »Sie wohnt ganz in der Nähe«, bemerkte er.

Carina empfing sie entschieden weniger blutdürstig, als sie auf dem Foto aussah. Sie erwies sich als kettenrauchende, kleine Frau mit blondiertem Haar und einer sanften Stimme, in der ein ausländischer Akzent mitschwang. Sie trug einen zeitlosen marineblauen Hosenanzug und reagierte nur mäßig erstaunt, als die Herren von der Polizei bei ihr vor der Tür standen. Die kleine Dreizimmerwohnung hatte sie nur provisorisch mit dem allernotwendigsten Mobiliar eingerichtet. Wahrscheinlich hatte sie nicht vor, lange dort wohnen zu bleiben.

Benny stellte die Fragen und Heino notierte die Antworten. Es dauerte einige Zeit, bis Carina bereit war, ohne Zurückhaltung auf die Fragen einzugehen – nämlich erst nachdem sie sich nach ihrer Aufenthaltsgenehmigung erkundigt hatten, obwohl Benny eigentlich nur die vage Vermutung hatte, dass sie Ausländerin war. Sie sei Österreicherin, erklärte sie dann von sich aus.

Klinker hatte sie für Freitagabend bestellt. Das habe er in diesem Jahr schon öfter getan. Ungefähr sechsmal. Sie könne nicht klagen über ihn. Und er nicht über sie, soweit sie wisse. Ja, sie habe erfahren, dass er tot sei. Ermordet, tatsächlich. Aber letzten Freitag habe sie ihn nicht gesehen. Sie sei zur verabredeten Zeit dort gewesen. Habe ein paarmal geklingelt und sogar an die Tür geklopft, weil sie Licht gesehen habe. Doch niemand habe aufgemacht. Was ihr merkwürdig vorgekommen sei, da Klinker immer pünktlich war. Sie habe sich umgedreht, und in diesem Augenblick sei aus der Garageneinfahrt auf der anderen Seite des Hauses der Wagen von Klinker ohne Licht davongefahren.

Nein, sie habe nicht gesehen, ob Klinker selbst am Steuer saß. Auch nicht, wie viele Personen sich in dem Wagen befunden hätten. Es sei dunkel dort gewesen, und eigentlich habe sie das wegfahrende Auto auch nur in einem Sekundenbruchteil erkannt, da ihr die Sträucher die Sicht versperrten. Sie sei nur wahnsinnig sauer darüber gewesen, dass sie sich umsonst auf die Socken gemacht und an diesem Abend nichts verdient habe.

Ja, sie sei sich ganz sicher, dass es das Auto von Klinker war, weil sie vor einiger Zeit einmal darin mitgefahren sei. Es sei ein dunkelblauer Jaguar, erklärte sie ungefragt. Auch über die sexuellen Kontakte, für die Klinker sie bezahlte, gab sie ungezwungen Einzelheiten preis. Klinker hatte eine ausgeprägte Vorliebe für Bondage und Flagellantismus, was bedeutete, dass Carina ihn an Händen und Füßen mit Handschellen an die Sprossen seines Bettes fesselte und ihn danach so lange mit seinem eigenen Gürtel auf den Hintern schlug, bis er zum Orgasmus kam.

Benny ließ sich einige Details dreimal erklären, bevor er ihr auftrug, sich für weitere Untersuchungen zur Verfügung zu halten. Ihr Alibi für den Rest des Abends war leicht zu überprüfen.

Während des Nachmittagsbriefings betrachteten die Mitglieder der Soko Carinas Foto mit Interesse, während sie dem Bericht über die Zeugenaussage weniger Aufmerksamkeit widmeten. Mit Recht, schließlich lieferte sie keinerlei entscheidende Hinweise. Das Foto verschwand in der Akte, die Zadig mit einem Knall zuschlug. »Gehen wir nun zum nächsten Punkt über«, sagte er verbissen.

Zadig war nun seit vier Tagen mit der Leitung der Ermittlungen betraut und seine Verärgerung über einen fehlenden roten Faden wurde immer größer. Ihn beschlich allmählich das Gefühl, dass das Team sich von einer Eingebung zur nächsten treiben ließ, ohne einen klaren Plan zu verfolgen. Doch das war nicht ganz richtig: Zadig führte die Nachforschungen durchaus nach den üblichen Methoden durch, die darin bestanden, dass alles, was mit dem Opfer zu tun hatte, sorgfältig und diszipliniert untersucht wurde. Wenn das Opfer ein facettenreiches Leben geführt hatte, führten auch die Untersuchungen in die verschiedensten Richtungen. Für den durchschnittlichen Kriminalbeamten war dies der einzige Weg, der zum Erfolg führte. Geniale Einfälle, gewagte Hypothesen oder andere schnelle Methoden, Resultate zu erzielen, wurden als zu riskant abgelehnt. Beharrlichkeit und analytisches Denkvermögen waren die einzigen Stützpfeiler, auf die die Fahnder bauen durften.

Zadig selbst hatte sich einen vollen Vormittag mit der Mandantenliste der Rechtsanwaltskanzlei beschäftigt, in der Klinker gearbeitet hatte. Gespräche mit seinen Kollegen, seiner Sekretärin und dem Firmenältesten hatten jedoch nicht zu einem Mandanten geführt, der einen Grund gehabt hätte, sich an Klinker zu rächen. Klinkers Tod schien in mehr als einer Hinsicht ein Verlust für die Firma zu sein. Er war ein hervorragender Jurist gewesen, der sich innerhalb kurzer Zeit zu einem Fachmann entwickelt hatte. Außerdem hatte er sich den Ruf erworben, dass er immer und überall das Äußerste herausholte. Was ihn als Firmenteilhaber so wertvoll machte, war zudem seine Fähigkeit, die Mandanten auch von diesen Qualitäten zu überzeugen. Zur Sicherheit informierte Zadig sich noch beim Vorsitzenden der Rechtsanwaltskammer: Nie hatte es Klagen über Klinker gegeben.

Allerdings waren vor anderthalb Jahren Drohungen gegenüber Klinker geäußert worden, als man ihn zum Konkursverwalter einer Dosenfutterfabrik eingesetzt hatte. Die Arbeitnehmer waren in hellen Aufruhr geraten, als Klinker vollkommen unerwartet in der Mittagspause aufgetaucht war und verkündet hatte, dass der Betrieb geschlossen würde. Klinker, der Überbringer der Botschaft, wurde in diesem Moment als die Ursache allen Übels angesehen, doch schon drei Wochen später hatte man ihn wie den leibhaftigen Heiland mit stehenden Ovationen gefeiert, als er in der Kantine mitgeteilt hatte, dass es ihm gelungen sei, den Betrieb an einen englischen Konzern zu verkaufen, und es vorerst keine Entlassungen geben werde. Aus all dem schloss Zadig, dass Klinker offensichtlich keine Feinde gehabt hatte.

Sogar seine Exfrau war entsetzt über seinen Tod, obwohl sie mit dem Vater ihrer Kinder nur wenig Kontakt gehabt hatte. Sie habe ihn verlassen, weil die Liebe zwischen ihnen erloschen sei, erklärte sie. Durch die Scheidung habe sie zwar auf materieller Seite einige Federn lassen müssen, doch brauche sie gewiss nicht am Rande der Armut zu existieren. Im Übrigen entnahmen die Ermittler dem Gespräch, dass eher Klinker Grund gehabt hätte, seine Exfrau zu ermorden, als umgekehrt. Ihrer Meinung nach hatte Jacob größere Probleme gehabt, ihre gescheiterte Ehe zu verarbeiten, als sie selbst.

Damit war allen nahe liegenden Theorien über ein Motiv das Wasser abgegraben. Niemand schien Klinker gehasst zu haben. Andererseits war auch niemand vor Trauer verrückt geworden, als er ermordet wurde.

Zadigs Bemerkung über die möglichen Gründe für die bisher nicht erklärbare Abwesenheit Klinkers an den Wochenenden erwies sich als Volltreffer. In der Tat besuchte Klinker seit einem Jahr regelmäßig seine an Altersdemenz leidende Mutter, die in Süd-Limburg wohnte. Jeden Samstagnachmittag machte er mit ihr einen Spaziergang im Park. Auf dem Rückweg besuchte er seinen Vater und verbrachte, seitdem er geschieden war, jedes Mal die Nacht von Samstag auf Sonntag bei ihm. Im Laufe des Sonntags kehrte er dann meist wieder nach Arnheim zurück. Mit diesen Informationen hatte sich das einzig mysteriöse Moment im Leben von Jacob Klinker in Luft aufgelöst.

»Keine Berichte aus der Nachbarschaft über verdächtige Personen in der letzten Zeit?«, fragte Zadig.

Einige Beamte schüttelten den Kopf.

Zadig spürte, dass die Arbeitsatmosphäre mit der Zeit deutliche Abnutzungserscheinungen zeigte, umso mehr, als das drückende Wetter keinen besonders inspirierenden Einfluss auf das Team hatte.

»Wir werden die Sache mit doppelter Energie angehen müssen«, sagte Zadig deshalb zu seinen versammelten Kriminalbeamten und er hoffte, dass er optimistisch klang.

»Wir werden jeden Schritt, den Klinker in seinem Leben getan hat, nachvollziehen. Wir weiten die Ermittlungen aus.«

Er blickte herausfordernd in die Runde.

»Erweitern wir auch das Team?«, fragte jemand.

Zadig ging ernsthaft auf die Frage ein: »Nein, wo sollten wir denn die Leute hernehmen? Alle Abteilungen sind wegen der Ferien sowieso unterbesetzt. Es werden sogar ein paar Urlaubstage geopfert werden müssen, aber keine Panik! Sie werden euch gutgeschrieben und können später genommen werden. Wir sollten uns jetzt in Klinkers Ausgehgewohnheiten vertiefen. Dann machen sich vier Mann daran, seine Lebensgeschichte zu rekonstruieren. Irgendwie muss dieser brave Bürger doch etwas ausgefressen haben, was ihn den Kopf gekostet hat. Außerdem müssten im Laufe der Rekonstruktion des Verbrechens ein paar Strecken herauskommen, die der Täter zusammen mit Klinker gefahren ist, und entlang dieser Strecken werden wir Haus-zu-Haus-Befragungen durchführen.«

Er klatschte in die Hände.

»Auf, es gibt Arbeit genug!«

Einige Teammitglieder blickten sich viel sagend an.

Zwolle, Freitag, 23. August, 21.30 Uhr

In Kylows Schlafzimmer war es brütend heiß. Ab und zu blähten sich die Gardinen in einem warmen Luftzug durch das offene Fenster nach draußen. Es war nicht mehr ganz so heiß wie tagsüber, aber es herrschte eine drückende Schwüle. Von einem kleinen, hundert Meter entfernten Platz drangen die Geräusche von Jugendlichen herüber, die sich vor einem Jugendcafé mit dem Testen ihrer Mopedbremsen amüsierten.

Kylow lag unter einem dünnen Laken, schwitzte am ganzen Körper und fühlte sich unwohl. Mehr noch: Er hatte eine richtige Stinklaune, an der auch die eiskalte Dose Bier auf seinem Nachtschränkchen nichts änderte. Ein freies Wochenende ermöglichte es ihm zum ersten Mal seit Monaten, mit seiner Familie schwimmen zu gehen, und er hatte sogar das Vergnügen, sich den ganzen Abend nach seinem eigenen Gutdünken einrichten zu können, da seine Frau an einer Stadtratsversammlung teilnahm und sein kleiner Sohn sich schon um acht Uhr ohne Proteste hatte zu Bett bringen lassen.

Trotzdem fühlte sich Kylow alles andere als ausgeglichen. In erster Linie war er todmüde. Seit dem Mord an Baarl hatte er jeden Tag zwölf Stunden und länger Dienst geschoben. Er hatte von sich und seinen Untergebenen das Äußerste verlangt.

Ohne Erfolg.

Die Ermittlungen im Mordfall Baarl steckten in einer absoluten Sackgasse. Alles, was in irgendeiner Form Hinweise hätte liefern können, war gesichtet, überprüft, doppelt überprüft, verglichen, analysiert und dann noch einmal von einer ganz anderen Warte aus betrachtet worden.

Sie waren allen Hinweisen nachgegangen, sogar dann, wenn die Tippgeber paranoid, bösartig, verrückt oder anderweitig gestört waren. Alle Aussagen waren kontrolliert, alle Widersprüche analysiert worden. Und ausgeräumt. Kylow hatte nach seinem Besuch im *Play Happy* in der lokalen Glücksspielszene das Unterste zuoberst kehren lassen. Das hatte ihm jedoch lediglich noch mehr Feinde sowie drei telefonische Drohungen eingebracht.

Als die Untersuchung der Fakten keine mögliche Lösung mehr bot, waren in den Dienststellen der Kripo eifrig Theorien entwickelt und Brainstormings abgehalten worden. Was Kylow extrem widerstrebte, da er es als negatives Vorzeichen betrachtete. Trotzdem hatte er nicht eingegriffen. Die Ermittlungen versanken in einem Sumpf von Theorien, doch der befreiende goldene Tipp blieb aus.

Nun war nichts mehr übrig, was noch hätte untersucht werden können. Die Soko stand mit leeren Händen da und hatte ein erlösendes Wort von ihm erwartet. Und das hatte er auch ausgesprochen: in einem Zwischenbericht, den er heute Vormittag dem PP auf den Schreibtisch gelegt hatte.

Die Ermittlungen waren zwar offiziell noch nicht abgeschlossen, aber dennoch hatte der Polizeipräsident zweimal über ›diesen Abschlussbericht‹ gesprochen. Wie Kylow glaubte, mit Absicht. Beim zweiten Mal hatte er ihn nicht einmal mehr korrigiert.

Die Folgen waren sonnenklar: Die Ermittlungen wurden auf Sparflamme gesetzt, besser gesagt ihnen wurde das Gas abgedreht. Nur ein Rumpfteam in Form eines einzigen Beamten sollte noch eine Weile daran weiterarbeiten. Vorläufig sollte er am Computer die administrativen Aufgaben erledigen und wenn nötig Alarm schlagen, falls sich neue Entwicklungen ergäben. Kurzum, jemand, der als Letzter das Licht ausmacht, wenn man mit dem Aufräumen fertig ist.

Kylows Ermittlungsergebnisse waren von jedem einzelnen Mitglied der Einheit unterschrieben worden, doch als Chef fühlte er sich persönlich verantwortlich für das Ausbleiben eines echten Resultats.

Nach drei Wochen hatte man noch immer nicht den Schimmer einer Vermutung, in welchen Kreisen der oder die Täter zu suchen waren. Alle Informanten, die losgeschickt worden waren, kamen mit leeren Händen oder wertlosen Informationen zurück.

Man hatte weder die Waffe noch ein Motiv finden können.

Kylow stand auf, als das Knattern eines Mopeds näher kam. Das kleine Wohnviertel, in dem er lebte, missfiel ihm mehr und mehr. Es bestand aus einer geschmacklosen Ansammlung von Neubauten, zweiundzwanzig Doppelhäuser, die scheinbar planlos mitten im Weideland am Stadtrand aus dem Lehmboden gestampft worden waren. Innerhalb eines halben Jahres hatte man sie hochgezogen, direkt vor der Nase der Kühe, die ungestört weitergrasten. Das Amt für Grünflächen hatte nur eine halbe Woche gebraucht, um die Anlage zu bepflanzen, und ein mobiles Jugendcafé sollte die Wochenenden für die Jugendlichen erträglich machen. Kylow schloss das Fenster, öffnete die Bierdose, schüttete den Inhalt in einem Zug hinunter und krönte den Genuss mit einem kräftigen Rülpser.

Er warf die leere Dose Richtung Papierkorb und fluchte laut, als sie daneben landete. »So ein gottverdammter Scheißdreck!«

Nur an die Rekonstruktion des Mordes dachte er mit einer gewissen Zufriedenheit zurück. Der Tathergang war das Einzige, was man mit relativer Sicherheit nachvollziehen konnte. Baarl war, wie gewöhnlich, gegen neun Uhr abends ins *Elevator* gefahren. Zu seiner Freundin, mit der er zusammenwohnte, hatte er gesagt, dass es wegen der Band, die in seinem Lokal auftrat, wahrscheinlich spät werden würde. Er war in seinen Peugeot 504 gestiegen und mit knatterndem Auspuff losgefahren, wie auch die Nachbarn später bezeugten. Auf der Rückseite des *Elevator* hatte er den Wagen in einer Parkbucht vor dem Hintereingang des Gebäudes abgestellt. Nachdem er die Tür hinter sich zugezogen hatte, ging er durch den leeren Raum, in dem sich bis vor kurzem eine Druckerei befunden hatte. Der Mietvertrag war ausgelaufen und Baarl hatte ihn im Hinblick auf die Erweiterung seines Geschäfts nicht mehr verlängert. Er hatte mit viel Gefühl für Publicity durchsickern lassen, dass er etwas Einmaliges daraus machen würde, doch was er genau damit meinte, war nicht deutlich geworden. Der eine dachte an einen Empfangsraum, der andere an ein Restaurant, der dritte an einen Jazzkeller. Das Einzige, was auf einen Umbau hinwies, war diverses Baumaterial im Gang hinter der ehemaligen Druckerei sowie in zwei Nischen im Keller neben dem Lift, die voll gepackt waren mit Zementsäcken, Sand und Sanitärzubehör für neue, mit dem Lift erreichbare Toilettenräume.

Dort, inmitten von leeren Kästen, losen Flaschen, aufeinander gestapelten alten Stühlen und anderem Kneipengerümpel, hatte der Mörder gewartet. Niemand konnte sagen, wie lange; niemand war an diesem Abend dort gewesen, bevor Baarl hereinkam.

Danach ging alles ganz schnell. Baarl war mit einem Schuss in den Kopf getötet worden, genau vor der Lifttür. Die Leiche war entweder vom Mörder oder durch die Wucht des Geschosses in den Lift geschleudert worden. Anschließend verschwand der Mörder durch den Hinterausgang. Niemand hatte ihn oder sie das Gebäude verlassen sehen, niemand hatte gesehen, wie er oder sie aus der Gasse herauskam. Wegen des Partylärms und der ohrenbetäubend laut aufgedrehten Livemusik hatte niemand den Schuss gehört.

Selbst die Vorstellung, dass nur ein Mörder am Werk gewesen war, war eine Hypothese, die nur durch negative Argumentation aufgestellt werden konnte: Warum sollten zwei oder mehrere Leute den Job übernommen haben, wenn ein Mann oder eine Frau ihn leicht allein hatte ausführen können?

Kylow hatte sich nach dem Besuch bei Casino-Chef Stauff noch eine Weile mit der Abrechnungstheorie beschäftigt. Baarls Tod sah auffällig nach einer kaltblütigen Exekution aus. Aber weder in der kriminellen Szene noch im Gastronomie schien es jemanden zu geben, dessen Hass groß genug gewesen wäre, Baarl umzubringen. Ein Verbrechen aus Leidenschaft konnte ebenfalls schon bald ausgeschlossen werden. Baarl wohnte bereits seit vier Jahren ohne Beziehungsprobleme mit derselben Freundin zusammen und verkehrte mit anderen Frauen in erster Linie geschäftlich.

Während Kylow ein Sixpack Pils aus dem Kühlschrank holte, dachte er an die sinnlosen Vernehmungen der Gäste zurück, die sich zum Zeitpunkt des Mordes im Lokal aufgehalten hatten. Er seufzte und setzte erneut eine Bierdose an die Lippen. Die Protokolle, die dabei in mühseliger Arbeit zustande gekommen waren, wimmelten von vagen Angaben.

Der eine wollte einen Schuss gehört haben (›Ganz bestimmt, Herr Polizist!‹), und zwar zu einem Zeitpunkt, zu dem Baarl noch zu Hause beim Abendessen gesessen hatte. Ein anderer erklärte mit größter Überzeugung, dass der Lift mit der Leiche drin von oben gekommen sei, was technisch unmöglich war, weil der

Lift nicht weiter hinauffuhr als bis auf die Ebene des Lokals. Kylow war davon überzeugt, dass zahlreiche Zeugen unter Alkoholeinfluss standen, da die Getränke an jenem Abend zum Sonderpreis verkauft worden waren.

Der Polizeicomputer meldete, dass Baarl einmal wegen Einbruchdiebstahls verhaftet worden war. Er hatte ein paar Tage im Präsidium verbracht, dann war die Anklage niedergeschlagen worden. Außerdem fand sich neben seinem Namen ein Code, der auf ein Mitglied des Örtlichen Informationsdienstes, des PID in Arnheim, hinwies.

Kylow hatte mit ihm telefoniert und einige Informationen über Baarl erhalten, die vertraulich behandelt werden mussten. Baarls Name tauchte in Berichten auf, die aus der Zeit vor 1981 stammten. Er hatte sich eine Weile in der radikalen Szene von Hausbesetzern und Atomkraftgegnern bewegt. Er sei ziemlich gewalttätig gewesen, berichtete der PID-Mann, doch schon vor dem Zerfall der radikalen Bewegung hatte er ein anderes Leben gewählt, das mehr Erfolg versprach.

Auf der Suche nach einem Motiv hatte Kylow nachgefragt, ob Baarl Informant gewesen sei, doch das hatte der Mann vom Informationsdienst entschieden verneint. Kylow hatte weiter nachgefragt. Ob Baarl die Radikalenszene wegen tiefgreifender Konflikte verlassen habe? Ob es möglich sei, dass es sich bei seinem Tod um eine späte Racheaktion handle? Der PID-Mann verneinte auch dies. Dann fielen Kylow keine Fragen mehr ein.

Der PID-Mann sagte noch, dass er neunzig Prozent seiner Akten für immer schließen könne, wenn jeder ermordet würde, der die Aktivistenszene im Streit verlassen habe. Er lachte, als Kylow allen Ernstes bemerkte, dass das doch die ideale Lösung wäre.

Am meisten ärgerte sich Kylow darüber, dass er sogar zu Hause noch über seine Arbeit grübelte, obwohl es doch überhaupt keine Arbeit mehr gab.

Gott sei Dank war er glücklich verheiratet. Seine Frau fand ihn, auf einen Popsender starrend, lang ausgestreckt auf dem Sofa, vor sich auf dem Boden einen Stapel leerer Dosen. Kylow grinste dümmlich. Sie beugte sich über ihn und gab ihm einen Kuss. »Hattest du einen netten Abend?«, fragte sie.

Kylow antwortete ihr nicht, sondern schaute auf ihre Knie, die sich direkt vor ihm in Augenhöhe befanden.

»Aha, so ein Abend also«, sagte sie. »Aber lass mich erst mal was trinken.«

Sie wollte aufstehen.

Kylow fuhr mit der Hand unter ihren Rock, zwängte seinen Arm zwischen ihre Schenkel und hielt sie zurück.

Mit dem Daumen seiner freien Hand zog er den Ringverschluss der x-ten Dose Bier auf und hielt sie ihr hin. »Hier«, sagte er und zog sie neben sich aufs Sofa.

»Hund«, antwortete sie.

Kylow begann lachend zu knurren und imitierte ein brünstiges Bellen.

Arnheim, Mittwoch, 28. August, 8.30 Uhr

Der Morgennebel über den Wiesen rund um den verfallenen Bauernhof verzog sich langsam und wich der Schwüle eines neuen Sommertages. Es würde sicher dreißig Grad warm werden und Frank Doven schwitzte unter dem schmuddeligen Laken. Das lag jedoch nicht an der lauen Wärme der ersten schüchternen Sonnenstrahlen, sondern daran, dass er einen Schuss Heroin brauchte, und zwar schnell.

Doven gehörte zu den wenigen Junkies, die allen Klischees entsprachen, die über Drogenabhängige in Umlauf sind. Er lebte in einem permanentem Kriegszustand mit seinem hinfälligen Körper, hatte aber bislang noch alle Schlachten mit Hilfe von Davitamon 30, Apfelsinen und Vitamin-B-Komplexen gewinnen können. Er nahm alles, was unter das Betäubungsmittelgesetz fiel, und ansonsten alles, was frei verkäuflich war und auch wirkte. Dadurch war er abgemagert bis auf die Knochen und hatte an Armen und Beinen Dutzende kleiner Geschwüre. Er war zwanzig Jahre jünger, als er aussah, und dadurch, dass er gebückt ging, wirkte er auch kleiner, als er war. Er besaß ein ovales Gesicht mit eingefallenen Wangen, eine breite Nase und scharf hervortretende Kieferknochen. Lediglich seine lebendigen, leuchtend blauen Augen passten nicht ganz zu seiner sonstigen ausgezehrten Erscheinung.

Er stand mühsam auf und schaute auf den leeren Platz neben sich. Seine Freundin hatte ihn letzte Nacht zum x-ten Mal nach dem x-ten Streit verlassen. In ein paar Tagen würde sie wieder auftauchen.

Das tat sie immer, so abhängig wie sie von seinem Heroin war.

Doven schraubte den Stopfen vom Knie unter dem Waschbecken los und holte ein Plastiktütchen heraus, in dem sich acht wasserdichte Plastikstreifen mit zweiunddreißig Schuss türkischem Heroin zu je einem halben Gramm befanden. Auf der Straße – jedenfalls in Arnheim – lag der Wert derzeit bei etwa zweitausend Gulden. Das Heroin war bis auf vierzig Prozent mit gemahlenen Stophoest-Hustenbonbons verschnitten. Doven pflegte seine deutschen Kunden immer davor zu warnen, weil in Deutschland das Heroin bis auf zehn Prozent verschnitten war, meist mit Backpulver. Zwei deutsche Kunden hatten sich schon in ihrer Unwissenheit eine Überdosis verpasst. Doven warnte die Leute nicht aus Nächstenliebe, sondern aus reinem Eigennutz: Er vermied alles, was seinem Handel schaden konnte.

Vorsichtig schnitt er den Streifen auf und holte eine portionierte Dosis hellbraunen Heroins heraus. Er spritzte ein wenig Zitronensäure aus einem Fläschchen in einen Esslöffel, löste die Hälfte des Heroins in der Säure auf und erwärmte den Löffel mit einem Feuerzeug. Dann zog er die Mischung in eine Einwegspritze. Da die Venen in seinen Armen bereits durchlöchert waren wie ein Sieb, gab er sich die Injektion in die Kniebeuge.

Nach dem befreienden Flash verwandelte sich Doven in ein einigermaßen vernünftig funktionierendes und denkendes Wesen.

Doven war nicht nur Konsument, sondern belieferte auch einen festen, internationalen Kundenkreis. Obwohl er alle seine Kunden einigermaßen gut kannte, befand er sich fortwährend in einem durch Argwohn und Misstrauen verursachten Alarmzustand. In seinen

Kreisen geschah es nur allzu oft, dass kleine Dealer Opfer eines Ripdeals wurden. Doven hatte seine Vorsichtsmaßnahmen getroffen.

Aber an diesem Morgen sollte nur ein Kunde kommen.

Auf dem Bauernhof war es ungewöhnlich still. Zwei der fünf Bewohner waren in Urlaub, ein dritter saß in Untersuchungshaft, und nun, da ihn seine tobende Freundin verlassen hatte, war Doven allein zurückgeblieben.

Die Stille war für ihn in seinem stets schwankenden Gemütszustand ein weiteres gefährliches Moment. Er stand zwar in dem Ruf, ein Einzelgänger zu sein, doch Einsamkeit konnte er schlecht vertragen. Typisch für seine isolierte Lebensweise war auch seine Unwissenheit über die Morde an Klinker und Baarl. Nicht dass er die beiden noch kannte; es stellte sich sogar die Frage, ob er sich noch an ihre Namen erinnerte. Wahrscheinlich hätte er die Nachricht mit einem Schulterzucken abgetan.

Er ging in die große Gemeinschaftsküche des Bauernhofs, die eine herrliche Aussicht auf die Überschwemmungsgebiete am Ufer des Rheins sowie auf den nördlichen Teil der Stadt bot, der vom ewig baufälligen Turm der Eusebiuskerk dominiert wurde. Doch Doven hatte schon vor langer Zeit das Interesse an schönen Aussichten verloren.

Der Bauernhof war vor etwa acht Jahren von einer idealistischen Wohngemeinschaft besetzt und wieder in einen einigermaßen bewohnbaren Zustand gebracht worden. Er besaß ein riesiges Wohnzimmer, eine große Küche und sechs weitere Zimmer. Auf dem Grundstück stand eine Scheune, die früher als Stall gedient hatte und nun zwei fünfzehn Jahre alte Peugeots 404

Break, einen Citroën DS 19 und eine Anzahl ausnahmslos gestohlener Fahrräder beherbergte.

Man erreichte den Bauernhof über einen schmalen, gewundenen Asphaltweg, eine Abzweigung von der Straße, die zur Nelson-Mandela-Brücke führte, im Volksmund einfach ›Nieuw Brug‹ genannt. Die nächsten Nachbarn waren die Bewohner des Lokals *Rijnzicht* einen halben Kilometer weiter nördlich.

Frank Doven gehörte zu den Bewohnern der ersten Stunde. Seitdem hatte er viele Mitbewohner gehabt. Fast ohne Ausnahme war es das rustikale Landleben, das sie zunächst angezogen und dann gefrustet hatte, ein Leben, das nun einmal sein eigenes Tempo hat und auf aktivistische Barrikadenstürmer wenig inspirierend wirkt. Die Ideale verfielen rasch und definitiv, als das Heroin das Leben der Gruppe zu dominieren begann.

Doch Doven blieb. Er war mit sechzehn abhängig geworden, und ein paar Jahre später erlaubten ihm die großen Jungs, selbst zu dealen, wenn auch in bescheidenem Maße. Mehr oder weniger zufällig geriet er in die Hausbesetzerbewegung hinein. Obwohl er seine eigene Identität so weit wie möglich abzuschirmen versuchte, kam einer seiner Kunden dahinter, dass er eine Leidenschaft für Elektronik hatte. Dieser Kunde führte ihn in die Aktivistenbewegung ein, die damals Pläne zur Gründung eines illegalen Radiosenders schmiedete. Der Kunde verriet natürlich nicht, dass Doven ein Dealer war. Frank Dovens Liebe zur Elektronik musste jedoch im Laufe der Zeit der Notwendigkeit zu überleben weichen. Doven brauchte all seine Energie, um sein Bedürfnis nach Heroin zu befriedigen. Nach der Gründung der Radiogruppe zog er sich aus der Szene zurück und blieb auf dem Bauernhof wohnen. Damals war er neunundzwanzig Jahre alt.

Er wollte gerade einen Kessel Wasser aufsetzen, als jemand an die Küchentür klopfte. Doven erschrak. Durch das Küchenfenster konnte er den Weg im Auge behalten, doch er hatte niemanden kommen sehen. In seinem Hinterkopf klingelte eine kleine Alarmglocke. Doch das Klopfen des Besuchers war bescheiden, nicht nachdrücklich, nicht bedrohlich. »Keine Gefahr im Anzug«, schloss er daraus.

Das war so ungefähr das Letzte, was er denken konnte.

Doven öffnete die Tür und wurde sofort von einem konzentrierten Strahl ätzenden Gases direkt ins Gesicht getroffen. In dem Bruchteil einer Sekunde meinte er, den Besucher zu erkennen. Doven ließ die Tür los, wankte zurück und fasste sich mit beiden Händen ins Gesicht. Durch seine geschwollenen und tränenden Augen konnte er nichts mehr sehen.

Mit den ersten beiden Schlägen traf der Totschläger seine Hände. Zwei Mittelhandknochen und der Daumen seiner linken Hand brachen; alle Finger seiner rechten Hand wurden schwer gequetscht.

Der Schmerz war überwältigend. Doven streckte würgend den rechten Arm aus, in dem vergeblichen Versuch, seinen Angreifer abzuwehren, und ging rückwärts, wobei er halb über einen Stuhl fiel. Er konnte das Gleichgewicht halten und hörte, wie sich der Angreifer ohne Hast, aber zielsicher näherte.

Der dritte Schlag landete mit mitleidloser Präzision genau auf der Fontanelle seines kahl werdenden Kopfes.

Doven fiel wie ein Holzklotz auf den Küchenfußboden. Er spürte nicht mehr, wie sein Hemd am Kragen brutal aufgerissen wurde.

Arnheim, Freitag, 30. August, 10.30 Uhr

Zwei Tage später stand Kriminalkommissar Ralph Sikkel in der Küche und betrachtete die sterblichen Überreste von Frank Doven. Obwohl die Fenster und die Tür offen standen, war der typisch süßliche, Ekel erregende Geruch einer verwesenden Leiche in der Küche hängen geblieben. Die Leiche lag auf dem dunkelroten Fliesenboden, direkt neben einem überdimensionalen Kiefernholztisch. Dovens Gesicht war grau und geschwollen. Ein hölzerner Küchenstuhl lag wie unordentlich weggeworfen in der äußersten Ecke des Raumes, neben der Tür zum Flur. Doven ruhte in einer beinahe friedlichen Haltung auf dem Boden, die gestreckten Beine nebeneinander, die Hände auf dem Bauch gefaltet. Seine Augen waren geschlossen, sein Mund dagegen war zu einem erstarrten Angstschrei aufgerissen. Zwischen den Zähnen steckte eine Spritze, deren Nadel in den weichen Gaumen gestochen war. Vorsichtig nahm Sikkel die Frau, die neben ihm stand, beim Ellenbogen und führte sie ins Wohnzimmer des Bauernhofs.

Bei der Frau handelte es sich um die Exfreundin von Frank Doven. Eine Stunde zuvor hatte sie seine Leiche entdeckt und gerade noch genügend Geistesgegenwart besessen, um die Notrufnummer zu wählen und eine wirre Botschaft durchzugeben. Seitdem zeigte sie alle Anzeichen eines Schocks. Eine Kriminalbeamtin nahm sie in ihre Obhut. Sikkel deutete seiner Kollegin mit einer Handbewegung an, dass die Frau unverzüglich, aber mit möglichst viel Feingefühl verhört werden sollte.

Während die erkennungsdienstliche Untersuchung durchgeführt wurde, sprach Sikkel mit dem kommunalen Gerichtsmediziner. Dieser warf hin und wieder einen Blick auf die Frau, die auf der Bank vor sich hin starrte.

»Und?«, fragte Sikkel.

»Schwer zu sagen. Das warme Wetter beschleunigt den Verwesungsprozess. Sein Unterleib verfärbt sich bereits. Die Leichenstarre ist schon wieder gewichen, obwohl ich noch eine leichte Steifheit der Halsmuskeln festgestellt habe. Temperaturmessungen haben bei diesem Wetter wenig Sinn. Vielleicht zwei Tage, vielleicht drei.«

»Nicht mehr als zwei Tage also«, beschloss Sikkel. »Als seine Freundin ...«, er schaute kurz hinüber zu der Frau auf der Bank und senkte seine Stimme ein wenig, »ihn verließ, war er noch quicklebendig.«

Der Arzt zuckte mit den Schultern.

»Über die Todesursache kann ich nichts sagen. Er hat einen harten Schlag auf den Kopf bekommen, aber ich bezweifle, dass der tödlich war. Auch seine linke Hand ist gebrochen.«

Er schwieg kurz und fuhr dann fort: »Ein menschlicher Schädel hält eine Menge aus. Diese Spritze in seinem Mund ..., ich verstehe das nicht.«

»Gibt es frische Einstichspuren?«, fragte Sikkel.

»Überall, wo man nur hinschaut.«

Und mit einem kurzen Lachen: »Aber wo er den letzten Schuss gesetzt hat, ist jetzt kaum noch nachzuvollziehen. Seine Arme sehen aus wie ein Sieb. Er hat sich das Zeug schon in die Kniebeugen injiziert. Na ja, die Autopsie wird uns mehr verraten.«

Die Obduktion, die noch am selben Nachmittag durchgeführt wurde, erwies, dass Frank Doven seinen letzten Schuss in die Halsschlagader bekommen hatte. Wie es aussah, war man dabei nicht besonders vorsichtig zu Werke gegangen. Der Stichkanal war deutlich sichtbar geworden, nachdem der Pathologe die umliegende Haut wegpräpariert hatte. Diverse Haargefäße waren getroffen worden, was einen Bluterguss unter der Haut verursacht hatte. Außerdem verriet eine kleine Kruste von geronnenem Blut, dass die Nadel wieder – ebenfalls recht roh – herausgezogen worden war.

Das Auffallendste war, dass Frank Doven die verheerende Menge von mindestens zweitausend Milligramm Heroin gespritzt bekommen hatte, mehr als genug, um sein Junkieleben für immer zu beenden. Sikkel war geneigt anzunehmen, dass Frank Doven erst niedergeschlagen und dann mit einer Überdosis vergiftet worden war. Die Messung des Kaliumgehalts im Glaskörper zeigte an, dass Doven zwischen sechs Uhr morgens und höchstens zwei Uhr nachmittags getötet worden sein musste.

Eine nähere Bestimmung des Todeszeitpunkts war vorerst nicht möglich.

Im Bericht der äußeren Leichenschau wurde außerdem vermerkt, dass man auf dem tränenbenetzten Gesicht und in den Lungen Spuren von Sodiumbisulfat gefunden hatte, dem Hauptbestandteil von Tränengas.

Sikkel vermutete sofort, dass Doven aus einer Dose eine Ladung Tränengas ins Gesicht gesprüht worden war. Im nur zwanzig Kilometer entfernten Deutschland war CS-Gas frei verkäuflich. Von seinen deutschen Kollegen wusste Sikkel, dass dieses Abwehrmittel in Kleve gleich im Dutzend an Niederländer verkauft wurde. Im Arnheimer Nachtleben waren die Sprühdosen überaus populär; Sikkel hatte sie oft genug beschlagnahmt.

Weitere Untersuchungen auf dem Bauernhof brachten ans Licht, dass bei dem Mord verschiedene Dinge entwendet worden waren. Die Vernehmung von Dovens Freundin ergab eine ziemlich genaue Liste: drei Videogeräte, eine Stereoanlage, etwa zehn digitale Autoradios, ein brandneuer Computer, eine elektronische Schreibmaschine und Frank Dovens Brieftasche.

Ralph Sikkel dachte an Raubmord, aber Dovens Tod hatte etwas so Bizarres an sich, dass er diesen Gedanken wieder verwarf.

Der Spürhund hatte nicht lange gebraucht, um das versteckte Heroin zu finden. Nach dem Suchbefehl hatte er systematisch alle Räume des Bauernhofs durchschnüffelt, bis er bellend vor dem Waschbecken in Dovens Schlafzimmer stehen geblieben war. Einem Beamten aus Sikkels Team war bereits aufgefallen, dass kein Wasser aus dem Hahn floss, aber das hatte er in einem besetzten Haus nicht weiter ungewöhnlich gefunden. Aus dem Abfluss kamen die eingepackten Streifen zum Vorschein.

Sikkel saß in seinem kleinen Büro im Präsidium an der Beekstraat und blätterte in der Akte Frank Doven. Die Hitze war drückend und Sikkel hatte das Jackett ausgezogen.

Ihm gegenüber saß Karel Zadig, der noch immer mit den Ermittlungen im Mordfall Klinker beschäftigt war. Er lutschte auf einem kleinen Kaffeelöffel herum, während Sikkel den Kopf schüttelte. Die Schwitzflecken unter seinen Achseln waren im Laufe des Tages bis zu seinen Brusttaschen hinaufgewandert. Er unterdrückte einen ärgerlichen Seufzer. »Eine lange Liste von Straftaten, aber nur kleine Dinger, nichts Besonderes, kein Anhaltspunkt.«

Er tippte mit dem Zeigefinger auf die Akte. »Es fängt 1979 mit einer Anzeige wegen Gewalttätigkeit in der Öffentlichkeit an, die natürlich wieder fallen gelassen wurde. Danach eine Weile nichts, abgesehen von einem Hausfriedensbruch. Hat ein paarmal Hausbesetzer gespielt. Hier, ein Foto von ihm während der Ausschreitungen 1980. Und hier noch eins bei einer Räumung 1981.

1983 wurde er schließlich wegen Heroinbesitzes verurteilt. Drei Monate auf Bewährung: knallhart angefasst, würde ich sagen. Danach noch ... äh ...«, Sikkel ließ den Finger über die Seiten wandern, »... zwölfmal verhaftet wegen Handels und Besitzes, aber nur zweimal verurteilt. Die Staatsanwaltschaft lässt wirklich verdammt viele Sachen fallen.

Wenn man Kapitalismus als Ausbeutung des einen durch den anderen definiert«, fuhr Sikkel philosophisch fort, »dann war Frank Doven ein Kapitalist, wie er im Buche steht. 1986 sind ihm zwei Deutsche ins Walhalla der Überdosen vorausgegangen. Nummer drei konnte noch rechtzeitig aus dem Koma geholt werden. Höchstwahrscheinlich war Doven der Lieferant. Doch bevor diese Vermutung bestätigt werden konnte, war der dritte Mann aus dem Krankenhaus verschwunden. Doven ging buchstäblich über Leichen, um Geld zu verdienen. Eine radikale Veränderung, würde ich sagen. Vom Demonstranten zum Dealer.«

Eine schöne Schlagzeile für die Zeitung, dachte Karel Zadig.

»Wie steht's mit dem Klinker-Mord?«, fragte Sikkel.

»Die Ermittlungen stecken in einer Sackgasse. Heute geht ein Polizeibericht über den Äther raus. Nach den Acht-Uhr-Nachrichten.«

»Na, dann könnt ihr euch ja auf eine Nachtschicht gefasst machen«, konstatierte Sikkel nüchtern.

Er pries sich glücklich, dass für einen toten Junkie wie Doven die Öffentlichkeit nicht so schnell mobilisiert wurde. Der Polizeipräsident hatte den Mord an Doven noch nicht einmal der Einsetzung einer Soko für wert erachtet. Die Rechtsordnung sei nicht in einem Maße verletzt worden, dass das begangene Delikt die Unterstützung einer Sonderkommission gerechtfertigt hätte, lautete die offizielle Erklärung während der täglichen Pressekonferenz. Sikkel war derselben Meinung.

Zadig würde nun bis in die frühen Morgenstunden hinein mit seinem Team am Telefon hängen müssen, um alle Hinweise aus der Öffentlichkeit zu notieren.

»Ich geh dann mal was essen«, sagte Zadig.

»Dann begleite ich dich bis zum Kaffeeautomaten.«

Arnheim, Freitag, 30. August, 18.30 Uhr

Sikkel und Zadig wanderten durch die leeren Gänge des Polizeipräsidiums. Die zivilen Angestellten arbeiteten derzeit nach Tropendienstplan und waren schon lange nach Hause gegangen. Es war halb sieben und Sikkel hatte beschlossen, sich noch den Bericht über die Befragung der Nachbarn vorzunehmen, obwohl dabei eigentlich nicht viel hatte herauskommen können. Der Bauernhof lag ein ganzes Stück weit von der Straße entfernt und war außerdem durch eine Reihe Pappeln vor Blicken geschützt.

In der verlassenen Halle warf er eine Münze in den Kaffeeautomaten und schaute auf einen Bildschirm des internen Videosystems, auf dem die wichtigsten Ereignisse des Tages angezeigt wurden. Ein Jingle kündigte den Beginn des Dauer-Videoprogramms an. Der Abschied von Adjutant Kopveen war das erste wichtige Ereignis. Dreißig Jahre treuer Dienst in der unteren Laufbahn mussten gefeiert werden. Danach wurde die tägliche Ausbeute mit den dazugehörigen Inhaftierten gezeigt. Jeder Fall wurde auf dem Bildschirm von einer kurzen Textzusammenfassung begleitet.

Erst während der letzten Sekunden des Films wurde sich Sikkel bewusst, dass er diese Liste mit beschlagnahmten Gegenständen bereits früher gesehen hatte.

Nämlich vor etwa einer halben Stunde.

Trotz der anderen Reihenfolge stimmte die Liste mit den gestohlenen Gegenständen aus Dovens Bauernhof exakt mit der auf dem Bildschirm überein. Rasch notierte er sich den Namen dessen, der das Protokoll aufgenommen hatte: A. Kortenaer, eine Beamtin im

Streifendienst. Er ließ den Kaffee stehen und eilte zurück zu seinem Zimmer.

Dort kontrollierte er nochmals die Liste aus der Akte Doven und rief dann im Aufenthaltsraum an. Er vermutete, dass sie dort sein würde, jedenfalls wenn sie Dienst hätte. Die Hauptverkehrszeit war gerade vorüber. Derjenige, der den Hörer abgenommen hatte, reichte ihn an Kortenaer mit der Bemerkung weiter: »Snikkel, für dich Annie.«

Sie nahm prustend den Hörer an, wurde jedoch rasch ernster, als Sikkel sie bat, unverzüglich nach oben zu kommen. Sikkel war an Spitznamen gewöhnt. Sikkie, Snikkel, Sukkel – im Aufenthaltsraum der Polizei kannte der Erfindungsreichtum keine Grenzen.

Annie erstattete kurz und sachlich Bericht über das, was sich als Zufallstreffer herausstellte: Während ihres Streifendienstes hatte sie dem Präsidium das Kennzeichen eines geschlossenen Renault-Lieferwagens ohne Beschriftung durchgegeben. Nicht mehr als eine Routinekontrolle. Es stellte sich jedoch heraus, dass der Besitzer seinen Unterhaltszahlungen nicht nachkam, wie der Zentralcomputer meldete. Kortenaer und ihr Kollege beschlossen, den Fahrer darauf anzusprechen. Sie überholten den Wagen und gaben das übliche Stoppsignal. Der Fahrer reagierte darauf mit einer scharfen Kehrtwende und eine Verfolgungsjagd begann.

Noch vor dem Ende der Straße konnten sie dem Renault den Weg abschneiden. Sie legten dem Fahrer Handschellen an und nahmen ihn mit aufs Präsidium. Der Abschleppdienst holte den Lieferwagen ab und stellte ihn auf den Innenhof des Präsidiums.

Der ungewöhnlich schweigsame Verdächtige konnte keine Erklärung über die Herkunft der Gegenstände im Laderaum abgeben. Er wollte noch nicht einmal seinen Namen nennen, gab aber zu, dass er Bert Melkers hieß, als ein vorbeikommender Beamter bemerkte: »So, Melkers, ist es mal wieder so weit?«

»Und wo ist er jetzt?«, fragte Sikkel gespannt.

Annie Kortenaer zuckte mit den Schultern. »Woher soll ich denn das wissen? Ich habe das Protokoll getippt und die Sache der Kripo übergeben.«

In ihrer Antwort lag der unausgesprochene Vorwurf, dass, wenn überhaupt jemand, dann doch wohl Sikkel über den Aufenthaltsort des Verhafteten Bescheid wissen müsste. Schließlich gehörte Sikkel doch zum Stab der Kriminalpolizei, oder? Sikkel bedankte sich bei ihr und sagte, sie habe vielleicht einen größeren Fang gemacht, als sie vermute. Sie verschwand mit einem erstaunten Gesichtsausdruck. Sikkel rief rasch beim Wachdienst im Zellenblock auf der obersten Etage an. Von einem Bert Melkers hatte man dort noch nie etwas gehört. Sei nicht da, sei nie da gewesen und würde auch nicht kommen, denn alles sei voll. Heute. Und morgen. Und gestern.

Sikkel beschlich die unangenehme Vermutung, dass man Melkers einfach wieder weggeschickt hatte, nachdem das Protokoll fertig gewesen war. Er wählte die Nummer des Wachkommandanten.

»Ist Melkers schon ausgetragen?«, fragte er ohne Vorankündigung.

»Ist Melkers schon ausgetragen«, wiederholte der Wachkommandant in schleppendem Tonfall. »Können Sie sich ausweisen?«

Es war Kopveen, der jeden, der jünger war als er selbst als seinen Untergebenen betrachtete, obwohl er nur einfacher Schutzmann war und es nie weiter bringen würde. Er brachte gerade noch seinen letzten Monat im Dienst zu Ende und sollte danach in den Vorruhestand gehen.

Sikkel nannte seinen Namen und sagte, es sei sehr dringend.

Kopveen seufzte hörbar und antwortete, er wolle mal eben nachsehen.

Es dauerte lange und aus dem Hörer drang kein einziges Geräusch.

»Jetzt beeil dich, du alter Penner«, murmelte Sikkel bei sich.

»Sie meinen Hubertus Maria Melkers, geboren am 19.01.1962 zu Zevenaar, Wohn- und Aufenthaltsort unbekannt?«, erklang es unmittelbar nach seinem Stoßseufzer.

»Ich glaube schon«, antwortete Sikkel.

»Sie glauben schon«, konstatierte Kopveen.

»Ja«, sagte Sikkel beruhigend, »ich glaube schon.«

Einen Moment lang schien es, als würde Kopveen erwägen, das Gespräch abzubrechen.

»Der ist noch da«, sagte er schließlich. »Ich habe ihn unten eingesperrt. Er wurde gestern von mir in Gewahrsam genommen. Er hatte eine große Menge Diebesgut dabei und weigerte sich, bei der Untersuchung mitzuarbeiten. Leider ist für die Ladung, die er bei sich hatte, keine Anzeige hereingekommen und außerdem wird er von Rechtsanwalt Hijbel vertreten. Der quatscht ihn schon wieder raus. Er wird morgen früh um neun dem Staatsanwalt vorgeführt, der ihn zweifellos gehen lassen wird.«

Kopveen legte auf, ohne weitere Fragen abzuwarten. Sikkel ließ sich in seinen Bürostuhl zurücksinken. »Alter Sack«, grollte er.

Wahrscheinlich meinte er den Staatsanwalt, gewiss aber Kopveen und vielleicht auch Melkers Rechtsanwalt.

Andererseits hatte er gleich doppelt Glück. Melkers saß unten in Gewahrsam. Im Keller war ein kleiner

Zellenblock eingebaut, der besonders wenig Komfort bot. Alles bestand aus Beton und es war dort immer kalt. Diese Zellen waren für Besoffene oder Verhaftete bestimmt, die Ärger machten. Sie konnten direkt aus dem Streifenwagen in die Zelle gebracht werden, ohne die Möglichkeit, in den Flur oder den Lift zu kotzen oder etwas zu beschädigen. In dem grauen kalten Verlies, dessen Betonwände einen halben Meter dick waren, verlor jeder normale Mensch innerhalb von ein paar Tagen die Orientierung. In Kombination mit einem scharfen Verhör brachte dies meist das gewünschte Resultat: sehr hilfsbereite Verdächtige.

Um den Kontrast zu dem ungewaschenen und zweifellos stinkenden Inhaftierten noch zu vergrößern, beschloss Sikkel, sich erst zu duschen und frisch zu machen. Er nahm den Lift zu den Umkleideräumen der Sporthalle, die die ganze Woche leer gestanden hatte. Zu warm für den Pflichtsport, hatten die meisten Beamten beschlossen. Sikkel hasste Hallensportarten und hatte sich mit Vergnügen diesem Streik angeschlossen. Im Duschraum drehte er langsam das Wasser von lauwarm auf kalt und blieb unter dem kalten Wasserstrahl stehen, bis er zitterte. Zufrieden betrachtete er sein gebräuntes Gesicht und sein kurzes, schwarz gelocktes Haar, als er sich abtrocknete. Er besprenkelte sich mit Eau de Toilette und zog ein sauberes Hemd an. An seinem Gürtel ließ er nonchalant einen Schlagstock baumeln.

Kriminalkommissar Sikkel war bereit zum Verhör.

Arnheim, Freitag, 30. August, 20.00 Uhr

»Kommen Sie bitte mit«, sagte er förmlich.

Bert Melkers reagierte zunächst nicht. Er hockte in der äußersten Ecke der Zelle auf dem Betonsockel, der ein Bett darstellen sollte, hatte die Arme um die Knie geschlungen und klapperte vor Kälte mit den Zähnen.

Sikkel verlieh seiner Stimme nun einen energischeren Tonfall.

»Kommen Sie mit!«, wiederholte er.

»Warum?«, fragte Melkers.

Sikkel antwortete nicht, sondern zeigte nur mit einer Handbewegung auf die geöffnete Tür. Melkers stand träge auf und ging steif zum Ausgang. Sikkel ließ ihn durch den Kellerflur bis zum Lift vor sich her gehen. Schweigend stellte er sich hinter ihn, während sie hinauffuhren.

»Wir gehen ganz nach hinten«, sagte er, als sie oben angekommen waren.

Sikkel hoffte, dass der Anblick der vollkommen verlassenen, totenstillen Abteilung den Mann nervös machen würde. Er führte Melkers in eine Verhörkabine, schloss die Tür hinter ihnen ab und holte für sich selbst Kaffee. Mit einem dampfenden Becher kam er herein. Er schlug Melkers Akte auf.

»Du hast das Recht zu schweigen, das hast du noch …«

»Das weiß ich«, unterbrach ihn Melkers.

»… immer«, fuhr Sikkel ungestört fort. »Bis jetzt war das auch das Vernünftigste, was du tun konntest, das muss ich zugeben. Aber so, wie sich die Dinge jetzt gestalten, kann dir das Schweigen zum Verhängnis werden!«

»Ich weiß nicht, wovon Sie reden«, antwortete Melkers mürrisch.

Sikkel schob seinen Stuhl nach hinten. Wie gewöhnlich reagierte der Häftling in den ersten Minuten des Verhörs mit Widerstand und Protest. Sikkel beschloss, den Rammbock einzusetzen.

»Ich hoffe für dich, dass das wahr ist«, sagte er in gelangweiltem Tonfall, »denn wir sitzen hier jetzt nicht mehr wegen ein bisschen Diebstahls oder Hehlerei. Du sitzt jetzt hier, weil wir den Besitzer der Sachen gefunden haben, der Sachen, die du in deinem Lieferwagen transportiert hast. Der Besitzer ist tot und ich glaube, dass du das nur allzu genau weißt. Also brauche ich nur wenig Fantasie, um zu erraten, warum du die Zähne nicht auseinander kriegst.«

Sikkel nahm einen Schluck aus seinem Becher und beobachtete Melkers' Reaktion.

»Ich will einen Arzt«, antwortete Melkers heiser.

Er schlug die Arme um sich, zitterte, zog die Nase hoch und presste ein paar Tränen hervor, die auf seinen unrasierten Wangen strandeten. Sikkel bewegte sich nicht und setzte ein distanziertes Gesicht auf. Melkers reagierte, indem er leise mit den Füßen trappelte. Er schluchzte. »Ich bin krank, ich habe seit zwei Tagen nichts gegessen.«

»Erst die Arbeit«, antwortete Sikkel ungerührt, »dann das Vergnügen.« Er tippte mit seinem Füller so lange auf die Akte, bis er Melkers Aufmerksamkeit wieder auf sich gezogen hatte. »Diese Gegenstände, die wir in deinem Wagen gefunden haben, gehören, oder besser gesagt gehörten einem gewissen Frank Doven, einem Dealer, den du zweifellos besser kennst als ich und den wir heute Morgen in seinem Haus aufgefunden haben. Tot. Um genau zu sein: ermordet. Wir haben festgestellt, dass nahezu alle Sachen, die einen gewissen Wert besaßen, entwendet worden sind. Neuwert insgesamt: mindestens fünfzehntausend Gulden. Wenn du schon so tief gesunken bist, dass du jemanden für Geld umlegst, sind fünfzehntausend kein schlechter Verdienst. Siehst du jetzt den Zusammenhang?«

»Ich … Das … Da …«, begann Melkers.

Er stockte und schaute Sikkel verzweifelt an. Zu seiner Erleichterung stellte Sikkel fest, dass Melkers sich nicht eine fix und fertige Geschichte parat gelegt hatte, um zu erklären, warum er in einem Auto, das randvoll mit gestohlener Ware war, durch die Gegend fuhr. Wahrscheinlich hatte er gehofft, dass die Herkunft der Gegenstände nicht entdeckt werden würde. Dass in der ersten Anklage lediglich von Diebstahl beziehungsweise Versuch der Hehlerei die Rede war, hatte ihn beruhigt. Auch sein Rechtsanwalt hatte von einer raschen Freilassung gesprochen und sich dabei ebenfalls auf die minder schwere Anklage gestützt.

»Warum hast du ihn ermordet?«, fragte Sikkel rundheraus.

»Aber das war ich nicht!«

Das kam so spontan heraus, dass Sikkel es beinahe glaubte. »Du lügst«, sagte er trotzdem.

Melkers öffnete den Mund, um zu protestieren. Doch Sikkel kam ihm zuvor.

»In diesem Moment«, sagte er und schaute dabei nachdrücklich auf die Uhr, »wird in deiner Wohnung eine Hausdurchsuchung durchgeführt. In einer halben Stunde erwarte ich die ersten Resultate. Aber vorher will ich deine Geschichte hören.«

»Wie spät ist es jetzt?«, fragte Melkers. Er gab ein kurzes, nervöses Lachen von sich.

»Halb neun«, antwortete Sikkel. »Und, wird's bald?«

»Ich will meinen Rechtsanwalt sprechen, die Sache

ist mir ganz neu, ihr wollt mich reinlegen ... Ich hab dich durchschaut.« Melkers Augen funkelten aggressiv.

»Dein Rechtsanwalt hat am Wochenende frei, Junge«, sagte Sikkel herablassend, »der ist vor einer Stunde nach Hause gegangen und du kannst ihn frühestens Montagmorgen erreichen.«

Er seufzte, als müsse er einem quengeligen Kind zum zehnten Mal erklären, dass im Sommer kein Schnee fällt.

»Hör zu«, sagte er, »das mit dem Arzt können wir regeln. Innerhalb einer Stunde kann ich einen vom Methadonprogramm herholen. Aber bei uns gilt: Eine Hand wäscht die andere.«

Auf Melkers Gesicht hatten sich kleine Schweißtröpfchen gebildet.

»Woran soll ich denn mitarbeiten?«, fragte er.

»Fangen wir mit dem Anfang an«, sagte Sikkel, als habe er nichts anderes erwartet.

Melkers nickte. »Hier, nimm eine Zigarette. Kaffee? Tee? Oder Limonade?«

Melkers zuckte mit den Schultern. Sikkel warf eine Filterzigarette auf den Tisch und Melkers griff sofort danach. Sikkel gab ihm Feuer und stand auf.

»Kaffee mit Zucker und Milch?«

Melkers blies den Rauch in die Luft und zuckte mit den Schultern. Sikkel ging hinaus, schloss die Tür ab und rannte zum nächsten Telefon. Schnell wählte er die Nummer der Wache. »Die Kollegin Kortenaer soll sofort raufkommen«, bellte er. »Sie soll einen Kaffee mit Milch und Zucker mitbringen. Und geben Sie auch direkt durch, dass sie in den nächsten Stunden nicht für den Streifendienst zur Verfügung steht!«

Er ging zum Lift und wartete dort auf sie.

»Bert Melkers saß hier noch in Haft und ist kurz davor, ein Geständnis abzulegen. Es geht um diesen ermordeten Dealer. Bei der Kripo ist keiner mehr da und ich brauche jemanden für das Protokoll. Er kennt dich, deshalb musst du jetzt dabeibleiben. Du brauchst nichts zu sagen. Nur zuzuhören.«

Er nahm ihr den Becher ab. »Oder nein. Mach ruhig Notizen, für das Protokoll.«

Annie Kortenaer spürte bei Sikkel die Anspannung vor der nahenden Lösung eines Falls.

»Gut«, sagte sie und begleitete Sikkel, der hoffte, dass die Verzögerung den Verdächtigen nicht auf andere Gedanken gebracht hatte.

Im Vernehmungszimmer konnte man durch den Zigarettenrauch Melkers' Körpergeruch und Sikkels Eau de Toilette riechen. Sikkel fragte sich, ob das wohl der berüchtigte Angstschweiß war.

»So«, sagte er, »Kaffee für Meneer. Das ist Mevrouw Kortenaer. Die kennst du ja bereits.«

Er wartete, bis Melkers seinen ersten Schluck getrunken hatte. »Wohin warst du unterwegs, als Mevrouw Kortenaer dich angehalten hat?« Sikkel hielt den Atem an. Wenn Melkers es sich anders überlegt hatte, war dies der Moment, in dem er sich quer stellen würde.

»Ich war auf dem Weg nach Hause.«

»Wem gehört der Wagen?«

»Mir.«

»Ist er noch nicht umgemeldet?«

Melkers verdrehte die Augen und deutete mit einer abfälligen Gebärde an, wie sehr er diesen Verwaltungskram verachtete. Annie Kortenaer machte eine Notiz.

»Woher kamst du gerade?«

Melkers räusperte sich. »Aus Arnheim-Süd.«

»Woher genau?«

»Von Frankies Bauernhof.«

»Kannst du erklären, was du da gemacht hast?«

Melkers holte tief Luft und ließ den Atem in einem kurzen Schluchzer entweichen. Er sah nun ebenso grau aus wie die Wand hinter ihm.

»Werde ich freigelassen, wenn ich es erzähle?«

Sikkel schob ihm noch eine Zigarette zu. »Wir sind nicht darauf aus, dich fertig zu machen. Wenn du unschuldig bist und das bewiesen ist, gehst du hier innerhalb der nächsten Stunde frei zur Tür raus.«

Er gab Melkers Feuer und wechselte einen verschwörerischen Blick mit Annie.

»Doven war schon tot.« Er inhalierte tief.

»Woher weißt du das?«

»Er lag so still da, Fliegen krabbelten auf ihm herum, die Tür stand weit offen, ich habe es gespürt ...«

»Wann warst du dort?«

»Etwa gegen acht Uhr.«

»Morgens oder abends?«

»Abends.«

»Was genau hast du gesehen?«

»Er lag in der Küche auf dem Boden. An seinem Kopf klebte Blut und in seinem Mund steckte eine Spritze.«

Sikkel nickte kurz. Innerlich frohlockte er. Das hättest du nicht sagen sollen, dachte er, jetzt hab ich dich. Das makabere Detail mit der Injektionsspritze in Dovens Mund hatte er nämlich absichtlich nicht an die Öffentlichkeit dringen lassen. Mit einem Kopfnicken bedeutete er Annie, eine Notiz über diese Aussage zu machen. »Und was sonst noch?«, fragte er tonlos.

Melkers straffte den Rücken. »Dann habe ich alles mitgenommen, was ich gebrauchen konnte«, antwortete er mit einem gewissen Stolz in der Stimme.

»Was zum Beispiel?«

»Eine Stereoanlage, eine Schreibmaschine ... äh, ein paar Autoradios ...«

»Warst du oft bei Doven?«

»Nur wenn er guten Stoff hatte, sonst bin ich in der Stadt geblieben.«

»Warum bist du diesmal hingefahren?«

»Doven war der Einzige, der noch verkaufte, wenn die Touristen die Stadt abgegrast hatten. Und im Moment ist Hochsaison.«

»Hattet ihr irgendwann mal Schwierigkeiten miteinander?«

»Nein, nie. Einmal hat er mich rausgeworfen, als ich am Boden war. Ich musste unbedingt etwas haben, aber ich hatte gerade kein Geld. Er wollte mir nichts vorstrecken, da bin ich sauer geworden. Er hat mich auf den Hof geworfen und dann ist die Sache ein bisschen aus dem Ruder gelaufen.«

»Wann war das?«

»Es war eiskalt ... ich glaube, letzten Winter.«

»Aber vorgestern hattet ihr keinen Streit?«

Melkers begann nervös mit den Augen zu zwinkern. »Das kann doch nicht wahr sein!«, antwortete er gereizt. »Ich habe doch schon gesagt, dass er tot war, als ich ihn gefunden habe.«

»Warum hast du seinen Tod nicht der Polizei gemeldet?«, fragte Annie plötzlich.

Dumme Frage, dachte Sikkel.

»Damit hätte ich mich doch selber reingerissen«, antwortete Melkers automatisch.

Annie wollte noch etwas sagen, aber Sikkel schnitt ihr das Wort ab. »Und ihr habt an diesem Tag überhaupt keinen Kontakt miteinander gehabt?«

»Nein.«

»Woher wusstest du dann, dass er zu Hause war?«

»Frank ist meistens auf dem Bauernhof. Ansonsten sitzt er im *Mushroom*.«

»Wie viel Geld hattest du bei dir?«

»Hundertfünfzig Gulden.«

Sikkel schaute fragend zu Annie hinüber.

»Stimmt«, sagte sie. »Er hat sie beim Wachkommandanten abgegeben.«

Allmählich wich die Spannung aus dem Verhör. Sikkel spürte, dass er an einem toten Punkt angekommen war und nicht weiterkäme, solange er nicht über mehr konkrete Beweise verfügte. Er beschloss, die Hausdurchsuchung, mit der er eigentlich geblufft hatte, in jedem Fall durchführen zu lassen.

»Erzähl mal, wo du vorgestern überall gewesen bist.«

»Ich bin so gegen zwölf Uhr aufgestanden. Dann bin ich in den Supermarkt gegangen, um etwas zu essen zu kaufen. Von dort aus bin ich in die Apotheke gegangen und um zwei Uhr bin ich nach Sonsbeek spaziert und habe da bis etwa fünf Uhr beim Denkmal in der Sonne gelegen ... Danach bin ich mit dem Auto zu Frank gefahren, und der Rest ist bekannt.«

»Kann jemand deine Geschichte bezeugen?«

Melkers nannte die Namen von ein paar Leuten, die er angeblich auf dem Weg zum Park und auf dem Rasen vor dem Denkmal getroffen hatte. Doch beim Ausschlafen und Aufstehen war niemand dabei gewesen. Melkers war ein allein stehender Junkie. Sein Alibi war hauchdünn. Sikkel verfluchte nochmals die fehlenden konkreten Beweise, mit denen er Melkers hätte in die Enge treiben können. Er glaubte, ein vollständiges Geständnis aus ihm herauskriegen zu können, wenn er nur etwas in der Hand hätte, um ihn unter Druck zu setzen.

»Hast du sonst noch etwas zu sagen?«, fragte er.

»Ich habe nichts mit dem Mord zu tun, das ist alles.«

»Natürlich, wir werden das notieren«, sagte Sikkel matt. Er diktierte Annie Kortenaer ein Protokoll.

Nachdem sie es abgetippt hatte, schob er das Blatt Papier zu Melkers hinüber und bat ihn, es zu unterzeichnen.

»Ich kriege doch keinen Ärger deswegen, oder?«

»Aber nein«, sagte Annie mütterlich, »du arbeitest ja brav mit, also wird schon alles gut gehen.«

Melkers setzte mit einigem Aufwand seine Unterschrift darunter.

»So«, sagte er aufgeräumt, »dann kann ich ja jetzt wohl gehen.«

»Ja«, sagte Sikkel. »Mevrouw Kortenaer wird dich runterbringen. Es wird noch eine Weile dauern, bis wir deine Geschichte überprüft haben, aber du wirst umgehend benachrichtigt, wenn es so weit ist.«

Da Melkers davon ausgegangen war, dass er freigelassen würde, entstand doch noch ein ziemlicher Tumult, als ihm klar wurde, dass die Kellerzelle wieder auf ihn wartete. Sikkel ließ Melkers' Schimpfkanonade gelassen über sich ergehen, aber als dieser versuchte, Annie den Schlüsselbund zu entreißen, griff er ein. Er zog den Schlagstock aus dem Lederfutteral und versetzte Melkers einen Schlag auf den Oberarm, kurz bevor Annie ihn mit ihrem Knie erwischte.

»Hände weg, Kerl. Und schön ruhig!« Annie Kortenaer versuchte, Melkers die Arme auf den Rücken zu drehen, um ihm die Handschellen anzulegen. Durch den *cold turkey* war Melkers jedoch völlig desorientiert und verlor durch die grobe Behandlung von Kortenaer und Sikkel die Kontrolle über das, was er tat. Er reagierte instinktiv.

So fest er konnte, trat er mit dem Absatz seines Schuhs auf den rechten Fuß von Annie Kortenaer, die mit einem Schmerzensschrei seinen Arm losließ. In einer fast fließenden Bewegung schoss Melkers' befreiter rechter Arm wie ein Skorpionstachel an die

Kehle von Sikkel. Drei gestreckte Finger bohrten sich in die weiche Stelle unterhalb des Kehlkopfs. Sikkel ließ seinen Schlagstock fallen, griff sich mit aufgerissenen Augen an die Kehle und beugte sich röchelnd vornüber. Ohne sich umzuschauen, stieß Melkers mit aller Kraft und Schnelligkeit, die er besaß, seinen Ellenbogen nach hinten und streifte das Jochbein von Annie Kortenaer, die ein paar Schritte rückwärts stolperte. Melkers grapschte Sikkels Schlagstock vom Fußboden und hob ihn hoch, um ihn auf den einladenden Hinterkopf von Sikkel hinuntersausen zu lassen, dessen Atem sich anhörte wie ein antikes Nebelhorn.

In diesem Moment schaute Sikkel jedoch hoch und richtete seine Dienstpistole, die er reflexartig aus seinem Schulterholster gezogen hatte, auf Melkers' Kopf.

Ein paar Sekunden lang starrten sie einander an.

Melkers stand in einer lächerlichen Pose da, den Schlagstock hoch über den Kopf erhoben. Er sah die Sinnlosigkeit seines Widerstands ein, ließ den Schlagstock sinken, streckte die Arme aus und ergab sich.

Als Bert Melkers einige Zeit später von drei Beamten der Häftlingsaufsicht übergeben wurde, sah er Mitleid erregend aus. Er hielt beide Hände vor den Brustkorb und schien kaum noch laufen zu können. Sein Gesicht war in Folge der Spezialbehandlung zu einer schmerzerfüllten Grimasse verzogen. Die blauroten Flecken an seinem ganzen Körper würden rasch verschwinden, aber die Schmerzen würden noch einige Zeit zu spüren sein. Die herbeigerufenen Jungs vom Streifendienst konnten hart zupacken.

Der Wachmann sah Melkers gleichgültig an.

»Ausgerutscht«, bemerkte einer der begleitenden Beamten nebenbei. Der Wachmann nickte.

»Das passiert schon mal auf diesen glatten Parkettfußböden.«

»Und bei dem ganzen Marmor«, grinsten sie.

In der Zelle ließen die Beamten Melkers fallen wie einen nassen Sack.

Kommissar Sikkel und die Kollegin Kortenaer waren im Streifenwagen ins Rijnstate-Krankenhaus gebracht worden. Vorher hatte Sikkel noch mühsam ein paar Aufträge für seine Kollegen von der Kripo auf ein Blatt Papier gekritzelt, die sich auf Melkers' Alibi bezogen. Über Melkers' Bestrafung verlor er kein Wort – ein kleines Geschenk an die Kollegen von Annie Kortenaer.

Im Krankenhaus stellte der Dienst habende Arzt fest, dass die Muskeln im unteren Teil von Sikkels Kehle gequetscht waren. Dies könne gelegentliche Kontraktionen zu Folge haben, sagte er, die jedoch seiner Meinung nach nicht alarmierend seien. Er riet Sikkel, einige Tage lang nur flüssige Nahrung zu sich zu nehmen. Auch Annie Kortenaers Verletzungen erwiesen sich als nur halb so schlimm: eine Prellung am Fuß und ein dicker Bluterguss auf dem Jochbein.

Gegen den Rat des Arztes ging Sikkel später am Abend zurück ins Polizeipräsidium. In der Kantine trank er mit kleinen Schlucken ein Mineralwasser.

Kurze Zeit später setzte sich Annie Kortenaer neben ihn.

»Morgen kriegen wir ihn bestimmt oder nach dem Wochenende, wenn das Labor fertig ist mit der Spurenanalyse. Dann ist er reif«, sagte er und schluckte ein paarmal.

Annie trank ihren Kaffee aus und sagte beim Aufstehen: »Ich finde es immer noch eigenartig, dass er den Kerl ermordet hat, indem er ihn mit Heroin voll pumpte. Von einem Junkie erwartet man alles Mögliche, aber nicht, dass er seinen kostbarsten Besitz dafür hergibt, einen anderen umzubringen. Warum hat er ihn nicht totgeschlagen, nachdem er ihn schon bewusstlos geprügelt hatte?«

»Das ist symbolisch zu sehen«, antwortete Sikkel mit heiserer Stimme, »du tötest jemanden mit der Waffe, mit der er dich unterdrückt hat. Eine passendere Rache gibt es nicht.«

Sikkel sah ihr nach, während sie die Kantine verließ.

Er nahm den Lift nach oben in seine Abteilung und rief einen befreundeten Journalisten von einer Lokalzeitung an. Er erzählte ihm, sie hätten einen Verdächtigen in der Sache mit dem Dealermord festgenommen: einen drogenabhängigen Kunden, der bereits ein Teilgeständnis abgelegt habe und durch zahlreiche Indizien belastet würde. Innerhalb von zwei Tagen habe er ihn hinter Schloss und Riegel gebracht. Seine Motive seien Rache und wertvolles Diebesgut gewesen, möglicherweise könne es aber auch eine Racheaktion im Drogenmilieu gewesen sein. Genug für einen saftigen Artikel.

Der offizielle Polizeipressesprecher würde ihn zwar am Montag schief angucken, aber das war ihm ein Artikel in der Samstagszeitung allemal wert.

Arnheim, Samstag, 31. August, 9.00 Uhr / Montag, 2. September, 9.00 Uhr

Die Exklusivnachricht der Verhaftung des 29-jährigen H. M. M. aus A. war auf der Titelseite der regionalen Tageszeitung erschienen. Ralph Sikkel war zufrieden, als er die Samstagsausgabe aufschlug. Während er sein Frühstück aus einem Hipp-Gläschen löffelte, las er den Artikel, in dem dreimal sein Name genannt wurde. Begriffe wie intensive Ermittlungsarbeit, gründliche Untersuchung und energisches Einschreiten hoben seine Laune weiter. Sein Hals tat zwar noch weh, aber er konnte sich schon wieder einigermaßen gut verständlich machen. Zugleich verspürte er allerdings auch wieder das vage Unbehagen, das er in dem Moment verdrängt hatte, als Annie in der Kantine seine sichere Annahme in Frage gestellt hatte, dass Melkers schon in die Knie gehen würde, wenn man ihm zusätzliche konkrete Beweise unter die Nase riebe.

Er spülte die Zweifel mit ein paar Tassen Kaffee hinunter und linderte die Schmerzen in seinem Hals später am Tag mit ein paar Gläsern kaltem Bier auf einer Terrasse in der Innenstadt.

Doch die heiß ersehnten konkreten Beweise am Montagmorgen blieben aus.

Auf der Spritze hatte man zum Beispiel keine Fingerabdrücke gefunden.

Bei der Hausdurchsuchung wurde ebenfalls nicht das Geringste entdeckt, das in einen Zusammenhang mit dem Mord an Frank Doven gebracht werden konnte: keine Schlagwaffe mit Blut von Dovens Blutgruppe und auch keine Sprühdose mit CS-Gas.

Der Obduktionsbericht ließ sogar die Pfeiler bröckeln, auf die Sikkel seine Anschuldigungen stützte. Die Analyse des Mageninhalts erwies, dass Doven seine letzte Mahlzeit am Abend vor seinem Tod zu sich genommen hatte, und zwar zusammen mit seiner Freundin, die sich an die Zusammenstellung dieses Abschiedsessens noch erinnerte: weiße Bohnen in Tomatensauce aus dem Glas sowie zwei Tatarfrikadellen. Der Pathologe hatte das Galgenmahl größtenteils verdaut vorgefunden. Ein Frühstück befand sich jedoch nicht im Magen, weshalb die Schlussfolgerung zulässig schien, dass der Zeitpunkt des Todes in den Morgenstunden gelegen hatte. Der nicht geleerte Briefkasten mit Post und Tageszeitung vom entsprechenden Datum schien die Hypothese, dass Doven nicht mehr die Zeit geblieben war, seinen Tag zu beginnen, noch weiter zu untermauern. Es stellte sich nur die Frage: Zu welcher Uhrzeit begann für Doven der Tag?

Sikkel ging davon aus, dass ein Junkie nicht vor zwölf Uhr aufstand, aber selbst dann blieb eine Lücke von acht Stunden. Melkers war um circa neun Uhr abends festgenommen worden und behauptete, geradewegs vom Bauernhof gekommen zu sein. Sikkel dachte sich, dass Melkers vielleicht bei der Uhrzeit um ein paar Stunden geschwindelt hatte, als er von seinem Besuch bei Doven erzählte. Auf diese Weise rückten der Zeitpunkt des Mordes und Melkers' Verlassen des Bauernhofs ein wenig näher zusammen. Andererseits wiederum hatte es ein paar Stunden gedauert, bis Doven nach der tödlichen Injektion gestorben war. Könnte es sein, dass Melkers seinen Hausdealer morgens ermordet und abends beraubt hatte?

Sikkel legte den Bericht beiseite und malte zwei Zeitpfeile auf ein Blatt Papier. Er wollte gerade eine mögliche Rekonstruktion sowohl von Dovens als auch von Melkers' Tagesablauf einzeichnen, als der Mann vom Häftlingswachdienst anrief. Seine Nachricht weckte in Sikkel neue Hoffnung.

Melkers hatte dringend um ein Gespräch mit ihm gebeten. Sikkels erster Impuls war, ihn sofort kommen zu lassen, doch er beherrschte sich.

»Bring ihn so in einer halben Stunde rauf zur Kripo …«, er blickte durch die gläserne Trennwand in den Büroraum hinein, »… in das Vernehmungszimmer vier.«

Er knüllte das Blatt Papier zusammen und rief den Streifendienst an. Er fragte, ob die Kollegin Kortenaer Dienst habe und sagte Bescheid, dass sie sich für unterstützende Aufgaben bei der Kripo zur Verfügung halten solle.

Der Polizeipressesprecher musste all sein Talent als PR-Mann zusammennehmen, um Sikkel hörbar einen guten Morgen zu wünschen. Er kam gerade von der Pressekonferenz des Tages und hatte nur mit Mühe verbergen können, dass er über die Hintergründe einer wichtigen Verhaftung nicht auf dem Laufenden war.

»Morgen, Sikkel.«

Der Gruß kam heraus wie der letzte Rest Zahnpasta aus einer platt gedrückten Tube. Sie gingen zusammen zum Aufzug. Der Pressesprecher entschied sich für die diplomatische Methode.

»Gute Arbeit, Sikkel, prima Reklame für unsere Firma!«

Sikkel nickte ernsthaft.

»Leider gibt es da einen kleinen Schönheitsfehler. Die Kontakte mit der Presse laufen über die Presseabteilung. Wir haben dafür extra einen Spezialisten, der sich damit auskennt. Dieses eine Mal ist es nicht so schlimm, aber wir müssen schon ein wenig aufpassen.

Die Jungs von der Presse spielen uns glatt gegeneinander aus, wenn sie die Chance dazu wittern, du weißt schon, nicht wahr?«

Seine Worte wurden von einem bedauernden Gesichtsausdruck untermalt, als sei es sein größter Wunsch, dass jeder Polizist immer und überall über jedes beliebige Thema reden könne. »Du weißt doch, dass die Arbeitsgruppe ›Externe Kontakte‹ vor einem halben Jahr den gesamten Informationsfluss kanalisiert hat? Sie haben sogar eine offizielle Richtlinie daraus gemacht.«

Sikkel nickte wieder und lächelte dümmlich. Er wusste, dass er in einer Diskussion den Kürzeren ziehen würde.

»Ich werde dir eine Kopie der Regeln in dein Postfach legen«, versprach der Pressesprecher.

Sikkel hob den Daumen zum Zeichen, dass er die Idee prima fand.

Der Aufzug hielt und der Pressesprecher ging hinein. Sikkel zögerte, trat dann einen Schritt zurück und sagte, kurz bevor sich die Türen schlossen: »Dieser Spezialist von euch, der sitzt doch sicher nicht am Freitagabend in seinem Büro, um die besonderen Vorkommnisse zu erfassen, die sich hier so dann und wann ereignen?«

Er drehte sich um und nahm die Treppe.

Hinkend erschien Annie Kortenaer um kurz vor elf. Ein gutes Make-up hatte den Bluterguss auf ihrer Wange zu einem vagen Fleck reduziert. Sikkel begrüßte sie wie eine alte Bekannte und unterrichtete sie über das bevorstehende Verhör. »Er hat um das Gespräch gebeten, also nehme ich an, dass er singen will. Ich glaube nicht, dass er aggressiv wird.«

»Hoffen wir's«, lautete ihr Kommentar.

Melkers wurde ein paar Minuten später hereingebracht, und wenn er sich genauso erbärmlich fühlte, wie er aussah, war er nicht weit von einem Zusammenbruch entfernt. Die Entzugserscheinungen hatten ihn vollständig im Griff. Er zitterte, als wäre es mitten im Winter, und in seinen Mundwinkeln klebte getrockneter Schleim. Die Schmerzen von der Tracht Prügel waren bereits deutlich zurückgegangen. Er wippte nervös von einem Fuß auf den anderen. Seine Augen heischten um Mitleid. Vergeblich.

»Setz dich wieder da hin«, sagte Sikkel. Er deutete gelangweilt auf die andere Seite des Tisches. Über die tätliche Auseinandersetzung sollte kein Wort mehr verloren werden. Melkers' Blick war auf die Kaffeebecher gerichtet, die dampfend neben Annies Schreibmaschine standen. Sikkel ignorierte seine unausgesprochene Bitte, faltete die Hände hinter dem Kopf und reckte sich. Er unterdrückte ein Gähnen.

»Na, dann leg mal los, Junge.«

Melkers begann an seinem Daumennagel zu kauen und schluchzte ein paarmal. »Ich muss zu einem Arzt. Ich sterbe ...«

»Ist das alles?«

Sikkel versuchte seine Stimme so kühl wie möglich klingen zu lassen und fand, dass ihm das gut gelang. Er schaute kurz zu Annie Kortenaer hinüber, um einen Blick des Einvernehmens mit ihr zu wechseln. Doch sie reagierte nicht und hielt die Augen auf den zitternden Häftling gerichtet. Melkers hüstelte. Sikkel fand, dass sein Husten ungesund klang. »Inzwischen ist doch ein Arzt da gewesen?«, fragte er gereizt.

Annie Kortenaer zuckte mit den Schultern und spannte ein Blatt Papier in die Schreibmaschine ein.

»Der hatte nichts bei sich.«

»Umso besser«, sagte Sikkel, »schließlich sind wir

hier nicht beim Methadonprogramm. Du kannst getrost damit rechnen, dass du deine Zeit hier vollständig clean absitzen musst. Hast du sonst noch etwas zu sagen oder sollen wir dich wieder in deine Zelle sperren?«

»Ich will noch etwas wegen Mittwochabend richtig stellen.«

Na also, dachte Sikkel. Er beugte sich nach vorn. »Dann erzähl mal«, sagte er so ruhig wie möglich.

»Es stimmt nicht, was ich über den Mittwoch erzählt habe … Ich bin unterwegs gewesen, um Autos zu knacken. Den ganzen Vormittag. Nachmittags habe ich die geklauten Sachen verkauft. Daher hatte ich das Geld, um bei Frank Dope zu kaufen.«

Sikkel schaute Melkers verwirrt an. »Und?«

»Das war's«, sagte Melkers. »Könnte ich eine Zigarette haben?«

»Nein«, antwortete Sikkel. »Und das sollen wir dir einfach so glauben?«

Melkers zuckte mit den Schultern.

»Dann wirst du alles, was du gerade behauptet hast, beweisen müssen.«

»Wie denn?«

»Das müsstest du doch am besten wissen, Melkers. Ich will Namen, Orte, Zeiten und das Ganze hundertprozentig nachprüfbar.«

»Was willst du wissen?«

Sikkel kratzte sich an der Stirn und rieb sich die Augen. »Fang einfach wieder beim Anfang an.«

»Wir sind …«

»Wir sind?«

Melkers nannte zwei Namen.

»Wo wohnen die?«

Es folgten zwei Adressen. Dann setzte Melkers zum dritten Mal an. Annie machte Notizen.

»Wir sind um ungefähr zehn Uhr morgens von mir aus zum Moskwa-Friedhof gefahren. Auf dem Parkplatz haben wir gewartet, bis ein Trauerzug ankam. Eddy hat die Seitenfenster von den Autos eingeschlagen, die auf dem Parkplatz abgestellt wurden, Peter und ich haben die Radios und den anderen Kram herausgeholt.«

»Warum habt ihr das ausgerechnet auf einem Friedhofsparkplatz gemacht?«

»Weil man da am ungestörtesten arbeiten kann«, erklärte Melkers. »Da kann man wenigstens ganz sicher sein, dass mindestens eine Stunde lang niemand aufkreuzt. So lange dauert eine Beerdigung.«

Annie zog die Augenbrauen hoch, schrieb aber weiter.

»Ihr seid dort also eine Stunde lang beschäftigt gewesen?«

»Beinahe. Wir hatten nicht damit gerechnet, dass einer der Leichenwagen früher wegfahren würde. Wir waren gerade an einem Volvo dran, als der Wagen aus dem Hauptweg herausgefahren kam. Erst ist er an uns vorbeigefahren, aber dann hat die Krähe Verdacht geschöpft und sofort auf dem Parkplatz gewendet. Als wir das gesehen haben, sind wir abgehauen.«

»Beschreib uns den Typen.«

»Er trug eine Schirmmütze, eine schwarze Uniform mit kurzer Jacke – er war nicht besonders groß – schon etwas älter – so zwischen vierzig und fünfzig.«

»Und dann?«

»Nichts. Er konnte doch schlecht mit dem Leichenwagen zu einer Verfolgungsjagd ansetzen. Außerdem stand mein Renault schon am Hinterausgang bereit. Wir sind quer durch die Sträucher hingesprintet und losgefahren.«

»Erzähl weiter.«

»Das reicht doch wohl, oder?«

Sikkel blieb sitzen. Er presste die Kiefer aufeinander und vergewisserte sich mit einem Blick über die Schulter, dass die Tür gut verschlossen war. »So, meinst du?«

Er spuckte die Worte regelrecht aus, teils aus Empörung und teils, weil er spürte, wie ihm die Lösung des Mordes an Doven durch die Finger rann. Annie Kortenaer ließ ihre Hand auf der Tastatur ruhen.

»Dreckiger Leichenfledderer!« Er beugte sich nach vorn zu Melkers, bis sich ihre Gesichter fast berührten. »Das reicht keineswegs!«, zischte er. »Wenn wir dich jetzt gleich wieder einsperren, hast du vorher alles gestanden, was du von dem Augenblick an ausgefressen hast, als du mit deinen krummen Touren angefangen hast. Mit allem Drum und Dran. Und vor allem Namen will ich hören. Viele Namen. Sehr viele Namen. So viele Namen, dass du für den Rest deines Lebens nicht mehr ruhig schlafen kannst!«

Während er sprach, trafen Spucketropfen das Gesicht von Melkers. Dieser wich ängstlich so weit zurück, bis er wegen der Rückenlehne seines Stuhls nicht weiter konnte.

»Ganz ruhig, okay ...«, stammelte er.

»Von wegen ruhig!«, schnauzte Sikkel ihn an. Wütend zog er den Schlagstock aus dem Futteral und schlug damit auf den Tisch.

»Ich glaube, dass Meneer Melkers noch etwas sagen möchte«, sagte Annie Kortenaer mit einem warnenden Unterton in der Stimme.

Melkers hörte erst auf zu gestehen, als Sikkel und Kortenaer genug hatten. Innerhalb von anderthalb Stunden waren dank seiner erwachten Mitteilsamkeit fünfzehn Wohnungseinbrüche in den Randbezirken der Stadt aufgeklärt. Außerdem hatte er acht Namen und Adressen von Mittätern aufgezählt, dreiundzwanzig Autoeinbrüche geklärt und fünf Hehler genannt. Er hatte der Fahndungsliste mindestens einen neuen Dealer hinzugefügt und gewisse Vermutungen in Bezug auf Handel und Konsum von harten Drogen in einigen Koffieshops bestätigt.

Obwohl Sikkel sich an die Möglichkeit klammerte, dass Melkers die Geschichte mit den Friedhofsdiebstählen nur erfunden hatte, war sein triumphierendes Gefühl verschwunden. Ihn beschlich die starke Vermutung, dass seine Privatpressekonferenz am Freitagabend reichlich voreilig gewesen war. Und wahrscheinlich eine völlig falsche Darstellung der Tatsachen enthalten hatte.

Annies Bemerkung, dass sie nur den Fahrer des Leichenwagens zu finden brauchten, um Melkers Alibi zu überprüfen, hatte nichts Tröstliches. Im Gegenteil. Das Bewusstsein, dass dies die einzige Barriere war, die ihn noch von der Gewissheit trennte, einen gewaltigen Irrtum begangen zu haben, verursachte Sikkel ein Gefühl der Übelkeit in der Magengegend.

Er glaubte sogar, aus Annies Bemerkung, er habe mit der Überführung der Friedhofsbande doch einen schönen Erfolg erzielt, eine Spur von Ironie herauszuhören.

Sie sprach von ihm, fiel ihm auf, und sagte nicht ›wir‹.

Arnheim, Montag, 2. September, 14.50 Uhr

Sikkels letzter Versuch, seinen Ruf zu retten, war die Idee, Melkers habe vielleicht gar nicht persönlich an den Autoeinbrüchen am Friedhof teilgenommen, sondern nur behauptet, bei einem Diebstahl dabei gewesen zu sein, über den er Bescheid wusste, und sonst nichts. Annie Kortenaer hatte sich nicht die Mühe gemacht, ihm zu widersprechen.

»Wir werden noch schnell genug dahinter kommen«, antwortete sie lediglich.

Ein Anruf beim Bestattungsinstitut reichte aus, um den Totengräber ausfindig zu machen. Er kam gegen drei vorbei, höchst motiviert, sein Scherflein zur Bekämpfung der Kleinkriminalität beizutragen. Sikkel beschwor ihn, genau hinzuschauen, wenn er den Täter in der Reihe von acht Männern identifiziere. Der Bestatter war sich hundertprozentig sicher und pickte Melkers sogar zweimal als denjenigen heraus, den er am Morgen des achtundzwanzigsten August beim Ausräumen geparkter Autos erwischt hatte.

Sikkel bedankte sich bei dem Mann, wobei es ihn große Mühe kostete, seine Stimme nicht gereizt klingen zu lassen. Er erteilte Annie den Auftrag, das Protokoll dieser Wahlgegenüberstellung anzufertigen, und verschwand danach in seinem Büro. Dort schloss er die Augen und stellte mit bemerkenswerter Offenheit fest, dass dieser Montag der wohl bekannte schwarze Tag in seinem Leben war. Weiterhin konstatierte er, dass er die Hälfte der kostbaren ersten Woche der Ermittlungen vergeudet hatte und wieder bei null angekommen war. Er kam zu dem Schluss, dass er nun mit doppelter Energie einige Aktionen in Gang setzen musste, um den Ermittlungen neue Impulse zu geben. Anschließend verfiel er in eine zweistündige Depression, die ihn in absolute Passivität versinken ließ. Erst gegen Ende des Arbeitstages war er in der Lage, ein paar Memos an seine Untergebenen zu schreiben.

Melkers wurde am nächsten Tag im Auftrag des Untersuchungsrichters freigelassen, der der Meinung war, dass der Verdächtige hervorragend bei den Ermittlungen in einer Anzahl von Diebstählen mitgewirkt habe. Durch sein Zutun waren acht Zellen besetzt worden mit Bekannten und Freunden aus der aufgeschreckten Drogenszene sowie den beiden Kumpels, mit denen er den Friedhof besucht hatte. Diese ließen es sich nicht nehmen, Melkers' Mittäterschaft in ihren Geständnissen breit auszuwalzen, was sein Alibi nur noch weiter untermauerte.

Melkers erreichte ohne Probleme den Hauptbahnhof und nahm den ersten Zug nach Amsterdam, obwohl Sikkel ihm befohlen hatte, sich für die Polizei zur Verfügung zu halten und in der Stadt zu bleiben. In Amsterdam tauchte er schnurstracks unter.

Der Pressesprecher konnte ein Gefühl der Schadenfreude kaum unterdrücken, als er Sikkel zusammen mit einigen Kollegen an einem Tisch in der Kantine sitzen sah. Sikkel sah ihn kommen und sackte unmerklich in sich zusammen. »Ich habe gehört, dass du deinen Verdächtigen wieder auf freien Fuß gesetzt hast.«

Sikkel rührte in seinem Kaffee und nahm sich willkürlich irgendeine Zeitschrift vom Tisch.

»Möchtest du die Presse persönlich informieren oder soll ich das diesmal erledigen?«

Sikkel brummte kaum verständlich, er habe dazu keine Zeit.

Der Pressesprecher nickte zufrieden. »So gehört sich das auch«, sagte er und ging pfeifend davon.

Arnheim, Mittwoch, 4. September, 18.00 Uhr

»Hier?« Donald de Wacht spähte ungläubig durch das Fenster des Restaurants. »Es ist alles dunkel«, sagte er. »Meiner Meinung nach hat der Laden geschlossen.«

Statt einer Antwort öffnete Fred Benter die Eingangstür und bedeutete de Wacht, ihm zu folgen. Das Restaurant war leer bis auf eine Kellnerin und einen Koch, die in der offenen Küche an einem riesigen Ofen lehnten.

An den Wänden des Speisesaals standen rechteckige Tischchen mit braunen Plastiktischdecken. Auf jedem Tischchen standen eine kleine Vase mit einer verwelkten Blume, eine Kerze in einer Weinflasche und ein Pfeffer-und-Salz-Ständer. Die Wände des Raums waren mit Postern und Bildern von essenden Menschen aus allen Epochen bedeckt. Das Kerzenlicht war die einzige Beleuchtung. Die Sonnenstrahlen hatten keine Chance, durch die Fenster zu dringen, da schwarz verräucherte Scheiben und wild wuchernde Rankpflanzen eine undurchdringliche Barriere bildeten.

»Es ist noch früh, deshalb ist noch kein Mensch da«, sagte Benter entschuldigend, als sei er verantwortlich für die Leitung des Betriebs, falls es eine solche gab.

Sie setzten sich an einen Tisch und studierten die abgegriffene Speisekarte. Jedes Hauptgericht kostete hfl 12,50 inklusive Pommes frites und Salat. Die Kellnerin kam schon nach zwei Minuten, um die Bestellung aufzunehmen.

»Das ist das preiswerteste Restaurant von Arnheim«, erklärte Benter munter, »und das schnellste.«

Mit angewidertem Gesicht pikte de Wacht in sein nicht ganz durchgebratenes Cordon bleu und rührte in dem Flatschen grünen Schleims auf seinem Teller herum. Endivien mit Sahnesauce! pries eine voll geschriebene Schultafel an der Wand.

Benter mampfte derweil sein holländisches Beefsteak. Sein Appetit war beispiellos. Egal unter welchen Umständen. Ob er in einer Frittenbude stand oder in einem Fünf-Sterne-Restaurant dinierte, war ihm völlig einerlei. De Wacht lehnte sich zurück und schaute zu der Gruppe lärmender Gäste hinüber, die einen langen Tisch in der Mitte des Lokals in Beschlag genommen hatte.

»Magst du deins nicht?« Benter schob seinen leeren Teller beiseite.

»Nein. Ich kann kaum sehen, was ich esse, und das, was ich sehe, ist ungenießbar. Ich glaube, hier würde eine Magen-und-Darm-Seuche ausbrechen, wenn jemand die Notbeleuchtung einschalten würde. Dann könnten nämlich alle sehen, was auf ihrem Teller liegt.«

Benter winkte die Kellnerin herbei und bestellte zwei Kaffee.

»Hat es den Herren geschmeckt?«

»Ja«, sagte Benter.

»Nein«, sagte de Wacht.

Die Kellnerin schaute erst de Wacht an, dann Benter.

»Ist schon recht«, sagte Benter. »Können wir auch gleich die Rechnung haben?«

Und als die Kellnerin weg war: »Immer schön bei der Wahrheit bleiben, was, Meneer Korrespondent?«

De Wacht schüttelte den Kopf. »Nur in Restaurants.«

De Wacht hatte am Abend zuvor in der Redaktion im ANP-Telex gelesen, dass Melkers nicht länger des Mordes an Frank Doven verdächtigt wurde. Er war sogar freigelassen worden, nachdem er der Polizei beim Aufspüren der so genannten Friedhofsbande behilflich gewesen war.

Die Lektüre des Telex versetzte de Wacht einen ziemlichen Schock. Melkers' Verhaftung schien der Beweis dafür gewesen zu sein, dass es keinen Zusammenhang zwischen den Morden an Mischa Baarl, Jacob Klinker und Frank Doven gab. Doch nun, wo Bert Melkers nicht mehr als möglicher Täter betrachtet wurde, ließ sich die Vermutung nicht mehr unterdrücken, dass zwischen ihnen sehr wohl ein Zusammenhang bestehen konnte. Hastig schrieb er seinen Artikel zu Ende, in dem es um die regionalen Folgen der unlängst veröffentlichten katastrophalen Zukunftsperspektiven der niederländischen Stahlindustrie ging.

Nachdem er fertig war, rief er Fred Benter an, der still wurde, als er hörte, dass Bert Melkers auf freien Fuß gesetzt worden war.

Da Benter sowieso am nächsten Tag nach Arnheim musste, um dort einem alten Bekannten juristische Ratschläge zu erteilen, und de Wacht einen Besuch bei seiner Exfrau geplant hatte, verabredeten sie, zusammen nach Arnheim zu fahren und dort einen Happen zu essen.

»Vielleicht ist es besser, wenn wir zu Zadig gehen«, sagte Benter später, nachdem sie das Restaurant verlassen hatten. Sie saßen in einer Kneipe, in der mindestens hundertfünfzig Sorten Bier und Pils ausgeschenkt wurden. Benter rührte in seinem Virginia Julep herum, in dem die Minzblättchen fehlten. Er hatte aus alter Gewohnheit eine Bemerkung darüber fallen lassen und zur Überraschung von de Wacht noch nicht einmal protestiert, als ihm der Barkeeper mit einem kleinen sardonischen Lachen ein Pfefferminzbonbon ins Glas warf.

De Wacht, der ein gewöhnliches Glas Pils vor sich stehen hatte, massierte sein Kinn mit Daumen und Zeigefinger. Er stützte seinen Ellenbogen auf den wackeligen Tisch und beugte sich hinüber zu Benter.

»Lass uns das lieber selbst klären, Fred. Hör zu. Wenn wir zu Zadig sagen: ›Meine Herren, es gibt da einen möglichen Zusammenhang mit der früheren Hausbesetzerszene: Sie kannten sich aus dieser Zeit‹, dann antworten uns die Bullen ›vielen Dank‹ und kippen brüllend vor Lachen nach hinten über. Du glaubst doch nicht, dass ein Kriminaler, der etwas auf sich hält, nicht schon längst auf die gemeinsame Vergangenheit der drei gestoßen ist? Du weißt ebenso gut wie ich, dass jeder Polizei- und Geheimdienst über Kontakte in der Bewegung verfügte, und ganz gewiss zu der damaligen Zeit. Und das wiederum bedeutet, dass sie sich hinter den Ohren kratzen und uns fragen würden, was wir uns denn unter dieser Verbindung vorgestellt hätten. Und dann? Dann stehen wir da wie die Deppen. Denn Genaueres wissen wir auch nicht. Außerdem weißt du ja, was ich von den Bullen halte.«

Benter stand auf und bestellte ein Pils und einen Palmer-Cocktail. Dann setzte er sich wieder de Wacht gegenüber. »Außerdem«, fuhr de Wacht fort, »habe ich, sagen wir, ein professionelles Interesse an dieser Sache. Also lass uns das selbst klären.«

Benter nickte langsam, als stimme er einem wenig verlockenden Vorschlag zu, den er dennoch nicht einfach ablehnen konnte. »Okay«, sagte er. »Ich bin dabei.«

Benter stand auf und zwängte sich durch eine Gruppe von Kneipenbesuchern zum WC im Hinterzimmer des Lokals. De Wacht bestellte an der Bar noch ein Pils und einen Screwdriver, den einzigen Cocktail, dessen Namen er kannte. Ein kräftig gebauter Mann auf einem Barhocker drehte sich zu ihm um. »Das hier ist ein Laden für Biertrinker, Kumpel!«

De Wacht warf einen Blick auf den Bauch des Mannes. »Stimmt«, sagte er. »Da könntest du Recht haben.«

Kurz darauf fragte Benter: »Hast du irgendeine Idee, wie wir die Sache angehen sollen?«

De Wacht hob den Zeigefinger. »Wir verlassen uns auf unseren gesunden Menschenverstand. Ausgehend von unserer Hypothese, dass ihre gemeinsame Vergangenheit eine Rolle spielt, denke ich mir Folgendes: Uno, der Mörder gehört zur alten Truppe. Wahrscheinlich zum harten Kern. Ein Mitläufer begeht keine Morde.«

Der Mittelfinger folgte.

»Secundo, wenn der Mörder zur alten Truppe gehörte, musst du ihn kennen.«

Der dritte Finger.

»Und, äh … drittens gab es da eine Reihe von Kneipen, in denen die Bewegung Kriegsrat abhielt und sich von meinen Steuergroschen voll laufen ließ.« De Wacht schaute kurz auf die Uhr. »Ein paar Leute von früher gehen sehr wahrscheinlich immer noch in dieselben Kneipen, und da liegt unsere Chance.« Er stand auf. »Du kennst sie besser als ich.«

»Stimmt«, sagte Benter, »ich habe auch schon jemanden im Auge. Van Sleen. Der hat mich gestern Abend wegen einer juristischen Beratung angerufen. Rein zufällig. Ich gehe ihn gleich besuchen. Aber jetzt bringe ich dich erst mal zu Ella. Übernachtest du heute Nacht bei ihr oder soll ich dich heute Abend wieder abholen?«

»Ich … äh … hol mich ruhig ab«, sagte de Wacht, als habe er tatsächlich gezögert. »Aber nicht vor zwölf.«

Arnheim, Mittwoch, 4. September, 21.30 Uhr

Um die vorletzte Jahrhundertwende herum wurde gesellschaftlicher Status hauptsächlich an der Größe der vorderen Eingangstreppe gemessen. Das Entree des Herrenhauses von Martin van Sleen verriet eine vornehme Vergangenheit, doch das Viertel rundum hatte sich in entgegengesetzter Richtung entwickelt. Fred Benter erkannte Martin van Sleen zunächst nicht, als der ihm nach langem Klingeln endlich öffnete. Benters letztes Bild von van Sleen war das eines mageren Jungen, der, während er sich über den wuchernden Bart strich, verträumt und betont philosophisch in die Welt blickte. Der Mann, der nun vor ihm stand, war vor allem dick. Der Bart war verschwunden, ebenso ein großer Teil der Haare auf seinem Kopf.

»Fred, Mensch, hast du dich verändert!« Er fasste nach der Hand von Benter, umschloss sie mit beiden Händen im Kondolenzgriff und zog ihn hinein. Seine Augen versuchten rasch, an Benter Anzeichen des Alterns zu entdecken, und Benter tat dasselbe bei Martin van Sleen.

»Hi Martin, nett dich wieder zu sehen.« Er folgte van Sleen in ein großes Zimmer, das auf den ersten Blick eher einer Bibliothek glich, wenn auch einer unordentlichen. Der Raum war im wahrsten Sinne des Wortes voll gestopft mit Büchern; sie lagen sogar auf den drei verschlissenen Sesseln, die um ein wackliges niedriges Tischchen herum standen. Hier und da standen und lagen Gläser, Tassen, Zeitungen, eine Vase mit Trockenblumen und Aschenbecher voller Zigarettenstummel auf einem staubigen Perser. Ein Teller mit Essensresten war auf dem Monitor eines Computers vergessen worden. Benter und van Sleen standen sich etwas unbehaglich gegenüber und wussten nicht, was sie sagen sollten. Sie hatten sich mindestens acht Jahre nicht mehr gesehen.

»Junge, Junge«, sagte van Sleen nur und klopfte Benter auf die Schulter.

Benter erwiderte einfach sein Lachen.

»Setz dich doch.«

Van Sleen nahm einen Stapel Bücher von einem Stuhl und stellte ihn auf dem Boden ab.

»Möchtest du etwas trinken? Ich kann dir einen Sloppy Joe's Sister mixen. Du mochtest doch früher so gerne Cocktails? Ich habe aber auch einen guten kalifornischen Weißwein aufgemacht. Du kannst es dir aussuchen.«

»Jemand hat mir erzählt, dass du jetzt in Zwolle wohnst«, sagte Martin van Sleen kurze Zeit später. »Und dass du dich als juristischer Berater selbstständig gemacht hast. Deshalb habe ich dich angerufen; ich brauche nämlich deinen juristischen Rat in einem speziellen Fall.«

Benter nickte und nahm einen Schluck von seinem Cocktail. Er zündete sich eine Gitane an, während van Sleen ihm sein Problem auseinander setzte. Es ging darum, in welcher Form er am besten seine Pläne für die Gründung eines Verlags verwirklichen sollte.

»Hast du mich deshalb angerufen, Martin?« Benter drückte seine Zigarette in einem Aschenbecher aus. »Das kann dir doch jeder Jurastudent erzählen.«

»Stimmt, aber ich muss noch zwei Dinge dazu sagen. Zum einen will ich den Verlag mit einem noch ausstehenden Erbe finanzieren, für das ich keine Erbschaftssteuer bezahlen will, und zum Zweiten hat mich ein rumänischer Schriftsteller gebeten, für ihn alleiniger Vertreter seiner Rechte in Europa zu werden.« Van Sleen machte ein Gesicht, als sei er von Gott als alleiniger Verkünder des Messias auserwählt worden, doch leider nur unter der Voraussetzung, dass er dafür kräftig zahlte.

»Ich habe leider nichts schwarz auf weiß, aber ich weiß, dass der Typ es schaffen wird. Da steckt Geld drin, das sage ich dir. Die Frage ist nur, wie ich dafür sorgen kann, dass das Geld in meine Richtung fließt. Ich weiß, dass auch andere Herausgeber mit ihm Kontakt aufgenommen haben.«

Benter warf einen Blick auf sein leeres Glas. Sein Gastgeber beeilte sich, ihm einen neuen Cocktail zu mixen.

Martin van Sleen hatte sich grundlegend verändert, dachte Benter. Noch vor nicht allzu langer Zeit war ein Leben in asketischer Kontemplation in den Anden sein größter Wunsch gewesen. Das klappte jedoch leider nicht, weil van Sleen an Höhenangst litt. Doch in Wirklichkeit schreckte er vor dem endgültigen Schritt zurück. Benter konnte sich nicht daran erinnern, dass van Sleen je eine Entscheidung von Format getroffen hatte. Er wog stets jegliches Für und Wider gegeneinander ab, betrachtete die Konsequenzen von oben bis unten und von hinten nach vorn und verschob schließlich die Entscheidung bis auf weiteres.

Benter stand auf und ließ seine Blicke über eine Reihe von Buchrücken wandern. Es war kein einziges Buch dabei, das er gern mit in den Urlaub genommen hätte.

Martin van Sleen stellte einen zweiten Sloppy Joe's Sister auf den Tisch und sah Benter fragend an. Dieser tischte ihm in Diktiergeschwindigkeit seine juristischen Ratschläge auf, während sich van Sleen konzentriert Notizen machte. Eine Viertelstunde später klappte er sein Notizbuch zu und reichte Benter ein in Geschenkpapier verpacktes Buch. »Zum Dank für deinen Rat«, sagte van Sleen.

Es erwies sich als Erstausgabe einer Cocktail-Enzyklopädie aus dem Jahr 1922. Wahrscheinlich das erste auf Niederländisch geschriebene Buch über Cocktails überhaupt.

»Vielen Dank, Martin.«

Er wusste das Geschenk zu schätzen, fragte sich aber, ob van Sleen seine Tipps nicht ebenso gut in jeder x-beliebigen Einführung in das niederländische Recht hätte finden können.

»Die alte Garde hat einem neuen Typ von Aktivist Platz gemacht«, sagte Martin van Sleen in einem Tonfall, als halte er eine Gastvorlesung. Sie hatten sich in den Garten gesetzt, der von einer japanischen Zeder dominiert wurde. Eine schmiedeeiserne Außenleuchte tauchte ihre Gesichter in einen orangegelben Schein.

»Wenn man überhaupt von Aktivisten sprechen kann. Meiner Meinung nach ist das alles Gesindel. Punker, Junkies und Berufsarbeitslose. Keine Ideale mehr, bloß noch Gewalt. Jacob Klinker und Frank Doven sind übrigens ermordet worden, hast du das gewusst? Beide kurz nacheinander.«

Benter, der jedem Gedankensprung mühelos folgen konnte, nickte. »Ja, ich habe so etwas gelesen.«

Die Nachricht, dass auch Baarl ermordet worden war, hatte Martin van Sleen offensichtlich noch nicht erreicht. Benter beschloss, dieses Wissen vorläufig noch für sich zu behalten.

»Das hat in der Szene für ziemlich viel Unruhe gesorgt. Im *Qotz* reden die über nichts anders. Da kriegst du die abgefahrensten Theorien zu hören. Die haben sogar schon von rechten Todesschwadronen geredet.

Kannst du dir das vorstellen? In den Niederlanden? Rechte Todesschwadronen?«

Benter zuckte mit den Schultern. »Ist das etwas Schlimmeres als linke Todesschwadronen? Oder gibt es etwa einen Unterschied zwischen einem rechten Totschlag und einem linken Totschlag?«

Van Sleen schwieg für einen Moment und schaute Benter aufmerksam an. Dieser nahm einen kleinen Schluck von seinem Daiquiri, der aus dem letzten Rest weißem Rum bestand, den Martin van Sleen noch im Küchenschrank gefunden hatte, aufgefüllt mit einem Schuss Limonadensirup.

»Hast du keine Angst, Fred?«

»Warum? Ich zahle doch brav meine Steuern. Ach, Martin, wahrscheinlich haben diese Morde gar nichts miteinander zu tun.«

»Meiner Meinung nach wäre das wirklich ein sehr großer Zufall.«

»Warum gehst du dann nicht zur Polizei?«

»Was soll ich denn da? Sagen, dass ich Angst habe?«

»Nein, sagen, dass es deiner Meinung nach einen Zusammenhang gibt.«

»Ach, die Polizei weiß doch bestimmt schon längst, dass sie sich gekannt haben. Es gibt schließlich Akten, und man braucht ja gar nicht so tief in der Vergangenheit zu graben, um sie miteinander in Verbindung zu bringen. Außerdem könnte ich, wenn die im *Qotz* erfahren würden, dass ich den Bullen Informationen gebe, sowieso direkt auswandern.«

»Ich habe gehört, dass es in den Anden sehr schön sein soll.«

Benter lächelte, als van Sleens Gesicht einen fragenden Ausdruck annahm. In Bezug auf seine eigene Vergangenheit hatte van Sleen ein schlechtes Erinnerungsvermögen. »Auf der anderen Seite liegt diese

Verbindung schon lange zurück. Klinker hat es zum Spitzenanwalt gebracht und Doven war ein verrückter Drogendealer. Sie hätten sich noch nicht einmal erkannt, wenn sie sich auf der Straße begegnet wären.«

Benter erkannte, dass van Sleen auch heute wieder von seinen ewigen Zweifeln geplagt wurde, die ihn an einem Entschluss hinderten. Deshalb fragte er: »Siehst du noch manchmal jemanden von der alten Truppe?«

»Ja schon, ein paar Figuren streunen immer noch in der Szene herum. Manchmal trinke ich mit Nico zusammen ein Bier. Den müsstest du auch noch kennen. Der war in so ziemlich jedem Aktionskomitee, das es gab. Nahm rund um die Uhr an Versammlungen teil.«

Benter nickte.

»Die einzige Abwechslung, die er hatte, bestand aus dem Abholen seiner Sozialhilfe«, sagte van Sleen abschätzig.

»Bei derselben Bank, bei der er abends wegen ihrer Verbindungen nach Südafrika die Scheiben einschmiss.«

Benter musste darüber lachen. Solche Widersprüche waren damals normal und irgendwie waren alle blind dafür gewesen.

»Ja, so in der Art. Er ist jetzt mit Jacqueline verheiratet und sie arbeiten beide beim Sozialamt. Er bearbeitet die Anträge auf Sozialhilfe, sie reicht sie im Namen der Empfangsberechtigten ein. Eine ideale Ehe. Von der Aktivistenszene wollen sie eigentlich beide nichts mehr wissen, aber ganz davon losreißen können sie sich auch nicht.«

»Und was weißt du sonst noch so?«

»Hansje Dekker hat Selbstmord begangen, du weißt schon, die Schwester von Toine.«

»Selbstmord?«

»Sie hat sich vor einen Zug geworfen, ein paar Wochen nachdem er nach Zwolle gezogen war. Da besteht aber kein Zusammenhang, bestimmt nicht.«

Martin van Sleen lachte, ein hohes, meckerndes Lachen, das seine Doppelkinne erzittern ließ.

»Kannst du dich noch an Bart erinnern?«, fragte van Sleen, nachdem er sich wieder beruhigt hatte. »Er ist Binnenschiffer geworden, hat ein eigenes Schiff. Toller Typ. Ich glaube, die Bewegung interessierte ihn nicht im Geringsten. Er brauchte nur ein billiges Dach über dem Kopf.«

Wer nicht?, dachte Benter. »Und Freddie?«

Martin van Sleen zeichnete Benter das Bild des Zerfalls der Arnheimer Aktivistenszene, die Ende der siebziger und Anfang der achtziger Jahre ihren Höhepunkt erlebt hatte. Die meisten Aktivisten von damals hatten die Sache inzwischen ganz aufgegeben. Sie waren der Meinung, sie hätten ihr Scherflein zur Veränderung der Gesellschaft beigetragen und standen dem ziellosen Tatendrang ihrer jugendlichen Nachfolger zynisch gegenüber. Einen nach dem anderen an den Fingern abzählend, erzählte Martin van Sleen, was aus jedem geworden war.

»José und ihre Freundin Charlotte sind nach Schottland ausgewandert, um dort Biokühe zu melken. Berend hat nach Abschluss der Filmakademie in Amsterdam eine Reihe von Kurzfilmen gedreht, die kein Mensch sehen will. Toine hat sich in einer verschlafenen Provinzstadt mit einem kleinen Betrieb selbstständig gemacht und Anton wurde vor kurzem nach ein paar Jahren Gefängnis im Komplex Esserheem in Veenhuizen freigelassen.«

Benter sah überrascht auf. »Anton? Du meinst Bombi?«

Martin van Sleen spürte die Spannung hinter seiner Frage.

»Ja, genau der. Vor ein paar Wochen habe ich ihn noch im *Bolwerck* gesehen. Er hat herumerzählt, er habe für die Bewegung die Drecksarbeit gemacht. Es hat nicht viel gefehlt und er hätte behauptet, dass er verpfiffen wurde.«

»Vor ein paar Wochen, hast du gesagt? Weißt du noch ungefähr wann?«

Van Sleen kniff die Augen zusammen. Sein etwas einfältiger Blick verschwand.

»Fred, du glaubst doch nicht etwa ...? Ende Juli, wenn ich mich recht erinnere. Vielleicht auch etwas früher.«

Benter machte eine abwehrende Geste.

Anton Bombi Rondeel hatte 1980 versucht, den damaligen Staatssekretär im Amt für Wohnungswesen während eines offiziellen Besuchs in Arnheim zu ermorden. Es war ein dilettantisch ausgeführter Anschlag, der schlecht vorbereitet war und missglückte. Rondeel hatte nach Anleitung des *Anarchistischen Kochbuchs* aus einem Pfund TNT eine Bombe gebastelt. In Anbetracht seiner primitiven Ausrüstung grenzte es schon an ein Wunder, dass er überhaupt eine explosive Mischung zustande gebracht hatte. Für die Zündung verwendete er eine Cortex-Lunte, die aus einem Posten ausgesonderten Explosionsmaterials stammte. Ein obskurer Bestellservice aus Maryland, USA hatte die Sendung einfach per Post nach Arnheim geschickt. Die erste Hälfte der zwanzig Zentimeter langen Lunte brannte wie Zunder, der Rest kokelte ein wenig vor sich hin und ging dann aus. Die Bombe – verpackt in einer Konservendose – landete vor den Füßen des Staatssekretärs. Dieser warf kurz einen zerstreuten Blick darauf und setzte dann seine Ansprache vor der Tür des x-ten fertig gestellten Hauses in Arnheim fort. Die Bombe blieb noch mindestens eine Viertelstunde liegen, bevor jemand merkte, dass eine Lunte heraushing. Da war Rondeel jedoch schon lange verschwunden und seitdem nannten sie ihn Bombi.

In den ersten Monaten nach dem missglückten Anschlag wurde die alternative Arnheimer Szene von der Polizei auf den Kopf gestellt. Viele Aktivisten wurden verhört, es gab Hausdurchsuchungen und gegen Hausbesetzer wurde härter als bisher durchgegriffen. Doch Resultate blieben aus.

Es dauerte gut sechs Jahre, bis die Polizei Bombi endlich schnappte. Irgendjemand hatte sich schließlich verplappert.

Die Staatsanwaltschaft forderte neun Jahre wegen Mordversuchs. Das Gericht machte fünf daraus, von denen er aufgrund guter Führung drei absitzen musste. Bombis Bewährungshelfer war ein früherer Kommilitone, auf dessen Fürsprache hin er am Ende seiner Haftzeit drei Monate Sonderurlaub bekam. Ursprünglich sollte er erst im Oktober herauskommen, aber Bombi hatte versprochen, sein früheres Studium wieder aufzunehmen, und Oktober wäre zu spät gewesen, um das neue Studienjahr noch zu beginnen.

Benter forschte in seinem Gedächtnis. Der erste Mord – der an Mischa Baarl – wurde am 1. August begangen. Kurz nachdem Bombi wieder auf freien Fuß gesetzt worden war.

»Was weißt du sonst noch über ihn?«, fragte er.

»Nichts Besonderes. Er ist noch genauso abgedreht wie früher. Christa, seine Freundin, meint, die drei Jahre hätten ihn überhaupt nicht verändert, so fanatisch wie eh und je. Wusstest du, dass Christa dreieinhalb Jahre lang die Kontakte zwischen ihm und der Szene aufrechterhalten hat? Sie hat alles für ihn getan.«

Benter nickte.

»Als er Urlaub bekam, hat er sie sofort abserviert.

Sie sei zu soft, sagte er. Christa ist immer noch völlig fertig deswegen.«

»Wo wohnt Bombi jetzt?«

»Überall und nirgends. Ich habe ihn zuletzt im *Qotz* gesehen, der neuen Hauskneipe vom *Bolwerck*.«

»Dieser besetzten Pension? Wohnt er da auch?«

Van Sleen zündete sich eine Zigarette an und blies das Streichholz aus. Den verkohlten Stummel schnippte er in den Garten. »Ich weiß nicht, was du vorhast, Fred, und ich will es auch gar nicht wissen. Ich habe gerade einen guten Rat von dir bekommen und jetzt kriegst du einen guten Rat von mir: Schaff deinen Hintern in deinen Wagen, fahr zurück nach Zwolle und vergiss, was du vorhast. Bombi ist immer noch ein gefährlicher Verrückter. Es ist viel zu riskant, sich mit solchen Idioten einzulassen.«

»Aber wo wohnt er?«, fragte Benter nochmals.

Van Sleen nannte ihm mit sichtlichem Widerwillen die Adresse.

»Mach dir mal keine Sorgen, Martin«, sagte Benter beruhigend. »Niemand braucht zu erfahren, dass du Bombis Adresse weitergegeben hast. Übrigens hast du es ja gar nicht schlecht getroffen.«

Er zeigte durch die Gartentür in das Zimmer mit den Tausenden von Büchern. Van Sleen rutschte unruhig in seinem Gartenstuhl herum. »Tja, das ist eben mein Fachgebiet. Zumindest soll es das werden.«

»Dann wird ja doch noch was aus dir.«

»Das muss es auch so langsam, schließlich gehe ich auf die vierzig zu, genau wie du«, sagte van Sleen ernsthaft.

Altes Waschweib, dachte Benter. Van Sleen drückte seine Zigarette aus. Gleichzeitig standen sie auf.

»Kannst du dich noch an Mischa erinnern?«, fragte Benter.

Er ging van Sleen voraus in Richtung Diele.

»Ja, der hat es auch zu etwas gebracht. Hat ein gut gehendes Lokal. Nicht in Arnheim, sondern in … äh …«

»Zwolle«, ergänzte Benter. »Bis er im Lift seiner eigenen In-Kneipe hochgefahren kam. Erschossen. Sein Gehirn klebte an der Decke und er hatte nur noch ein Auge. Ich habe es gesehen, denn ich war gerade dort. Da hofft man wirklich, dass es keinen Zusammenhang zwischen all diesen Toten gibt.«

Benter schaute sich noch einmal in der Diele um und rüttelte kurz am Schloss, als wolle er es kontrollieren.

»Mach dir mal keine Sorgen«, sagte er beruhigend zu van Sleen, der mit gerunzelter Stirn im Flur stehen blieb.

Er fand allein den Weg nach draußen.

»Die Frage ist nur, wie wir es anstellen sollen, mit Bombi zu sprechen«, sagte Benter und schaltete in den vierten Gang.

Er hatte de Wacht bei Ella abgeholt. Beide wirkten erleichtert; Ella, als sie die Tür öffnete, und de Wacht, als er sie hinter sich zuzog.

Benter hatte de Wacht berichtet, was er von van Sleen gehört hatte. De Wacht zündete zwei Zigaretten an und gab eine weiter an Benter.

»Der Kerl ist eine richtige Pfeife. Ein unglaublicher Blödmann. So durchschaubar wie Luft. Er ruft mich wegen eines lächerlichen Problemchens an, setzt mich auf Bombis Spur, und als er merkt, dass ich anbeiße, zieht er sich wie der Blitz zurück. Er scheißt sich vor Angst in die Hosen, traut sich aber nicht, etwas zu unternehmen. Deshalb gibt er mir ein paar Informationen an die Hand, erschrickt sich dann aber sofort wieder vor seiner eigenen Courage halb zu Tode. Noch bevor er fünfzig wird, sitzt der im Rollstuhl.«

De Wacht schaute ihn überrascht an. An Benters Klagelieder über seine unzuverlässigen Mitmenschen war er gewöhnt, aber nicht an Drohungen.

»Wieso?«, fragte er.

»Starker Verschleiß des Hüftgelenks. Durch dieses ewige Arschwackeln.«

De Wacht ignorierte Benters Gewieher.

»Findest du nicht, dass Bombi ein bisschen zu auffällig verdächtig ist? Das Werfen eines primitiven Bömbchens, das noch nicht einmal hochgeht, ist doch etwas ganz anderes als drei gründlich vorbereitete Morde. Aber als Spur ist es allemal die Mühe wert. Das Problem ist nur, dass wir unmöglich überprüfen können, ob Bombi Alibis hat.«

»Kein Problem«, meinte Benter, »wir fragen ihn einfach danach.«

Es hatte eine Zeit gegeben, in der sich de Wacht über Benters unerschütterlichen Optimismus gewundert hatte. Später wunderte er sich darüber, dass dieser oft zu überraschenden Resultaten führte.

In Höhe der Autobahnausfahrt Apeldoorn-Nord bremste Benter ab, obwohl kein Mensch auf der A50 nach Zwolle zu sehen war.

»Radarkontrolle«, erklärte er.

»Du hast doch nicht etwa zu viel getrunken?«

»Drei Cocktails, darunter einen viel zu sauren Daiquiri. Der Daiquiri wurde übrigens in der kubanischen Bergarbeiterstadt Daiquiri erfunden«, erklärte Benter, »von einem amerikanischen Bergbauingenieur. 1896 glaube ich.«

De Wacht war davon überzeugt, dass Benter sogar den Tag und die Stunde kannte.

»Später sind noch so ungefähr vierundzwanzig Daiquiri-Kombinationen dazugekommen und sie schmecken alle gleich gut. Aber na ja, schließlich hatte Cox nichts im Haus außer einer Flasche starken Rum.« Benter machte ein missbilligendes Gesicht. Dass jemand seinen Getränkevorrat vernachlässigte, war für ihn ein Sakrileg. »Cox schlenderte in seinem Garten herum, fand ein paar Limetten, presste sie aus und mischte den Saft mit dem Rum. Dann fügte er wegen des besseren Geschmacks noch etwas Zucker hinzu und fertig. Er führte den Daiquiri auf einer Party bei einem amerikanischen General ein und danach wurde er innerhalb kürzester Zeit auf der ganzen Welt bekannt.«

Er neigte sich zu de Wacht. »Es gibt eine Bar in Havanna, in der der Barkeeper die besten Daiquiris der Welt mixt. Die Bar heißt Floridita. Mein Gott, da würde ich gern mal hinfahren!«

»Ich war schon mal da«, sagte de Wacht.

Benter fiel der Unterkiefer herunter. »Im Floridita?«

»Ja. Die Kneipe gab es schon zu Zeiten Batistas. Nach Castro haben sie einen Dollar-Laden draus gemacht. Den Gästen war es egal, weil es auch vorher schon ein Club für Ausländer war. Hemingway ist dort ein paarmal sturzbetrunken rausgetragen worden.«

Außer der Floridita-Bar hatte de Wacht allerdings nur wenig von Kuba gesehen. Er war im Auftrag eines Modemagazins dort gewesen, um die Urlaubsmöglichkeiten zu testen. Drei Tage und zwei viel zu kritische Reiseberichte später – die über das Telex abgefangen worden waren – war er als unerwünschter Ausländer des Landes verwiesen worden. Das war jetzt auch schon wieder vierzehn Jahre her.

Gespannt fragte Benter: »Und? Waren sie lecker?«

»Kubanisches Bier ist ungenießbar.«

Zwolle, Freitag, 6. September, 14.30 Uhr

Das *Bodoni* sah genauso aus wie seine Stammgäste: chaotisch und in einem Zustand permanenter Ungepflegtheit. Es roch nach schalem Bier und darin ersäuften Zigarettenkippen. Die falschen Perser-Läufer auf den wackligen Tischchen waren steif vor verschütteten Getränken und den dunkel gebeizten Holzfußboden hatten zahllose ausgetretene Kippen und spitze Pfennigabsätze gemartert. Die Farbe Braun dominierte in den verschiedensten Schattierungen.

Die Stammgäste bestanden aus einem Mischmasch von Journalisten, Korrespondenten, Pressesprechern, PR-Leuten, Werbetextern, Reklamefachleuten, ein paar Lokalpolitikern und einem Stadtstreicher, der als Maskottchen diente.

Das *Bodoni* öffnete meist um zwei Uhr nachmittags, und bis zur Schließung zwölf Stunden später hatten die drei Kellnerinnen, darunter Jaël Zamka, alle Hände voll zu tun. Die Stammbesucher fanden Geborgenheit und Kredit bis zur Höhe eines Monatsgehalts. Zufällige Gäste wurden von der eingeschworenen Atmosphäre abgeschreckt, die dieser Art von Kneipen nun einmal eigen ist, und verschwanden nach dem unvermeidlichen Getränk meist wieder.

Donald de Wacht und Fred Benter saßen am Fenster. Die Terrassen auf dem Großen Markt waren bis auf den letzten Platz besetzt. Die Hitzewelle schien vorüber, aber es war noch immer warm. De Wacht schaute zur anderen Seite des Platzes hinüber, wo das *Elevator* lag. Das Lokal, mit dem der selige Mischa Baarl angeblich so große Pläne gehabt hatte, hatte sich an dieselbe Zielgruppe gerichtet wie das *Bodoni* – von dem Stadtstreicher einmal abgesehen –, konnte ihr aber nicht dieselbe Geborgenheit bieten. Ins *Elevator* ging man, um zu sehen und gesehen zu werden, ins *Bodoni* ging man, um ungestraft Trivialitäten und Weltweisheiten zum Besten geben zu können.

De Wacht saß Benter gegenüber, beide Ellenbogen auf den Tischläufer gestützt, der sich wie eine Kokosmatte anfühlte, und saugte durch einen Strohhalm einen Sharks Tooth No. 3 in sich hinein.

Ab und zu wechselte er ein paar Worte mit Jaël, wenn sie sich auf dem Weg zu einem Gast mit ihrem Tablett an ihrem Tisch vorbeizwängte. Einmal beugte sie sich rasch vornüber, biss Benter ins Ohr und ging weiter, als sei nichts geschehen. De Wacht sah es und grinste albern.

Benter trug heute einen klassischen, dunkelblauen, breit gestreiften dreiteiligen Anzug, ein Hemd mit blauen Nadelstreifen, dazu eine dunkelblaue Krawatte und schwarze Brogue-Schuhe.

Das Einwegfeuerzeug, mit dem er seine x-te Gitane ansteckte, passte nicht so recht dazu. Benter verfügte über ein ganzes Arsenal dissonanter Äußerlichkeiten, die er als letzten Protest zu bezeichnen pflegte.

»Jaël meint, Kylow wisse weder ein noch aus«, sagte er. »Das Gerücht geht um, dass die Ermittlungen nur noch auf Sparflamme laufen. Sie haben nicht den Schimmer einer Vermutung, wer Mischa Baarl abgeknallt hat.«

»Woher weiß sie das?«

»Sie hat Kontakt zu dem Barmann vom *Elevator*. Letzte Woche ist das Personal zum dritten Mal befragt worden. Diesmal wollte die Kripo die Dienstpläne der letzten zwei Jahre haben.«

De Wacht runzelte die Stirn und nickte zum wiederholten Mal wohlwollend einem Kollegen zu, der ihn begrüßte. Benter kannte außer Jaël niemanden. Das hier war de Wachts Welt.

Dieser trank einen Schluck von seinem Pils und suchte in seinen Jackentaschen nach seinem Zware Shag.

»Diese Freundin von Bombi …«

»Seine Exfreundin. Christa heißt sie«, korrigierte Benter. »Martin van Sleen hat mir erzählt, dass Bombi sie fallen gelassen hat, nachdem er aus Esserheem rausgekommen ist.«

»Kennst du sie?«

»Ich habe sie gestern innerhalb einer halben Stunde besser kennen gelernt als in den anderthalb Jahren unserer aktiven Zeit. Damals hatte ich nur gelegentlich mit ihr zu tun. Ich habe sie besucht. Sie kam gerade von der Arbeit nach Hause. Sie ist eine Art Sekretärin, glaube ich, arbeitet für eine Jobvermittlung. Die Morde gehen ihr sehr nahe, sie hat sofort angefangen, darüber zu sprechen. Sie sagte, sie habe Angst. Aber auch sonst geht es ihr sehr schlecht.«

»Weil Bombi ihr den Laufpass gegeben hat? Sie sollte ihm eher dankbar sein. Ein schöner Anfang für ein glücklicheres Leben. Und was hat sie über Bombi erzählt?«

»Ich habe sie gefragt, ob sie einen Verdacht hege. Ihrer Meinung nach muss es jemand aus der Szene von damals gewesen sein. Sie dachte zuerst, dass Bombi im Knast seine Messer gewetzt und eine Einmann-Racheaktion in Angriff genommen habe.«

»Aber …?«

»Aber Bombi hat zur Tatzeit Urlaub in Frankreich gemacht.«

»Während seines Sonderurlaubs?«, fragte de Wacht ungläubig. »Da ist er aber ein ganz schönes Risiko eingegangen. Normalerweise darf er im Sonderurlaub das Land nicht verlassen. Wenn das herauskommt, wandert er sofort wieder hinter Gitter. Wann war er in Frankreich?«

»Von Mitte Juli bis einschließlich der ersten Augustwoche. Mit seiner neuen Geliebten. Glaubt Christa. Doch sie hat gehört, dass Bombi in dieser Zeit auch in Arnheim gesehen wurde. Das hat ihr Marcel de Groot gesagt.«

»Marcel de Groot? Der war doch im Dekker-Fanclub?«

»Ja. Vielleicht können wir Bombi mit unserem Wissen ein bisschen unter Druck setzen.«

De Wacht dachte fieberhaft nach.

»Falls es wahr ist, was sie sagt. Vielleicht will sie ihm aber auch bloß etwas anhängen. Liebe überwindet alle Schranken, aber mit Rache kommt man auch recht weit. Wir sollten einfach so vorgehen, wie du es vorgestern vorgeschlagen hast. Ihn fragen, wo er zum Zeitpunkt der Morde war, und ihn mit Christas Informationen konfrontieren.«

De Wacht stand auf.

»Ich werde ihn direkt mal anrufen. Wenn er ans Telefon geht, lege ich sofort wieder auf, aber dann wissen wir zumindest, dass er zu Hause ist. Ich rufe die 008 an. Rondeel, Schipholplein. *No problem.*«

Kaum war de Wacht unterwegs zum Telefon, als Jaël zu Benter herüberkam.

Sie stellte die leeren Gläser auf ihr Tablett, beugte sich ein wenig nach vorn und sagte mit gedämpfter Stimme: »Kann ich dir noch etwas Gutes tun?«

Benter zeigte auf die Umgebung. »Jederzeit, aber nicht hier.«

Sie kniff ihn fest in den Arm. »Pass auf, sonst beiß ich dir das Ohrläppchen ab.«

Benter grinste kurz. »Dafür gibt es doch Selbsthilfegruppen.«

Jaël seufzte und schaute nebenbei zur Bar hinüber. »Wann kommst du mich besuchen?«

»In dieser Woche ist jeden Tag etwas anderes los …«

»Okay«, sagte sie schließlich. »Also dann nächste Woche, Fred Benter.«

»Störe ich?«, unterbrach de Wacht hoffnungsvoll.

Benter schüttelte kaum merklich den Kopf und Jaël ging eilig fort, nachdem sie Benter noch kurz im Nacken gekitzelt hatte.

»Business before pleasure.«

»Pleasure is my business.«

»Bombi ist zu Hause. Lass uns gehen«, sagte de Wacht, nicht im Geringsten aus dem Konzept gebracht.

Benter stand auf.

»Dann erzähle ich dir unterwegs ein paar spannende Details.«

Zwolle/Arnheim, Freitag, 6. September, 15.30 Uhr

»Christa hat mir alles erzählt. Von Anfang an«, sagte Benter. Sie saßen in seinem Opel Kadett und waren auf dem Weg nach Arnheim. Der Wind blies durch alle Ritzen.

»Sie haben sich bei einer Besetzer-Sprechstunde kennen gelernt. Bombi war damals Student an der *Sociale Academie*, hatte also viel Zeit und wenig Wohnraum. Christa beriet ihn bei der Besetzung einer Dachwohnung. Der private Eigentümer ließ ihn allerdings sofort wieder rausschmeißen. Dabei ging es ein wenig grob zu und bei der unvermeidlichen Protestdemo wurde er festgenommen. Innerhalb eines Jahres gehörte er zu den führenden Köpfen der Bewegung. Sein Studium hatte er an den Nagel gehängt; er war radikalisiert.«

Sie fuhren an einem riesigen Lkw mit Hänger vorbei, dessen Auspuff sich fast in Augenhöhe befand. Schwarzer Qualm drang durch das offene Autofenster hinein. Benter hantierte wie wild am Kurbelmechanismus herum.

»Christa wurde auf ihn aufmerksam, weil er ihrer Meinung nach der Einzige war, der es wirklich wagte, Risiken einzugehen. Das hatte er durch den Anschlag auf den Staatssekretär bewiesen. Im kleinen Kreis war übrigens bekannt, dass er der Bombenwerfer gewesen war, was seinen erotischen Marktwert beträchtlich erhöhte. Es folgte die Romanze mit Christa, die allerdings durch seine Verhaftung jäh unterbrochen wurde. Nach seiner Inhaftierung spielte sie die Strohwitwe, eine Opferrolle, die sie gern auf sich nahm. Niemand konnte ihr übel nehmen, wenn sie sich hin und wieder an der lederbekleideten Schulter eines Ersatzmannes ausweinte. Für Christa kam der harte Schlag vor etwa einem Monat. Als Bombi rauskam, ließ er sie sofort fallen. Damit hatte sie nicht gerechnet und brach mehr oder weniger zusammen. Sie hängt zwar noch ein bisschen in der Szene herum, aber das heilige Feuer ist erloschen.«

»Und wie geht es mit Christa weiter?«

»Sie hat keinen Kontakt mehr zu Bombi und will ihn vorläufig auch nicht mehr sehen. Das bedeutet hauptsächlich, dass sie ein paar Kneipen fernbleiben und Süd-Arnheim meiden muss. Ihr steht nicht mehr der Sinn nach Aktionen gegen diverses Unrecht, wo auch immer auf der Welt. Stattdessen hat sie sich auf die japanische Papierfaltkunst verlegt.«

»Ist ja fast genauso schlimm.«

Gut eine halbe Stunde später standen sie vor einem großen Mietshaus in Arnheim-Süd, eine architektonische Visitenkarte der sechziger Jahre. Das Gebäude aus grauem Beton war vierzehn Stockwerke hoch und lag in einer trostlosen Hochhaussiedlung. Wer dort wohnte, hatte das Gefühl, in der Vorhölle gelandet zu sein. Doch der Messias würde hier noch lange auf sich warten lassen.

In dem mit Metalldraht verstärkten Glas der Eingangstür zum Treppenhaus gähnte ein sternförmiges Loch. Benter drückte die Tür auf und blickte mit Abscheu auf die Reihe der Briefkästen im Hausflur, die größtenteils verbogen an der Wand hingen, manche mit zusätzlichen Schlössern bewehrt. Die Wände im Flur waren bis an die Decke mit kunterbunten Graffiti bedeckt. Die Texte und Bilder drückten die Unzufriedenheit und Aggression aus, die in der Unterschicht der niederländischen Gesellschaft herrschen. Es stank durchdringend nach Urin.

Zu ihrer Überraschung funktionierte der Lift, der sie in den vierten Stock brachte. Die meisten Wohnungen entlang der Galerie waren leer und verlassen, einige Fenster und Türöffnungen mit Brettern vernagelt. Die Wohnungsbaugenossenschaft erwog, das Haus abreißen zu lassen.

»Charmante Gegend«, sagte Benter und zupfte einen imaginären Fussel von seinem Ärmel. Seine makellose Erscheinung wirkte in dieser Umgebung reichlich deplatziert.

»Résidence Suicide«, sagte de Wacht.

Auf halbem Wege die Galerie entlang hielt de Wacht Benter auf. »Stell dir vor, dass Bombi tatsächlich seine früheren Kameraden auf dem Gewissen hat …«

»Wieso? Hast du Angst? Willst du umkehren?«

»Ich habe keine Angst, aber ich bin vorsichtig. Ich meine, wir sollten gut aufpassen.«

»Das machen wir.« Benter klopfte de Wacht ermutigend auf die Schulter.

Bombis Wohnung war die letzte an der Galerie.

De Wacht drückte auf die Klingel neben der Eingangstür.

Von drinnen war kein Geräusch zu hören.

Er klopfte an die Tür.

Keine Reaktion.

Benter drängte de Wacht zur Seite und hämmerte mit der Faust an die Tür. Daraufhin wurden hinter der Tür Lebenszeichen wahrnehmbar. Sie hörten ein Schlurfen und die Tür wurde einige Millimeter geöffnet. Im Spalt erschien ein misstrauisches Auge.

»Was gibt's?«

Die Stimme klang, als hätte ihr Besitzer gerade eine

Portion Kohlenstaub eingeatmet. Doch das konnte auch an Bombis Limburger Dialekt liegen.

Benter lächelte einnehmend. Ein Lächeln, das normalerweise seinen Kunden vorbehalten war und die Funktion hatte, ihnen das gute Gefühl zu vermitteln, mit ihren Problemen bei dem einzig guten Berater unter lauter Pfeifen gelandet zu sein.

»Anton?«

»Was willst du?« Die Tür wurde ein paar Millimeter weiter geöffnet.

»Kennst du uns noch? Fred Benter und Donald de Wacht.«

»Haut ab.«

Aufgrund seines Limburger Akzents klang dies wie eine freundliche Aufforderung.

»Wir wollen nur mal kurz mit dir reden ...«

Mit einem Knall wurde die Tür zugeschlagen. Benter und de Wacht schauten sich ratlos an.

Kurze Zeit später ging die Tür wieder auf. Überrascht blickten sie auf Anton ›Bombi‹ Rondeel, dessen braunes Gesicht und sein ebenso gebräunter, magerer Oberkörper einen Kontrast zu seiner hellblauen Pyjamahose bildeten. Er musterte sie mit dem Blick eines atheistischen Werftarbeiters, den die Zeugen Jehovas in seiner Sonntagsruhe stören.

»Lass uns doch kurz reingehen, Bo... äh ... Anton, da lässt sich's leichter reden«, sagte de Wacht.

Er war nervös und es kostete ihn Mühe, den Satz wie eine entspannte Bitte klingen zu lassen. Bombi zögerte einen Moment, trat einen Schritt beiseite und deutete vage in Richtung Wohnzimmer.

Vielleicht hätte ein Innenarchitekt mit einem unbegrenzten Budget etwas an der niederschmetternden Trostlosigkeit von Bombis Wohnung ändern können. Der nackte Estrich war mit zwei Teppichen und einigen Stücken Segeltuchplane bedeckt. Die wackligen Möbel aus Spanplatten mit Teakholzdekor standen in schrillem Kontrast zu dem luxuriös gestalteten Sonnenschutz. Ein zwei Meter hoher Kühlschrank stand wie ein Tresor mitten im Wohnzimmer. Bombi ging hin und öffnete die Tür des oberen Fachs. Er setzte eine Tüte Orangensaft an den Mund und trank mit lautstarken Schlucken. Benter und de Wacht bot er nichts an.

In der unteren Hälfte bewahrt er sicher seine Tiefkühlmahlzeiten auf, dachte Benter.

Das Zimmer stank nach einem ungeregelten Leben ohne frische Luft. Bombi stellte den Tetrapak zurück, rülpste und ließ sich in einen Lehnstuhl fallen, in dem er tief versank.

Abgesehen von seiner gesunden Farbe hatte sich Bombi kaum verändert. Klein, mager, nervös die Hände reibend, ruhelos, geladen. Das war noch immer typisch Bombi. Benter und de Wacht erkannten beide zugleich die aufgestaute Energie, die von einer schwelenden Wut genährt wurde. Es schien, als brenne Feuer hinter seinen dunklen Augen. Fast dreieinhalb Jahre in der Zelle hatten es nicht auslöschen können.

Donald de Wacht lehnte an einem Türpfosten neben der Küche und betrachtete Bombi aufmerksam. Fred Benter saß mehr oder weniger Bombi gegenüber, die Füße auf einer roten Tischplatte aus Formica. Er kippelte auf den hinteren Stuhlbeinen herum.

Eine ganze Weile sprach keiner ein Wort.

»Wir haben gehört, dass du wieder draußen bist«, sagte Benter.

»Stimmt«, antwortete Bombi.

Dann war es wieder eine Zeit lang still. De Wacht hoffte, dass Bombi ihnen etwas zu trinken anbieten würde. Plötzlich erschien es ihm lächerlich, wenn nicht sogar beleidigend, mit ihm über ihren Verdacht zu sprechen.

»Du siehst gut aus«, übernahm de Wacht.

Bombis Blick verdüsterte sich. »Wenn ihr euch Sorgen um meine Gesundheit macht …«, begann er.

Benter fiel ihm grob ins Wort: »Nein, natürlich nicht. Es geht darum, dass kurz nach deiner Freilassung Mischa Baarl, Jacob Klinker und Frank Doven ermordet wurden.«

Bombis Reaktion bestand aus einem leichten Achselzucken.

»Und weil zwei plus zwei vier ist, sitzen wir jetzt hier und reden mit dir«, fuhr Benter fort.

Bombi öffnete und schloss den Mund, wie ein Fisch in einem Aquarium, das lange Zeit nicht sauber gemacht worden war. »Blödes Gerede«, brachte er schließlich hervor. Und dann: »Ist Baarl auch ermordet worden? Das habe ich noch nicht einmal gewusst.«

Er schien wirklich erstaunt zu sein. Benter und de Wacht wechselten einen kurzen Blick.

»Mischa Baarl wurde am 1. August in Zwolle in Fetzen geschossen, irgendwann zwischen halb neun und neun Uhr abends. Genau eine Woche später wurde Jacob Klinker in einem Fass mit Altöl gefunden, ebenfalls in den Abendstunden. Frank Doven wurde am 28. August auf den Trip seines Lebens geschickt. Richtung Jenseits. Das geschah allerdings morgens«, sagte de Wacht.

»Die Frage ist, wo warst du an diesen Tagen und zur jeweiligen Zeit?«

Bombi schaute Benter überrascht an.

»Das geht euch einen Scheißdreck an.«

»Das geht uns allerdings einen Scheißdreck an«, sagte Benter, »aber weil es dich angeht, sitzen wir hier.«

Er klang beinahe fröhlich. Er nahm die Füße vom Tisch und beugte sich hinüber zu Bombi.

»Drei Menschen, die wir alle früher kannten, wurden auf reichlich bizarre Weise ermordet, Anton. Menschen, die etwas miteinander gemeinsam hatten. Aber was hatten sie denn gemeinsam? Ein Kneipenbesitzer, ein angesehener Rechtsanwalt und ein Drogendealer? Sie waren alle an der Aktivistenbewegung beteiligt. Sie haben Häuser besetzt, Flugblätter und Plakate geklebt, bei Demos vielleicht mit Steinen geworfen und sind ab und zu in die Zellen an der Beekstraat gesteckt worden. Was hatten sie sonst noch gemeinsam? Sie haben die Szene verlassen, weil sie sich aus verschiedenen Gründen mit dieser Welt nicht mehr identifizieren konnten. Sag mir, wenn ich mich irren sollte, Anton.«

Bombi zuckte mit den Schultern. »Überall werden Menschen ermordet ...«, begann er.

»Aber da ist noch mehr«, fuhr Benter fort. »Sie hatten also die besten Jahre ihres Lebens geopfert –«, innerlich lachte er über diese pathetische Ausdrucksweise, »– in ihrem Kampf gegen Ausbeuter, Unterdrücker und anderes kapitalistisches Gesindel. Und was passiert dann?«

Bombi runzelte fragend und ein wenig nervös die Augenbrauen.

»Sie liefen selbst auf die Seite der Kapitalisten über!« Benter rief den letzten Satz fast triumphierend aus.

»Aber Frank Doven ...«

»Frankie war der Schlimmste von allen. Er verdiente Geld auf Kosten von Menschen, die keine andere Wahl mehr hatten. Du weißt doch, wie so ein Dealer vorgeht? Potenzielle Kunden bekommen zuerst einen kräftigen Rabatt oder gratis Drogen, und wenn sie dann einmal am Fliegenfänger hängen, geht er mit dem Preis hoch.«

»Und?« Bombis Stimme klang nun ziemlich erstickt.

»Wir haben hier also drei Leute, die Vorhut der Szene, die zum Feind übergelaufen sind. Also Verräter. Deserteure. Und was steht auf Desertion, Bombi?«

Benter war zu Bombis Spitznamen übergegangen. Bombi schien es noch nicht einmal zu merken. Er gab keine Antwort.

»Die Todesstrafe. Deserteure werden einfach umgebracht«, sagte Benter ruhig, indem er seine eigene Frage beantwortete, ohne Bombis Reaktion abzuwarten.

»Wer tut so etwas? Wer ist kaltblütig genug, einen Menschen in Öl zu ertränken, jemandem den Kopf vom Rumpf zu schießen oder jemanden mit Heroin voll zu pumpen? Wer, Bombi? Wer ist fanatisch genug, diese Art von Dingen zu tun? Wer aus der Zeit von früher gehört noch immer zu demselben furchtlosen, gestählten Kader, der diese Welt aus den gierigen Klauen des Großkapitals rettet?«

Benter schwieg einen Augenblick.

»Findest du es nicht merkwürdig, dass wir ausgerechnet auf dich gekommen sind?«

Bombi sagte nichts und starrte auf seine Hände. De Wacht hielt den Atem an, als erwarte er, dass Bombi jetzt ein Geständnis ablegen würde. Benter war erstaunt darüber, dass er den Jargon der Vergangenheit noch so reibungslos reproduzieren konnte.

»Ich habe euch nichts zu sagen«, erwiderte Bombi nur.

»Wo warst du zu dem Zeitpunkt der Morde, Bombi?«, fragte Benter leise.

Bombi hob den Blick von seinen Händen. Er schüttelte den Kopf. Lächelte sogar.

»Jungs«, sagte er, »ihr gebt euch redliche Mühe. Als Amateurfahnder seid ihr gar nicht mal so schlecht. Aber ihr seid hier wirklich an der falschen Adresse.«

Bombi stand auf, um seine Besucher hinauszubringen. Doch Benter und de Wacht rührten sich nicht. Bombi seufzte und ließ sich wieder in den Sessel sinken.

»Gut, du weißt, wie ich bin. Aber solche Sachen mache ich nicht. So fanatisch bin ich nicht. Jedenfalls nicht mehr. So viele Leute von damals sind aus der Bewegung ausgestiegen. Aber nicht alle sind Verräter. Was ist denn überhaupt so Verräterisches an einem Gastwirt? Oder einem Rechtsanwalt oder einem Junkie?«

»Wenn du nichts zu verbergen hast, warum erzählst du uns dann nicht einfach, wo du dich zu der Zeit herumgetrieben hast?«, erwiderte Benter hartnäckig.

»Du warst jedenfalls in den Niederlanden«, sagte de Wacht. »Denn du musstest hier bleiben wegen deines Hafturlaubs. Verbessere mich, wenn ich etwas Falsches sage.«

Benter setzte noch einen drauf.

»Aber natürlich war Anton in den Niederlanden«, sagte er, »denn er ist zu der fraglichen Zeit in Arnheim gesehen worden. Er kann also zum Beispiel niemals in Frankreich gewesen sein.«

Bombi streckte seine Arme himmelwärts, als wolle er den beiden anderen die Absolution erteilen. De Wacht bemerkte, dass er schmutzige Fingernägel hatte.

»Gut, Donald und Fred.«

Als könne die Vertraulichkeit, die er durch die Nennung ihrer Namen bewirkte, eine versöhnliche Wirkung haben.

»Wenn die erfahren, dass ich im Ausland war, muss ich sofort wieder zurück nach Esserheem. Können wir keinen Deal machen?«

De Wacht löste sich vom Türpfosten, zog einen Stuhl heran und setzte sich Bombi gegenüber. »Was für einen Deal?«

»Ihr haltet den Mund über Frankreich, und ich sage euch im Gegenzug, was ich über die Sache denke.«

Bombis geradlinige Art zu denken war noch immer verblüffend.

»Zumindest falls du wirklich in Frankreich warst. Wo warst du denn, wenn man fragen darf?«

Bombi seufzte tief. Und dann noch einmal. Erst schaute er de Wacht an, dann Benter.

»Ich bin mit Bart auf dem Schiff quer durch Frankreich gefahren und habe mir drei Wochen lang den Hintern abgearbeitet.«

De Wacht schaute zu Benter hinüber, der ihm zunickte. Benter kannte den Namen und würde ihn sich merken.

»Was weißt du über diese Morde?«

»Wie sieht's mit unserem Deal aus?«

»Geht in Ordnung«, sagte de Wacht.

Benter sagte: »Verschweige nichts und fasse dich kurz.«

Arnheim, Freitag, 6. September, 17.00 Uhr

»Wisst ihr etwas über die Geschehnisse rund um die Munitionszüge Anfang 1982?«

»Nein«, sagte de Wacht.

Zu dieser Zeit berichtete er gerade über einen echten Bürgerkrieg in Mittelamerika. Benter erinnerte sich vage an eine Menge Ärger im Zusammenhang mit irgendwelchen Munitionstransporten. Aber er konnte sich nicht mehr daran erinnern, was dabei das Problem gewesen war. Umwelt, Sicherheit, Politik?

»Fang einfach irgendwo an«, sagte de Wacht. »Wenn wir etwas nicht verstehen, werden wir es dir schon sagen.«

Bombi straffte den Rücken.

»Fangen wir mit dem Ende an: Es war die erfolgreichste Aktion, die je in diesem Umfang durchgeführt wurde. Der Beweis, dass die Leute an der Basis doch noch etwas bewirken können. Und außerdem wurde damals bewiesen, dass sich harte und gewaltlose Aktionen nicht unbedingt ausschließen müssen. Insgesamt hat das Ganze nur einen Monat gedauert; dann ist kein Munitionszug mehr durchgekommen.«

Er klatschte in die Hände.

»Zu dieser Zeit sind Dinge passiert, die nie in die Presse gekommen sind. Einfach weil niemand ein Interesse daran hatte. Was ich euch erzählen werde, gehört auch dazu. Ich will von euch die Garantie, dass nichts davon aus diesem Zimmer herausdringen wird.«

Er deutete mit beiden Zeigefingern auf Benter und de Wacht – sie mussten sich entscheiden.

De Wacht dachte darüber nach. Er neigte dazu, sich an seine Versprechen zu halten, und überlegte, welche

Einschränkungen ihm diese Schweigepflicht auferlegte. Benter dagegen nickte schon, bevor de Wacht angefangen hatte nachzudenken. De Wacht war sich praktisch sicher, dass Benter sich, wenn es ihm nicht in den Kram passte, später noch nicht einmal daran erinnern würde, überhaupt etwas versprochen zu haben. Geschweige denn daran, was er versprochen hatte.

Bombi setzte sich auf die Kante des Sessels.

»Versprochen«, sagte de Wacht.

Bombi sah Benter und de Wacht noch einmal mit festem Blick an.

»Es begann Ende 1981. Aus irgendeinem Grund waren die NATO-Chefs der Meinung, dass es Zeit wäre, ihre Truppen über die Niederlande mit Munition zu versorgen. Angeblich, um zu untersuchen, ob dieser Weg billiger sei, aber die wahren Gründe könnt ihr euch ja wohl denken, oder?«

Benter und de Wacht reagierten nicht.

»Es war ein Test; sie wollten ausprobieren, wie einflussreich die Friedensbewegung wirklich war. Die *Nederlandse Spoorwegen* sollten die Transporte übernehmen, nachdem die Container im Eemshafen gelöscht worden waren. Der Transport ging quer durch die Niederlande und dann bei Lobith über die Grenze zu den Amis nach Deutschland. Doch zu dieser Zeit wurden überall in Europa riesige Friedensdemonstrationen abgehalten, auch hier bei uns, weshalb der Plan zahlreiche Ereignisse nach sich zog. Im Grunde stellten die Transporte eine Art Grabbeltisch für alle dar, die etwas beweisen wollten. Rechte und Ultrarechte waren für die Transporte, da sie dadurch endlich etwas Gegengift gegen die Hollanditis versprühen konnten. Die Pseudolinken hatten etwas zu meckern wegen der undemokratischen Art der Beschlussfassung und der Gefahr für die Anwohner. Und für uns waren sie der klare Beweis dafür, dass der Militarismus versuchte, seinen Fuß weiter in die Tür zu bekommen. Also wurde zu Aktionen aufgerufen. Einfache Sache. Erfolg garantiert. Wenn in dieser Zeit überhaupt etwas bewiesen wurde, dann die Verwundbarkeit der Eisenbahn.«

Bombi machte eine kurze Pause. Zum ersten Mal, seit Benter und de Wacht hereingekommen waren, entspannte sich sein Gesichtsausdruck und der Schatten eines Lächelns umspielte seine schmalen Lippen.

»Wir konnten die Züge auf zwei verschiedene Arten stoppen. Erstens indem wir Aktionen mit großen Menschenmengen veranstalteten, Leute für Sitzstreiks auf den Schienen mobilisierten. Blockaden vor Bahnhöfen veranstalteten, Flugblätter verteilten, Plakate klebten. Das ganze Spaßpaket des spielerischen Ansatzes. Vor allem zu Anfang brachte das eine Menge Publicity. Auf diese Dinge wurde auch nicht allzu scharf reagiert. Bereitschaftspolizisten in Einsatzanzügen pikten die Leute ein bisschen, die sich an den Schienen festgekettet hatten. Das Resultat der Aktionen: enorme Verspätungen im Zugverkehr. Doch diese Taktik hat den großen Nachteil, dass man sie nur eine begrenzte Zeit durchhalten kann. Nach einer Weile lässt die Energie merklich nach. Die Transporte wurden vor allem nachts durchgeführt und dauerten eine ganze Woche. In der ersten Nacht ist alles aufregend und toll, in der zweiten kann man es auch noch aushalten, aber länger als drei Nächte auf dem Posten zu bleiben ist stinklangweilig, und außerdem war Januar und wir starben fast vor Kälte. Zudem fällt ja eine große Gruppe auf, so dass die Bereitschaftspolizei immer wusste, wo sie gebraucht wurde. Und das ersparte ihnen eine Menge Sucherei. Doch das Schlimmste war, dass man sich alle drei Wochen auf so eine Schinderei gefasst machen musste, da die Transporte jeden Monat durchgeführt werden sollten.«

Bombi schaute jetzt an Benter und de Wacht vorbei durch die großen Fenster auf einen imaginären Punkt in der grauen Ferne hinter den Neubauvierteln.

»Aktionen durchzuführen heißt, Überstunden leisten, versteht ihr das? In Dodewaard konnten wir eine Woche lang den Druck im Kessel aufrechterhalten, aber es hätte nicht viel länger dauern dürfen, und für eine so große Aktion kann man die Leute höchstens zweimal im Jahr mobilisieren ...«

De Wacht ließ seinen Blick ein wenig durchs Zimmer schweifen, als höre er nicht mehr aufmerksam zu. Das war einer seiner professionellen Tricks, um den Sprecher wieder zurück zum Thema zu bringen.

»Da denkt man sich natürlich schon bald eine Alternative aus«, fuhr Bombi fort. »Eine knallharte Aktion, durchgeführt mit einem kleinen Team.«

»Qualität statt Quantität«, sagte de Wacht.

»Genau«, erwiderte ihm Bombi.

Er schien Benters Anwesenheit zu ignorieren.

»Doch das Effektivste ist natürlich eine Kombination aus beiden Strategien. Große Aktionen als Beschäftigungstherapie für die Bereitschaftspolizei und kleine Nadelstiche, um die Spannung zu steigern.«

»Sabotage also«, sagte Benter.

»Was jetzt kommt, darf nicht aus diesem Raum hinausdringen, okay?«

Er redete sofort weiter.

»Der größte Teil dieser Nadelstiche war nur vorgetäuscht. Ein fingierter Brief mit einem Evakuierungsplan von der Gemeinde an die Bewohner eines Wohnviertels. Falscher Bombenalarm. Leere Pakete bei einem Signalposten, aus denen ein kleiner Draht heraushing. Das konnte absolut keinen Schaden anrichten. Du nennst es Sabotage, aber das ist ein typischer Ausdruck der Hetz-Presse.«

De Wacht nickte und meinte es diesmal ernst.

»Wir erreichten damit, dass der Zugverkehr in noch viel größerem Maße aufgehalten wurde.«

»Aber das war nicht genug?«, fragte de Wacht.

Bombi zuckte mit den Schultern.

»Es ging darum, ihnen klar zu machen, dass wir es ernst meinten. Von der Politik hatten wir wie gewöhnlich nichts zu erwarten. Ein paar Lokalpolitiker von der PvdA hatten zwar eine Plattform gegen die Züge eingerichtet, aber ihre eigenen Minister sägten ihnen die Beine darunter weg. Nachdem die Hälfte der Transporte durch war, wurde allerdings ein landesweites Koordinationszentrum unter der Leitung irgendeines Pseudosozialisten eingerichtet. Sofort verhärtete sich die Atmosphäre. Man ging viel gewaltbereiter gegen die Demonstranten vor und es gab die ersten Verletzten. Außerdem drohte die öffentliche Meinung umzuschlagen. In den Nachrichten sah man Zugpassagiere auf kalten Bahnsteigen stehen, die sich beschwerten, dass sie zu spät zur Arbeit kämen. Die breite Masse durfte aufmarschieren, um öffentlich zu murren.«

Er schüttelte voller Verachtung den Kopf, wirkte plötzlich sehr müde und ließ sich in den Sessel zurücksinken. Doch gleich darauf begann er, an seinem Fuß herumzupulen. De Wacht erkannte an ihm die Ruhelosigkeit eines Menschen, der lange eingesperrt gewesen war und sich nicht an die Freiheit gewöhnen konnte. Er glaubte, dass es Bombi schlechter ging, als ihm selbst klar war.

»Ich war der Meinung, es müsse etwas passieren, womit wir ihnen die Pistole auf die Brust setzten. Etwas, das ein richtig harter Brocken für sie sein sollte und was sie zur Einsicht zwingen musste, dass sie diese Transporte auf keinen Fall fortsetzen konnten. Etwas, wogegen kein Kraut gewachsen war. Mischa Baarl war mit mir einer Meinung. Man brauchte gar nicht erst zu fragen, auf ihn konnte man zählen. Wir brauchten nur fünf Leute. Mischa hatte sie schnell zusammen. Klinker war zwar gerade erst zur Bewegung dazugestoßen, doch Mischa vertraute ihm. Jacco und Mischa wohnten im selben Haus.«

»Jacco?«, fragte Benter.

»Jacob, früher hatte er eben einen etwas flotteren Namen. Frankie Doven musste auch mit dabei sein, weil er etwas von Elektrizität verstand. Er sorgte auch für das Funksprechgerät. Dann nahm Mischa noch seine Ex dazu, Hansje Dekker, die schöne Schwester von Toine.«

»Toine Dekker?«, fragte Benter ungeduldig. »Wusste er denn auch Bescheid?«

»Nein, wir hatten absolute Geheimhaltung vereinbart, es war ziemlich riskant ...«

»Haben sich alle daran gehalten?«

»Verdammt noch mal, Benter, jetzt unterbrich mich doch nicht dauernd!«, fuhr Bombi ihn an. »Jetzt lass mich doch mal meine Geschichte zu Ende erzählen, Mann!«

Benter wandte sich zu de Wacht, der Bombi mit einem neutralen Gesichtsausdruck beobachtete.

»Ihr hattet verabredet ...«

Bombi unterbrach ihn: »Ich erzähle euch jetzt meine Geschichte und ihr könnt dann selbst eure Schlussfolgerungen daraus ziehen.«

»Schon gut«, sagte de Wacht beruhigend, »erzähl weiter.«

»Kurz vor dem Aufbruch haben wir die Aktion noch einmal durchgesprochen. Jacco sollte mit dem Funkgerät bei den Gleisen Wache schieben. Frankie blieb bei uns und sollte Kontakt zu ihm halten. Er sollte auch den Polizeifunk abhören. Mischa, Hansje und ich sollten das Vorhaben ausführen. Wir hatten genügend Zeit, um alles gründlich zu besprechen, weil wir erst dann loslegen wollten, wenn der Zug sowohl die Blockade in Groningen als auch die in Deventer und Arnheim passiert hatte. Das dauerte ziemlich lange. An diesem Samstag hatte es in den Städten entlang der Munitionstransportstrecke Protestdemonstrationen gegeben und abends waren noch viele Leute unterwegs. Das war auch der Grund, warum wir unsere Aktion für diese Nacht geplant hatten. In Arnheim war es den ganzen Tag unruhig gewesen. Am Nachmittag hatten ungefähr tausend Leute demonstriert und etwa die Hälfte von ihnen war in der Stadt hängen geblieben. Das Aktionszentrum hatte eine nächtliche Blockade auf dem Rangiergelände als Abschluss der Aktionswoche organisiert. Die Atmosphäre war ganz schön angeheizt, denn das war die letzte Chance, etwas zu unternehmen. Es sollte noch ein Zug kommen, dann aber war die Schiffsladung vollständig gelöscht. Man hatte die Absicht, den Zug in Arnheim an der Weiterfahrt zu hindern. Da dies möglicherweise misslingen würde, wollten wir an der Bahnstrecke nach Deutschland einen Einsatz starten.

Um ein Uhr erhielten wir die Nachricht, dass der Zug in Arnheim angekommen sei. Acht Waggonladungen Kriegsmaterial und ein Waggon voller Polizisten zur Bewachung. Die Bahnlinien aus dem Norden und dem Osten treffen in Arnheim kurz hinter der Stadtgrenze zusammen und verlaufen danach einen oder zwei Kilometer weit auf derselben Trasse. Alles, was von Norden nach Osten geht, muss also rangiert werden. Sobald der letzte Zug Arnheim erreicht hatte, wurde das Rangiergelände gestürmt, so dass der Weg zurück abgeschnitten war.

Gegen zwei Uhr nachts machten wir uns in zwei Gruppen auf den Weg. Bessere Voraussetzungen hätten wir uns gar nicht wünschen können. Die Kneipen machten um zwei Uhr dicht und so fielen wir in dem ganzen Verkehr nicht weiter auf. Die Bullen hatten alle Hände voll auf dem Rangiergelände zu tun sowie mit den vielen anderen Dingen, die sonst noch in der Stadt los waren. Jacco, Hansje und ich fuhren mit dem Auto, Mischa und Frankie mit dem Motorrad. Mischa hatte uns etwas Werkzeug im Kofferraum mitgegeben –«, er zögerte, »– schwere Sachen: ein paar Äxte, einen Vorschlaghammer, ein Brecheisen, einen Betonschneider, solche Sachen eben.«

Kein Wunder, dass Baarl nicht im Auto mitgefahren war, dachte Benter. Er hatte wohl keine Lust gehabt zu erklären, was sie mit den Sachen vorhatten, falls sie angehalten worden wären.

»In der Nähe des Gleisabschnitts, wo sich die östliche und die nördliche Bahnlinie treffen, liegen mehrere Schulen. Wir stellten unser Auto dort auf einem Parkplatz ab und warteten auf Mischa und Frankie. Sie kamen etwas später, weil sie erst ganz sichergehen wollten, dass sie nicht verfolgt wurden. Wir sind über einen Sportplatz hinüber zu den Gleisen gelaufen. Klinker mit dem Funkgerät zuerst, um die Lage zu peilen, hundert Meter dahinter Mischa und ich und als Letzte Hansje und Frankie. Bis zu den Gleisen waren es etwa dreihundert Meter. Am Ende des Sportplatzes angekommen, schnitten wir ein großes Loch in den Zaun. Dann nahm Klinker seine Position auf der anderen Seite der Schienen ein. Dort liegt eine kleine Siedlung, vor der jedoch ein tiefer Wassergraben verläuft. Außerdem versperren Bäume die Sicht, so dass wir auch von dieser Seite keine Entdeckung zu befürchten brauchten. Es war stockdunkel und immer wieder fielen Regenschauer. Als Jacco auf seinem Posten angekommen war, meldete er Frankie, alles sei okay. In diesem Moment haben wir angefangen. Unser erstes Ziel war es, die Weichen umzustellen und sie festzuklemmen. Auf diese Weise zwangen wir den Zug, umzukehren und auf demselben Weg wieder zurückzufahren. Versteht ihr die Symbolik?«

Bombi redete jetzt schnell, hielt den Blick auf den Fußboden gerichtet und pulte ununterbrochen an seinen Nägeln herum.

»Mithilfe der Brecheisen war das rasch erledigt. Zur Sicherheit haben wir auch noch die hydraulischen Leitungen der Weichen durchgehackt, so dass sie vom Hauptbahnhof aus nicht mehr bedient werden konnten.«

»Wird so ein Defekt an einer Weiche nicht im zentralen Kontrollraum angezeigt?«, fragte de Wacht.

Bombi winkte seine Frage gereizt beiseite. »Das kannst du bei den NS selber nachfragen. Aber wir hatten noch eine Überraschung für die Weiterfahrt nach Deutschland in petto. Dort ist die Strecke elektrifiziert und es wäre doch nett gewesen, wenn der Bahnverkehr nach Deutschland für eine Weile komplett blockiert gewesen wäre. Frankie hatte einen tollen Plan. Die elektrischen Oberleitungen hängen an Trägerkabeln, werden aber zwischen den einzelnen Haltepfosten gespannt. Über eine Kabelrolle werden sie mit Eisengewichten an den Seitenpfosten stramm gezogen. Unser Plan sah vor, die Kabel zu durchtrennen, an denen die Gewichte hingen. Frankie meinte, dann würde das gesamte Leitungssystem runterkommen. Das Problem war allerdings, dass wir nur schwer an die Kabel drankamen, weil sie so hoch hingen. Dafür brauchten wir Hansje, die leicht und beweglich war. Sie kletterte auf meine und Mischas Schultern und zog sich dann an den Streben des Pfostens weiter nach oben. Danach stellte ich mich auf Mischas Schultern und reichte ihr eine Eisensäge und den Betonschneider an. Wir beide blieben unten stehen, um sie aufzufangen, falls sie sich plötzlich hätte fallen lassen müssen. Wir hatten keine Ahnung, was passierte, wenn sie das Stahlkabel durchgesägt hätte, also musste sie sicher springen können, falls die Sache außer Kontrolle geriet.

Sie hatte gerade angefangen zu sägen, als Jacco über das Funkgerät Alarm schlug. Polizei! Er rief, wir sollten machen, dass wir wegkämen. Mischa und ich waren vor Schreck wie gelähmt, aber Hansje sprang sofort. Doch sie blieb mit einem Fuß hängen und fiel beinahe kopfüber an uns vorbei. In unserer Verwirrung reagierten wir nicht schnell genug und konnten sie nicht richtig auffangen. Wir konnten ihren Fall zwar abbremsen, aber sie schlug mit dem Kopf auf die Schienen. Gleich darauf tauchte Jacco auf, der die ganze Zeit rief, die Polizei sei ihm dicht auf den Fersen. Wir zogen Hansje hoch und schleppten sie in unserer Mitte weg. Sie war leicht betäubt von dem Aufprall und sie hinkte, aber sie konnte einigermaßen laufen.«

»Wo war Doven?«, fragte Benter.

»Weg. Er verschwand sofort in der Dunkelheit, als er Jacco über das Funkgerät rufen hörte. Er ließ sich die Böschung hinunterrollen und wir sahen ihn erst ein paar Stunden später wieder. Er war zu seinem Motorrad gerannt und ohne auch nur eine Sekunde Zeit zu verlieren davongefahren.«

»Was geschah mit euch?«

»Jacco rannte an uns vorbei, während wir versuchten, mit Hansje zusammen zu entkommen. Zwanzig

Meter hinter ihm kamen schon die Bullen. Na ja, natürlich waren es keine normalen Bullen. Sie sahen eher aus wie Gangster. Sie trugen Sturmhauben, genau wie wir übrigens, und eine Art Trainingsanzüge, ganz in Schwarz. Auf der Brust stand in großen, leuchtenden Buchstaben POLIZEI. Sie hatten das besondere Arnheimer Sondereinsatzkommando auf uns gehetzt. Auf jeden Fall waren Mischa, Jacco und ich leichte Beute für sie. Noch auf den Schienen holten sie uns ein. Sie packten uns von hinten, so dass wir Hansje loslassen mussten. Mischa fing sofort an, mit ihnen zu kämpfen, darin war er gut. Hansje stolperte weiter, während wir uns mit ungefähr vier von den Scheißkerlen herumschlugen. Das alles geschah an der Südseite, wo wir hergekommen waren. Jacco war nach Norden in Richtung Siedlung geflüchtet. Wir hörten, wie er durch den Graben platschte. Hansje hatte das gesehen und versuchte, ihm hinterherzurennen, wahrscheinlich weil sie hoffte, dass Jacco ihr weiterhelfen würde. Ich erzähle jetzt alles genau so, wie es passiert ist, aber in Wirklichkeit ging alles viel schneller, versteht ihr?«

Benter und de Wacht nickten, ohne ein Wort zu sagen.

»Mischa und ich hatten natürlich keine Chance. In null Komma nichts lagen wir mit der Nase auf den Bahnschwellen, die Arme auf den Rücken gedreht. Doch wir wehrten uns so gut wir konnten und Mischa trat einem von den Schweinen mitten ins Gesicht.«

Bombi rieb sich mit der Hand über das Gesicht. Er sank ein wenig in sich zusammen und seufzte, als sammle er Mut zum Weiterreden.

»Wir machten einen Riesenradau und zu allem Überfluss tauchte auch noch ein Hundeführer mit so einem kläffenden und knurrenden Biest an der Leine auf. Hansje war noch ganz benommen von dem Sturz auf den Kopf, geriet durch die Verfolgung in Panik, fühlte sich von dem Hund gehetzt, und wenn wir nicht so laut geschrien hätten … wenn, wenn, wenn … Wir hörten den Zug nicht kommen, wie wir da so auf dem Boden lagen. Einer der Kerle, der uns festhielt, schrie voller Panik den anderen zu, sie sollten sie aufhalten. Als wir die Köpfe hoben, sahen wir, dass Hansje sich umschaute, halb strauchelte, und plötzlich war dieser Zug da. Er fuhr nicht mit voller Geschwindigkeit, aber sie konnte sich nicht mehr rechtzeitig aufraffen. Es war ein ganz normaler Güterzug, der aus dem Norden kam, und ehrlich, für uns kam er ebenso unerwartet wie für sie. Nur, dass sie davor lag. Mindestens zwanzig Waggons sind über sie drübergefahren.«

Bombi drehte sich auf seinem Sessel um. Seine Stimme hatte merkwürdig sanft geklungen. Benter räusperte sich.

»Von dieser Geschichte ist tatsächlich nichts an die Öffentlichkeit gedrungen. Was geschah dann weiter mit euch?«

»Der Zug fuhr noch ein Stück weiter, bevor er zum Stehen kam. Wir lagen noch immer auf dem Boden und man drückte unsere Köpfe wieder runter, bis der Chef der Truppe zu uns kam. Wir hörten, dass er zwei Mann losschickte, dem Zug hinterher. Ungefähr eine Minute lang beratschlagte er flüsternd mit den anderen.«

»Wie viele waren es?«, fragte de Wacht.

»Ich dachte, acht, Jacco hatte nur sechs gesehen und Mischa …« Den Rest seiner Antwort wischte er mit einer Handbewegung beiseite. »Aber das spielt auch gar keine Rolle. Der Chef kam zu uns und befahl uns, aufzustehen. Wir wollten uns umdrehen, aber sie sagten wortwörtlich: ›Haut ab! Sollten wir euch noch einmal erwischen, könnt ihr was erleben. Und merkt euch das gut: Ein Wort und es geht euch an den Kragen. Denkt immer daran, dass ihr nie hier gewesen seid.‹ Mischa wollte noch etwas sagen, bekam aber sofort eins mit dem Schlagstock übergezogen. Sie brachten uns zum Loch im Zaun und danach mussten wir wegrennen.«

Benter fischte eine Zigarette aus seiner Tasche und suchte nach Feuer.

»Mischa und ich sind mit dem Auto zurückgefahren. Unsere erste Sorge war, Jacco und Frank wieder zu finden. Jacco haben wir unterwegs zu Fuß getroffen und mitgenommen. Frank machte Probleme, denn er war nirgends zu finden. Bis ungefähr fünf Uhr morgens haben wir die ganze Stadt abgesucht. Er rief dann an, als wir bei Mischa zu Hause saßen. Er war mit dem Motorrad zu Freunden in die Achterhoek gefahren. Als er hörte, was passiert war, kam er sofort wieder zurück.

Morgens um halb sieben besprachen wir alle gemeinsam, was wir tun sollten. Man hatte uns gehen lassen, aber irgendetwas war faul daran. Am nächsten Tag hörten wir von den Bewohnern des *Bolwerck*, dass die Polizei bei ihnen gewesen sei, um ihnen mitzuteilen, dass Hansje Selbstmord begangen hatte. Toine war schon zu seiner Mutter unterwegs. Erst in diesem Moment wurde uns richtig klar, dass wir uns an diese Version der Geschichte würden halten müssen. Hansje hatte Selbstmord begangen. Das war alles, was in jener Nacht geschehen war. Wir waren nicht dort gewesen und die Polizei auch nicht. Ein unsichtbarer Deal: Beide Seiten hatten Interesse daran, dass weiter nichts bekannt wurde.«

De Wacht fragte: »Habt ihr danach noch weiter darüber geredet?«

Bombi starrte den Teppich an.

»Kaum. Mischa meinte, uns drohe eine lange Zeit im

Knast, wenn wir unsere Geschichte ausposaunen würden. Man würde uns für die Aktion einlochen und uns außerdem die Sache mit Hansje anhängen. Hansje sei tot, daran könne kein Mensch mehr etwas ändern. Wenn wir in den Knast gingen, würde ihr das keinen Deut helfen. Wir könnten auch keine Märtyrerin aus ihr machen, denn wir hätten selbst auch Schuld daran. Niemand wandte etwas dagegen ein.«

De Wacht fragte mit gedämpfter Stimme: »Weiß außer euch noch jemand, was damals in Wirklichkeit passiert ist?«

»Außer den Bullen weiß es niemand. Es stand noch nicht einmal in der Zeitung, dass die Weichen manipuliert worden waren.«

De Wacht fragte: »Und was nun?«

»Von dieser Gruppe sind inzwischen, Hansje eingerechnet, vier Leute tot. Das ist auffällig. Es fing an, als ich aus dem Knast kam, das gebe ich zu. Ich zermartere mir das Gehirn, um dahinter zu kommen, was das zu bedeuten hat, aber ich tappe im Dunkeln. Im Grunde bin ich der Einzige, der ein Motiv haben könnte. Hansje und ich waren damals zusammen. Wir waren total verliebt ineinander. Wenn ihr demnächst hört, dass ich untergetaucht bin, dann wisst ihr warum. Dann habe ich aufgehört, mir über das Warum den Kopf zu zerbrechen, und denke nur noch an mich selbst. Ich bin der Einzige aus der Gruppe, der noch am Leben ist.«

Er machte ein Gesicht, als würden ihm die Konsequenzen dieser Feststellung jetzt erst in ihrer ganzen Tragweite klar.

Benter stand auf und blickte Bombi aufmerksam an. »Wer hat die Aktion verraten?«, fragte er.

Bombi lachte verbittert. »Das weiß ich nicht. Vielleicht war das Ganze auch nur ein Zufall.«

»Jetzt sag schon. Nenne uns einen Namen.«
»Kennt ihr Licia Vanhoucke?«
»Ja«, sagte Benter, »entfernt.«
»Warum glaubst du, dass diese Licia Vanhoucke die Sache verraten hat?«
»Ich bin vielleicht in mancher Hinsicht durchgeknallt, aber für Unzuverlässigkeit habe ich einen sechsten und siebten Sinn. Ich kann nichts beweisen, aber Licia würde ich niemals über den Weg trauen.«
»Warum nicht?«, fragte de Wacht, überrascht von Bombis fester Überzeugung.
»Seit sie mit Hansje befreundet war, wurden zwei Hausbesetzungen verraten, Aktionen, an denen auch Hansje Dekker beteiligt war. Hansje war eine Klatschbase, das war in der Bewegung bekannt. Sie hat bestimmt mit Licia Vanhoucke darüber gesprochen. Sie wohnten im selben Haus. Diese belgische Zicke hatten wir schon damals auf dem Kieker. In der Radiogruppe war sie schon als verseucht erklärt worden. Mit Recht. Ein paar Wochen nach Hansjes Tod machte sie übrigens die Biege. Offensichtlich hatte sie begriffen, dass sie rausgeworfen werden sollte.«
»Hast du danach noch einmal etwas von ihr gehört?«
»Nein. Ich glaube, sie wohnt immer noch in Arnheim. Vielleicht aber auch nicht, schließlich war ich eine Zeit lang von der Bildfläche verschwunden, wie ihr ja wisst.«
Benter und de Wacht sahen sich schweigend an.
»Wollt ihr etwas trinken?«
Er stand auf und ging zum Kühlschrank. Er öffnete die obere Tür, holte eine Dose Bier heraus und schaute Benter und de Wacht fragend an.
Benter lehnte mit einer Geste sein Angebot ab. Er rieb sich die Augen und holte ein Päckchen Gitanes hervor.

»Also weiß niemand sonst von dieser Geschichte mit dem Zug?«, fragte er und zündete sich eine Zigarette an. »So etwas kann man doch nicht lange geheim halten?«

Bombi warf die Kühlschranktür zu.

»Wieso nicht?« Er sah aus, als versuche er, den Sinn von Benters Frage zu erfassen.

»Wir hatten nicht das geringste Interesse daran, dass unsere Aktion bekannt wurde. Ich habe jedenfalls den Mund gehalten.«

»Du vielleicht schon, aber wie steht es mit Frank? Oder Jacob? Oder vielleicht sogar Mischa? Wusste Frank Doven, was er redete, wenn er auf Droge war? Oder Mischa, den ich gelegentlich sturzbesoffen auf Händen und Füßen aus einer Kneipe habe herauskrabbeln sehen? Der konnte sich am nächsten Tag noch nicht einmal mehr daran erinnern, was passiert war, geschweige denn, was er so alles gesagt hatte.«

Bombi ließ sich seufzend in den Lehnstuhl fallen. Wenigstens etwas, das ihm eine Stütze bot.

»Und selbst wenn sie nicht geredet haben«, fuhr Benter fort, »stell dir vor, dass es durchgesickert ist. Na und? Warum will irgendein Verrückter euch alle unbedingt umbringen?«

Bombi sackte in sich zusammen, als Benter das ›euch‹ so betonte. »Gute Frage. Ruf mich an, wenn du die Antwort weißt.«

Benter schaute auf die Uhr. »Don, wir gehen. So kommen wir nicht weiter.«

»Okay.«

Bombi stand nicht von seinem Sessel auf. Er hob die Hand zum Abschiedsgruß und starrte schon zum Fenster hinaus, bevor sie das Zimmer verlassen hatten.

»Haben wir ihn nicht zu hart angefasst?«, fragte de Wacht, als er mit Benter die graue Galerie entlanglief.

Benter zuckte mit den Schultern. »Ein ganz regulärer Bodycheck«, antwortete er, »hart, männlich, aber fair.«

De Wacht schüttelte zweifelnd den Kopf.

»Wir mussten ihn ja nicht besonders stark unter Druck setzen, damit er mit dem Namen Licia Vanhoucke herausrückt«, sagte Benter.

»Vielleicht vertraut er uns.«

»Falls er noch einen Funken Verstand besitzt, sollte Bombi keinem Menschen vertrauen.«

»Was meinst du? Ist Bombi unser Mann oder steht er als Nächster auf der Liste?«

»Ich befürchte, dass Bombis Name der letzte auf der Liste ist.«

De Wacht nickte.

»Bombi hat mehr Probleme als du und ich zusammen. Er sitzt ganz schön in der Klemme.«

»Na ja. Darin kennt er sich wenigstens aus.«

Zwolle, Montag, 9. September, 8.30 Uhr

Vorsichtig löste sich Donald de Wacht von seiner Exfrau Ella, die neben ihm unter dem Deckbett leise schnarchte. Kissen und Decke dufteten nach ihrem Parfüm.

Sie seufzte kurz, drehte sich um und schlief weiter.

De Wacht zog eine Trainingshose und ein Sweatshirt an und ging auf bloßen Füßen die Treppe im Flur hinunter, um die Morgenzeitung aus dem Briefkasten zu holen. Schnaufend kam er wieder herauf, drehte sich eine Zigarette und bereitete sich in einem kleinen Perkolator einen Espresso zu.

Danach setzte er sich an den riesigen Tisch in seinem Wohnzimmer und versuchte, die Zeitung zu lesen. Doch er konnte sich nicht konzentrieren. Seine Gedanken wanderten zurück zu dem ziemlich panischen Anruf von Ella am gestrigen Abend. Sie rief nicht häufig, aber doch regelmäßig an, wenn es ihr schlecht ging. De Wacht vermutete, dass sich hinter der endlosen Reihe von Partys, Skiurlauben, exotischen Diners und den ewigen Flirts reichlich viel Langeweile und Oberflächlichkeit verbargen.

Also rief sie von Zeit zu Zeit Donald de Wacht an, ihren ›einzigen echten Freund‹, und zog für eine Weile bei ihm ein. Nach ein paar Tagen oder Wochen hatten sie genug voneinander und Ella kehrte wieder in ihr Penthouse mit sechs Zimmern und Blick auf den Rhein zurück.

Gestern Abend jedoch hatte Ella eine beunruhigende Menge Gepäck mitgebracht, bestehend aus drei Koffern und einem Beautycase. Sie war mit dem Taxi aus Arnheim gekommen. Es ginge ihr viel zu schlecht, um selbst zu fahren, sagte sie sofort beim Aussteigen. Ihre Koffer hatte de Wacht die Treppen hinaufgeschleppt. Beim Hereinkommen hatte er sie fragend angeschaut, aber Ella hatte sich einfach nur an den Tisch gesetzt und angefangen zu weinen, lautlos und mit zuckenden Schultern. Schweigend schob de Wacht einen Stuhl neben sie.

Nach einer Weile seufzte sie: »Donnie, was ist denn nur schief gelaufen?«

De Wacht hatte da so seine eigenen Theorien, vermutete aber, dass sie sie nicht hören wollte. »Ist doch alles halb so wild.«

De Wacht hatte ihr zerstreut übers Haar gestrichen und zwei Flaschen kaltes Bier geöffnet. Ihre Wimperntusche war ihr über die Mundwinkel hinunter bis zum Kinn gelaufen. Sie hatte die Flasche genommen, das Glas ignoriert und das Pils in einem Zug ausgetrunken. Diese Ella hatte de Wacht damals geliebt. Danach hatte sie ihr Beautycase geschnappt und war dann, noch ein wenig nachschniefend, aber ohne ein Wort zu sagen, in de Wachts Schlafzimmer gegangen und hatte seinen Morgenmantel angezogen. De Wacht hatte sie ein wenig im Bad herumplantschen und nach einer Weile sogar summen gehört. Eine Viertelstunde später war sie mit einem schüchternen Lächeln in der Tür erschienen.

»Lass uns ins Bett gehen.«

De Wacht, der Melodramen hasste, nahm erleichtert eine kurze Dusche und ging dann ins Schlafzimmer.

De Wacht trank seinen Espresso aus, rasierte sich und ging ins Schlafzimmer, um sich anzuziehen. Ella wachte auf. Er setzte sich auf den Bettrand und streichelte ihre Wange. »Na, wie geht's dir?«

Sie lächelte schwach. »Besser.«

De Wacht stand auf. »Ich muss jetzt in die Redaktion.«

Er zögerte. »Du weißt ja, wo alles ist. Der Schlüssel …«

»Ich weiß. Wann kommst du wieder?«

»Ich rufe dich so bald wie möglich an.«

»Okay.«

Sie drehte sich behaglich um.

»Ich liebe dich immer noch, Donnie.«

De Wacht nickte und zwinkerte ihr zu.

Mit dem Zwinkern wollte er sagen: Wir wissen es besser, wir beide, du und ich.

Bis vor etwa zehn Jahren hatte im Redaktionsraum eine chaotische, wenn auch teilweise kultivierte Atmosphäre geherrscht. Sie war geprägt von zahlreichen ratternden Schreibmaschinen und Telex-Geräten, Layoutern, die wütend mit den Redakteuren diskutierten, unaufhörlich läutenden Telefonen, schnellen Telefongesprächen (wie, was, wo, warum, wann, wie und danke für die Information) sowie Bürochefs, die mit angespannten Gesichtern aus der Morgenkonferenz kamen und nervös an ihrer Zigarette zogen. Es war eine, wenn auch teilweise kultivierte, Welt wie in einer Karikatur.

Dieses gesellige Durcheinander existierte heute nur noch in der Erinnerung. Die Schreibmaschinen waren durch PCs ersetzt worden und die Telefone zirpten wie überreizte Grillen. Die Layouter beugten sich im Souterrain über ihre steril beleuchteten Arbeitstische. Die Redaktion war in den eisigen Griff der Effizienz geraten.

Es war inzwischen halb zwei. Donald de Wacht hatte den Morgen mit Recherchen im Archiv verbracht. Er hatte eine Todesanzeige von Hansje Dekker gefunden (›Vollkommen unerwartet ist sie von uns gegangen …‹), deren Datum mit den Geschehnissen, von denen Bombi erzählt hatte, übereinstimmte. Über die große Demonstration war viel geschrieben worden, doch über eine Sabotageaktion hatte er kein Wort entdeckt. Außerdem hatte er inzwischen bei seinem Kollegen, der für Polizeiangelegenheiten zuständig war, nachgefragt, ob es in der Sache Baarl irgendwelche Fortschritte gebe. Dieser berichtete, dass man im Präsidium vorhatte, die Ermittlungen nur noch auf Sparflamme weiterlaufen zu lassen. Ein Anruf beim Polizeipressesprecher in Arnheim brachte ebenfalls nichts Neues. Die Ermittlungen in den beiden Mordfällen Doven und Klinker dauerten an. De Wacht wusste, was damit gemeint war. Man kam also nicht voran. Nach dem Besuch bei Bombi hatte er mit Benter bis tief in die Nacht hinein über die Geschichte diskutiert, doch viel war nicht dabei herausgekommen. Noch nicht einmal die Frage, ob sie Bombi vertrauen konnten, hatten sie eindeutig geklärt. Beim letzten Glas hatte de Wacht mit unheilschwangerer Stimme bemerkt, er habe gar kein gutes Gefühl bei der Sache.

Für heute beschloss er, erst einmal nach Hause zu gehen.

Er blieb kurz vor seiner Tür stehen, hörte aber keinen Laut. Er öffnete die Tür und wartete ein paar Sekunden in der Diele.

»Ella?«

Nichts.

»Ella?«

Keine Reaktion.

Rasch schaute er sich im Wohnzimmer um. Die Zeitung, die er vor ein paar Stunden zu lesen versucht hatte, war ordentlich zusammengefaltet, der leere Kaffeebecher stand im Abtropfregal in der Küche. Er wollte gerade ins Schlafzimmer gehen, als das Telefon klingelte.

Und praktisch im selben Moment hörte er hinter sich den Schlüssel im Haustürschloss.

»De Wacht.«

»He, alter Schreiberling, ich bin's, Fred, ich …«

»Warte mal einen Moment, Fred.«

Ella kam mit einer großen Plastiktüte herein. Er zwinkerte ihr zu. Sie ging zu ihm hinüber, kniff ihn zart in den Nacken und pikte ihm spielerisch mit dem Zeigefinger in den Bauch. »Dickes Schweinchen«, flüsterte sie.

Es klang, als sei sie ganz heiß auf dicke Schweinchen.

»Groink, groink«, machte de Wacht.

»Was?«, rief Benter durch den Hörer.

»Störung in der Leitung«, sagte de Wacht. »Was gibt's?«

»Elsbeth Larue. Da gehen wir hin. Samstagnachmittag im *Qotz*.«

»Elsbeth Larue? *Qotz*?«, wiederholte de Wacht. »Wovon redest du?«

Mit den Augen folgte er Ella, die ins Schlafzimmer ging. Sie ließ die Tür offen stehen.

»In der Hauskneipe des *Bolwerck* wird eine Ausstellung von Elsbeth Larue eröffnet, wichtigste Exponentin einiger kontemporärer … äh … Marginalien. Warte, hier steht es. Subversive Kunst. Sagt dir das etwas?«

»Nein, aber das heißt überhaupt nichts.«

Benter las weiter.

»Kunst, die knallt. Kunst, die kreischt. Kunst, die explodiert. Kunst, die angreift. Kunst, die dem Betrachter mit einem *flying tackle* an den Hals fliegt …«

»So ein Zirkus, warum müssen wir denn dahin?«

Ella zwinkerte de Wacht zu. Sie knöpfte ihre Bluse auf und bedeutete ihm, er solle zu ihr hinschauen.

»Die Einladung lag heute Morgen bei mir im Briefkasten. Kein Absender, wahrscheinlich von Martin van Sleen. Oder aber sie haben alle alten Aktivisten zusammengetrommelt. Vermutlich um ein etwas zahlungskräftigeres Publikum anzulocken. Eine gute Gelegenheit für uns, mit ein paar Leuten zu reden, die Baarl, Klinker und Doven gekannt haben.«

»Und Bombi …«

»Stimmt. Vielleicht treffen wir dort auch jemanden, der seine Geschichten bestätigen kann. Dieser Bart, bei dem er untergetaucht ist, ist übrigens mit seinem Schiff irgendwo in Deutschland unterwegs.«

Ella stand immer noch in der Tür und drehte de Wacht den Rücken zu. Sie trug einen glänzenden, knallroten BH, dessen Verschluss sie routiniert öffnete.

»Glaubst du, ich komme auch rein?«

»Wer kennt dich heute schon noch? Außerdem bist du um einiges kahler als damals. Zur Not kaufst du ein Kunstwerk.«

Ella stand noch immer mit dem Rücken zu ihm. Sie war braun gebrannt und auf ihrer Haut lag ein Schimmer von Schweiß. Sie stellte ein Bein auf das Bett und schob ihren Rock hoch. Sie schaute de Wacht kurz über die Schulter an. Er erhaschte einen Blick auf ihre braune Brust, die unter ihrer glatt rasierten Achsel wogte. De Wacht knurrte.

»Vergiss nicht, dass du einer von den vielen warst, den sie in die Pfanne gehauen haben,« fuhr Benter fort.

Ella begann, mit trägen Bewegungen ihr Bein mit einer der vielen Cremes einzureiben, die sie in ihrem Beautycase mitgebracht hatte. Was für eine klischeehafte Inszenierung! Ob ich darauf eingehen soll?, schoss es de Wacht durch den Kopf.

»Gut. Um welche Uhrzeit?«

»Ich komme dich um halb zwei abholen. Hast du die Adresse von Licia Vanhoucke schon herausgefunden?«

»Nein, sie steht nicht im Telefonbuch. Ich habe eine Praktikantin in der Redaktion mit der Suche beauftragt. Hast du noch mehr Informationen über sie?«

»Ja. Es hat eine Weile gedauert; ich habe mein eigenes Archiv durchforstet. Sie war so eine graue Maus in schwarzem Leder, die im Hintergrund ein bisschen mitmischte. Ich kannte sie eigentlich kaum. Bleiches Gesicht, ein bisschen dicklich. Auf der Bühne spielte sie immer so eine kreischende Schlampe. Sie war berüchtigt für ihre schrille Stimme. Meiner Meinung nach suchte sie bei der Bewegung vor allem einen gewissen Rückhalt. Du kennst das ja: Ein Mädchen allein in der großen Stadt will nicht vereinsamen und sucht Geborgenheit und Schutz. Bei der Bewegung bist du vierundzwanzig Stunden am Tag versorgt. Da fällt die Wahl leicht.«

Nun machte sich Ella daran, ihr anderes Bein zu massieren. Sie umschloss ihren Knöchel und beugte sich weit nach vorn, so dass de Wacht ihren feuerroten Slip sehen konnte.

»Ich kann mich irgendwie nicht richtig an sie erinnern.«

»Kann gut sein. Du tauchtest auch erst auf, als sie die Bewegung bereits verlassen hatte. Sie war Belgierin und arbeitete bei irgendeiner kritischen Theatergruppe im *Bolwerck* mit. Sie sprach mit diesem komischen Antwerpener Dialekt. Ansonsten keine besonderen Kennzeichen.«

»Sobald ich weiß, wo sie sich aufhält, rufe ich dich an«, versprach de Wacht.

»Ich hoffe, dass sie nicht untergetaucht ist«, sagte Benter. »Obwohl es bestimmt besser für sie wäre.

Vielleicht hat sie aber bisher auch noch keine Ahnung. Bombi hat sie garantiert nicht gewarnt.«

Mit einer gewissen Ungeduld schaute Ella sich erneut um. Sie war fertig und fummelte am Reißverschluss ihres Rocks herum.

»Na ja, man hat nicht alles in der Hand. Auf jeden Fall hörst du von mir.«

»Okay, bis dann.«

De Wacht legte den Hörer weg und stand sofort auf.

»Lass mich das mal machen«, sagte er zu Ella.

Er zog energisch zunächst den Reißverschluss und dann den Rock herunter. Dann packte er sie an den Hüften und drängte sie an den Rand des Bettes. Sie fiel hinten über und landete rücklings auf der Matratze.

»Hinlegen, du Luder!«, sagte er.

Ella lachte und sagte: »Ah, das Tier ist ja doch noch aufgewacht.«

Zutphen, Dienstag, 10. September, 14.00 Uhr

Das Studienzentrum der Polizei lag am Rande von Zutphen inmitten des Weilers Warnsveld. Es war in einem pompösen, dreistöckigen Gebäude untergebracht und nur über eine Brücke und ein elektronisch gesichertes Eingangstor zugänglich. Wie eine mittelalterliche Burg wurde es von einem breiten Wassergraben geschützt, der von dem kleinen schmutzigen Flüsschen De Berkel gespeist wurde. Die Umgebung war durch und durch ländlich: eine herrliche Aussicht, rauschende Bäume, verträumte Kühe und anderes Nutzvieh auf der Weide. Über dem Ganzen lag der Geruch von Jauche und Weideland. Sorgfältig gepflegte Stacheldrahtzäune waren jedoch ein deutliches Zeichen dafür, dass hier das zukünftige Verbrechensbekämpfungsmanagement ernsthaft auf seine schöne Aufgabe vorbereitet wurde. In ihrer ruhmreichen Vergangenheit diente die überdimensionale Datscha einer adeligen Familie als Landsitz. Später wechselte das Gebäude mehrmals den Besitzer und fiel schließlich an die Gemeinde Zutphen, die es ihrerseits dem Innenministerium vermietete. Seitdem war das Studienzentrum dort untergebracht, in dem Angehörige der Polizei an verschiedenen Kursen teilnahmen.

An diesem kühlen Herbstnachmittag Anfang September stand der Fortbildungskurs ›Konfliktbewältigung‹ auf dem Stundenplan. Während das Zentrum sonst hauptsächlich von höheren Rängen bevölkert wurde, fungierte es für einige Monate als Zweigstelle der Polizeischule in Lochem. Deswegen traf man dort zurzeit auch gewöhnliches Polizeifußvolk an, das aus taktischen Gründen Fortbildungskurse besuchen durfte: Die Leute an den Ort ihrer Grundausbildung zurückzuschicken hätte eine zu starke Kränkung ihres Ehrgefühls bedeutet, das ohnehin schon einen empfindlichen Schlag erlitten hatte.

Denn eine Gruppe von Hauptwachtmeistern und Wachtmeistern aus dem östlichen Teil der Niederlande hatte von ihren direkten Vorgesetzten den Befehl erhalten, »im Hinblick auf ihre weitere Laufbahn zusätzliche Kenntnisse über eine Anzahl von Aspekten zu erwerben, die sich auf den Umgang mit Konfliktsituationen beziehen«.

Diese Sonderbehandlung diente jedoch nur vordergründig der Weiterbildung. Tatsächlich erhielt der betreffende Polizist auf diese Weise einen letzten Wink, dass sein Umgang mit der Bevölkerung untragbar war. Hatte er es danach immer noch nicht begriffen, folgten Strafmaßnahmen. Meist handelte es sich bei den Kursteilnehmern um junge Männer, die einen starken Autoritätsdrang hatten, die nur mühsam verkraften konnten, dass der Polizeiapparat bei der Lösung bestimmter gesellschaftlicher Probleme relativ ohnmächtig war. Ihre Frustrationen reagierten sie an der lästigen Bevölkerung ab, wodurch sie eher selbst zu einem Teil des Problems wurden, als zu dessen Lösung beizutragen. Solche Polizisten zeigten auf der Polizeischule meist eine überaus große Motivation, wenn es um die spektakulären Seiten ihres Berufs ging, etwa Waffenkunde, Verhaftungstechniken und Verhörmethoden, während sie für Fächer, bei denen die Hintergründe menschlichen Verhaltens behandelt wurden, kaum Interesse aufbrachten. Für gewöhnlich verknüpfte man mit den Kursen zudem die Hoffnung, die Polizeibeamten würden während des zweiwöchigen Aufenthalts in der freien Natur ein wenig zur Ruhe kommen.

Die Weiterbildungskurse am Studienzentrum wurden von den Teilnehmern im Allgemeinen mit Misstrauen betrachtet, da einige von ihnen zu Recht das Gefühl hatten, dass es sich dabei um eine verkappte Form der Kritik an ihren Fähigkeiten handelte.

Daher hing ungefähr die Hälfte der zwölf angehenden Kriminalbeamten desinteressiert in ihren Stühlen. Die andere Hälfte war bereit, sofort in Gelächter auszubrechen, sobald sich eine Gelegenheit bot. Das Durchschnittsalter lag um die fünfundzwanzig Jahre und der Durchschnitts-IQ war auch nicht allzu hoch.

An diesem Nachmittag stand eine praktische Übung auf dem Programm. Trainer war der Sozialpsychologe Jan Hendrik Dorsma. Dorsma hatte eine besonders scharfe Zunge, die er auch brauchte, um sich durchzusetzen. Zu Anfang, als man ihn noch nicht kannte, hatte er einige renitente Kursteilnehmer mit seinem gnadenlosen Sarkasmus niedergemäht. Seitdem ging es in seinen Kursen gesittet zu, doch unter der Oberfläche gärte es.

Dorsma kam in den Klassenraum und nahm am Pult vor der Klasse Platz.

»Heute«, begann er ohne Einleitung, »werden wir einige praktische Übungen durchführen. Um in Stimmung zu kommen, beginnen wir mit einer Wiederholungsübung. Für die meisten von Ihnen ein alter Hut, aber sehr gut dazu geeignet, das Gedächtnis ein wenig aufzufrischen.«

Er ließ den Blick über die uniformierten Kursteilnehmer schweifen. Das Gemurmel verstummte.

»Ein Konflikt zwischen Nachbarn wegen Lärmbelästigung … Du da!« Er wies mit dem Finger auf einen Kursteilnehmer, der demonstrativ aus dem Fenster geschaut hatte und sich nun ostentativ träge umdrehte.

»Und du.« Dorsma bohrte seine Augen in die eines hoch aufgeschossenen Muskelpaketes, dessen Gesicht mit Pubertätspickeln übersät war. »Ihr bleibt hier, der Rest der Gruppe geht mit mir in den Übungsraum nebenan. Ich werde euch gleich über die Haussprechanlage aufrufen und euch dabei die nötigen Informationen durchgeben. Auf diese Weise simulieren wir den Funkverkehr.«

Jemand lachte wiehernd. Dorsma hörte auf zu reden und stellte fest, dass das Geräusch von einem jungen Beamten mit einem Anflug von Schnauzbart stammte.

»Jemand irgendwelche Probleme?«, fragte er scharf.

Um einer eventuellen schlagfertigen Antwort zuvorzukommen, machte er sofort weiter. »Streit zwischen Nachbarn also. Wir werden euer gesamtes Auftreten auf Video aufzeichnen. In der darauf folgenden Analyse werden wir uns genau ansehen, wie ihr darauf reagiert.«

Dabei werdet ihr wohl mal wieder einen Riesenbockmist veranstalten, wollte er noch hinzufügen, doch er konnte sich noch rechtzeitig bremsen.

Dorsma verschwand mit der Gruppe Beamter in einen angrenzenden Raum, in dem das Bühnenbild einer Mietwohnungsgalerie aufgebaut war. Zwei Schauspielerinnen, Studentinnen an der Schauspielschule, warteten dort schon, an einen antiken Türpfosten gelehnt. Sie waren eingestellt worden, um den Streit zwischen den Nachbarn darzustellen. In dieser Art von Situation improvisierten sie hauptsächlich, der jeweiligen Reaktion der Kursteilnehmer entsprechend. Ein Kameramann stand bereit, um das Ganze auf Video aufzuzeichnen.

Der Kursleiter ließ seine Klasse auf ein paar Bänken Platz nehmen, nahm den Telefonhörer und drückte eine Taste. Es dauerte quälend lange, bis die beiden ausgewählten Kursteilnehmer im Nebenzimmer an den Apparat gingen. Die Gruppe sah neugierig zu, wie sich der Kursleiter seinen Ärger verbiss und in neutralem Ton die Meldung vorlas.

Kurz darauf kam das aufgerufene Duo Arm in Arm herein, was für brüllendes Gelächter auf den Rängen sorgte, gefolgt von einem spontanen Applaus. Dorsma sagte nichts, tat, als studiere er nochmals die Aufgabe im Lehrbuch, und gab dem Kameramann ein Zeichen, mit der Aufnahme zu beginnen. Innerlich verfluchte er in diesem Moment seinen Beruf, doch er wurde von den beiden Schauspielerinnen gerettet. Sie schienen kurz aus der Fassung gebracht, doch nach einem kurzen Blickwechsel brachen sie plötzlich in eine wütende Schimpfkanonade aus, mit der sie alle Aufmerksamkeit auf sich zogen. Die beiden Kursteilnehmer, die eigentlich ihren Auftritt mit einer Ballettverbeugung krönen wollten, standen auf einmal etwas verloren daneben.

Sie wanderten unentschlossen durch die Dekoration und gafften die beiden Schauspielerinnen an, die sich gegenseitig als stinkenden Fisch beschimpften und jeden Augenblick aufeinander loszugehen drohten.

Der mit den Pubertätspickeln marschierte auf die Schauspielerinnen zu, räusperte sich und griff eine von ihnen an der Schulter. Sie vollführte eine halbe Drehung, stellte sich breitbeinig hin und brüllte ihm knallhart ins Gesicht: »Hau ab, du Idiot!«

Spucketropfen landeten auf seiner Uniform.

Der kleinere von beiden, der dem anderen gefolgt war, hob warnend einen Finger: »Schön ruhig bleiben, Mevrouwtje.«

Der andere versuchte, die Bassstimme eines erfahrenen Beamten nachzuahmen. »Worüber streiten wir uns denn?«, fragte er.

»Wir?«, gab sie sarkastisch zurück. »Mit dir habe ich überhaupt nichts zu schaffen.«

Sofort schlug sie seinen Arm mit einer Heftigkeit weg, die nicht mehr zur gespielten Situation zu passen schien.

»Und behalt deine Pfoten bei dir, Fiesling!«, schrie sie ihn an.

Obwohl sie einen Kopf kleiner war als er, trat er ein paar Schritte zurück. Das Publikum begann, ihn mit Zurufen zu ermutigen. Dorsma machte eine beruhigende Handbewegung. Sofort drehte sich die Schauspielerin um und traktierte ihre Nachbarin mit einer Tirade über ihren Mann. »Dein lahmer Sack da, der immer heimlich hinter der Gardine sitzt und spannt, hat bestimmt angerufen, was? Warst du selber zu feige dazu?« Sie drohte ihr mit der Faust.

Das veranlasste den größeren, sie an den Handgelenken zu fassen und zurückzuziehen. Er drängte seine Gegenspielerin grob gegen die Dekoration und hielt ihre Arme auf den Rücken gedreht. Die Mauer der Wohnungsgalerie fing an zu wackeln.

»Du bist jetzt schön ruhig, sonst nehmen wir dich mit auf die Wache«, drohte er.

Als Reaktion darauf versuchte sie, ihm mit der Ferse auf den Spann zu treten. Um zu vermeiden, dass sie ihn tatsächlich erwischte, musste er mit seinen Füßen dauernd ausweichen, was ihn zu einer Art Stepptanz zwang.

Vergnügt stellte der Kursleiter fest, dass das Team einen elementaren Fehler nach dem anderen beging, denn als die zweite Nachbarin sah, dass ihre Widersacherin so roh aus der Auseinandersetzung gerissen wurde, wechselte sie die Seiten. Sie drängte sich nach vorn und begann, an der Jacke des Beamten zu zerren, der ihre Mitspielerin im Zaum hielt, wobei sie ihm zurief, er solle gefälligst ihre Freundin loslassen.

Der kleinere Beamte begriff, dass er nun eingreifen musste, um seinem Kameraden zu helfen. »Hoho«, rief er, »so geht das aber nicht!«

Die Frage war, ob sie ihn überhaupt hörten, denn niemand reagierte. Deshalb packte er die zweite Schauspielerin an den Armen und riss sie nach hinten. Über ihre Schulter hinweg keifte sie ihn an, er solle abhauen. »Wenn ihr euch streitet, mische ich mich doch auch nicht ein, oder?« – »Nein«, erwiderte der kleinere, »aber wir sind von der Polizei und …«

Er beendete seine Gegenrede nicht. Das Geräusch von zerreißendem Stoff machte deutlich, dass die Frau seiner Argumentation nicht zugänglich war. Das Hauptwachtmeister-Abzeichen am Oberarm seines Kameraden hing nun halb herunter.

Der Kursleiter gab dem Kameramann das Zeichen, das Ganze im Profil aufzunehmen. Alle vier Teilnehmer zerrten nun aneinander herum und von der Seite war gut erkennbar, dass diese Szene ausgezeichnet in eine Slapstick-Nummer der Keystone Cops gepasst hätte. Außerdem wurde so das völlig ineffiziente Auftreten der Polizeibeamten besonders deutlich. Die zweite Schauspielerin vollführte plötzlich eine halbe Drehung, wodurch sie sich dem Griff des kleineren entwinden konnte. Blitzschnell griff sie nach seiner Mütze und warf sie ins Publikum. Der Beamte versuchte, sie daran zu hindern, doch die Kopfbedeckung war schon zur Beute der Zuschauer geworden.

»Gebt sie mit wieder«, bat er.

»Kennie, sie liegt auf dem Boden«, rief jemand.

Das Gelächter zwang ihn, sich wieder seiner Aufgabe zuzuwenden.

»Jetzt tu doch was, Mann!«, schrie sein Kollege, der nach seinen Handschellen griff, woran er aber von der anderen Nachbarin gehindert wurde.

Der Kleine warf sich nach vorn, umschlang die Frau in Hüfthöhe, riss sie los und schleuderte sie zur Seite. Auffallend schnell federte sie hoch und ging in Boxerstellung.

»Was soll das, du!«, fauchte sie giftig, »dreckiger Gartenzwerg!«

Er stand jetzt mit dem Rücken zu seinem Kollegen und fühlte sich offensichtlich so bedroht, dass er seinen Schlagstock zog. »Los, Mevrouwtje, zurück!«, schnauzte er.

In diesem Augenblick griff Dorsma ein. »Ist gut, hört auf!«, rief er. »Bleibt einen Moment so stehen.«

Der Kameramann nahm das Bild von allen Seiten auf, bevor Dorsma die Erlaubnis erteilte, die Szene abzubrechen.

Wenig später wurde die Szene mit Hilfe der Videoaufnahmen analysiert. Dorsma zeigte, was alles schief gelaufen war. Mit kaum verhohlenem Vergnügen zählte er alle Ausrutscher einen nach dem anderen auf. »Ihr dürft in solchen Situationen die Leute nicht anfassen, und vor allem nicht, wenn ihr gerade erst eingetroffen seid. Das ruft Aggressionen hervor, und ihr seid da, um den Konflikt zu entschärfen, nicht, um ihn eskalieren zu lassen. Zweitens: Vermeidet solche scherzhaften Ausdrücke wie ›Mevrouwtje‹. Sprechen Sie die Menschen mit ›Sie‹ an, auch wenn sie noch so aufgeregt sind. Und noch etwas: Lassen Sie sich nicht auf fruchtlose Argumentationen ein. Das kostet Zeit und Sie ziehen immer den Kürzeren. Wie wir gesehen haben! Viertens muss man versuchen, die streitenden Parteien davon abzuhalten, Blickkontakt miteinander zu haben. Versperren Sie ihnen die Sicht aufeinander, indem Sie sie mit dem Rücken zueinander hinstellen, dann sehen sie den Gegenstand ihrer Wut nicht mehr und das beruhigt sie meistens. Doch das Wichtigste, was ihr vergessen habt ...« Er senkte die Stimme und wartete einen Moment, um sie spüren zu lassen, dass sie gegen die wichtigste Grundregel bei jedem Auftreten der Polizei gesündigt hatten.

»Ihr habt euch aus den Augen verloren!«, donnerte er los. »Schon gleich von Anfang an ist es schief gelaufen und ihr habt das kein einziges Mal korrigiert! Schaut euch das an.«

Er ließ die letzte Szene anhalten, in der die beiden Wachtmeister beinahe Rücken an Rücken standen, während die beiden Schauspielerinnen sich sehen konnten und sich ungeniert zuzwinkerten.

»Un-mög-lich! Erstens seid ihr dadurch gezwungen, getrennt voneinander zu operieren, während die Frauen in der Lage sind, ihre Gegenreaktionen zu koordinieren. Und das kann tödlich sein. Vielleicht nicht hier ...«

Er nickte einer der Schauspielerinnen zu, die ihm mit einem zuckersüßen Lächeln antwortete.

»... aber bei einem physisch stärkeren Gegner kommt man so absolut nicht weiter. Das Schlimmste ist allerdings, dass dein Kamerad nicht eingreifen kann, wenn du wirklich in Schwierigkeiten gerätst. Die wichtigste Bedingung ist und bleibt, dass ihr aufeinander zählen könnt. Sorgt also dafür, dass ihr immer beieinander bleibt und euch immer gegenseitig im Blickfeld habt.«

Er blickte sich im Saal um, es war totenstill.

»Morgen werden wir uns einmal anschauen, was man in solchen Situationen unternehmen kann«, beschloss er die Stunde.

Die Aspiranten verließen den Raum wesentlich weniger lärmend als zuvor. Die Schauspielerinnen kamen auf Dorsma zu.

»Was für Bauerntrampel«, sagte die eine.

Dorsma stimmte ihr aus tiefstem Herzen zu.

Zutphen, Dienstag, 10. September, 17.30 Uhr

Zwei Stunden später begann Hauptwachtmeister Jorke Jonkman mit der ersten seiner fünf Runden auf dem anderthalb Kilometer langen Trimmpfad, der sich durch den Wald auf der Rückseite des Polizeistudienzentrums entlangschlängelte. Auf den anderen drei Seiten war das Gelände von Weideland umsäumt. Es roch erfrischend nach einem kurzen Sommerschauer. Der Trimmpfad verlief relativ eben, war aber sehr gewunden und ließ dadurch keine hohe Laufgeschwindigkeit zu. Obwohl der Wald für jedermann frei zugänglich war, kam fast nie jemand hierher. Man nahm offenbar an, er gehöre zum Studienzentrum der Polizei, vor allem auch weil regelmäßig Kursteilnehmer in Uniform, die wie suchende Pfadfinder aussahen, zwischen den Bäumen gesichtet wurden.

Jonkman trug eine kurze Hose und ein Trägerhemd; er hatte seine erste Runde beinahe beendet. Er brauchte dringend ein wenig Zeit für sich. Es stank ihm gewaltig, dass er vor den Augen der ganzen Gruppe innerhalb von zehn Minuten eine so einfache Aufgabe wie die Schlichtung eines Nachbarschaftsstreits völlig versiebt hatte.

Das Schlimmste war die Nachbesprechung gewesen. Gnadenlos überzeugend hatte der Kursleiter bewiesen, dass jedes Wort, das sie gesagt, jede Bewegung, die sie gemacht hatten, so ziemlich das denkbar Schlechteste war, was sie hätten tun können.

Es war ihm so peinlich gewesen, dass er rot geworden war, als Dorsma ihn in einem anschließenden Gespräch gefragt hatte, was denn nun genau seine Motivation gewesen sei, so undurchdacht und unsystematisch vorzugehen. Er fühlte, wie die Dutzende Pickel in seinem Gesicht juckten, während er, vor Scham blutrot, jedes Mal aufs Neue zugeben musste, dass eigentlich kein einziger vernünftiger Gedanke seinem Auftreten zu Grunde gelegen hatte.

»Was uns Menschen von den Tieren unterscheidet«, hatte Dorsma ihm freundlich vorgehalten, »ist das Vermögen, das knebelnde Band zwischen unserem Verhalten und unseren Instinkten etwas zu lockern. Glücklicherweise haben wir ja noch zwei Wochen Zeit, um das eine oder andere ein wenig aufzubügeln.«

Glücklicherweise.

Zwei Wochen.

Er erhöhte seine Geschwindigkeit, um seine Gedanken von dem missglückten Nachmittag abzulenken. Er passte seine Atmung seinen Schritten an: drei Schritte ein, drei Schritte aus. Seine zweiundneunzig Kilo donnerten über den gewundenen Waldweg, und um richtig auf Touren zu kommen, legte er mit voller Kraft ein paar Zwischensprints über fünfzig Meter ein.

Na also, das war schon besser. Richtig schön durchheizen und austesten, wo die Grenzen lagen. Diese Korinthenkackerei war nichts für ihn. Subtile Vorgehensweisen bei Wald- und Wiesenproblemen – darauf schiss er. Es war nur zu hoffen, dass er sich bald für ein Sondereinsatzkommando bewerben konnte. Hier und da hatte er schon fallen lassen, dass er Interesse daran hätte. Konditionsmäßig war er dafür wie geschaffen. Er lief die hundert Meter in 13,97 Sekunden und kämpfte bald um den schwarzen Gürtel im Judo.

Vor kurzem hatte er bei der Demonstration einer US-amerikanischen Anti-Terror-Einheit zugesehen. Anschließend beim Schnaps in der Kantine war er mit einem von den Typen ins Gespräch gekommen. Ein ruhiger, normaler Kerl, genau wie er. Er hatte ihn zu einer Partie Armdrücken herausgefordert. Mit einiger Mühe hatte er ihn schließlich bezwungen. Danach hatte ihn der Typ in den Oberarm gekniffen und gesagt: »*Boy, you've got muscles in your shit.*«

Wenn alles gut ging, konnte er der Sturmbock bei der Festnahme schwerer Krimineller werden. Er sah sich schon selbst in Aktion: in einer kugelsicheren Weste, als erster Mann, die Tür nur mit Hilfe seines eigenen Körpergewichts einrennend. Nein, besser noch, er würde die Tür aus den Angeln reißen, danach hineinstürmen, die Heckler & Koch MP5 im Anschlag zur Seite hechtend, um den anderen, die nach ihm kämen, wenn nötig Deckung zu geben, eine Salve abfeuernd auf den Idioten, der so dämlich war, Widerstand zu leisten.

Wie würde wohl sein Spitzname lauten? ›Der Panzer‹, das hörte sich doch gut an. Oder ›der Rammbock‹.

Er hatte jetzt eine ordentliche Geschwindigkeit erreicht und bog in die letzte scharfe Linkskurve ein.

Als er aus der Biegung wieder herauslief, stolperte er beinahe über einen Kopf, der mitten auf dem Weg lag. Jonkman vollführte einen bizarren Sprung zur Seite, rannte durch seinen Schwung noch ein paar Meter weiter, blieb dann stehen und drehte sich um. Der Kopf, von dem er nur die Rückseite sah, stand aufrecht auf dem Sandweg. Er trug eine Polizeimütze.

Jonkmans Puls lag etwas über hundertfünfzig Schläge die Minute, stieg jetzt aber alarmierend rasch auf hundertneunzig an. Sein Gesicht begann zu kribbeln und einen Augenblick lang glaubte er, er werde verrückt.

»Jesusmariaundjosef …«, stotterte er entsetzt.

Wie festgenagelt durch den Schock starrte er den Kopf an. Mit unsicheren Schritten ging er näher heran, lief um den Kopf herum, bückte sich, schob die Mütze ein klein wenig hoch und blickte entsetzt aufstöhnend in das Gesicht einer der Schauspielerinnen. Es war die, die versucht hatte, ihm auf den Fuß zu treten. Ihre toten Augen starrten ins Nichts. Ihr Mund stand offen und ihre Zungenspitze schaute heraus.

Jonkman holte stoßweise Luft. Eine Welle der Übelkeit brachte ihn kurz zum Würgen. Mit Abscheu rieb er über die Hand, mit der er die Mütze angefasst hatte.

»Nein, nein«, brachte er hervor. »Nein, das kann doch nicht sein …«

Er warf verzweifelte Blicke um sich und traf die gleichgültigen Augen einiger wiederkäuender Kühe.

»Hilfe«, sagte er leise.

Seine Stimme ging im Rauschen der Bäume unter.

»Hilfe!«, flüsterte er nochmals, diesmal mit mehr Nachdruck.

Keine Reaktion.

Plötzlich bekam es Jonkman mit der Angst zu tun. Ein paar Augenblicke lang fühlte er sich unsagbar einsam. Abrupt sprang er auf. Er ging ein paar Schritte rückwärts, als müsse er die Szene noch einmal mit Abstand betrachten, bevor er glaubte, was er sah. Erst dann dämmerte es ihm, dass er Alarm schlagen musste.

Und lauthals um Hilfe rufend, röter, als er je zuvor gewesen war, mit den Armen in der Luft rudernd wie ein Ertrinkender im Meer, rannte er zurück zum Institut.

Zutphen, Dienstag, 10. September, 18.30 Uhr

Keine halbe Stunde nach der Entdeckung des Kopfes hatte man das Gebiet für die Öffentlichkeit abgesperrt. Ein großer Trupp Polizisten hielt die Neugierigen fern. Der Fahndungschef der Zutphener Gemeindepolizei nahm über Funk Kontakt mit dem Kommissar auf.

»Das ist ein Fall für Zadig und seine Soko. Ein abgeschlagener Kopf mit einer Polizeimütze. Das sieht ganz nach einem Psychopathen oder einem Ritualmord aus. Damit werden wir nicht allein fertig.«

Er war ernsthaft beunruhigt und erschauerte.

»Sorgst du für die juristische Rückendeckung? Dann rufe ich Zadig an.«

Zwei Stunden später waren ein Teil der Soko, zwölf Fahnder, zwei Mitarbeiter des Erkennungsdienstes und ein Mitglied des Kriminal-Informationsdienstes vor Ort eingetroffen. In einem Polizeikleinbus beriet sich Zadig mit dem Fahndungschef über die Beteiligung der Zutphener Soko an den Untersuchungen.

Das Team, das größtenteils vom Abendbrottisch weggerufen worden war, beschloss nach einer chaotischen Krisensitzung, mit der Suche nach dem Körper des Opfers zu beginnen.

Die Frage, warum man davon ausging, dass sich der Körper in der Nähe befand, blieb ungeklärt, wurde aber später als Ergebnis einer bemerkenswerten Intuition gewertet.

Abgesehen von den zahllosen Fußspuren auf dem Trimmpfad wurde zunächst kein einziger Anhaltspunkt gefunden. Ein improvisierter Suchtrupp kämmte den Wald sorgfältig durch. Das Ermittlungsteam stand kurz davor, Taucher der Feuerwehr einzuschalten, um den breiten Wassergraben zwischen den Weiden und dem Wald abzusuchen, als das Auto des Opfers, in dem der enthauptete Körper lag, entdeckt wurde. Der Wagen, ein bordeauxroter Renault 4 GTL, stand auf dem Parkplatz am Waldrand, ungefähr vierhundert Meter von der Stelle entfernt, wo Jonkman den Kopf gefunden hatte. Einige Fahnder hatten ihre Autos dort ebenfalls geparkt, ebenso wie ein Heer von Journalisten, Fotografen und anderen Neugierigen.

Anfangs hatte keiner dem Wagen auch nur die geringste Aufmerksamkeit geschenkt. Ein uniformierter Beamter, der die Absperrung am Wald bewachte, hatte in einer ruhigen Minute – fast beiläufig – einen Blick hineingeworfen und die unförmige Gestalt entdeckt, die zwischen Armaturenbrett und Vordersitz des Wagens eingeklemmt worden war. Sofort verlagerte sich die Untersuchung auf den Parkplatz und konzentrierte sich auf die Umgebung des Autos sowie auf das Auto selbst. Reifenspuren, die einige Meter entfernt ein Stück weit in den Wald hineinführten, wurden rasch mit dem Mord in Zusammenhang gebracht. Dort, wo sie endeten, wurden hinter einem riesigen Rhododendron unregelmäßige rostbraune Flecken auf einem Baumstumpf gefunden. Der Schluss lag nahe, dass Kopf und Rumpf an dieser Stelle voneinander getrennt worden waren. Rasch wurden der Parkplatz und der Weg zum Baumstumpf mit Gattern, Absteckpfählen und rotweißem Flatterband abgesperrt.

Sofort danach begann ein Kriminalbeamter, die Fußabdrücke am Baumstumpf abzunehmen. Er befeuchtete die Spuren und sprühte Haarlack hinein. Sein Kollege rührte einen Brei aus Wasser und Gips an. Sie arbeiteten schweigend und konzentriert. Nachdem sie die Fußabdrücke mit einem Lösungsmittel eingenebelt hatten, gossen sie vorsichtig den Gipsbrei hinein.

Zwei Beamten gelang es, den Portier des Polizeistudienzentrums ausfindig zu machen. Er saß gerade bei seiner Freundin zu Hause vor dem Fernseher.

Er berichtete, dass das Opfer, Licia Vanhoucke, um ungefähr Viertel nach vier zum Parkplatz gegangen war. Durch eine Reihe ehemaliger Stallungen, die dem festen Lehrerstab als Parkgaragen dienten, war er zum größten Teil nicht einsehbar. Der Rezeptionist hatte sie nicht einsteigen sehen. Allerdings hatte er gehört, wie der Renault ansprang, und kurz darauf hatte er gesehen, wie das Auto den Parkplatz über die Zugangsbrücke verließ. Wer am Steuer saß, konnte er nicht erkennen. Eigentlich hatte er auch nicht darauf geachtet. Er nahm an, es sei Licia Vanhoucke gewesen. Ihre Kollegin hatte er, wesentlich später, in Begleitung des Dozenten Dorsma weggehen sehen.

Die beiden wurden in einem Restaurant in Zutphen aufgespürt, wo sie die nächsten praktischen Übungen vorbereiteten. Damit waren sie so vertraulich beschäftigt, dass sie wahrscheinlich die Vorbereitungen zur Not bis in die Nacht ausgedehnt hätten. Über Licias Verlassen des Instituts konnte die Kollegin keine Auskunft geben, weil sie sich mit Dorsma nach den so überaus erfolgreich verlaufenen praktischen Übungen in dessen Arbeitszimmer zurückgezogen hatte.

Im rasch dunkler werdenden Wald, der nur noch von Scheinwerfern hell erleuchtet wurde, gelang es einigen Beamten der Kripo, den Tathergang nach ersten Einschätzungen zu rekonstruieren.

Der Mörder hatte auf dem Parkplatz auf Licia Vanhoucke gewartet und sie dort wahrscheinlich wehrlos gemacht, indem er sie bewusstlos schlug oder betäubte. Er setzte sich ans Steuer, verließ den Parkplatz und fuhr die Straße entlang bis zu dem einige hundert Meter entfernten Waldrand. Er fuhr den Renault ein Stückchen in den Wald hinein, zerrte sein Opfer aus dem Auto und legte es neben den Sandweg, mit dem Kopf auf den Baumstumpf. Danach enthauptete er sie – dank der praktischen Unterlage – mit einem Hieb, wahrscheinlich mit einem messerscharfen Schwert oder einer schweren Machete. Er schleppte den enthaupteten Körper wieder in den Renault, fuhr rückwärts zum Parkplatz zurück und schloss das Auto ab. (Die Schlüssel hatte man nicht gefunden.) Der Kopf wurde auf der anderen Seite des Waldes mitten auf dem Sandweg aufrecht hingestellt. Es war anzunehmen, dass er in einer wasserdichten Plastiktüte transportiert worden war, weil zwischen der Exekutionsstelle und dem Fundort des Kopfes keine Blutspuren gefunden wurden. Es war nicht klar, ob das Opfer und der Mörder sich gekannt hatten.

Die Polizeimütze stellte die Ermittler vor ein Rätsel. Es war eine echte Polizeimütze, keine nachgemachte aus einem Geschäft für Partyartikel. Die Mütze war in einem guten Zustand. Nur der Innenrand war entfernt worden. Woher, so fragte sich das Team, stammte diese Mütze?

Die Polizei verlor bei ihrer Arbeit regelmäßig Ausrüstungsgegenstände: einen Schuh, eine Taschenlampe, und manchmal eben auch eine Mütze. Zudem war bekannt, dass Mützen bei Demonstranten als beliebte Trophäen gelten. Es würde schwierig werden, die Herkunft dieser Mütze zu klären.

Jonkman, der sich erst nach mehreren Stunden von seinem Schock erholte, kam auf die Idee, dass vielleicht sein Partner der Besitzer der Mütze sei. Er hatte ihn nach dem misslungenen Probeauftritt ohne Mütze in sein Zimmer gehen sehen. Das konnte auch der

Portier bestätigen. Doch es stellte sich heraus, dass der Partner seine Kopfbedeckung lädiert von seinen Klassenkameraden zurückerhalten hatte. Sie hatten nach der Stunde damit Fußball gespielt. Als er seine Mütze schließlich wieder ergattert hatte, packte er sie in seine Aktentasche.

Inzwischen bombardierte Zadig den Stab seines Ermittlungsteams im Bus mit Fragen: Warum hatte der Täter sein Opfer enthauptet? Und mehr noch: Warum dort, und warum hatte er den Kopf so auffällig hingelegt? Gab es Vorbilder für dieses Verbrechen?

Der Mörder war ein großes Risiko eingegangen, als er mit dem Auto in den Wald hineinfuhr, die Frau enthauptete und wieder zurück zum Parkplatz fuhr. Der Eingang zum Wald war zwar nicht direkt einsehbar, aber trotzdem setzte er sich dem Risiko aus, dass ein zufälliger Benutzer des Parkplatzes ihn sah.

War es ein Ritualmord? Oder eine Racheaktion? Hatten sie es mit einem sadistischen Mörder zu tun, der seine Überlegenheit demonstrieren wollte? Wollte er ein abschreckendes Beispiel geben? Und wenn ja, wem?

Antworten auf seine Fragen erhielt Zadig kaum.

Bis weit nach Mitternacht lief die Untersuchung auf vollen Touren. Lichtstrahlen von Taschenlampen huschten zwischen den Bäumen hin und her und ein argloser Passant hätte leicht auf die Idee kommen können, dass dort eine Geländeübung abgehalten wurde. Der komplette Kurs für Konfliktbewältigung war zu einer Zeugenvernehmung beordert worden und hatte fluchend gehorcht. Die Motivation der Leute hatte sich allerdings zunehmend verbessert, als man sie sofort in die Untersuchung mit einbezog. Leider kam bei der Vernehmung nicht mehr heraus, als ohnehin schon bekannt war.

Kurz vor der Morgendämmerung wurde die Untersuchung für ein paar Stunden unterbrochen. Der Wald blieb für Besucher gesperrt.

Zwei kleine Container mit der Ausbeute der Spurensuche wurden auf die Polizeiwache in Zutphen gebracht. Hunderte unterschiedlicher Gegenstände waren zur näheren Analyse in Plastiktüten gesammelt worden. Zum größten Teil handelte es sich bei den Funden um Kondome, klebrige Papiertaschentücher, Plastiktüten, halb leere Bierflaschen, Knöpfe und Kleingeld. Zwanzig Bodenproben waren genommen worden. Erstaunlich war, wie viel Unterwäsche im Wald liegen gelassen wurde. Auf siebzehn der sechshundertachtundzwanzig Schildchen war vermerkt, dass der Inhalt aus einer Herrenunterhose bestand. Außerdem wurden achtundzwanzig Slips, acht BHs, fünf Nylonstrumpfhosen und sogar ein echtes Korsett gezählt.

Arnheim, Mittwoch, 11. September, 8.30 Uhr

Die Gelderländer Sonderkommission hatte ihr Hauptquartier im Polizeipräsidium, einem hellgrauen Betongebäude an der Beekstraat. Es war nach den Prinzipien eines Forts erbaut worden und lag nicht weit vom ebenso hässlichen Rathaus entfernt, das im rechten Winkel dazu stand. Neben dem Polizeigebäude befand sich eine steinalte wallonische Kirche. Wer ins Präsidium hineinwollte, musste drei Barrieren passieren: zwei per Knopfdruck bedienbare, mit durchsichtigem Polycarbonat gepanzerte Türen und dazwischen eine mürrische Rezeptionistin, die den Einlass zu diesem Heiligtum als eine Gunst betrachtete.

Karel Zadig, der bereits seit drei Jahren erfolgreich die Soko Gelderland leitete, saß an seinem Schreibtisch und starrte mit müden Augen durch das Fenster zum Gebäude auf der gegenüberliegenden Seite, in dem sich ein Gemeinde-Informationszentrum befand. Mit einem gewissen Neid beobachtete er drei Mitarbeiter, von denen zwei im Büro des dritten saßen. Bereits seit einer halben Stunde blätterten sie eine Lokalzeitung durch und schlugen sich gegenseitig vor Vergnügen auf die Schultern.

Er hatte sich in sein Chefzimmer zurückgezogen. Die Ermittlungen im Mordfall Jacob Klinker waren nach dem enervierenden Start völlig verfahren und an eine kleine Gruppe von Kriminalbeamten abgeschoben worden. An mangelnder Anstrengung von Seiten seines Teams hatte es nicht gelegen: In den Wochen nach dem Mord waren Dutzende von Leuten befragt, Hunderte von Überstunden abgeleistet und Tausende von

Kilometern zurückgelegt worden, ohne dass die Ermittlungen auch nur in die Nähe einer Lösung gekommen wären. Sie versandeten in einem Haufen von Daten, in denen nicht der geringste rote Faden zu erkennen war, der zu einem Mörder hätte führen können. Irgendwann konnte man es nicht mehr verantworten, weiterhin so viele Arbeitsstunden in die Sache zu investieren.

Nach der Entdeckung der Leiche von Licia Vanhoucke war die Sonderkommission wieder auf ihre volle Stärke gebracht worden. Die Jagd war neu eröffnet und er würde wieder alle Register seines Könnens ziehen müssen.

Trübsinnig dachte er darüber nach, dass das Wort ›Jagd‹ eine spannende Verfolgung suggerierte, obwohl sie in Wirklichkeit zum allergrößten Teil aus nervtötenden Aktivitäten bestand. Zum Beispiel aus dem Abholen, Ordnen und Studieren des enormen Papierbergs, den ein Toter in einem streng bürokratischen Staat wie den Niederlanden hinterlässt. Jede Leiche sorgt für mindestens zwei Kilo Papier, von medizinischen Akten bis zu einem möglichen Strafregister, von Kontoauszügen bis zu Steuerformularen.

Den Löwenanteil der Ermittlungen machte die Feldforschung aus, bei der die Umstände, unter denen das Opfer gestorben war, sorgfältig rekonstruiert werden mussten. Außerdem musste eine schematische Übersicht vom sozialen Leben des Opfers angefertigt werden, mit deren Hilfe das Netzwerk der Beziehungen des Opfers zu seiner Umgebung geordnet wurde. Manchmal fand sich in diesem Beziehungsgeflecht ein Motiv.

Außerdem lag eine große Menge gesammelter Spuren bereit, die alle verifiziert und analysiert werden mussten. Doch der entmutigendste Teil der Jagd bestand für Zadig in der Überprüfung der Hinweise – eine in 99,99 Prozent aller Fälle völlig sinnlose und zeitraubende Arbeit, die dennoch mit Sorgfalt und Hartnäckigkeit durchgeführt werden musste.

Karel Zadig reckte sich und schüttelte seine Verdrießlichkeit von sich ab. Er versuchte, sich auf ein Foto von Licia Vanhoucke zu konzentrieren. Er sah ein ernstes Gesicht vor sich, schmal und länglich. Keine attraktive Frau, urteilte er. Mit Daumen und Zeigefinger rieb er sich über die Nasenwurzel und lehnte sich zurück. Er legte das Foto hin und nahm den vorläufigen Lebenslauf zur Hand.

Sie war in Antwerpen als einziges Kind einer niederländischen Mutter und eines belgischen Vaters geboren worden. Mit sechzehn zog die Familie nach Amsterdam, wo der Vater eine Stelle in einer internationalen Werbeagentur angetreten hatte. Zwei Jahre später zog Licia nach Arnheim und arbeitete dort ein paar Jahre lang bei verschiedenen Zeitarbeitsfirmen.

Zadig kritzelte hinter diesen Umzug ein Fragezeichen. Wer zieht denn schon freiwillig in eine Provinzstadt?, dachte er.

1982 schrieb sie sich an der *Gelderse Sociale Akademie* ein, Fachrichtung soziokulturelle Arbeit, kam aber nach dem Studium zu der Erkenntnis, dass mit dieser Ausbildung kein roter Heller zu verdienen war. Nach einem Jahr des Herumreisens, unter anderem in England, beschloss sie, sich zur Dozentenausbildung an der Schauspielschule anzumelden. Das war 1987.

In einer handgeschriebenen Begründung las Zadig, dass sie schon als Kind das Theater geliebt habe. Seit sie zwölf war, hatte sie davon geträumt, Schauspielerin zu werden. Durch ihre Aufnahme an der Schauspielschule schien dieser Traum ein Stück näher zu rücken. Mit ihren sechsundzwanzig Jahren war sie die älteste Studentin.

Sie war ein paarmal innerhalb von Arnheim umgezogen. Zuletzt hatte sie in einer Wohnung in der Emmastraat im Spijkerviertel gewohnt. Nach Aussage des Vermieters war sie eine ruhige Mieterin, die immer pünktlich ihre Miete zahlte.

Zadig besuchte an diesem Nachmittag persönlich Licia Vanhouckes Studio im Spijkerviertel. Studio war ein großes Wort für die verwohnte Etage im Erdgeschoss eines Herrenhauses. Die Bewohner der beiden oberen Stockwerke waren bereits vorher von zwei Beamten aufgesucht worden.

Licia Vanhouckes Zuhause bestand aus zwei Zimmern, einem Wintergarten mit offen stehenden Türen, die in einen feuchten, verwahrlosten Garten führten, und einer kleinen Küche mit einer Granit-Arbeitsplatte. Das Badezimmer hatte sie mit den Nachbarn von oben teilen müssen. Das Haus befand sich in einem schlechten Zustand: Der stumpfe Marmorfußboden im Flur wies überall Risse auf, Farbe blätterte von den Wänden, auf dem Treppengeländer lag ein schmutzig fettiger Glanz und in dem verschlissenen Treppenläufer war nur noch mit Mühe ein ausgeblichenes Motiv zu erkennen. Trotzdem war die frühere Würde und Stattlichkeit des Herrenhauses in Details erhalten geblieben, die nicht der Abnutzung durch die Bewohner ausgesetzt waren: die klassischen Ornamente an der Stuckdecke, die Bleiverglasung in der Eingangstür, die Türknäufe aus Kupfer, die üppig verzierten Balustraden, die an der Treppe entlangführten, aber vor allem die Weitläufigkeit der Wohnräume, sowohl horizontal als auch vertikal.

Zadig stand ein paar Minuten lang fast unbeweglich im Wohnzimmer, das durch hohe Schiebetüren vom Schlafzimmer im hinteren Teil der Wohnung abgetrennt war.

Weiß, Grau und Schwarz dominierten den Raum. Und Licia Vanhoucke hatte einen teuren Geschmack gehabt. Schon allein den Wert der vielen elektronischen Geräte, mit denen eine überdimensionale Schrankwand an der Wand gegenüber voll gepackt war, schätzte Zadig auf zwei Monatsgehälter. Seine, wohlgemerkt. Der Teppichboden bestand aus anthrazitfarbener Wolle. Zwei graue Zweisitzersofas, Modell 1930, aber mit modernem Bezug, wurden durch einen ganz aus Rauchglas gefertigten, niedrigen Wohnzimmertisch sowohl getrennt als auch verbunden. In der Ecke am Fenster stand ein Schreibtisch auf Chrombeinen mit einer Arbeitsplatte aus schwarzem Marmor. Darauf ein Telefon aus durchsichtigem Plexiglas und eine Schreibtischlampe, die am ehesten einer Minihebebühne ähnelte. Ebenfalls schwarz.

Irgendetwas stimmte nicht.

Zadig sah nirgendwo Spuren des alltäglichen Lebens in dieser Wohnung; keine Zeitung, die in einer Ecke lag, keine Zettel auf dem Schreibtisch, keine Kaffeeflecken, keine achtlos hingeworfene Wäsche.

An den Wänden hing nichts – kein Bild, kein Poster, kein Foto. Es fiel ihm auf, dass in dem Zimmer auch keine Blumen oder Pflanzen standen. Ein Bücherschrank fehlte ebenso. Zadig war stolz darauf, die Persönlichkeit eines Menschen anhand des Inhalts von dessen Bücherschrank charakterisieren zu können. Doch diese ganze Umgebung strahlte nichts als reine, geruchlose Funktionalität aus, ohne jeglichen persönlichen Akzent.

Mit einiger Mühe öffnete Zadig die Schiebetüren. Er

betrat das Schlafzimmer und atmete kühle, feuchte Luft ein. Auch hier die gleiche, unpersönliche, fast beängstigend sterile Einrichtung. Ein Zweipersonen-Wasserbett, ordentlich gemacht, wie in einem Hotel. Daneben ein Stuhl, eine Konstruktion aus dünnen, metallic blauen Rohren, bespannt mit rotem Glitzerstoff. Gegenüber dem Fenster ein Kleiderschrank und eine Frisierkommode mit geschliffenen Spiegeln.

Der Wintergarten dahinter war vollständig leer. Auf der Frisierkommode stand eine beeindruckende Menge Kosmetika. In den Schubladen fand er ein Schmuck-kästchen, das nur Ohrringe enthielt, eine unangebrochene Schachtel Tampons, zwei Sonnenbrillen und ein Fläschchen Eyeliner. Zadig schätzte den Wert der Sonnenbrillen auf je dreihundert Gulden. Er verlegte seine Aufmerksamkeit auf den Kleiderschrank. Auf dem Boden des Schranks standen acht Paar Schuhe. In einer Ecke, fast unsichtbar, waren ein Paar hohe, zusammen-gesackte rote Lackstiefel versteckt. Licia Vanhoucke und rote Lacklederstiefel? Zadig suchte weiter zwischen den Kleidern, die ordentlich aufgehängt waren. In der Brusttasche eines Blazers fand er eine zerknüllte Einkaufsliste. Zadig schob eine zweite Tür beiseite und wühlte zwischen den gefalteten Laken, Handtüchern, Pullovern, T-Shirts und anderen Sachen herum. Nichts.

Im obersten Fach standen zwei graue Schachteln ohne Deckel. Die erste Schachtel enthielt Unterwäsche aus schwarzem Satin. Zadig stellte die zweite Schachtel aufs Bett. Der Inhalt bestand aus Stofflappen, Nadeln, Klettband, Fadenknäueln, Garn, Stricknadeln und Stickstoff. Zadig schaute die Schachtel an, schob den Inhalt ein wenig beiseite und holte drei Sexbücher hervor. Die Titel sprachen für sich: *Lesbian Love, Leder und Züchtigung, Honigtopf*.

»Endlich!«, sagte Zadig laut und schloss aus seinem Fund, dass Licia Vanhoucke lesbisch gewesen war oder zumindest bisexuell.

Vielleicht hatte sie erotische Spielchen gemocht. Das würde die hohen Stiefel und die Dessous erklären, die er in seinem Bericht als ›pikant‹ umschreiben würde.

Zadig wurde klar, dass bereits die Beamten des Erkennungsdienstes diese Entdeckung gemacht haben mussten. Es war nicht mehr als ein Fingerzeig, der das Bild von Licia Vanhoucke ein wenig schärfer stellte.

Zadig ging zurück ins Wohnzimmer und zog das Schubladenelement auf Rollen unter dem Schreibtisch hervor. Die oberste Schublade enthielt den üblichen Bürokram wie Büroklammern, einen Locher und einen Tacker, beide aus glänzendem Chrom. Er wühlte in einer Hand voll Kulis, Bleistiften und einer Schachtel Tintenpatronen herum und fand eine Herrenarmbanduhr, die anfing zu ticken, als er sie schüttelte.

Die zweite Schublade war voll gestopft mit Berichten und Aufzeichnungen zu Themen, die mit ihrem Fachgebiet zu tun hatten. Obenauf lag ein zerlesenes, kopiertes Exemplar von *Creative dramatics for the classroom teacher*. Zuunterst lag eine Mappe mit Zeichnungen von bekannten Theatern und berühmten Szenen aus Theaterstücken.

Die dritte Schublade war leer. Sie hatte die persönliche Korrespondenz enthalten, die bereits am Morgen ins Präsidium mitgenommen worden war und wahrscheinlich in diesem Augenblick von einigen Beamten durchforscht wurde.

Zadig schob das Schubladenelement an seinen Platz zurück und wanderte ein bisschen ziellos im Zimmer hin und her. Er atmete tief ein, schloss die Augen und versuchte, die Atmosphäre des Raums auf sich wirken zu lassen. Er spürte nichts und öffnete die Augen wieder.

Das Einzige, was er feststellte, war der teure Geschmack der ehemaligen Bewohnerin. Danach schaute er die umfangreiche Sammlung von Platten, CDs und Kassetten durch, die zusammengenommen einen Spiegel der Musikgeschichte bildeten. Bach stand brüderlich neben Bowie, die *Carmina Burana* von Orff neben Charlie Parker. Man wurde einfach nicht schlau daraus. Obwohl er von der Sinnlosigkeit überzeugt war, unterzog er auch das Gemeinschaftsbad einer oberflächlichen Untersuchung. Nichts.

Zadig lehnte sich an die Wohnzimmertür und fluchte leise. Wie zum Teufel war es nur möglich, dass eine Frau wie Licia Vanhoucke ein derart steriles Leben geführt hatte?

In einem kaum wahrnehmbaren Ausdruck der Ohnmacht zuckte er mit den Schultern.

Mit gerunzelter Stirn verließ er die Wohnung.

Zwolle, Mittwoch, 11. September, 19.00 Uhr

»De Wacht.«

»Hallo, hier ist Fred. Licia Vanhoucke ist ermordet worden.«

»Was?«

»Licia Vanhoucke! Hast du das noch nicht gewusst?«

»Verdammt noch mal! Äh … nein, ich bin gerade erst aus Amsterdam zurückgekommen. Wann ist sie ermordet worden? Wie? Verdammt, verdammt! Gestern Nachmittag hat unsere Praktikantin ihre Adresse herausgefunden. Ich wollte sie noch angerufen haben, aber … na ja, vielleicht hätten wir …«

»Don, ganz ruhig, ich werde dir einfach mal den Artikel aus dem *NRC Handelsblad* vorlesen. Der Titel lautet: *Dozentin der Polizeischule ermordet.* Jetzt geht's los:

In einem Wald in der Nähe des Studienzentrums der Polizei in Zutphen wurde gestern Abend die verstümmelte Leiche der 30-jährigen Studentin L. Vanhoucke gefunden. Ein Kursteilnehmer des Studienzentrums entdeckte den Kopf des Opfers auf einem Weg in der Umgebung und nach einer kurzen Suchaktion fand man den enthaupteten Körper im Auto der Ermordeten, das in der Nähe des Waldes abgestellt war.

Das Gelderländer Sondereinsatzkommando hat den Wald sofort genauestens durchsucht. Ein Pressesprecher der Polizei sagte, dabei habe man einige ›interessante Hinweise‹ gefunden. Im Hinblick auf die Ermittlungen wollte er aber keine weiteren Angaben machen.

Das Opfer studierte an der Schauspielschule in Arnheim und war auf Honorarbasis als Dozentin für Konfliktbewältigung mit der Polizeischule verbunden.

Ende des Berichts.«

»Nummer vier.«

»Ja. Möglicherweise. Aber sie passt so gar nicht zu den anderen dreien, findest du nicht auch? Sie war nicht in Bombis Sabotagegruppe. Auf der anderen Seite hat sie aber dieselbe Vergangenheit. Sie hat die Bewegung verlassen und ist zum Feind übergelaufen. Nach dem Motto ›Wer nicht für uns ist, ist gegen uns‹ wäre sie wohl bald von der Bewegung rausgeschmissen worden. Allmächtiger, Konfliktbewältigungsunterricht für die Polizei, kann es Schlimmeres geben?«

»Verdammt und zugenäht, ich hätte dich gestern Abend anrufen sollen. Vielleicht hätten wir diesen Mord verhindern können. Wir hätten zu ihr gehen müssen!«

»Es war wahrscheinlich schon zu spät, Don. Meiner Meinung nach war sie da schon tot. Sie ist gestern Abend gefunden worden.«

»Was sollen wir jetzt machen?«

»Nichts. Einfach weiterleben. Nächsten Samstag gehen wir wie abgesprochen zur Eröffnung der Ausstellung von subversiver Kunst im *Bolwerck.*«

»Vielleicht ist Bombi auch da, dann können wir ihn mal fragen, ob er Licia in letzter Zeit noch einmal gesehen hat.«

»Ich glaube nicht, dass er kommt; ich habe ein paarmal bei ihm angerufen, aber er geht nicht ans Telefon. Wenn ich er wäre und meinen Verstand beisammen hätte, wäre ich jetzt wieder in Frankreich auf dem Schiff, und zwar als Schiffshund verkleidet im hintersten Winkel der Schifferwohnung versteckt.«

»Hast du denn keine Angst?«, fragte de Wacht.

»Warum sollte ich? Wenn die hinter jedem her wären, der einmal in einem Anflug von Romantik an der bestehenden Gesellschaftsordnung gerüttelt hat, müssten sie die halben Niederlande ermorden. Außerdem habe ich zu der Zeit nicht mit der Eisenbahn gespielt.«

De Wacht war nicht so leicht zu überzeugen.

»Wir stecken aber ganz schön tief drin, und wenn jetzt schon Menschen ermordet werden, die vielleicht zu viel wussten ... Denk dran, dass wir über Ereignisse Bescheid wissen, die kaum bekannt sind. Ich frage mich, ob es nicht vernünftiger wäre, von der Bildfläche zu verschwinden.«

»Vor wem sollten wir denn Angst haben? Jedenfalls nicht vor Bombi. Dass er uns ans Leder will, weil wir zu viel wissen, klingt für mich nicht logisch, denn das, was wir wissen, hat er uns doch selbst erzählt!«

»Deshalb kommt er auch nicht als Täter in Frage ...«

»Andererseits hat er aus seiner Abneigung gegen Licia Vanhoucke keinen Hehl gemacht.«

»Siehst du, da sagst du es selbst! Vielleicht hat er sich nur verplappert. Gleich danach tat es ihm wieder Leid und du weißt, dass er keine halben Sachen macht. Daher bin ich der Meinung, dass du deine beiden Kühlschränke mit Cocktails für eine Weile verlassen solltest. Kannst du nicht bei Jaël einziehen? Vorübergehend«, fügte er hastig hinzu.

Benter musste lachen.

»Natürlich nicht. Ich bin bisher noch nie bei ihr zu Hause gewesen. Ich kenne sie ja erst höchstens zwei Monate.«

»Wenn es mal bloß nicht dabei bleibt«, sagte de Wacht düster. »Du bist wie ein Kind, du siehst die Gefahr nicht, Fred. Bis Samstag.«

»Wenn wir den noch erleben! Schau also gut nach rechts und links, bevor du über die Straße gehst«, sagte Benter und legte aus vollem Halse lachend den Hörer auf.

Arnheim, Donnerstag, 12. September, 9.00 Uhr

Karel Zadig gähnte.

Noch keine sieben Stunden zuvor war er nach Hause gekommen. Seine Frau blätterte im Wohnzimmer achtlos in einem Buch, *Un uomo* von Oriana Fallaci. Zadig wusste sofort, dass dies der Vorbote eines langen Streits war, denn sie konnte keine zwei Worte Italienisch. Sie hatte ganz offensichtlich auf ihn gewartet. Erschöpft hörte er sich die Flut von Vorwürfen an.

Zadig nickte einige Male demütig während ihres furiosen Monologs über seine langen Arbeitszeiten, sein niedriges Einkommen und seinen Chef, der sich mit seinen Erfolgen brüsten würde. Schließlich stand er auf, konnte gerade noch die Energie aufbringen, sich die Zähne zu putzen, zog seine Kleidung aus, legte sich aufs Bett und schlief ein. Seine Frau blieb voller Ärger in ihrem Sessel zurück.

Am nächsten Morgen saß er in der Küche beim Frühstück. Seine Frau bewahrte ein eisiges Schweigen. Zadig rührte in seinem Kaffee herum und las die Schlagzeilen der Morgenzeitung, hinter der sich seine Frau verschanzt hatte. Vierzehn Jahre Ehe hatten ihn gelehrt, dass dies die einzige Art war, wie sie ihren Unmut ausdrücken konnte.

»Sollen wir heute Abend in diesem neuen Lokal essen gehen, in der … äh, der Dingsstraße?«, begann Zadig.

Er pellte ein Ei und schaute erwartungsvoll hinüber zur Papierwand auf der anderen Seite des Tisches.

Die Zeitung sank ein Stück hinunter und Zadig geriet ins Schussfeld ihrer wütenden Augen, die demonstrativ auf die Uhr an der Wand hinter ihm blickten.

»Du musst zur Arbeit«, sagte Mevrouw Zadig, »es ist Zeit.« Ihre Stimme hatte etwas Unversöhnliches.

Zadig seufzte. Er war nicht gerade entzückt über diese Pose unbeugsamer Wut.

Eigentlich war er überhaupt nicht mehr entzückt von ihr, dachte er.

Ohne Frau, jedenfalls ohne diese, wäre Karel Zadig bestimmt ein glücklicherer Mensch gewesen.

Nach einem heftig abgewehrten Kuss saß er eine halbe Stunde später an seinem Schreibtisch und ging den Bericht des Gerichtsmediziners durch.

Die Resultate der äußeren Leichenschau überblätterte er, abgesehen von den Passagen, die die Spuren am Hals beschrieben. Der Mörder hatte Licia Vanhoucke nicht durch Würgen bewusstlos gemacht, damit er die Enthauptung ungestört durchführen konnte. Dies hätte deutliche äußere und innere Spuren hinterlassen: Quetschungen, Hautabschürfungen, Kratzspuren und ein gebrochenes oder gequetschtes Zungenbein beziehungsweise einen verletzten Kehlkopf. Bei Licia Vanhoucke wurden jedoch keine dieser Spuren entdeckt, weder an dem Teil des Halses, der am Körper saß, noch an dem Teil, der am Kopf hing. Der Pathologe hatte bei der Obduktion lediglich einen leichten Bluterguss auf der rechten Seite des Kehlkopfs festgestellt und war zu dem Schluss gekommen, dass ein plötzliches, heftiges Abklemmen des Nervus vagus – ein wichtiger Nerv, der vom Gehirn zu den Lungen führt – zu einer Störung der Sauerstoffaufnahme in ihren Lungen geführt haben müsste. Wahrscheinlich hatte der Täter den Nerv abgedrückt und dadurch sein Opfer auf dem Parkplatz bewusstlos gemacht. Ein schneller, kräftiger Griff um den Hals hatte ausgereicht.

Danach war der Kopf durch einen Hieb mit einem

sehr scharfen Gegenstand vom Rumpf abgetrennt worden. Die Muskeln, Sehnen, Knorpel und Knochen waren glatt durchgeschnitten und wiesen keine faserigen Ränder auf. Der Pathologe hatte geschrieben, dass ein Werkzeug mit einer kurzen Klinge nicht in Frage käme, es sei denn, der Mörder verfüge über außergewöhnliche Kräfte. Ein langes Schwert mit einem entsprechend großen Eigengewicht sei logischer. Ende des Berichts.

Danach studierte Zadig die Fotos von dem Kopf und dem Körper, der unter das Armaturenbrett des Renaults geklemmt worden war. Die Luftaufnahmen, die als Teil der Soko-Standardprozedur von der Umgebung des Tatorts gemacht worden waren, boten wenig Anhaltspunkte. Von dem Wald waren nur die Baumkronen sichtbar.

Auch das Protokoll der Fahndungsbeamten, die die Zuschauer und neugierigen Gaffer an der Absperrung observiert hatten, lag nun auf seinem Schreibtisch. Sie hatten kein auffälliges Verhalten bei den Hunderten Neugierigen feststellen können, die bis tief in die Nacht herbeigeströmt waren.

Zadig tastete nach der Brusttasche seines Hemdes und zündete sich einen Zigarillo an, den ersten von fünfzehn, die er täglich rauchte. Die schnelle Art, in der Licia getötet worden war, wies auf kalte, mitleidlose Effizienz hin. Zadig nahm seinen Notizblock zur Hand und schrieb: Würgen – Profi?

Dann strich er das Wort Profi wieder durch. Ein Profikiller enthauptet keine Leichen. Er schrieb stattdessen: Würgen – professionell?

Und darunter: Außergewöhnliche Kräfte?

Das erste Treffen der Soko am Abend zuvor war in einem großen Durcheinander, um nicht zu sagen chaotisch verlaufen. Der Staatsanwalt hatte sich nur kurz blicken lassen und war gleich darauf wieder verschwunden. Der Untersuchungsrichter tauchte erst auf, nachdem die Soko sich bereits auf den Weg nach Zutphen gemacht hatte.

Wir sind wie eine Dampfwalze, hatte Zadig einmal zu einer Gruppe von Polizeischülern gesagt. Innerhalb weniger Stunden können wir alle Einsatzkräfte mobilisieren. Wir arbeiten schnell, gründlich und methodisch. Das klang wie das Rattern eines Maschinengewehrs, aber es klang gut.

Die Soko Arnheim hatte in der Tat unglaubliche Erfolge aufzuweisen und Karel Zadig war überaus stolz auf den Ruf seines Teams. Obwohl erst achtunddreißig, war er bereits seit drei Jahren Nestor der Sonderkommission.

Hastig hatte Zadig gestern Abend nach rechts und links Aufträge verteilt und sein Team sofort auf die Jagd geschickt. Wenn die Spuren noch frisch waren, war die Chance auf Erfolg am größten. Daher verlor Zadig keine Zeit.

Ein Beamter in Uniform brachte ihm kurz darauf eine Tasse Kaffee sowie den Bericht über die Spurenanalyse im Wald. Eine Sonderbeilage berichtete über die Untersuchung des Renault 4 GTL. Außerdem war eine Liste der Gegenstände dabei, die sich in Licia Vanhouckes Handtasche befunden hatten: Führerschein, Autopapiere, Reisepass (warum hatte sie einen Reisepass bei sich gehabt?), Schecks, Scheckkarte, Visa-Karte, Füllfederhalter-Set, ein unangebrochenes Päckchen Chesterfield Light, ein Zippo-Feuerzeug, ein Päckchen Papiertaschentücher, ein Taschenkalender, Make-up-Utensilien. Die Papiere lagen dem Bericht bei. Er blätterte ihren Reisepass durch. Nur ein Visumstempel befand sich darin, für Ungarn, erhalten am 15. Juli 1985. Sie starrte ihn von dem Passfoto einfältig an.

Er las rasch den Bericht über die Spurenuntersuchung durch und setzte am Rand Ausrufezeichen neben die Passagen, die ihm wichtig erschienen.

Er nahm den Taschenkalender zur Hand. Der Inhalt las sich wie eine Geheimsprache. Es standen keine Namen darin, nur Initialen. Die Städte und Orte waren mit einem Buchstaben angedeutet. Für Dienstag, den 10. September hatte sie notiert: 14.00–16.00 / P.-Z. Das Polizeistudienzentrum in Zutphen.

Die Liste der Telefonnummern hinten im Kalender enthielt zweiundvierzig Nummern und ebenso viele Initialen. Zadig schrieb auf seinen Notizblock: Nummern schon über PTT Telecom überprüft? Dieser Kalender konnte der Schlüssel zu einer noch unbekannten Seite von Licia Vanhoucke sein.

Arnheim, Donnerstag, 12. September, 10.00 Uhr

»Wir haben es hier mit einem bizarren und Grauen erregenden Mord zu tun«, sagte Karel Zadig. »Bizarr wegen der Methode, Grauen erregend, weil er uns als Polizisten und Polizistinnen besonders unter die Haut geht. Licia Vanhoucke war zwar keine Kollegin im eigentlichen Sinne, doch sie hat immerhin für uns gearbeitet. Darum betrifft dieser Mord jede und jeden von uns persönlich. Wir können keinen Mord tolerieren, und schon gar nicht einen Mord an jemandem von unseren eigenen Leuten. Durch euren Einsatz, eure Erfahrung, euer Wissen und Können konnte unsere Sonderkommission in den letzten siebzehn Jahren über sechzig Fälle erfolgreich abschließen. Ich zähle darauf, dass euch das auch diesmal wieder gelingt.«

Zadig sammelte seine Papiere ein und erhob sich.

Die vollständige Soko, vierunddreißig Männer und zwei Frauen, hatte sich vor einer Stunde im großen Versammlungsraum des Arnheimer Polizeipräsidiums eingefunden. Sie schoben ihre Stühle zurück, rafften ihre Papiere zusammen und verließen den Saal.

Zadig stand an der Tür und nickte den vorbeikommenden Soko-Mitgliedern aufmunternd zu, die jetzt ihre Jagd fortsetzen wollten. Die meisten kannten sich. Zadig betrachtete sie ein wenig als seine Familie und auch seine Kollegen empfanden es so, und sei es nur wegen der zu ihrem Beruf gehörigen Familienstreitigkeiten zu Hause. Manche nickten freundlich, andere schlugen ihm auf die Schulter oder machten eine witzig gemeinte Bemerkung über sein jugendliches Alter, das bereits seit drei Jahren bei der Soko Gegenstand eines mit Neid gespickten Spotts war. Zadig rang sich ein mühsames Grinsen ab.

Die Aufgaben waren anhand einer Checkliste verteilt worden. Zwei Mitglieder des Erkennungsdienstes sollten noch ein paar Tage in Zutphen bleiben, um Spuren zu sichern und zu verifizieren. Die beiden anderen sollten sich unterstützt von zwei Mitgliedern des taktischen Ermittlungsteams in Licia Vanhouckes Wohnung ans Werk machen. Das Hinweisbearbeitungsteam wurde nach Zutphen verlegt, die Kriminologen und die administrative Einheit blieben in Arnheim. Der regionale CID sollte den Informanten in den kriminellen Kreisen von Arnheim auf den Zahn fühlen.

Doch die meiste Arbeit blieb an den Mitgliedern des taktischen Ermittlungsteams hängen: Sie mussten die Befragung der Nachbarn durchführen und sich eine Übersicht über Freunde, Bekannte und Kollegen verschaffen. Zwei weitere Beamte konzentrierten sich auf die Mordwaffe. Das bedeutete, dass sie die Aufgabe hatten, Geschäftsleute in Arnheim und Zutphen aufzusuchen, die in den letzten Monaten möglicherweise eine Machete oder ein Samuraischwert verkauft hatten. Wahrscheinlich kam nichts dabei heraus, aber es musste nun einmal gemacht werden. Da der Mord in Zutphen begangen worden war, war das Team mit zwei Kriminalbeamten aus dem Zutphener Korps verstärkt worden. Einer von ihnen wurde dem Hinweisbearbeitungsteam zugeteilt.

Der zweite Beamte vom Zutphener Korps war ein ehrgeiziger Karrieretyp, der trotz seiner vielen Bewerbungen bereits seit sechs Jahren an seinem Schreibtisch im neuen Polizeigebäude am Houtwal saß. Dort war nicht viel aus seiner Karriere geworden. Seine Energie wurde hauptsächlich von langwierigen, internen Kompetenzstreitigkeiten mit seinem Kollegen aufgezehrt. Böse Zungen behaupteten, von Kompetenzstreitigkeiten könne gar nicht die Rede sein, da beide völlig inkompetent seien. Er wurde zum Sekretär des Koordinationsteams ernannt, eine Funktion, die es noch nie vorher gegeben hatte und die weiter nichts bedeutete. Zadig vermutete zu Recht, dass der Mann auf diesem Posten wenig Schaden anrichten konnte, umso mehr, als die Kommunikation mit dem Staatsanwalt und dem Untersuchungsrichter ohnehin über persönliche Kontakte lief. Der Zutphener Karrieremacher beschränkte sich auf das Produzieren, vor allem aber das Sammeln des notwendigen Papierkrams. Für diese Aufgaben, aber auch nur für diese, war er hervorragend geeignet. Innerhalb einer Stunde hatten alle seinen richtigen Namen vergessen und er wurde nur noch ›Zut‹ genannt.

Zwei Fahnder waren als Leichenbegleitungsteam mit den Angelegenheiten rund um das Opfer betraut. Sie bildeten ein bewährtes Duo, das auch letzte Nacht Licias Eltern aufgefangen hatte, die in fliegender Eile aus Amsterdam herübergekommen waren. Die Konfrontation mit dem Kopf, der im weißen Licht der Scheinwerfer stand, war herzzerreißend gewesen. Das Ehepaar war in einem Zutphener Hotel untergebracht worden und sollte heute Nachmittag vernommen werden.

Zadig stützte seine Hoffnungen auf den Taschenkalender. Das technische Beweismaterial, das bisher zusammengetragen worden war, bot kaum Anhaltspunkte. Einige Fußspuren Größe dreiundvierzig ohne charakteristisches Profil an dem Baumstumpf, auf dem Licia Vanhoucke ihren Kopf verloren hatte, ein Dutzend Haare von ebenso vielen verschiedenen Menschen, die irgendwann einmal bei ihr im Auto gesessen hatten, einige Textilfasern unter den Nägeln ihres rechten Zeige- und Mittelfingers sowie zahllose Fingerabdrücke im Auto, unter denen sich vielleicht noch nicht einmal die des Mörders befanden. Mit den Containern voller Sachen, die im Wald gesammelt worden waren, würde der Erkennungsdienst noch tagelang beschäftigt sein.

Da er schon selbst seine Untersuchungen in Licias Wohnung durchgeführt hatte, ging Zadig fünf Minuten später zusammen mit zwei Beamten die Liste der Telefonnummern, Namen und Adressen durch, die von der PTT Telecom, Distrikt Arnheim, ins Polizeipräsidium gefaxt worden waren.

Die Liste enthielt zweiundvierzig Telefonnummern aus dem Kalender von Licia Vanhoucke. Siebenunddreißig davon waren mit Namen und Adresse der Teilnehmer versehen, die in Licias Kalender nur mit ihren Initialen angegeben waren. Die übrigen fünf waren Nummern im Ausland: drei in Belgien (alle in Antwerpen) und zwei in England. Eine detailliertere Liste, die auch über das Zahlungsverhalten der Teilnehmerin Aufschluss gab, sollte später am Nachmittag eintreffen.

Zadig gab einem der Beamten die drei zusammengehefteten Telefaxblätter mit dem Auftrag, Kopien davon zu machen. Der zweite Beamte versuchte, von der Kantinenbedienung eine Thermoskanne mit Kaffee zu ergattern. Nach Plastikbechern, Milch und Zucker machte er sich selbst auf die Suche. Wenigstens diese Ermittlungen hatten schon jetzt Erfolg.

Jeder Mann in Zadigs Büro erhielt eine Kopie der Liste. Zadig behielt das Original. Er ließ den Finger über das erste Blatt wandern. Auf der zweiten Seite hielt sein Finger kurz bei dem Namen einer Kunstgalerie inne und setzte dann seinen Weg fort.

Dann stockte er erneut bei dem Namen Mischa Baarl.

Rasch verteilte Zadig die einundvierzig übrigen Telefonnummern auf die beiden Beamten.

Dann blieb er allein in seinem Zimmer zurück. Die zweiundvierzigste Nummer, die von Baarl, hatte er mit einem dicken roten Filzstift umkringelt. Abwesend ließ Zadig seinen Zigarillostummel vom linken in den rechten Mundwinkel wandern. Zwischen Vanhoucke und Baarl hatte es also unverkennbar eine Verbindung gegeben. Vielleicht hatten sie sich gekannt. Die Frage lautete also: Was hatten sie miteinander zu tun gehabt?

Zadig erinnerte sich daran, dass Sidjon Kylow die Leitung der Sonderkommission Overrijse innehatte. Er suchte die Nummer des Polizeipräsidiums in Zwolle heraus und bat, möglichst rasch weiterverbunden zu werden. Während er wartete, ging er nochmals die Liste durch. Die übrigen Namen und Adressen brachten bei ihm keine Alarmglocke zum Läuten. Nun ja, bis heute Nachmittag, spätestens bis morgen sollten sie alle überprüft sein. Er zündete sich einen neuen Zigarillo an, inhalierte entgegen seiner Gewohnheit und blies den Rauch triumphierend zur Decke. Er musste an sich halten, um sich nicht die Hände zu reiben. Aus Erfahrung wusste er, dass auf einen allzu schönen Hinweis oft ein Dämpfer folgte. Das Telefon unterbrach seine Aufregung.

Zadig spürte sofort Kylows Missmut, als er ihm berichtete, dass möglicherweise eine Verbindung zwischen Baarl und Vanhoucke bestand.

Er hörte ein leichtes Schnaufen durch das Telefon.

»Hallo, bist du noch dran?«, rief Zadig in den Hörer.

»Verdammte Scheiße!«, konnte Kylow endlich hervorbringen. »An diesem Baarl habe ich mir die Zähne ausgebissen.«

Zadig berichtete ihm kurz die restlichen Details und lud ihn sofort zum Nachmittagsbriefing der Koordinationsgruppe ein, wobei er ihn zugleich bat, die Unterlagen zum Mordfall Baarl mitzubringen.

»Ich nehme meinen Stab mit, Charlie. Es sieht ganz danach aus, als müssten wir zusammenarbeiten.«

Karel Zadig und Sidjon Kylow waren sich früher schon ein paarmal begegnet, zuletzt bei einem Kongress der Niederländischen Polizeiakademie in Apeldoorn. Sie hatten zusammen an der Bar ein paar Bier getrunken und waren zu dem Schluss gekommen, dass sie vieles gemeinsam hatten und sich ganz gut leiden konnten.

»Gut«, sagte Zadig, »wir sind heute Nachmittag in Zutphen. Die Familie kommt um fünf Uhr zusammen. Du und ich, wir fangen ein halbes Stündchen früher an.«

»Okay«, sagte Kylow und beendete das Gespräch.

Arnheim, Freitag, 13. September, 10.00 Uhr

Am Freitagmorgen empfing die Zwoller Notarskanzlei, die den Nachlass von Mischa Baarl verwaltete, eine Mahnung der Rechtanwaltskanzlei Schettring & Co. über 1250 Gulden für eine juristische Beratung von J. J. Klinker, geleistet an die Zwolle Enterprises GmbH.

Ein Mitarbeiter des *Elevator* war auf dem Papier Direktor dieser GmbH, in der die Interessen des *Elevator* zusammengefasst worden waren. Einziger Anteilseigner war Mischa Baarl gewesen.

Einer der Notaranwärter in der Kanzlei erinnerte sich an die Schlagzeilen in der Zeitung über den Mord an einem Rechtsanwalt Klinker vor etwa sechs Wochen. Er rief in Arnheim an und fragte nach dem Juristen, der Klinkers Platz eingenommen und nun die Akte über die GmbH in seiner Obhut hatte. Er bekam dessen Sekretärin an den Apparat.

Ja, es sei schrecklich, dieser Mord an Meneer Klinker. Sie alle seien entsetzt. Zutiefst entsetzt. Immer noch, fügte sie hinzu. Ja, die Angelegenheiten, mit denen sich Meneer Klinker befasst habe, seien von jemand anderem übernommen worden. Er könne gewiss verstehen, dass man zunächst in heller Aufregung gewesen sei. Aber nun gut, jetzt gehe alles wieder einen ruhigeren Gang. Das Erinnerungsschreiben über den offen stehenden Betrag (sie vermied das Wort Mahnung) sei durch diese ganze Verwirrung zu spät abgeschickt worden.

Der Notaranwärter dankte ihr freundlich für ihre Information.

Klinker tot, Baarl tot, dachte er, Lieferant und Kunde. »Abgeschlachtet«, sagte er zu niemand Bestimmtem.

Erst am späten Nachmittag rief er im Polizeipräsidium in Arnheim an und fragte nach dem Beamten, der die Klinker-Sache bearbeitete.

Das war Karel Zadig.

Zadig wollte gerade nach Hause gehen, als er den Telefonanruf erhielt.

Er glaubte nicht an so etwas wie Zufall. Er war nach der alten empirischen Schule ausgebildet worden, nach der man nur rational und systematisch an ein Problem herangehen musste, dann würde sich die Lösung mit großer Sicherheit einstellen. Geschah das nicht, hatte man einen Fehler begangen. Diese Denkweise machte Zadig zu einem guten, wenn auch nicht brillanten Polizisten.

Zufall war nach Zadigs Meinung immer auf logische und erklärbare Ursachen zurückzuführen, aber der Anruf des Notaranwärters aus Zwolle brachte diese Theorie zumindest ins Wanken.

Zadig hörte dem Mann auf der anderen Seite der Leitung aufmerksam zu. Er stellte eine Reihe von Fragen, die sich vor allem auf die Art der juristischen Beratung Klinkers sowie auf die Struktur der GmbH bezogen. Zum Schluss schrieb er sich noch die Nummer der Kanzlei auf und brach das Gespräch mit einem hastigen Dank ab.

Klinker und Baarl. Zwolle Enterprises, zum Teufel noch mal!

Er schlug sich selbst in Gedanken an den Kopf. Beim Durchgehen der Mandantenliste von Klinker musste ihnen dieser Name natürlich begegnet sein. Durch einen Anruf bei der Handelskammer in Zwolle hatte man auch den Namen des Direktors herausgefunden, der aber nicht Baarl lautete. Dieser unbekannte Name hatte natürlich keinen Argwohn erweckt, und so hatte man diese Spur nach kurzer Zeit nicht mehr weiter verfolgt.

Klinker hatte der GmbH einen juristischen Ratschlag erteilt, der mit irgendeiner Bestimmung des Flächennutzungsplans zusammenhing, wie sich Zadig erinnerte. Er hatte keinen Anlass dafür gesehen, sich weiter in die Sache zu vertiefen, und hatte selbst vorgeschlagen, sie auf sich beruhen zu lassen.

Und nun stellte sich heraus, dass sich hinter der GmbH Mischa Baarl verbarg.

Ihm wurde klar, dass er auf einen Zusammenhang zwischen Baarl und Klinker einerseits und Baarl und Vanhoucke andererseits gestoßen war.

»Wenn A mit B zu tun hat und B mit C«, fragte er laut, »hat A dann auch etwas mit C zu tun?«

»Nicht unbedingt«, beantwortete er sich seine Frage, »aber es wäre kein allzu großer Zufall.«

»Glaubst du, dass wir es mit einem Serienmörder zu tun haben?«

»Es sieht jedenfalls allmählich ganz danach aus.«

Zadig wechselte den Telefonhörer ans andere Ohr. »Was denkst du, Sidjon?«

Er hatte Kylow angerufen, um ihn über die Verbindung zwischen Baarl, Vanhoucke und Klinker zu informieren.

»Wenn, dann allerdings ein Serienmörder, dessen Opfer einander kennen. Wir müssen auf jeden Fall ihre Lebensgeschichten miteinander vergleichen«, sagte Kylow. »Wenn wir es mit ein und demselben Mörder zu tun haben, muss es gewisse Gemeinsamkeiten in ihrer Vergangenheit geben.«

»Wir werden das nachprüfen. Hast du neue Informationen über Baarl?«

»Vielleicht bis Montag. Ich sehe dich morgen Nachmittag in Zutphen; ich werde die Ermittlungen jetzt erst mal wieder in Gang bringen.«

Der Untersuchungsrichter hatte sich angesichts der Verbindung Baarl-Klinker mit der Bitte der Korpschefs von Arnheim und Zwolle einverstanden erklärt, beide Sonderkommissionen teilweise zusammenzulegen. Nach der Sitzung des Koordinationsteams hatte der Stab auf Kylows Vorschlag hin beschlossen, dass Zadig die Leitung des gemeinsamen Teams übernehmen sollte. Obwohl Kylow über viele Jahre mehr Soko-Erfahrung verfügte, war diese Lösung nahe liegend, da die Ermittlungen sich hauptsächlich auf Gelderländer Gebiet abspielen würden.

Zadig griff zum Telefon und wies den Pförtner an, er solle die Mitglieder der Koordinationsgruppe am Personalausgang aufhalten.

»Es gibt viel zu tun. Sie müssen wieder zurückkommen. Schicken Sie sie bitte in die Kantine«, befahl er. »Sagen Sie einfach, es stünde ein Arbeitsessen auf dem Programm.«

Die Rolle des Soko-Leiters gefiel Zadig immer besser.

Zwolle, Samstag, 14. September, 0.10 Uhr

Jaël Zamka hatte bis elf Uhr gearbeitet und dabei viele Kilometer zwischen der gut besuchten Terrasse und der Bar des Lokals zurückgelegt. Nach ihrer eigenen Schätzung waren es gut zwanzig gewesen. Die Füße brannten und ihr Schädel brummte, doch soweit sie sich erinnern konnte, hatte sie jeden Gast freundlich behandelt. Der Einzige, der mit der temperamentvollen Seite ihrer facettenreichen Persönlichkeit Bekanntschaft gemacht hatte, war ihr Chef gewesen. (›Nein. Es geht dich gar nichts an warum. Und jetzt lass mich in Ruhe.‹) Er hatte sie ganze drei Mal gedrängt, bis zum Ende der Öffnungszeit zu arbeiten; dass sie auf diese Weise einen Arbeitstag von sechzehn Stunden bekommen hätte, betrachtete er als Gunst. Überstunden wurden doppelt bezahlt, und zwar schwarz, so dass sie dreimal so viel verdient hätte wie normalerweise.

Zu Hause konnte sie den Verlockungen ihres kühlen weißen Betts nicht widerstehen und legte sich kurz zu einem Nickerchen hin. Nach einer ausgiebigen, lauwarmen Dusche fühlte sie sich schon wesentlich besser. Sie zog sich einen kühlen Kaftan über, legte eine Kassette mit Musik von John McLaughlin ein und machte sich einen Schinken-Käse-Toast zurecht. Während sie sich eine Tasse Tee aufbrühte, klingelte Fred Benter an der Tür.

Die Verabredung mit ihm war der Grund gewesen, warum sie das Angebot, Überstunden zu machen, abgelehnt hatte.

Beim Hereinkommen strich er ihr zur Begrüßung übers Haar und die Zärtlichkeit seiner Geste überraschte sie. Sie zog ihn an seinem Revers zu sich, was

Benter als den Beginn einer innigen Umarmung verstand. Einige Minuten später lag Jaël wieder im Bett, jetzt in Gesellschaft von Fred, der gemerkt hatte, dass sie unter dem weißen Kaftan nichts anhatte.

Sie liebten sich schnell und leidenschaftlich, ohne viele Worte, um keine Zeit zu verlieren oder um die Spannung nicht zu mindern oder gerade deswegen oder und das war das Wahrscheinlichste, weil sie schrecklich große Lust dazu hatten.

Danach streichelte Benter über Jaëls Brüste. Es erstaunte ihn, dass sie blass waren, fast weiß, während Jaël ansonsten bis auf den dünnen weißen Streifen um ihre Hüften eine schimmernd braune Hautfarbe hatte. Er fragte sie, warum sie sich nicht oben ohne in die Sonne lege. Jaël zeigte auf die Umrisse eines im Bau befindlichen Mietshauses auf der gegenüberliegenden Straßenseite. »Damit würde ich zu viel Aufmerksamkeit bei den Herren Bauarbeitern erregen. Das Haus würde nie fertig, wenn ich mich hier oben ohne hinlegen würde. Findest du sie hässlich so?«, fragte sie.

»Nein, eben nicht, ich finde das gerade aufregend«, antwortete Benter.

»Warum?« Benter strich über ihre schimmernden rosaroten Brustwarzen, die aufrecht standen wie kleine Stiele. »Weil sie, wo sie doch immer verhüllt bleiben, wirklich verbotene Früchte sind.«

Das brachte Jaël zum Lachen.

Nach einer Stille, in der sie beinahe eingeschlafen wäre, fragte Benter: »Gibt es in deiner Wohnung eigentlich noch andere Zimmer?«

Er war noch nie vorher bei ihr zu Besuch gewesen und sie hatte ihn von der Haustür aus direkt in ihr Schlafzimmer gezogen.

»Das wirst du schon noch sehen. Ich werde dich rumführen. Aber zuerst musst du mit unter die Dusche.«

Jaël zog ihn aus dem Bett und schubste ihn in Richtung Badezimmer. Benter zählte acht Beleuchtungsspots, die es mit dem schwarzen Marmor an den Wänden aufnehmen mussten. In zwei mannshohen Spiegeln, die einander gegenüber angebracht waren, sah er sich und Jaël unendliche Male vervielfältigt, wobei ihre Spiegelbilder immer kleiner wurden.

»Warte einen Moment. Ich komme gleich wieder.«

Sie zeigte Benter die Duschecke hinter einer Wand. Eine Reihe verchromter kleiner Griffe erregte seine Aufmerksamkeit. Darüber blitzte ein Drehknauf, der von der Größe her eher zu einem Tresor gepasst hätte. In einer länglichen Aussparung lagen verschiedene Stücke Seife.

Jaël stellte eine Flasche in einen Halter an der Wand. Sie schlug ihre Arme um Benter und küsste ihn auf den Mund. Währenddessen spürte Benter, wie sie hinter sich kräftig an dem Knauf drehte. Sofort stürzte ein Wasserfall auf ihn nieder. Von oben, von der Seite, auf Hüft- und Schulterhöhe und sogar schräg von unten wurde er von kräftigen warmen Wasserstrahlen angesprüht. Zugleich hörte er, wie die Belüftung ansprang und die Wolken von Wasserdampf absaugte. Benter hatte einen Augenblick das Gefühl, er würde ertrinken, und wand sich rasch aus Jaëls Umarmung heraus.

»Wo ist denn hier der Notausgang?«

Jaël zog ihn zurück. »Hab keine Angst. Ruhig durchatmen. Ich könnte hier stundenlang stehen! Manchmal setze ich mich sogar auf einen Balkonstuhl.«

Benter nickte. »War diese Sprüh-Installation schon eingebaut, als du eingezogen bist?«

»Nein, das war ein Geschenk.«

»Von wem?«, fragte Benter impulsiv. »Oder darf ich das nicht fragen?«

»Aber natürlich darfst du das. Von meinem Vater. Ich konnte es mir aussuchen: entweder ein Badezimmer meiner Wahl oder eine Reise nach Mexiko.«

Benter seufzte, bekam dabei Wasser in den Mund und hätte sich beinahe verschluckt. »Hast du lange gebraucht, um dich zu entscheiden?«

Statt einer Antwort drehte Jaël an einem anderen Knopf und Benter merkte, dass abwechselnd eiskalte und glühend heiße Strahlen auf ihn abgefeuert wurden.

Sie bückte sich, nahm die Flasche und drehte den Metalldraht vom Korken. Mit zusammengekniffenen Augen hielt sie die Flasche von sich weg. Kurz darauf knallte der Korken aus dem Hals und flog in eine Ecke an der Decke. Sofort hob sie die Flasche hoch und hielt sie ein paar Zentimeter über ihr Gesicht. Zischend spritzte der Sekt über ihren Mund, ihr Kinn, ihren Hals und ihre Brüste, wo der Schaum sofort weggespült wurde.

»Herrlich!«, sagte sie keuchend und mit geschlossenen Augen.

Sie reichte die Flasche an Benter weiter, der überrascht war von so viel Genusssucht. Bevor er die Flasche an die Lippen setzte, betrachtete er das Etikett. Jaël hatte einen Asti Spumante von 1986 entkorkt.

Weit nach Mitternacht beschlossen sie, sich in das Zwoller Nachtleben zu stürzen. Viel Auswahl hatten sie nicht. Die nächtlichen Ausgehmöglichkeiten beschränkten sich auf einige wenige niveaulose Läden: einen, der sich *Swing-o-Thek* nannte und schon allein deswegen nicht in Frage kam, eine einzige Snackbar und einen richtigen Nachtclub, das *Bien Venus*.

Ein Türsteher, zu dem sein Lächeln nicht passte, nahm ihre Jacken in Empfang.

Um bei etwas Moussierendem zu bleiben, bestellte

Benter zwei Bellinis. Während der Barkeeper sekundenlang das Flaschenregal über der Bar inspizierte, schaute sich Benter die übrigen Nachtschwärmer an. Es handelte sich überwiegend um ältere Männer in C&A-Anzügen mit diagonal gestreiften Krawatten, die irgendwann in ihrer Jugend Filme gesehen hatten, in denen ›cool‹ als Verhaltensnorm in Nachtclubs galt. Sie saßen ein wenig gelangweilt da, versuchten, nicht nach dem zu schauen, was sie interessierte, und wirkten eher verloren als in ihrem Element.

Der Barkeeper tauchte jetzt zu dem Kühlschrank unter der Bar ab. Benter vermutete, dass er sich das Gehirn zermarterte, um einen akzeptablen Ersatz für den Champagner zu finden. Wahrscheinlich stand der Barkeeper, was den Getränkeeinkauf betraf, mit seinem Chef auf Kriegsfuß. Der Chef war zweifellos der Meinung, dass so etwas wie Champagner viel zu gut war für die Zwoller.

Der Barkeeper streckte seinen Arm nach einer Flasche aus, tat so, als überlege er es sich anders, und fragte Benter: »Hast du schon mal einen Biercocktail probiert?«

»Ja, einen Black Velvet«, sagte Benter, »aber da gehört auch Champagner rein.«

»Gibt es auch Biercocktails?«, fragte Jaël begeistert.

»Na, und ob!«, sagte der Barmann, sich rasch aufrichtend. »Ich habe ein Rezept, das es mit allem aufnehmen kann, was Alkohol enthält.«

»Das probieren wir.«

Der Barmann wartete.

»Na, dann los«, sagte Benter unwillig.

»Also dann zwei Dark Knock-outs! Eine belgische Erfindung«, sagte er erleichtert.

Es sollte eine der seltenen Gelegenheiten werden, bei denen Benter Bier mochte.

»Sie sind alle ihren eigenen, spektakulären Tod gestorben«, sagte Benter, während er an seinem zweiten Dark Knock-out nippte. »Totgespritzt, erschossen, ertränkt und enthauptet …«

»Glaubst du, dass sie etwas miteinander zu haben?«

»Wer? Die Morde oder die Opfer?«

Jaël zuckte mit den Schultern. »Beides.«

Benter überlegte, ob er die Informationen, die sie von Bombi hatten, weitergeben sollte. Er beschloss, damit noch zu warten. »Schauen wir uns mal die Menschen an: Das Einzige, was feststeht, ist, dass sie vor etwa acht Jahren in Aktivitäten gegen die bestehende gesellschaftliche Ordnung verwickelt waren. Na ja, so kann man es jedenfalls betrachten. Ich persönlich glaube dagegen, dass sie mit ihrem eigenen Leben unzufrieden waren und diese Tatsache der Einfachheit halber als einen Konflikt mit der Gesellschaft interpretierten.«

»Was haben sie damals gemacht?«

»Folklore: Häuser besetzen, demonstrieren, Sitzstreiks durchführen, Blockaden veranstalten, Flugblätter kleben, ein bisschen von allem, womit man öffentliche Aufmerksamkeit erregt. Und dazu unglaublich viele endlose Versammlungen, während, davor und danach.«

»Sonst nichts?«

»Für manche war es ein Vollzeitjob. Sie haben es auch tatsächlich als ihren Beruf bezeichnet.«

»Fulltime-Aktivisten?«

Benter zündete sich eine Gitane an und inhalierte tief. »Ja, manche sind auch dabei durchgedreht. Bombi zum Beispiel. Der hat ernsthaft geglaubt, er könnte die Lunte im Pulverfass der Revolution anzünden.« Benter schüttelte den Kopf. »Jeder, der auch nur eine einzige Gehirnzelle besitzt, wird es sich aus dem Kopf schlagen, in den Niederlanden eine Revolution anzuzetteln. Sollte es tatsächlich jemand versuchen, würden neunundneunzig Prozent der Niederländer sofort sagen: Prima Idee, und was soll das kosten? Im Übrigen glaube ich nicht, dass viele von den Aktivisten wirklich eine richtige Revolution im Sinn hatten. Die meisten brauchten nur ein Ventil für ihre eigene Unzufriedenheit.«

Jaël schlug ihre gebräunten Beine übereinander. Sie trug ein weißes, ärmelloses Stretchkleid, das ihre Oberschenkel eng umspannte. Benter bemerkte, dass die Blicke einiger Barbesucher unruhig zwischen ihrem Glas und Jaëls Knien hin- und herhuschten.

»Aber was haben die vier Ermordeten damals genau getan?«

»Das kann man nicht so konkret sagen. Es war unterschiedlich. Eine Aktivistenbewegung ist kein Betrieb, in dem jeder seine fest umrissene Funktion hat. Vor allem wenn es spannend wurde, machte jeder alles mit jedem. Doch im Großen und Ganzen kann man sagen, dass Doven dealte, in dieser Zeit hauptsächlich mit Shit und nur ab und zu mit härteren Sachen. Außerdem war er ein Elektronikfreak, kümmerte sich also um die Technik beim Sender.«

»Welcher Sender?«

»›Kurzer Prozess‹, ein illegaler Sender, der sich vor allem an die Aktionsfront richtete. Und dann war da noch Klinker, das Wunderkind. Er übernahm hauptsächlich die Nachforschungen. Versuchte zum Beispiel, an die Namen der Geldhaie zu kommen, die hinter einer Spekulantenfirma steckten. Er schnüffelte in Gemeindeakten, Archiven und so weiter herum. Viel Papierkram. Baarl war der Mann fürs Grobe. Er hat eine Menge Pflastersteine durch die Luft fliegen lassen, aber immer aus der letzten Reihe heraus und mit Helm und Sturmhaube vermummt. Das wirkte sehr revolutionär und brachte ihm einiges Ansehen ein.«

Benter lachte.

»Aber er kam immer mit heiler Haut aus allem raus. Er bekam nie etwas ab, sondern teilte immer nur aus. Er war ein gewitzter Kerl, nie zur falschen Zeit am falschen Ort. Einmal wurde er verhaftet. Die Ironie ist, dass Gerüchte behaupteten, Klinker sei daran schuld gewesen. Verrat, sagten alle. Für Klinker war das ein Grund, aus der Bewegung auszusteigen. Das heißt, er nahm einfach sein Studium wieder auf.«

»Und diese Licia Vanhoucke?«

»Licia Vanhoucke war in der Unterhaltungsbranche.«

»Unterhaltung?«, fragte Jaël. Sie nahm einen Zug von Benters Gitane und gab sie ihm mit angewidertem Gesicht zurück.

»Theater, Kabarett, Musik. Im Fernsehen wirkten die Aktionen spektakulär, dabei kann das Aktivistendasein verdammt langweilig sein. Ein Haus zu besetzen ist auch nur am ersten Tag spannend. Danach wird das Warten eintönig und außerdem gibt es oft kein Wasser und keinen Strom, die Einrichtung ist provisorisch und es geht recht primitiv zu. Schlimmer als Camping. Bei einer Blockade oder einer Besetzung, bei der man die ganze Nacht erbärmlich friert, oder auch bei einer normalen Demo kann ein bisschen Unterhaltung die ganze Stimmung retten. Licia war in einer Art Bewusstmachungskabarett. Kampfschreie in festlicher Verpackung. Reine Onanie!«

»Was?«

»Reine Selbstbefriedigung. Wenn man den Ausdruck ›Bewusstmachungstheater‹ mal genau betrachtet, steckt darin der Anspruch, in den Köpfen der Menschen, die eine Vorstellung besuchen, etwas zu verändern. Damit sie danach ein paar Ideen oder Einsichten dazugewonnen haben, die sie vorher nicht hatten. Aber diese Theatergruppe von Licia Vanhoucke spielte nur für die eigenen Leute. Sie bekamen also ihr eigenes Spiegelbild von ihresgleichen vorgehalten und ich kann dir versichern: Dabei kriegt man einen tollen Orgasmus!«

»Danach hat sie sich aber grundlegend verändert«, sagte Jaël.

Sie saugte an dem Strohhalm, der in ihrem Biercocktail steckte. Auf dem Rand des Glases saß ein fröhliches Äffchen, das einen kleinen Sonnenschirm hochhielt. Benter hasste diese Art von Verzierungen. Sie lenkten ab, und meistens zu Recht, weil etwas mit dem Cocktail selbst nicht stimmte. Obwohl Benter den Dark Knock-out dieses Barkeepers mit einer guten Drei belohnt hatte, lag sein Äffchen im Aschenbecher inmitten von ausgedrückten Gitanes.

»Licia Vanhoucke hat sich um hundertachtzig Grad gedreht. Allerdings hat Bombi uns ganz nebenbei erzählt, sie sei nie vertrauenswürdig gewesen.«

»Auch das noch! Ob sie deswegen herausgepickt wurde?«

»Keine Ahnung. Das Einzige, was ich mit Sicherheit sagen kann, ist, dass von ihren damaligen Überzeugungen nur noch sehr wenig übrig geblieben war. Aber ob das ausreicht?«

Er stülpte die Unterlippe nach vorn.

»Natürlich ist das nicht genug«, sagte Jaël voller Überzeugung. »Da muss mehr dahinter stecken. Schau dir mal die Gemeinsamkeiten zwischen den Morden an. Du hast selbst gesagt, dass jeder seinen eigenen spektakulären Tod gestorben ist. Leg die Betonung mal auf ›eigenen‹. Dann wirst du sehen, dass der Mörder sich sehr viel Mühe gegeben hat, seinen Opfern einen Tod zu bereiten, der ganz zu ihrem Charakter passte. Nach dem Motto, es jedem mit gleicher Münze heimzuzahlen.«

Benter zog skeptisch die Augenbrauen hoch. Er hatte in den letzten Tagen ständig über eine Mordtheorie nachgegrübelt und seine einzige plausible Vorstellung basierte auf einem durchgedrehten Bombi, der wie ein Racheengel unter den Abtrünnigen wütete.

Jaël legte enthusiastisch los: »Sieh es doch einmal unter einem symbolischen Aspekt. Am einfachsten ist das bei diesem Dealer. Es ist wie mit den Umweltsündern: Wer den Dreck verbreitet, bezahlt. In diesem Fall bezahlte er mit seinem Leben. Mit einer Überdosis von seinem eigenen Zeug wurde er ins Jenseits befördert. Er bekam doppelt und dreifach zurück, was er gegeben hatte: Gift.

Und jetzt zum nächsten Fall: Baarl. Du hast doch selbst gesagt, dass er vor Gewalt nicht zurückschreckte. Dass ihm Gewalt sogar einen Kick gab. Ich bin nicht dabei gewesen, als er in diesem Lift nach oben kam, aber ich habe die Geschichten darüber gehört. Sein Kopf war zerplatzt. Bei so viel Gewalt wird er den Kick seines Lebens bekommen haben.«

Benter wusste, dass Jaël Psychologie studierte und dass Wissenschaftler auf diesem Gebiet oft einen erschreckenden Zynismus an den Tag legten.

»Und Licia ist für mich das genialste Beispiel für diese Symbolik«, fuhr Jaël fort. »Diese Frau ist unbegreiflich. Erst ruft sie wie eine Vera Lynn das Volk zum Kampf auf und danach trägt sie gegen Geld zur Ausbildung des Feindes bei. Eine solche Wende kann man nur vollziehen, wenn man den Verstand verloren hat. Wenn man den Kopf verloren hat. Das hat der Mörder wörtlich genommen. Er hat ihren Kopf, den sie sowieso bereits verloren hatte, dem Letzten, der sie bezahlte, auf dem Präsentierteller serviert ...«

Jaël sagte noch etwas, aber Benter konnte sie kaum verstehen, weil der Bartkeeper eine Top-Forty-Kassette aufgelegt hatte und plötzlich mit einem energischen Dreh am Regler die Musik erheblich lauter stellte. Zugleich erklang schallendes Gelächter aus dem Vestibül, wo die Gäste ihre Garderobe abgaben. Eine lärmende Gesellschaft kam herein. Es war Viertel nach drei und alle anderen Kneipen hatten inzwischen zugemacht. Das *Bien Venus* wurde nun zum Sammelbecken für alle, die noch nicht genug hatten vom Zwoller Nachtleben. Jaël grüßte verschiedene Männer, die allesamt offene Sommerhemden in grellen Farben trugen und eine Goldkette um den Hals. Einer von ihnen stellte sich zu ihr, legte ihr seinen behaarten Unterarm über die Schulter und fragte sie, ohne Benter eines Blickes zu würdigen, wie es ihr ginge. Benter sah kurz eine Rolex hervorblitzen.

»Mir geht es prima, Danny, aber ich unterhalte mich gerade mit jemandem«, sagte Jaël.

Der Mann warf Benter einen verächtlichen Blick zu. »Mit dem da?«

Die Atmosphäre wurde einen Moment angespannt, beruhigte sich aber wieder, als niemand antwortete. In jovialem Ton bestellte der Mann vier Bier beim Barkeeper.

»Aber wir haben noch einen Kandidaten: Klinker«, sagte Benter, während die Biergläser dicht an ihm vorbeigetragen wurden. »Was hat es zu bedeuten, dass er mit dem Kopf nach unten in ein Altölfass gesteckt wurde?«

»Das ist schon etwas schwieriger zu beantworten. Was war Klinkers Spezialität? Konkurse. Und wer profitiert immer von einem Konkurs, denn wer wird immer bezahlt? Der Rechtsanwalt, der das Ganze verwaltet. Und was ist eine Pleite denn anderes als ein

Abfallprodukt, betriebswirtschaftlich betrachtet jedenfalls?«

Benter verzog gepeinigt das Gesicht.

»Das ist mir jetzt aber zu weit hergeholt. Das reinste Kryptogramm!«

»Nein, warte, da kommt noch etwas hinzu. Kopfüber in einer Tonne flüssiger Schweinereien in einem Hinterhof. Wie Sperrmüll weggeworfen. Das ist doch so ungefähr der erniedrigendste Tod, den man sich vorstellen kann, vor allem für einen schicken Rechtsanwalt. Kannst du dich noch daran erinnern, was die Hauptfigur am Ende von Multatulis Roman *Max Havelaar* zum Kaffeehändler Droogstoppel sagt? Etwas wie: ›Ersticken Sie doch in Ihrem eigenen Kaffee!‹ Genau das ist mit Klinker passiert. Erstickt in dem Dreck, mit dem er sein Geld verdiente.«

Sie nickte zufrieden.

»Das kommt mir alles sehr kompliziert und theoretisch vor. Außerdem muss man schon verdammt verrückt sein, um sich so viel Mühe für derart komplizierte Morde zu geben«, sagte Benter.

»Vielleicht geht es ja um eine Endabrechnung«, antwortete Jaël. »Dann unterliegt der Täter einem alles beherrschenden Zwang, unerledigte Dinge aus der Welt zu schaffen. Ich habe was darüber gelesen. Wenn ein Serienmörder einmal angefangen hat, macht er weiter, bis alles geregelt ist oder er gefasst wird.«

»Wenn unser Mörder nur deshalb Menschen ermordet, weil sie ihre Auffassungen über ihre Rolle in der Gesellschaft geändert haben, hat er ja vorläufig genug zu tun.«

»Darin kann der Schlüssel liegen«, erwiderte Jaël ungeduldig, »aber du bist viel zu sehr fixiert auf die gesellschaftliche Rolle der Opfer, wie du sie kennst. Du solltest sie lieber mit den Augen des Täters betrachten. Bei einem Serienmörder muss ein persönlicher Faktor eine wichtige Rolle spielen.«

»Zum Beispiel?«

»Das kann alles Mögliche sein, aber es muss eine persönliche Verbindung geben. Die Opfer sind sich dessen vielleicht gar nicht bewusst, aber für den Mörder kann es der entscheidende Impuls sein. Für einen normalen Menschen ist oft nicht nachvollziehbar, welche hintergründigen Motive ihn bewegen. Deshalb sind Serienmörder so schwer zu fassen.«

»Also kannte der Mörder seine Opfer?«

Jaël stellte ihr Glas ab. »Darauf würde ich meinen Kopf verwetten«, antwortete sie. »Was ist denn eigentlich in diesen Drinks drin? Die hauen ja rein wie Kanonenkugeln!«

Benter zeigte auf den Barmann. »Frag ihn, er ist der Kenner.«

Jaël drehte sich um, wobei sie Mühe hatte, auf dem Barhocker ihr Gleichgewicht zu halten. Mindestens zwanzig Männeraugen starrten hin, als ihre Beine auseinander gingen und sich um die Beine des Hockers klemmten. Der Barkeeper war allerdings zu sehr mit dem Bierzapfen beschäftigt. Mit Abscheu sah Benter, wie zwei Musiker sich darauf vorbereiteten, die für eine Nachtschankerlaubnis obligatorische Musik zu Gehör zu bringen. Ein kleiner Tisch wurde für eine elektronische Orgel freigeräumt und darunter wurde ein Verstärker aufgebaut, in den der Gitarrist sein Instrument einstöpselte.

»Gibt es in deiner Dusche auch Musik?«, fragte Benter.

»Vier wasserdichte Boxen«, antwortete Jaël.

Sie gingen, kurz bevor der Orgelmann die Rhythmusmaschine einschaltete und nahtlos das Diskogedröhne der Top-Forty-Kassette übernahm.

Arnheim, Samstag, 14. September, 14.30 Uhr

Arnheim hat seinen Ruf als Den Haag der östlichen Niederlande dem Zustrom wohlhabender Bürger im 19. Jahrhundert zu verdanken. Die Stadt war eine beliebte Residenz der Heimkehrer aus der niederländischen Kolonie Nederlands-Indië, dem heutigen Indonesien, die von den prächtigen Parks, der ländlichen Atmosphäre und dem kulturellen Leben angezogen wurden. Sie ließen stattliche Häuser erbauen, machten sorglose Spaziergänge im Sonsbeekpark und dachten wehmütig an das herrliche Leben in der Kolonie zurück.

Nachdem die Industrie Arnheim entdeckt hatte – und umgekehrt – ließ die Popularität der Stadt nach. Die meisten Villen wurden dem Verfall preisgegeben, der schlimmstenfalls nach einem abwechslungsreichen Schicksal als Pension, Zimmervermittlung, Bordell oder Bürohaus mit Abbruch endete.

Eines dieser imposanten Gebäude stand am Apeldoornseweg und der Pensionsbesitzer musste tatenlos zusehen, wie seine Kundschaft im Laufe der Zeit langsam verluderte und sein Einkommen zusammen mit ihrem Niveau sank.

Er verkaufte seinen Betrieb an eine ländliche Versicherungsgesellschaft, die das Gebäude mit seinen zweiundzwanzig Zimmern zu einem Bürohaus umfunktionierte. 1978 wurde die ehemalige Pension dann vom Inhaber einer Baugesellschaft mit undurchsichtigen Plänen gekauft. Das Gerücht ging um, dass er das stilvolle Gebäude abreißen und an seiner Stelle sechs exklusive Komfort-Reihenhäuser hochziehen wollte. Was den Abbruch anging, erwies sich das Gerücht als wahr. Um die Abbruchreife des Hauses zu beschleunigen, ließ der Bauunternehmer an mehreren Stellen Löcher ins Dach hauen, alle Leitungen herausreißen, die Treppen entfernen und die Fensterscheiben durch Spanplatten ersetzen. Nachdem die alte Pension ein Jahr lang leer gestanden hatte, hätte ein kräftiger Tritt gegen die Fassade gereicht, um das Haus einstürzen zu lassen.

Die Gemeindeverwaltung griff nicht ein, und in den frühen Morgenstunden des vierten April 1979 wurde das Haus besetzt. Der Eigentümer, ein Pferdehändler aus Brummen, wollte sich nicht damit abfinden und eine Woche später hielten um circa fünf Uhr morgens drei Autos vor der besetzten Pension, aus denen dreizehn Männer ausstiegen. Einige waren mit Stöcken bewaffnet, andere mit Baseballschlägern. Einer von ihnen hatte sogar eine Reitpeitsche dabei.

Ebenso wie der Schlägertrupp, der jetzt drohend vor dem Gebäude stand, waren auch die Hausbesetzer mit einem beeindruckenden Arsenal an Knüppeln, Stäben, Stöcken und Ketten bewehrt. Außerdem verfügten sie über selbst gebastelte Rauchbomben und Gasmasken. Im Übrigen waren sie zahlenmäßig weit überlegen.

Alle Eingänge und Fenster der Pension waren mit Balken, Brettern, Bettfederrahmen und Möbelstücken verbarrikadiert.

Außer der Eingangstür.

Die stand sperrangelweit offen, im Nachhinein betrachtet eigentlich ein wenig zu einladend.

Der Schlägertrupp stürmte triumphierend hinein und kam in einen großen Saal, der völlig verlassen war.

Ein paar Sekunden lang geschah gar nichts.

Und dann geschah alles auf einmal.

Die vier Türen links, rechts und vor der Schlägertruppe wurden aufgerissen und mindestens zwanzig Rauchbomben wurden in den Saal geworfen. Einige

Sekunden später, als die Wirkung des Rauch- und Tränengases seinen Höhepunkt erreicht hatte, stürmte eine Gruppe mit Atemmasken ausgerüsteter Aktivisten in den Saal und begann, gnadenlos auf die Mitglieder des Schlägertrupps einzudreschen, die vollkommen desorientiert waren und praktisch nichts mehr sehen konnten. Wenige Minuten nach dem glorreichen Einzug flüchtete der Schlägertrupp aus derselben Tür wieder nach draußen, durch die er gekommen war, rennend, wankend oder kriechend. Zwei Schläger mussten sich wegen Atemwegsproblemen in ärztliche Behandlung begeben und der Mann mit der Gerte stattete seinem Zahnarzt in der folgenden Zeit einige Besuche ab.

Nach diesem denkwürdigen Ereignis hatte man weder von dem Schlägertrupp noch von dem Eigentümer je wieder etwas gehört.

Fred Benter und Donald de Wacht befanden sich vor dieser berühmten Eingangstür, die auch heute wieder einladend offen stand. Ein Mann, der sein Fahrrad mit einer Kette an der heruntergekommenen Umzäunung anschloss, schaute sie neugierig an. »Verdammt, bist du das, Benter, und … äh …?«

»De Wacht«, sagte de Wacht.

»Und du bist Martin van Sleen.«

Der Mann nickte kurz. Er zögerte.

»Du bist dicker geworden, de Wacht.«

Van Sleen wog selbst mindestens hundertzwanzig Kilo, schätzte de Wacht. Er vermutete, dass sich sein Gewicht in den letzten drei Jahren verdoppelt hatte. »Du hast kein Gramm zugenommen«, sagte er.

Van Sleens Lächeln war kaum wahrnehmbar. Er schwitzte. »Was macht ihr im *Qotz*?«

Eine leichte Kopfbewegung in Richtung Eingangstür. »Wir haben gehört, dass Elsbeth heute ihre Kunstwerke ausstellt, und wo Kunst ist, da sind auch wir«, sagte de Wacht.

»Ach so ... na dann tschüs«, sagte van Sleen und grüßte Benter.

Es war ihm deutlich anzumerken, dass er nicht wusste, welche Haltung er gegenüber de Wacht einnehmen sollte. Dieser hatte zu Beginn der achtziger Jahre eine bestimmte ideologische Verbundenheit mit den Aktivisten verspürt. Er hatte gerade eine dramatische Zeit im von kleineren und größeren Kriegen heimgesuchten Südamerika hinter sich gehabt und berichtete mit einem gewissen Wohlwollen über Hausbesetzungen, Protestversammlungen und Manifestationen, die zu der Zeit immer häufiger vorkamen. Damals hatte er auch Fred Benter kennen gelernt, der sich mit der unmöglichen Kombination einer juristischen Karriere und der Teilnahme an der Bewegung herumschlug.

Anfangs hatten sich die Aktivisten dem Kampf gegen Wohnungsnot, leer stehende Häuser und Spekulation verschrieben. Später mussten diese Ziele jedoch marxistisch-leninistischen Dogmen weichen, die von einer kleinen, aber knallharten Gruppe von Aktivisten verkündet wurde, welche rasch eine Reihe von Mitläufern um sich scharen konnte. Das Anprangern der Wohnungsnot war nicht mehr Ziel an sich, sondern wurde als Mittel zum Zweck für die vielfältigen Bestrebungen eingesetzt, die kapitalistischen Bollwerke der Gesellschaft aus dem Weg zu räumen. Die Hausbesetzerszene zerfiel in kleine Aktionsgruppen, die jede für sich versuchten, ihre ideologischen Prinzipien in die Tat umzusetzen.

De Wacht wollte von alldem nichts wissen und schrieb das auch. Zu oft hatte er miterlebt, wie Ideologien zu genau dem führten, was sie bekämpften: Gewalt, Unterdrückung, Unfreiheit, Unmenschlichkeit. Der harte Kern startete eine Hetzkampagne gegen ihn. Auf Plakaten, die in der ganzen Stadt geklebt wurden, bezeichnete man ihn als einen drittklassigen Griffelpisser, der für Geld alles schreibe, eine Nachrichtenratte, einen Vertreter der bourgeoisen Presse, einen gewissenlosen Söldner im Dienste des Großkapitals, kurzum als einen Manipulierer der breiten Masse. Und das alles in einer Ausdrucksweise, die sogar von der vaterländischen Gossenjournaille als unethisch abgelehnt wurde. In Zeitungen und Flugblättern der Szene wurde schließlich sogar suggeriert, de Wacht sei ein Informant der Polizei, was telefonische Drohungen zur Folge hatte. Einige Kollegen begannen, ihn zu meiden, während andere ihn mehr schätzten als früher.

De Wacht versuchte vergeblich, einen schützenden Panzer aus Zynismus um sich herum aufzurichten, doch er merkte, dass seine Spannkraft verschwunden war. Während der Aufträge, die ihn an verschiedene Kriegsfronten geführt hatten, war er in der Lage gewesen, die Lebensgefahr, in der er schwebte, zu objektivieren. Er sei nur Beobachter, so hielt er sich stets vor Augen. Selbst wenn er manchmal – wörtlich – unter Beschuss geriet, war er davon überzeugt, dass sich das nicht gegen ihn persönlich richtete. Manchmal musste er sich in die Feuerlinie begeben, doch immer als Beobachter, wodurch er trotzdem in gewisser Weise außerhalb des Geschehens stand.

Doch die persönlichen Angriffe, denen er nun ausgesetzt war, wie harmlos und unbedeutend auch immer, verlangten ihm mehr ab als der Aufenthalt in einem Kriegsgebiet. Sie machten ihn unruhig. Eigentlich hatte er vorgehabt zu warten, bis die Hetze abgeebbt war, aber eine freie Stelle in Zwolle war dann doch zu verlockend gewesen.

Benter nahm de Wacht am Arm und ging auf die Tür zu. Links und rechts davon waren zwei große Gesichter auf die weiße Wand gepinselt worden. Die Bemalung setzte sich auf den Türpfosten fort, so dass es schien, als würden die Köpfe um die Ecke schauen. Die Münder waren weit aufgerissen, die Zungen hingen karikaturistisch heraus und die Gesichter waren zu einem Ausdruck des Abscheus verzogen. Aus den Mündern strömte eine Flut Erbrochenes, bestehend aus allem, was in der Welt schief gelaufen war. De Wacht sah Panzer und anderes Kriegsgerät, Soldaten, die auf nackte Menschen einknüppelten, explodierende Atomkraftwerke, tote Fische, die aus den Schornsteinen umweltverschmutzender Fabriken aufstiegen, die Schlagzeilen rechter Zeitungen, und er erkannte ein Gruppenporträt der Arnheimer Gemeindeverwaltung. Ein Kaleidoskop zeitgenössischer Unzufriedenheit. Neugierig blieb er stehen, um zu sehen, ob er sich selbst auch in irgendeiner Form darin wiederfand.

»Jetzt komm schon, Don, du weißt doch, was Oscar Wilde einmal gesagt hat: Alle Kunst ist vollkommen nutzlos.«

»Er hat aber auch gesagt, dass schlechte Künstler die gegenseitigen Bewunderer ihrer Werke sind.«

»Dann bleib doch nicht da stehen.«

Die Ausstellung fand in dem Saal statt, der damals der Schauplatz der kurzen, aber effizienten Bestrafung des Schlägertrupps gewesen war. An zwei Wänden hingen Gouachen, Ölgemälde und Siebdrucke, gegenständliche Kunst in schreienden Farben. Etwa sechzig Leute waren im Saal anwesend, viele von ihnen in Jeans und Lederjacken gekleidet. Manche Besucher stellten ein Kunstwerk an sich dar, mit ins Haar geflochtenen farbigen Bändern, dunkelviolett geschminkten Lippen, als hätte man sie gerade aus der Beringsee gefischt, oder um die Augen gemalten Regenbogen. Andere waren imposant gekleidet, etwa mit Ketten um die Taille oder auch mit Handschellen am Gürtel. Für die ausgestellten Werke zeigte fast niemand Interesse.

Mit angehaltenem Atem wartete de Wacht darauf, dass das Stimmengemurmel bei seinem Eintritt verstummen würde, doch nichts geschah. Manche schauten ihn kurz an und setzten dann ihr Gespräch fort, einige andere stießen sich an und wiesen mit einem Kopfnicken auf Benter und ihn, ein anderer hob die Hand zur Begrüßung.

De Wachts empfindlicher Radar empfing keinerlei Bedrohung. Langsam entspannte er sich.

»Das sind keine Kannibalen, Don. Nicht mehr«, sagte Benter mit gedämpfter Stimme.

»Ich schon«, flüsterte de Wacht. »Ich mag sie am liebsten roh.«

Das klang allerdings keineswegs Unheil verkündend.

»Da ist die Bar.«

Benter zeigte nach links.

Benter und de Wacht kannten die meisten Anwesenden nicht, außer einigen deutlich älteren Besuchern.

Benter erspähte Marcel de Groot, der sich in einem angeregten Gespräch mit einer Frau befand, die ganz in schwarzen Satin gekleidet war. De Groot gehörte zu dem exklusiven Kern, der de Wacht damals das Leben schwer gemacht hatte. Er musterte ihn kurz und setzte dann sein Gespräch fort, ohne ein einziges Zeichen des Wiedererkennens.

Außerdem entdeckte Benter Valery van Dieste von der Radiogruppe, die ihm fröhlich zuzwinkerte. Als sie zur Bewegung kam, hatte sie langes blondes, lockiges Haar gehabt, rot geschminkte Lippen, einen Brustumfang von hundertsieben und eine Figur, die große Sinnlichkeit ausstrahlte. Abgesehen von ihrem Busen hatte sie sich in jeder Hinsicht stark verändert. Ihr Haar war raspelkurz geschnitten und an ihren Nasenflügeln glitzerten kleine schwarze Kristallperlen. Sie trug ein kariertes Hemd und einen schwarzen Zimmermannsanzug aus Cord. Neben ihr saß ein braun gebrannter Mann mit schwarzen Locken, der erfolglos versuchte, ihre Aufmerksamkeit auf sich zu ziehen.

Benter brachte ein gezwungenes Grinsen hervor.

Als de Wacht an Valery van Dieste vorbeiging, packte sie sein Handgelenk.

»Hallo, Donald, und hast du alles überlebt?«

Ihre Stimme war noch wie früher: dunkel, klangvoll und unwiderstehlich wie zwölf Jahre alter Whiskey.

Er spürte, wie die leichte Berührung ihrer Finger an seinem Handgelenk ein Kribbeln durch seinen Körper jagte.

»Hi, Valery.«

Seine Stimme klang wie ein ächzendes Segelboot bei Windstärke zehn.

»Ruf mich doch mal an«, sagte sie, »meine Nummer steht im Telefonbuch.«

Sie schenkte de Wacht ein warmes Lächeln.

»Machen wir«, sagte de Wacht und lief Benter hinterher.

Der braun gebrannte Lockenkopf schaute ihm nicht gerade begeistert nach.

Auf der linken Seite der Bar saß Martin van Sleen, tief in Gedanken versunken. Bombi war nirgends zu sehen.

Benter winkte dem Barkeeper, einem Mann mit einem blonden kurzen Bart und blonden Haaren, die er wie ein römischer Zenturio trug.

»Hast du Cognac da?«

Er nickte.

»Welche Marke?«

Er seufzte. »Joseph Guy und Hors d'Age.«

»Aha …«

Benter war sichtlich erleichtert.

»Hast du auch Mineralwasser?«

Wieder ein Nicken. Ein bisschen dümmlich, fand de Wacht. Er hatte dieses Ritual schon häufiger mitgemacht. »Und vielleicht auch noch eine verirrte Zitrone?« Benter blickte den Barkeeper hoffnungsvoll an.

Dieser nickte nochmals.

»Kaum zu glauben«, sagte Benter. »Hör mal, gib mir doch bitte die verirrte Zitrone und wirf ein paar Eiswürfel in ein Longdrinkglas.«

Verblüfft tat der Barkeeper, worum Benter ihn gebeten hatte, während dieser mit einem Taschenmesser die Zitrone in einer langen Spirale abschälte. Er pfropfte die Schale in das Longdrinkglas und ließ ein Ende über den Rand hängen.

»Und jetzt zwei Schnapsgläser Joseph Guy dazu und dann bis an den Rand mit Mineralwasser auffüllen. Hast du auch einen langen Löffel und einen Strohhalm?«

Mit zunehmender Verwunderung tat der Barkeeper, was man von ihm verlangte.

Benter trank ein sparsames Schlückchen.

»Perfekt. Und ein großes Pils für ihn.«

Der Barkeeper stellte ein Glas und eine Dose Bier vor de Wacht hin, der die Bestellung bezahlte, bevor Benter protestieren konnte.

Fred Benter hatte sich, entgegen seiner Gewohnheit, diesem Treffen angepasst. Er trug eine verschlissene Jeans, ausgetretene Turnschuhe und eine Jacke, die weder Blouson noch Jackett war. De Wacht sah aus wie immer. Zeitlos und von keiner Mode beeinflusst.

Obwohl Benter ganz in seiner Cocktailzubereitung aufzugehen schien, entging ihm nicht, dass er und de Wacht mit Interesse von dem Mann beobachtet wurden, den Martin van Sleen einen kleinen Selbstständigen in einem verschlafenen Provinznest genannt hatte. Er war ungefähr vierzig und hatte den typischen Körperbau eines Pyknikers: klein, gedrungen und vor allem breit. Seine Arme waren lang und seine Hände verrieten große körperliche Kraft. Er hatte dickes Haar, dicke Augenbrauen, die in der Mitte zusammengewachsen waren, eine kräftige Nase, breite Wangenknochen und ein Kinn, das zu weit nach vorn ragte.

Benter erkannte ihn sofort wieder. Der Mann hieß Toine Dekker, ein Aktivist der ersten Stunde.

Benter stieß de Wacht an. »Toine, da, an der Wand.«

De Wacht folgte Benters Blick und sah den Mann, von dem er einmal bemerkt hatte, dass Cesare Lombroso begeistert gewesen wäre, wenn er je eines solchen Exemplars hätte habhaft werden können.

Benter richtete seinen Blick nun auf de Groot, der noch immer mit der Schönheit in schwarzem Satin sprach.

»Erst müssen wir an ihn rankommen«, sagte er in sein Glas hinein zu de Wacht. »Das ist der Marcel, von dem Christa gesprochen hat. De Groot soll Bombi im August in Arnheim gesehen haben. Das würde seiner Frankreichgeschichte endgültig ihre Glaubwürdigkeit nehmen. Von ihm hängt Bombis Schicksal ab.«

Marcel de Groot war ein Mensch, dessen Aussehen man nach fünf Minuten bereits wieder vergessen hatte. Er hatte einen normalen Namen, eine normale Gestalt und ein nichts sagendes Gesicht. Das einzig Auffällige an ihm war vielleicht die Tatsache, dass er so unauffällig war. Doch in Marcel de Groot schwelte ungeduldiger Fanatismus, wenn es um die heilige Sache ging.

Trotzdem gehörte er zu den Mitgliedern des harten Kerns, die sich gegen die Angriffe auf Donald de Wacht gewandt hatten. Sein Widerstand hatte nichts mit Sympathie oder Mitleid zu tun, sondern war rein sachlicher Natur gewesen. Erstens hatte die Bewegung damit ein gewisses Wohlwollen verspielt und zweitens umfasste der Kampf gegen die bestehende Ordnung mehr als nur die energieraubende Demontage eines unbedeutenden Journalisten. Der Konflikt löste sich allerdings mit dem Weggang de Wachts nach Zwolle in Wohlgefallen auf.

»Nun, worauf warten wir dann noch?«, fragte de Wacht.

Er machte Anstalten, sich von der Bar zu lösen, wurde aber von der lauten, durchdringenden Stimme Toine Dekkers zurückgehalten. »He, dass ich euch auch noch einmal sehe!«

Benter warf einen schnellen Blick auf de Wacht, aber der ließ sich nichts anmerken.

Toine Dekker durchquerte den Saal und blieb vor Benter stehen. Er ist älter geworden, dachte Benter, eine faltige Bulldogge. Dekker streckte die Hand aus.

»Hallo Fred, ich hab dich zuerst gar nicht erkannt.«

Er hatte eine tiefe, wohlklingende Stimme und sprach ohne Dialekt, die Stimme eines geübten Schauspielers, tragend, durchdringend, eine Stimme, die zu seinem Äußeren passte. Eine Stimme auch, die eine fast hypnotische Kraft besaß und die die Versammlungen und Diskussionen der Bewegung dominiert hatte.

Automatisch schüttelte Benter die ausgestreckte Hand. »Hallo Toine.«

Dekker warf de Wacht einen Seitenblick zu. »So, de Wacht, auch mit von der Partie?«

»Nicht von deiner«, antwortete de Wacht tonlos.

Über Dekkers glatt rasiertes Gesicht huschte ein kurzes Lächeln. »Na ja, dann müsste ich ja auch gleich anfangen, an Gott zu glauben«, sagte er. »Aber mal im Ernst, was machst du denn hier?« Er schaute de Wacht mit einem unbefangenen, beinahe naiven Blick ins Gesicht.

»Nostalgie. Ich kann die Vergangenheit einfach nicht vergessen. Sie war zu schön, um für immer Abschied von ihr zu nehmen.«

»Und wie geht's dir, Toine?«, mischte sich Benter ein. »Ich habe gehört, du sollst ein Mittelständler in einer verschlafenen Provinzstadt geworden sein. Was treibst du denn so?«

Toine Dekker antwortete mit einer vagen Handbewegung, die alles Mögliche hätte bedeuten können, und zuckte mit den Schultern. Er schaute dabei die ganze Zeit de Wacht an, der düster zurückstarrte.

»Nostalgie, hast du gesagt, de Wacht?«

De Wacht nickte langsam. »Nostalgie, habe ich gesagt.«

»Mehr nicht?«

»Sollte es denn mehr sein?«

»Bist du immer noch Journalist?«

De Wacht gab ihm keine Antwort.

»Willst du vielleicht einen kleinen Artikel für dein Käseblatt über diese Morde schreiben?«, fuhr Toine fort.

»Wieso?«, fragte de Wacht scheinbar erstaunt. »Hast du denn eine sensationelle Neuigkeit für mich?«

Für einen Moment war Dekker aus der Fassung gebracht, fing sich aber schnell wieder. »Wie meinst du das?«

»Ich meine, dass ich dich dafür nicht brauche. Beim Mord an Mischa hatte ich meine Exklusivstory aus erster Hand. In dem Mord an Frank, einem Junkie und Dealer, steckte wenig Sensationelles drin und im *NRC*

Handelsblad habe ich alles über den Mord an Jacob Klinker und einen Monat später auch alles über den an Licia gelesen. Glaubst du wirklich, ich käme hierher, um Klatsch über ein Thema aufzugabeln, das jounalistisch gesehen schon bis auf die Knochen abgenagt ist?«

Toine Dekker zog seine kräftigen Augenbrauen hoch und wandte sich an Benter: »Ein Pils? Ein Cocktail ist mir zu teuer.«

Benter zögerte und nickte schließlich.

Toine bestellte drei Pils bei dem Barmann, schob Benter ein Glas und eine Dose zu, der diese Bestellung mit einem gewissen Misstrauen auf sich zukommen sah, und gab dann schließlich de Wacht die zweite Dose. Der nahm sie mit einem sturen Nicken an.

Toine riss den Ringverschluss an seiner Dose auf. »Nicht mehr nachtragend?«

De Wacht schwieg einen Moment. Etwas zu lange, dachte Benter.

»Nicht mehr«, sagte de Wacht endlich und stieß mit seiner Dose an die Dekkers Dose. »Prost, Toine.«

Toine Dekker lächelte liebenswürdig, nahm einen Schluck und wandte sich wieder an Benter, der sich aus dem Gespräch herausgehalten hatte. »Was hältst du von Elsbeths Werk?«

»Gar nicht schlecht«, bekannte Benter, »aber warum schaut es sich keiner an?«

Wieder zuckte Dekker mit den Achseln.

»Über diese Morde kursieren tausendundeine Theorie«, sagte Toine Dekker plötzlich völlig zusammenhanglos zu de Wacht. »Von Todeskadern bis zu persönlichen Racheaktionen der Kapitalisten.«

»Kapitalisten?«

Die Ironie in seiner Frage war Dekker keineswegs entgangen.

»Was glaubst du?«

»Ich habe nicht die geringste Ahnung«, sagte de Wacht, »und du?«

Toine Dekker zog einen frei gewordenen Barhocker zu sich heran und setzte sich rücklings zur Bar gewandt darauf. Er schaute abwechselnd Benter und de Wacht an.

»Das mit den Todeskadern ist natürlich dummes Geschwätz. Die gibt es nicht. Meiner Meinung nach sind sie ganz einfach von Leuten aus ihren eigenen Kreisen ermordet worden. Baarl war ein Kneipenwirt mit großen Erweiterungsplänen und einer noch größeren Konkurrenz. Doven war ein Junkie und noch dazu ein Dealer. Allein schon in Amsterdam gehen jede Woche zwei von denen in die ewigen Mohngründe ein.«

»Und was ist mit Jacob?«

»Ein teurer Rechtsanwalt, teure Geschäfte, in denen viel Geld steckte. Sehr viel Geld. Und Geld ist eine der Triebfedern der menschlichen Existenz, neben der Liebe. Verstehst du?«

Er blinzelte mit den Augen.

»Und Licia Vanhoucke wurde aus Liebe geköpft?«

»Das war ein Ritualmord, das ist doch sonnenklar. Vielleicht hatte sie Kenntnisse in schwarzer Magie, was weiß denn ich.« Er schüttelte energisch den Kopf und stellte sein Glas auf die Bar. »Meiner Meinung nach gibt es da keinen Zusammenhang.«

Sie saßen zu viert an einem kleinen Tisch, der voller leerer Bierdosen stand. Benter war inzwischen kräftig angeheitert, da er nicht an Pils gewöhnt war und es wie Wasser trank. So schmecke es auch, fand er. Er starrte mit etwas glasigen Augen auf den Busen von Valery van Dieste. Ein magerer Junge, mit dem sie ein angeregtes Gespräch führte, tat dasselbe. Die meisten Gäste waren inzwischen gegangen. Es war schon etwa sieben Uhr und Benter hatte einen gewaltigen Hunger. De Wacht saß neben ihm. Er unterhielt sich mit Marcel de Groot, der seine Gesprächspartnerin in schwarzem Satin im Stich gelassen hatte, um sich ihnen anzuschließen. Toine Dekker saß neben de Wacht und stützte sich mit den Ellenbogen auf der klebrigen Tischplatte ab. Er wirkte betrunken, genau wie de Groot, der de Wacht gegenübersaß und ihm eine Rede über irgendein Komplott hielt, das auf die ›Vernichtung der Bewegung‹ abzielte.

De Groot hatte sich nach einem beruhigenden Nicken von Dekker zu ihnen gesellt. Eine Dose Bier nach der anderen wurde bestellt. De Wacht enthielt sich der Zecherei, was zur Folge hatte, dass er als Einziger noch halbwegs nüchtern war.

»Das mit dir damals war nicht besonders schön, Donald«, sagte de Groot mit schwerer Zunge, »aber du solltest versuchen, es zu vergeben und zu vergessen.«

Er hob sein Glas. Aber es war leer. De Groot winkte dem Barmann und bestellte vier neue Dosen Bier. De Wacht machte eine abwehrende Handbewegung.

Während Benter in eine Diskussion über das Persönliche in der Politik verwickelt war, beugte de Wacht sich zu Marcel de Groot hinüber und verlieh seiner Stimme einen vertraulichen Klang: »Marcel, hör mal, ich würde dich gern etwas fragen, das von allergrößter Wichtigkeit ist. Ich muss dich dabei aber unter vier Augen sprechen. Geh doch mal kurz mit aufs Klo, da können wir ungestört reden.«

Er stand sofort auf und zwinkerte ihm zu.

Marcel de Groot runzelte die Stirn, als verstehe er nicht, warum er sich aus seinem bequemen Stuhl erheben sollte.

»Nimm doch dein Bier einfach mit.«

Marcel stand an die schmutzig weißen Kacheln gelehnt und ließ seinen Urin unbekümmert neben die Betonrinne plätschern. Es spritzte und de Wacht trat einen Schritt zur Seite.

»Raus mit der Sprache, de Wacht, du kannst mich alles fragen, was du willst. Wir sind dir was schuldig. Gott, Mann, hast du mir Leid getan. Weißt du, dieser ganze Quatsch über das Sichtbarmachen der unterdrückenden Strukturen, indem man Leute an den Pranger stellte … weißt du … eigentlich … ich persönlich …« Er hickste und schaute lächelnd auf seinen Penis, der ihm aus dem Hosenschlitz hing.

»Marcel«, sagte de Wacht, der seine Ungeduld nur mit Mühe verbergen konnte, »es geht um Bombi. Du musst mir etwas über ihn erzählen, bevor die Bullen bei dir vor der Tür stehen. Bombi steht unter Verdacht, weißt du das?«

De Groot wich zurück. »Bombi ist nur noch ein Schatten seiner selbst …«, sagte er.

»Gerade darum möchte ich wissen, ob es wahr ist, was du angeblich erzählt hast.«

»Was denn?«

»Dass du Bombi gesehen hättest. Im August. Hier in Arnheim.«

Marcel de Groot rieb sich mit der Hand über die Stirn. »Was spielt das für eine Rolle?«

De Wacht stellte sich näher zu ihm und sagte ihm deutlich artikulierend ins Ohr: »Wenn du ihn gesehen hast, dann bist du auch sein Alibi.«

Das war weit entfernt von jeglicher Logik, aber de Wacht fiel nichts Besseres ein, als an de Groots Solidaritätsgefühl zu appellieren. Marcel ließ den Kopf sinken und drückte seine Wange an die Kacheln.

»Und? War er hier?«, drängte de Wacht.

»Nein«, warf de Groot hin. Sein Gesicht lief rot an.

»Nein?« De Wacht hatte das Gefühl, dass de Groot log.

Dieser starrte hoch zu de Wacht. »Glaubst du mir nicht?«

»Nein. Und ich meine, nein.«

»Aber Bombi …« Es klang beinahe flehend.

De Wacht ging zur Tür. »Vielen Dank, Marcel, den Rest kannst du dann in deine Memoiren schreiben.«

De Wacht zeigte auf seinen Bauch. »Da hängt ein Schlappschwanz aus deiner Hose.«

De Groot richtete den Blick nach unten, lächelte entschuldigend und zog den Reißverschluss zu.

»Immer noch.«

Marcel schüttelte erstaunt den Kopf und kontrollierte seine Hose. Es dauerte einen Moment, bevor er es begriff.

De Wacht ging zum Tisch zurück und packte Benter am Arm.

»Es war wahnsinnig nett, euch alle wieder zu sehen«, sagte er. »Ein in vieler Hinsicht lehrreiches Treffen, aber wir müssen jetzt nach Hause. Tschüs.«

Dekker, der im Alkoholrausch versunken war, hob lustlos die Hand als Zeichen des Abschieds. De Groot kam schwankend aus der Toilette.

»Los, komm, Fred«, sagte de Wacht. »Mission erfüllt.«

»Ja, ja«, sagte Benter und schüttete den Rest seines Pils auf den Boden. »A man's mission is a man's misery.«

Arnheim, Montag, 16. September, 9.00 Uhr

Die Akte von Klinker über die Zwolle Enterprises GmbH wurde am Montagmorgen von zwei Beamten bei der Rechtsanwaltskanzlei Schettring & Co. abgeholt.

Zadig hatte schon am Freitagnachmittag versucht, dieser Akte habhaft zu werden, sobald er von der Verbindung zwischen Baarl und Klinker erfahren hatte. Leider war in Klinkers ehemaligem Büro schon um vier Uhr nachmittags der Anrufbeantworter eingeschaltet gewesen. Ein Streifenwagen, der gerade in der Nähe war, wurde rasch hingeschickt. Die Beamten kamen gerade noch rechtzeitig, um die Sekretärin abzufangen, die eben das Zeitschloss des Aktentresors eingestellt hatte. Zadig musste vierundsechzig Stunden Geduld üben, wenn er nicht die Rechnung über hfl 3850,– für das zwischenzeitliche Öffnen des Safes übernehmen wollte. Zadig beschloss, Geduld zu haben.

Einer der Mitinhaber der Firma stellte den Beamten eine Kopie der Akte zur Verfügung. Das Aushändigen dieser Akte, die aus nicht mehr als ein paar Blättern Papier bestand, wurde von der dringenden Bitte begleitet, die Dokumente mit äußerster Diskretion zu behandeln. Auf keinen Fall dürfe bekannt werden, dass eine Kanzleiakte der Firma freiwillig für polizeiliche Ermittlungen zur Verfügung gestellt worden war. Der Name der Gesellschaft sei durch den Mord an Klinker ohnehin schon in ein negatives Licht gerückt worden. Die Beamten sagten zu, diese Bitte an den Stab der Sonderkommission weiterzuleiten, und gingen zu Fuß ins Präsidium, das nur ein paar hundert Meter weiter südlich lag.

Karel Zadig ließ vierzig Kopien anfertigen, teilte sie an alle Mitglieder der Soko aus und gab den Auftrag, die Akte sofort Sidjon Kylow in Zwolle zuzufaxen. Gleichzeitig rief er Kylow an, der dabei war, alle Daten der verfahrenen Ermittlungen über den Mord an Baarl zu sammeln und neue Anhaltspunkte zu suchen.

»Sidjon, in ein paar Minuten bekommst du Klinkers Akte von Zwolle Enterprises. Es geht um die Räumung einer Art Kellerraum im *Elevator.* Baarl hatte den Keller an einen gewissen Dekker vermietet.«

Er blätterte eine Seite der Akte um. »Toine Dekker. Sagt dir der Name etwas?«

»Nein, nicht das Geringste. Vermietet, sagtest du?«

»Ja, sieht so aus. Dekker betrieb darin eine kleine Druckerei. Der Keller wurde Anfang Juli geräumt, freiwillig wohlgemerkt, aber wohl erst auf einen gewissen juristischen Druck hin. Klinker hat Baarl für ein Honorar von hfl 1250,– erklärt, wie er diesen Druck ausüben musste. Der Keller war laut Klinker als Gastwirtschaftsraum gemeldet und damit konnte Baarl Dekker rauskriegen.«

»Warum ging die Rechnung an die GmbH und nicht an Baarl?«

»Spielt das eine Rolle?«, fragte Zadig. »Vielleicht ist eine solche Beratung steuerlich absetzbar.«

»In diesen Kreisen ist jeder Furz absetzbar, das kannst du mir glauben«, sagte Kylow. »Warte mal, die Akte kommt gerade herein.«

Ein paar Minuten lang war es still auf der anderen Seite der Leitung. Dann sagte Sidjon Kylow: »Alles klar.«

»Das meine ich«, sagte Zadig.

»Diesen Keller haben wir hier völlig übersehen. Das heißt, wir haben ihn zwar auf Spuren untersucht, weil der Fluchtweg des Mörders hindurchführte. Aber wir haben nicht untersucht, ob der Raum früher genutzt wurde und wenn ja, von wem. Wir verfügten nur über die Information, dass der Keller zu gegebener Zeit umgebaut werden sollte.«

»Du hast also einfach angenommen, dass der Kellerraum vorher eine Zeit lang leer gestanden hat?«

Kylow versuchte nicht, der Frage auszuweichen: »Ja. Der Mörder hat den Keller dazu benutzt, um Baarl bei den Lifttüren im Erdgeschoss abzupassen. Und er ist auch durch den Keller wieder geflüchtet. Die Türklinken des Hinterausgangs waren sauber abgewischt. Im Keller selbst haben wir jede Menge Fingerabdrücke gefunden, bestimmt hundert verschiedene. Dekker, hast du gesagt?«

»Ja.«

»Vielleicht hatte er noch einen Schlüssel. Weißt du, Charlie, die Tür neben dem Klo war abgeschlossen, genau wie die Hintertür. In beide Schlösser passte ein und derselbe Schlüssel, von dem nur Baarl und der Barkeeper ein Exemplar besaßen. Vielleicht hat Dekker seinen Schlüssel nicht abgegeben oder ihn vorher nachmachen lassen.«

»Um einen Monat später Baarl zu ermorden, der ihn so rücksichtslos aus dem Keller hinausgeworfen hatte?« Zadigs Frage troff vor Ironie.

»Der Hinterausgang führt doch sicher zum Maansteeg?«, fuhr er fort.

»Ja. Schön unauffällig. Ich bin mir sicher, dass wir in Baarls Verwaltung keinen Mietvertrag gefunden haben. Bestimmt hat er den Keller unter der Hand vermietet. Wir werden noch heute mit dem Personal und mit seiner Freundin sprechen. Wann versammelt sich unsere gesamte Gruppe?«

»Um fünf Uhr heute Nachmittag«, antwortete Zadig, »in Arnheim.«

Zadig hatte beschlossen, die Nachmittagsbriefings der Soko nicht mehr in Zutphen abzuhalten. Die erkennungsdienstliche Untersuchung des Tatorts war abgeschlossen und das Polizeipräsidium in Arnheim verfügte über eine größere Zahl von Einrichtungen für weitere Untersuchungsvorgänge. Auch das Hinweisbearbeitungsteam wurde wieder nach Arnheim zurückbeordert, ebenso wie der Erkennungsdienst, der sich in erster Linie auf das Polizeistudienzentrum konzentriert hatte. Bisher sah es so aus, als habe Licia nach Zutphen keine Verbindung gehabt.

»Ich komme eine Stunde früher«, sagte Kylow und legte auf.

Abgesehen von dem Namen Mischa Baarl lieferte die Liste von Licia Vanhoucke keine weiteren Anhaltspunkte. Das hatte Zadig auch nicht erwartet.

»Aber«, sagte er eine Stunde später in der Kantine zu Ralph Sikkel, »warum steht Baarls Name in ihrem Kalender, ihrer aber nicht in seinem?«

»Vielleicht war sie seine Geliebte«, schlug Sikkel vor.

»Nein«, erwiderte Zadig voller Überzeugung, »Kylow sagt, er lebte schon seit vier Jahren mit seiner Freundin zusammen und war so monogam wie ein niederländisch-reformierter Kirchenvorsteher. Wie geht es übrigens deinem Hals?«

Sikkel winkte ab. »Zwei Tage lang konnte ich nur trinken. Schon allein dadurch bin ich wieder gesund geworden. Was steht heute auf dem Programm?«

Zadig stopfte die letzten Reste eines lauwarmen Würstchens mit Brötchen in den Mund und spülte sie mit einem Schluck Kaffee hinunter.

»Heute Nachmittag erst die Koordinationsgruppe, danach eine Plenarsitzung.«

»Schön«, sagte Sikkel lustlos.

»Ich werde gleich mal Pandora ausprobieren, jedenfalls wenn O & P genug haben von ihrem Lieblingsspielzeug. Ich will erst ein paar Dingen näher auf den Grund gehen. Die Verbindungen zwischen Vanhoucke, Klinker und Baarl in Zwolle müssen geklärt werden. Oder eigentlich die zwischen Vanhoucke und Baarl einerseits und die zwischen Klinker und Baarl andererseits. Jetzt können wir einmal testen, ob das System wirklich so gut ist, wie O & P behaupten. Sagt dir übrigens der Name Toine Dekker etwas?«

Sikkel dachte ein paar Sekunden nach. Obwohl der Name keine speziellen Assoziationen bei ihm hervorrief, war er sich nicht ganz sicher.

»Nein«, sagte er schließlich, aber es klang nicht sehr überzeugend, »ist das ein möglicher Verdächtiger?«

»Nein, aber ich würde verdammt gerne mit ihm sprechen.«

»Wieso?«

»Er hatte bis Anfang Juli den Kellerraum unter dem *Elevator* gemietet, der später vom Mörder als Fluchtweg benutzt wurde.«

»Vorausgesetzt, es geht um ein und denselben Täter, dann muss er die Gewohnheiten seiner Opfer gekannt haben«, sagte Sikkel. »Er muss ihnen gefolgt sein, und zwar nicht einfach nur einen Tag lang, sondern eine ganze Weile. Was waren ihre festen Gewohnheiten? Wann gingen sie in ihre Clubs, zu ihren Freunden, und an welchen Abenden waren sie allein zu Hause? Wenn ich sie umbringen müsste, würde ich das gerne wissen wollen. Es ist verdammt einfach, jemanden um die Ecke zu bringen, aber es ist verdammt schwer zu entkommen, wenn man keine Vorbereitungen getroffen hat. Was kann dir dieser Dekker denn erzählen?«

»Vielleicht hat er einen Tipp. Vielleicht kann er sich an jemanden erinnern, der ein besonderes Interesse für den Keller an den Tag legte. Dieser Mord war unglaublich gut vorbereitet. Und die Morde an Klinker und Vanhoucke übrigens auch.«

Zadig stand auf und schob seinen Stuhl nach hinten.

»Wir sehen uns heute Nachmittag bei der Stabsbesprechung.«

An der Kantinentür drehte er sich um.

»Sag mal, ist Annie denn auch inzwischen wieder gesund? Grüß sie auf jeden Fall von mir.«

Sikkel fand das Grinsen auf Zadigs Gesicht nicht lustig. Einige Beamte an einem anderen Tisch wechselten viel sagende Blicke miteinander.

Arnheim, Montag, 16. September, 10.30 Uhr

Pandora war bereits seit einigen Monaten beim Arnheimer Polizeikorps in Gebrauch, wurde aber vom Büro für Organisation & Planung, im Allgemeinen nur O & P genannt, als persönliches Hätschelkind betrachtet. Der Zentralcomputer war monatelang mit den verschiedensten Daten gefüttert worden, die bis dato in Form von Hunderten Kilogramm Papier archiviert waren. In der Datenbank von Pandora hatte man alle Informationen von Verdächtigen und Straftätern systematisch abgelegt: Protokolltexte, abgefangene Faxe und abgehörte Telefongespräche, Urteile und sogar Gerüchte, die Informanten aufgeschnappt hatten. Außerdem enthielt das System Bildmaterial wie Fotos und Fingerabdrücke. Revolutionär war die Möglichkeit, innerhalb weniger Sekunden Querverbindungen zwischen Informationen zu erhalten, für die man früher Wochen gebraucht hätte. Mit Herzschmerz hatte O & P den Apparat dem Korps zur kritischen Testnutzung übergeben.

Zadig saß an einem Terminal und gab seinen Zugangscode ein. Der Bildschirm antwortete höflich mit einem Menü, das die Auswahl verschiedener Arten von Informationen erlaubte. Zadig fragte nach Personen und tippte die Daten von Licia Vanhoucke ein. Nach ein paar Sekunden blinkte der Bildschirm auf: Aktenanfrage ausschließlich mit Zustimmung des PID Arnheim, der lokalen Zweigstelle der Niederländischen Staatsschutzbehörde.

»Blödes Weib«, sagte er laut zu dem Bild.

Nachdenklich zog Zadig an seinem Zigarillo und stützte das Kinn auf seine Handfläche. Zustimmung des PID? Warum? War sie seine Informantin gewesen und gab in dieser Funktion Wissen über ihre Kommilitonen an der Schauspielschule weiter? Oder hatte es etwas mit ihrem Unterricht an der Polizeischule zu tun?

Zadig wählte die Nummer des PID-Verbindungsmannes. Dieser absolvierte jedoch gerade zusammen mit zwei Kollegen ein kurzes Praktikum bei dem Special Branch von Scotland Yard. Zadig kniff mit unterdrückter Wut in seinen Zigarillo, der knirschend protestierte und auseinander brach.

Der Plaatselijke Inlichtingendienst (PID) war der Niederländischen Staatsschutzbehörde (BVD) unterstellt, welche nach Meinung vieler, eine Ansammlung träger Stümper, nach Zadigs Auffassung aber eine effizient operierende Behörde war, die bewusst ein amateurhaftes Image kreiert hatte, um die Aufmerksamkeit von ihren heiklen Aktivitäten abzulenken.

Er erwog, den BVD in Den Haag anzurufen, sah aber davon ab. Dieses Bollwerk im Kampf gegen staatsfeindliche Kräfte war auch ein Bollwerk beinahe kafkaesker Bürokratie. Dort wimmelte es von Paragraphenreitern, die ohne schriftliches Gesuch rein gar nichts unternahmen. Eine Aufgabe für Zut, beschloss er. Er schrieb ein Memo und ließ es dem Zutphener Beamten überbringen.

Danach gab er die Daten von Jacob Klinker ein. Das Resultat war mager. Klinker hatte ein wenig Aufsehen erregendes Leben geführt, das ohne weiteres in die vierundzwanzig Zeilen auf dem Computerbildschirm hineinpasste. Das Einzige, womit er Aufmerksamkeit erregt hatte, war sein kurzer Flirt mit der Aktivistenbewegung.

Doch auch dabei hatte er für nur wenig Aufregung gesorgt. Aus einigen Observationen ging hervor, dass er brav bei den Demonstrationen mitgelaufen war, sich artig bei Blockaden hatte blicken lassen und an ein paar nicht näher umrissenen Arbeitsgruppen beteiligt war, die sich hauptsächlich mit der juristischen Seite des Phänomens Hausbesetzungen befasste. Der Höhepunkt war seine Festnahme während einer illegalen Plakatklebeaktion. Er wurde erst zwölf Stunden später wieder freigelassen. Zadig fragte sich, warum man ihn so lange festgehalten hatte. Normalerweise wurden Plakatkleber schon nach einem Stündchen wieder rausgelassen. Ob der PID einen Versuch gemacht hatte, ihn zu bekehren? Zadig lachte ein kurzes, geräuschloses Lachen. Der PID hatte so seine eigenen Methoden, die Aktivisten der Bewegung gegeneinander auszuspielen und Zwietracht zu säen, zum Beispiel indem sie jemanden durch eine auffallend lange Inhaftierung verdächtig machten. Wie dem auch sei, Klinker hatte zwölf Stunden auf der Polizeiwache in einer Zelle gesessen und zwei Monate später das Bußgeld von hfl 35,– bezahlt. Zu keiner Zeit hatte man ihn als potenzielle, geschweige denn tatsächliche Gefahr für die gesellschaftliche Ordnung betrachtet. Eher schien er eine Gefahr für den Verkehr zu sein: acht Überschreitungen der Geschwindigkeitsbegrenzung. Noch nicht einmal ein Foto von Klinker war beigefügt; wohl aber eine Liste seiner wichtigsten Kontakte zu dieser Zeit, auf der Baarl ganz obenan stand. Licia Vanhoucke kam nicht darin vor.

»Jetzt kommen wir ja doch mal voran«, sagte Zadig begeistert.

Er dekodierte die Ziffern hinter Baarls Namen: ideologische und gefühlsmäßige Verwandtschaft.

Die Akte endete mit einer kurzen Beschreibung von Klinkers weiterem bravem Lebenslauf. Pandora zufolge lebte er noch. O & P hatten noch keine Zeit gehabt, die Informationen über seinen plötzlichen und gewaltsamen Tod in den Computer einzugeben.

Bei Mischa Baarls Daten fiel Zadig auf, dass er nur einmal verhaftet worden war, obwohl er in der Charakterisierung als äußerst aggressiv beschrieben wurde. Etwas weiter unten hieß es zudem, er sei ›gerissen‹. Zadig vermutete, das hinter dieser Bezeichnung eine große Menge Frustration steckte. Auf einem sehr undeutlichen Foto, dass aus großer Entfernung aufgenommen worden war, sah man Baarls Kopf hinter den Schultern einiger wütender Demonstranten hervorschauen, die mit Stöcken drohten. Kein Einsatzkommando hatte ihn je zu fassen gekriegt. Bei seiner einzigen Festnahme war er von einem Wachdienst der Polizei übergeben worden. Er bekam keine Bestrafung, weil die Anklage fallen gelassen wurde; aus welchen Gründen, stand nicht dabei. Im Laufe des Jahres 1983 verschwand Baarl ganz von der Bildfläche. Seine gesellschaftsreformerische Aufgabe war erledigt. Die Akte verzeichnete seinen Abschied von der Bewegung und seinen Rückzug in ein kleines Dorf in der Nähe von Zwolle, wo er sich mit einem Recyclingprojekt beschäftigte. Sein Name kam nur noch einmal vor, 1988, als ihm die Erlaubnis zum Betreiben einer neuen In-Kneipe erteilt wurde. Dies bestätigte seine definitive Integration in die bestehende Ordnung. Seine Beziehungsliste umfasste deutlich mehr Personen als die von Klinker, der sich auch darunter befand. Viele hatten denselben Code: gefühlsmäßige und ideologische Verwandtschaft. Licia Vanhoucke fehlte auch hier.

»Da kommt man sich ja vor wie bei den Pfadfindern, verdammt noch mal.«

Zadig blies die Worte zusammen mit der ersten Rauchwolke eines neuen Zigarillos aus. Er ließ alle Namen ausdrucken und legte das Blatt Papier neben die Liste mit Dekkers Kontakten. Auf einen Memozettel schrieb er: vergleichen.

»Nächster Patient«, brummte er.

Er fragte nun den Computer nach allen Dekkers, Anfangsbuchstabe des Vornamens: A. Wildcard, Wildcard, Wildcard, Wildcard. Mehr als fünf Vornamen wären doch ungewöhnlich, dachte er.

Auf dem Computerbildschirm erschienen fünf Dekkers; der dritte in der Reihe kam aus Arnheim. Von den zwölf gespeicherten Dekkers liefen sechs frei herum, von denen wiederum wurden zwei gesucht. Der jüngste von ihnen war vierzehn Jahre alt, kam aus Den Bosch und seinen Namen begleitete eine Serie von Artikeln aus dem Strafgesetzbuch. Zadig entzifferte Diebstahl, Sachbeschädigung, Gewalttätigkeit, Misshandlung, Erpressung und Übertretung des Schusswaffengesetzes. Der älteste, Toine Dekker, war 62 und stammte aus De Wilp. Eine Straftat: Betrug. Die beiden flüchtigen Straftäter hielt Zadig nicht für den Dekker, den er suchte.

Zadig tippte den Code für den Antonius Dekker aus Arnheim ein. Augenblicklich erschienen die wichtigsten Informationen über ihn auf dem Schirm. Zadig ließ sie sich ausdrucken.

»Braves Mädchen«, murmelte er zufrieden und riss das Druckerpapier ab, noch bevor der Drucker ganz zum Stillstand gekommen war.

Die erste Information besagte, dass Antonius Dekker, Rufname Toine, nur selten mit dem Gesetz in Konflikt geraten war. Er war einmal bei der Suche nach Anton Rondeel festgenommen worden, der wegen des missglückten Anschlags auf den Staatssekretär im Amt für Wohnungswesen verurteilt worden war. Das Protokoll war äußerst knapp. Dekker war schon nach zwei Stunden wieder freigelassen worden. Pandora meldete zwei Referenznummern zu anderen Akten: eine über den Fall Rondeel und eine Nummer, die auf eine PID-Akte verwies. Zu Zadigs Verwunderung war sie ohne weiteres zugänglich. Zadig glaubte nicht an Intuition, aber er konnte das Gefühl nicht unterdrücken, bei Toine Dekker auf der richtigen Spur zu sein.

Rasch gab Zadig den PID-Code ein.

»Jetzt zeig mal, was du kannst«, sagte er zu dem Apparat.

Auf dem Computerbildschirm erschien ein verschwommenes Foto von Toine Dekker, ebenso wie das von Baarl aus großer Entfernung aufgenommen, mit dem folgenden Text:

Antonius Dekker, geboren am 23. Juli 1954 in Haarlem. Männlich.

Personenbeschreibung: 1,75 m groß, breit gebaut und muskulös, dickes schwarzes, nach hinten gekämmtes Haar, dicke schwarze Augenbrauen, braune Augen, breite Wangenknochen, ausgeprägtes Kinn, gute Zähne.

Vorstrafen: keine.

Nähere Identifikation: Fingerabdrücke auf der rechten Seite der Akte beigefügt.

Besonderheiten: A. Dekker wurde von 1978–1988 als einer der ideologischen Führer der Arnheimer Hausbesetzerbewegung betrachtet. Profilierte sich im Kreis der Aktivisten als Spezialist in der Vermittlung anarchistischer und linker Theorien.

Eine Liste von Aktivitäten, die als subversiv eingestuft waren, machte Zadig klar, dass er es hier mit einem erfahrenen Aktivisten zu tun hatte. Gespannt las er weiter.

Zwei Infiltrationsversuche in seine Wohngemeinschaft 1981 frühzeitig abgebrochen. Informative Überwachung ab April 1980 (s. Ref.-Nr. 33/18/313 Nr. 6D).

Zadig scrollte durch eine Adressenliste. Ab 1982

hatte Dekker in Arnheim an sieben verschiedenen Adressen gewohnt, alle in demselben Viertel. Die letzte bekannte Adresse vermerkte Zadig in seinem Notizbuch. Die nächsten Seiten enthielten eine lange Liste mit den Namen von Dekkers Bekannten, auch in diesem Fall von einem quantitativen und qualitativen Code gefolgt. Zadig konnte es nicht lassen, sie mit einer Dekodierhilfe zu entschlüsseln und herauszusuchen, wie lange Dekker sexuelle Beziehungen mit verschiedenen Frauen unterhalten hatte.

»Alte Klatschbase«, sagte er in verschwörerischem Ton zum Bildschirm, als sich herausstellte, dass Dekker 1982 von einem Bett in das nächste gehüpft war.

Einige Namen waren mit einer Referenznummer versehen, was bedeutete, dass es in Pandora eine Akte über diese Personen gab. Zadig fiel auf, dass diese Nummern mit 33/18 begannen, einer Kombination, die er auch bei Baarl und Klinker häufig angetroffen hatte. Er rief das Codeprogramm wieder auf und stellte fest, dass sich die ersten beiden Ziffern der Referenznummern auf ideologische und extremistische Gruppierungen in den Niederlanden bezogen, während die zweite Zahl für die Region Arnheim stand. Zu seiner Zufriedenheit entdeckte er sofort die beiden Namen Baarl und Klinker darunter. Auch diesmal ließ er sich von allen Verbindungen einen Ausdruck machen.

»Aber wo steckt nur diese verdammte Licia Vanhoucke?«, fragte er sich.

Die letzte Seite beschrieb eine plötzliche Veränderung in Dekkers Aktivitäten. Offensichtlich war es zwischen ihm und der Bewegung zum Bruch gekommen, denn alle aufgeführten Kontakte in Arnheim wurden ab 1988 als beiläufig beschrieben. Die Akte schloss mit der Mitteilung, dass die informative Überwachung 1988 beendet worden war.

Zadig starrte das unscharfe Foto von Toine Dekker an und kniff seine Augen zu Schlitzen zusammen, um ein schärferes Bild zu erhalten. Doch es half nichts und so beschloss er, die Fotospezialisten darauf anzusetzen.

Noch einmal studierte Zadig die Ausdrucke von Dekker, Baarl und Klinker.

Wenn sie einander gekannt hatten, dann aus der Aktivistenbewegung. Wie Licia Vanhoucke da hineinpasste, war noch nicht klar. War sie damals auch bei der Bewegung gewesen? Könnten ihm die Daten hinter der PID-Sperre mehr darüber verraten?

Wenn das der Fall war, mussten Klinker, Baarl und Dekker Licia Vanhoucke gekannt haben. Da war er sich ganz sicher. Warum sie allerdings in den Kontaktlisten fehlte, war ihm ein Rätsel.

Gut, Dekker hatte also Baarl, Klinker und wahrscheinlich auch Vanhoucke gekannt. Na und? In der Zeit zwischen 1979 bis 1983 hatten der Bewegung in Arnheim ein paar hundert Leute angehört, Sympathisanten mitgerechnet. Es musste also zweifellos noch mehr Menschen geben, die sie gekannt hatten. Zur selben Zeit, wohlgemerkt. Dekker hatte später nur noch mit Baarl und – indirekt – mit Klinker zu tun gehabt. Indirekt. Wusste Dekker, dass Klinker für Baarl arbeitete? Das war nicht sehr wahrscheinlich. Die Akte von Klinker über die Zwolle Enterprises GmbH enthielt keine an Dekker adressierte Korrespondenz. In Baarls Verwaltung hatten sie auch nichts gefunden, laut Kylow jedenfalls. Über das gesamte Mietverhältnis existierte nichts schwarz auf weiß. Wahrscheinlich hatte Baarl die Kündigung und die Räumung ebenfalls mündlich erledigt. Zadig konnte sich gut vorstellen, dass Baarl sich dabei ziemlich direkt ausgedrückt hatte, falls er auf Widerstand gestoßen war.

Ralph Sikkel begab sich nach dem kurzen Gespräch mit Karel Zadig wieder zurück in sein Büro, wo er von einem Gefühl des Missmuts ergriffen wurde. Er war der jüngste von sechs Kommissaren im Arnheimer Korps und nach Aussage des Betriebsarztes, der ihn vor ein paar Tagen untersucht hatte, war er ein wenig übermüdet. Das hatte der Arzt zumindest in der wöchentlichen Sitzung des Managementteams geäußert. Er hatte Sikkel geraten, alles etwas ruhiger angehen zu lassen, und ihm Tryptizol und Vesparax verschrieben. Sikkel warf das Rezept in seinen Mülleimer. Später versuchte er, den Zettel aus den Essensresten wieder herauszuklauben, doch er war unleserlich geworden.

Obwohl seine Karrierekurve bis jetzt einen stetigen Anstieg verzeichnet hatte, hatte Sikkel immer häufiger mit einem betäubenden Gefühl der Unzulänglichkeit zu kämpfen. Zadigs Anspielung auf die Kollegin Annie Kortenaer ärgerte ihn daher ungemein. Im Präsidium wurde ordentlich geklatscht. Sein Ärger rührte hauptsächlich daher, dass von einer Beziehung gar nicht die Rede sein konnte. Leider, denn er hätte nichts dagegen einzuwenden gehabt. Nicht das Geringste sogar. Nach dem kurzen Kampf mit dem Verdächtigen Melkers hatte er Annie Kortenaer gestützt, als sie in die Ambulanz gebracht wurden. Er hatte ihr unter die Achseln gegriffen und dabei mit den Fingerspitzen ihre Brüste berührt. Trotz der Schmerzen hatte er dieses Gefühl sehr bewusst wahrgenommen. Noch immer spürte er die weiche Nachgiebigkeit ihres Körpers. In seinen Fantasien stellte er sich vor, wie er ihr die Uniformbluse ausziehen musste, um die Art ihrer Verletzungen festzustellen, wobei seine Hände mehr tun mussten, als sie nur zu stützen.

Sikkel schüttelte den Kopf und zwang sich, über den Namen Toine Dekker nachzudenken. Anfangs sagte er ihm nichts, aber er konnte das vage Gefühl nicht unterdrücken, ihm noch vor kurzem begegnet zu sein. Doch in welchem Zusammenhang?

Sikkel hatte fünf Fälle in Bearbeitung, deren Akten geduldig auf seinem Schreibtisch warteten. Eine davon enthielt die noch nicht abgeschlossenen Ermittlungen im Mordfall Frank Doven.

In Gedanken versunken nahm er die Akten, die vor ihm auf dem Tisch lagen, zur Hand und blätterte sie durch.

Obwohl mittlerweile alle Informationen im Pandora-Computer eingespeichert waren, vertraute Ralph Sikkel noch lieber seinen herkömmlichen Unterlagen, als könne er durch die konkrete Berührung des Papiers auch eher auf eine greifbare Spur stoßen.

Zuerst zog er sein Jackett aus und nahm sich die Akte des Doven-Mordes vor, die inzwischen mehr als vierhundert Seiten umfasste, verteilt auf zwei Aktenordner. Er blätterte die Inventarlisten, den Autopsiebericht und die Protokolle durch.

Versteckt zwischen der überwältigenden schriftlichen Flut an technischen Begriffen, klinisch amtlichen Berichten und dem typischen Polizeijargon fand er den Namen Toine Dekker.

Er unterdrückte den starken Impuls, sofort Zadig anzurufen, und atmete langsam durch die Nase aus. Dekkers Name fiel in dem Protokoll der Vernehmung von Frank Dovens Freundin, das sich durch eine besonders klare Prosa auszeichnete. Er erinnerte sich daran, dass sie dabei in der Küche des Bauernhofs neben der ekelhaft süßlich riechenden Leiche von Doven gestanden hatten.

Eine Kollegin hatte die Vernehmung durchgeführt und die Ergebnisse in dem zwölf Seiten langen Protokoll in seiner Akte festgehalten. Natürlich hatte er das

Protokoll damals gelesen, aber den Namen Toine Dekker anschließend sofort wieder vergessen.

Dekker wurde auf Seite vier des Protokolls erwähnt. Er las die entsprechende Passage:

... Frank war damals in irgendeiner Gruppe, die etwas Illegales mit dem Radio veranstaltete ... Frank hat für sie einen Sender gebaut. Er wusste alles über solche Dinge. Nach einer Weile hat er wieder damit aufgehört. Er hatte andere Sachen im Kopf.

Frage: Für wen baute er diesen Sender?

Antwort: Für Hausbesetzer.

Frage: Wann war das?

Antwort: 1981 oder 1982. Oder vielleicht auch später, ich weiß es nicht genau.

Frage: Hatte Frank noch Kontakte zu diesen Hausbesetzern?

Antwort: Nein, schon seit Jahren nicht mehr. Oder nein, warten Sie mal. Im Juni oder Juli rief hier ein gewisser Dekker an. Er hat damals zusammen mit Frank und noch ein paar anderen den Bauernhof besetzt. Er wollte gern das Nebengebäude auf dem Grundstück für seine Druckerei nutzen. Doch Frank wollte nichts davon hören. Das zöge nur Menschen an, meinte er. Das war nichts für Frank.

Frage: Hatten die beiden Streit wegen Franks Abfuhr?

Antwort: Nein, sie kramten noch ein paar alte Erinnerungen hervor und legten dann auf.

Sikkel nahm das Protokoll aus der Akte, ging in Zadigs Büro und setzte sich ohne Umschweife auf einen Stuhl vor dessen Schreibtisch.

»Toine Dekker suchte Räumlichkeiten, um eine Druckerei aufzumachen«, sagte er brüsk. »Er hatte ein Auge auf ein Gebäude geworfen, das auf dem Grundstück des Bauernhofs von Frank Doven steht, seinem Hausbesetzerkumpel von früher, der jetzt mausetot ist.«

Er reichte Karel Zadig das Protokoll.

Dieser legte es ungelesen auf seinen Schreibtisch und schaute Sikkel an, als habe dieser ihm gerade erzählt, seine Frau wolle sich von ihm scheiden lassen. Sein Gesicht zeigte ein breites Grinsen.

»Dekker wollte keine neue Druckerei aufmachen«, verbesserte er ihn. »Dekker suchte neue Räumlichkeiten für seine kleine Druckerei, weil er von einem anderen Hausbesetzerkumpel, dem ehrenwerten Herrn Baarl, aus den gemieteten Kellerräumen in Zwolle rausgeworfen worden war. Hilfe erhielt Baarl dabei von einem weiteren ehemaligen Hausbesetzerkumpel von Dekker, dem ehrenwerten Herrn Klinker.«

Sikkel öffnete den Mund, um etwas zu sagen, doch Zadig hob die Hand.

»Heute Nachmittag um halb fünf versammelt sich der Stab, danach kommt die ganze Familie zusammen. Da musst du unbedingt mit dabei sein. Ich rufe gleich den Polizeipräsidenten an oder möchtest du das lieber selbst übernehmen? Wir legen die Info von Sidjon dazu. Hoffentlich hat Zut schon die Zustimmung vom BVD gefaxt bekommen, um die PID-Akte von Licia Vanhoucke zu öffnen. Und dann bringen wir mal gemeinsam unser Gehirn auf Touren!«

Zadig kam jetzt richtig in Schwung. Er wartete Sikkels Reaktion gar nicht erst ab und tippte ungeduldig auf die Ausdrucke mit den Kontaktlisten.

»Hier stehen schon alle Verbindungen aus der Vergangenheit drin. Dekker, Doven, Baarl, Klinker. Die Bande der *Schwarzen Hand*. Höchste Priorität hat jetzt die Fahndung nach Toine Dekker. Denn er kannte sie alle. Wir werden ihn schon finden. Die Frage ist nur, wann. Wir werden ihn natürlich gründlich überprüfen: Familie, Einwohnerregister, Freunde und Freundinnen aus der Bewegung von damals, Grafiker-

Organisationen, mögliche Zulieferer seines kleinen Betriebs, kurzum, das bekannte Prozedere. Kylow wird das Personal vom *Elevator* noch einmal vernehmen.«

»Charlie, deine Euphorie in Bezug auf Dekker beruht auf Theorien, nicht auf Tatsachen. Sollten wir diesen Typen nicht erst mal genau unter die Lupe nehmen und ihn uns erst danach vorknöpfen? Wir haben nur ein Indiz, sonst gar nichts.«

»Stimmt, Ralph, das muss ich zugeben. Doch das eine schließt das andere nicht aus. Wir sammeln alles, was über ihn bekannt ist, und gleichzeitig fahnden wir nach ihm.«

»Hast du ein Foto von ihm?«

»Ja, aber das ist zu verschwommen. Die Spezialisten versuchen, etwas Besseres daraus zu machen. Sein Foto und die Personenbeschreibung werden wir hauptsächlich in Zwolle, Arnheim und Zutphen verteilen. Die Kriminal-Informationsdienste müssen uns helfen, in Kontakt mit der Szene zu treten. Eine Aufgabe für Zut.«

Ralph Sikkel stand auf. »Weißt du noch, dass du vor zwei Wochen gesagt hast, ein Dealer sei eigentlich ein Kapitalist? Baarl und Klinker waren das auf ihre Weise auch. Sie sind nach ihrer aktiven Zeit einfach zur anderen Seite übergelaufen. Das Gleiche kann man bestimmt auch über diese Vanhoucke sagen. Unterricht zur besseren Konfliktbewältigung an der Polizeischule. Siehst du die Übereinstimmungen?«

»Nein, ich glaube nicht, dass das etwas zu bedeuten hat. In gewissem Sinne ist Dekker selbst wohl auch ein Kapitalist, auf jeden Fall ein Unternehmer mit einem eigenen Geschäft.«

»Aber es wäre doch zumindest interessant zu wissen, was so aus seinen Druckerpressen herauskam«, unterbrach ihn Sikkel.

»Später«, sagte Zadig und nahm das Protokoll, das Sikkel ihm auf den Tisch gelegt hatte. Dann schaute er ihn an. »Ach, Ralph, es tut mir übrigens Leid wegen der Bemerkung über Annie.«

»Macht nichts«, sagte Sikkel, »ist doch nur dummes Gerede.«

»Umso schlimmer«, sagte Zadig.

Verwirrt verließ Sikkel sein Büro.

Arnheim, Montag, 16. September, 14.00 Uhr

Zwei Haare, die im Kellerraum des *Elevator* gefunden worden waren, stimmten aller Wahrscheinlichkeit nach mit einem anderen überein, das man im Auto von Licia Vanhoucke sichergestellt hatte. Kylow hatte die Haare in einer kleinen Plastiktüte mitgebracht. Die Untersuchung der zahlreichen Fingerabdrücke im Keller hatte zwei Beamte beinahe einen ganzen Tag gekostet. Kylow hatte die Sets per Boten zum Zentralen Kriminalpolizeilichen Informationsdienst, dem CRI, in Den Haag bringen lassen und Zadig hatte die Abdrücke aus dem Renault und dem Jaguar hinterhergeschickt. Die Behörde verfügte seit kurzem über HAVANK, einen Fingerabdruckscanner, der nach übereinstimmenden anatomischen Merkmalen von Abdrücken suchte. Diese typischen Merkmale waren digital gespeichert, wodurch rasch Vergleiche gezogen werden konnten. Außerdem brachte Kylow in seiner Tasche Fotos sowie Beschreibungen der Fußabdrücke im Keller mit.

»Die drei Haare scheinen von derselben Person zu stammen. Aber mir fehlen die Papillen und ich brauche mehr Zeit, um mir die Struktur anzuschauen«, hatte der Laborant gesagt.

Der Vergleich von Kylows Fingerabdrücken mit denen im Jaguar und im Renault brachte kein Ergebnis. Der Scanner fand nichts. Das Minimum von zwölf übereinstimmenden Kontaktpunkten wurde bei weitem nicht erreicht.

»Der CRI hat nichts gefunden«, sagte der Beamte bedauernd, der nach einem höflichen Klopfen Zadigs Zimmer betrat.

Er legte ein Set Abdrücke auf seinen Schreibtisch. »Laut Pandora stammen diese hier von Toine Dekker, aber das haben Sie ja bereits gewusst.«

»Vielen Dank«, sagte Zadig zu dem Beamten, »und bis in einer Stunde.«

Der Beamte nickte und verließ den Raum.

Kylow und Zadig schwiegen.

»Für den Untersuchungsrichter ist dieser Haarvergleich nur ein hauchdünnes Indiz«, sagte Zadig nach einer Weile. »Es muss einfach noch mehr geben.«

Sidjon Kylow beugte sich in seinem Stuhl nach vorne und massierte sich den Nacken. Zur Abwechslung hatte er einen Anzug, ein Hemd und eine Krawatte angezogen. Seine Armeestiefel, Format *combat boots*, passten dazu wie die Faust aufs Auge. Die Krawatte war breit und reichlich kurz. Zadig musste innerlich lachen.

»Ich habe das Gefühl, dass wir bei diesem Dekker auf der falschen Spur sind«, sagte Kylow schließlich. »Diese Haare finde ich nicht besonders aufschlussreich. Wir wissen noch nicht einmal, ob sie überhaupt von Dekkers Kopf stammen. Und wenn ja, besteht immer noch die Möglichkeit, dass er einfach ganz normale Kontakte zu Licia Vanhoucke unterhielt.«

»Das kann man überprüfen. Wir vergleichen jetzt die Haare und die Fingerabdrücke mit den Spuren, die wir in ihrer Wohnung gefunden haben. Wenn wir nichts finden, kann man davon ausgehen, dass sie keinen Kontakt mehr zueinander hatten.«

»Nein, dann kann man lediglich davon ausgehen, dass er sie nicht zu Hause besuchte, Charlie«, korrigierte Kylow.

Zadig lächelte nachgiebig.

»Okay«, sagte Zadig energisch, »dieser Dekker hat uns bestimmt einiges zu erzählen. Die Frage ist nur, wo er sich herumtreibt. Ich will keine Festnahme, nur ein Gespräch.«

Er wühlte ein wenig in seinen Papieren, um seine Gedanken zu ordnen.

Der Führungsstab der Soko hatte sich um Zadigs Schreibtisch versammelt. Kylow lümmelte sich auf einem Heizkörper unter dem Fenster, Ralph Sikkel lehnte an einem Aktenschrank.

»Alle halten nach ihm Ausschau. Ben, hast du noch etwas hinzuzufügen?«

Benny war angesichts seiner jahrelangen Erfahrung mit allem, was sich in Arnheim am Rande des Gesetzes und darüber hinaus abspielte, zum Leiter des Observationsteams berufen worden. Er sah nicht nur alles, sondern er wusste auch das, was er sah, richtig zu interpretieren. Er hatte die Hände über dem Bauch verschränkt und machte einen sehr zufriedenen Eindruck.

»Dekker ist vergangenen Samstag im *Bolwerck* gesichtet worden, einem besetzten Haus am Apeldoornseweg«, sagte er. »Wir können getrost davon ausgehen, dass er in Arnheim ist und bisher nichts ahnt.«

Kylow schaute fragend zu Zadig hinüber.

»Ja, verdammt noch mal, ich habe seinen Namen vergangenen Freitag zum ersten Mal gehört. Woher sollte ich denn wissen, dass er wichtig für uns ist. Erzähl weiter, Ben.«

Benny nahm die Pfeife aus dem Mund.

»Letzten Samstag wurde im *Bolwerck* eine Ausstellung subversiver Kunst eröffnet. Nichts Besonderes. So etwas ist ein willkommener Anlass für die Aktivisten, sich wieder einmal zu treffen und einen zu heben.«

Er nahm ein Taschentuch und putzte zerstreut seine Brillengläser.

»So ungefähr sechzig bis siebzig Leute waren da, darunter auch Marcel de Groot, Valery van Dieste und

Toine Dekker. Sowie die übliche Randverzierung natürlich. Dekker führte ein langes Gespräch mit zwei Personen. Einer von ihnen wurde als Fred Benter identifiziert, der früher als eine Art Rechtsanwalt für die Bewegung gearbeitet hat, aber schon seit Jahren eine undurchsichtige Kanzlei in Zwolle betreibt. Den anderen kennen wir nicht.«

Kylow sprang auf. »Fred Benter? Aus Zwolle?«

»Kennst du ihn?«, fragte Sikkel.

»Das kann man wohl sagen«, antwortete Kylow. »Ich habe ihn einmal bei einer Demonstration an den Eiern gepackt. Und ich habe ihn im *Elevator* gesehen, als Baarl ermordet wurde. Er war noch mit einem anderen Typen zusammen, einem Journalisten von unserem lokalen Schmierblatt. Hast du eine Beschreibung von dem zweiten Mann?«

»Groß, mager, eingefallene Wangen, lichtes Haar …«

»Lass nur«, winkte Kylow ab, »das ist dieser Journalist, äh … de Wacht, Donald de Wacht. Was haben die denn in Gottes Namen bei der Aktivistenbewegung verloren?«

»Ob die etwas mit den Morden zu tun haben?«, fragte ein Beamter, der Zadig gegenübersaß. »Die waren doch auch bei dem Mord an Baarl anwesend.«

»Nein, nein. Benter auf keinen Fall. Der begibt sich ja schon in Therapie, wenn er aus Versehen eine Ameise tottritt. Und sein Kumpel da scheint mir auch nicht gerade blutrünstig zu sein. Außerdem hatten die ein achtzehnkarätiges Alibi. Nein, es muss einen anderen Grund geben.«

»Vielleicht spielen sie selbst ein bisschen Detektiv?«

Kylow schaute Sikkel nachdenklich an.

»Meiner Meinung nach könnte das durchaus sein, denn … Charlie, sind dir ihre Namen nicht in den Kontaktlisten begegnet, die Pandora ausgespuckt hat?«

Zadig dachte nach und zog an seinem Zigarillo.

»Sie sagen mir nichts, aber das werden wir gleich rauskriegen.«

Rasch bat er telefonisch um die Ausdrucke, die er am Vormittag hatte machen lassen. Er blätterte hastig die Listen durch, die ihm ein junger Hauptwachtmeister hereingebracht hatte.

»Kein Benter und auch kein de Wacht. Was meint ihr? Sollen wir uns mal mit ihnen unterhalten? Dieser Benter kommt aus der Hausbesetzerbewegung, sitzt in Baarls Kneipe, als der erschossen wird, und taucht dann plötzlich in der Arnheimer Szene wieder auf.«

Kylow studierte seine haarigen Hände. Sie waren blitzsauber.

»Energieverschwendung«, sagte er schließlich. »Meiner Meinung nach bringen sie uns keinen Schritt näher an Dekker heran.«

»Aber sie haben sich mit Dekker unterhalten, sogar recht lange«, sagte Zadig dickköpfig und schaute kurz den Leiter des Observationsteams an. Dieser nickte zustimmend und blätterte in seinen Papieren.

»Dekker hat auch lange mit Marcel de Groot, mit Valery van Dieste, Martin van Sleen und sehr lange mit dem Barkeeper gesprochen. Willst du dich denn auch mit denen allen unterhalten, Charlie?«

Es war einer der seltenen Fälle, bei dem Zadig aus dem Feld geschlagen wurde.

»Na gut, dann lassen wir dieses Duo vorerst noch aus dem Spiel«, sagte er zum Schluss. »Die Jungs von der Fahndung haben ein Foto plus Beschreibung von Dekker. Er kann jeden Augenblick hereingebracht werden.«

Aber Toine wurde nicht hereingebracht.

Auch am folgenden Tag nicht. Dekker erwies sich als unauffindbar. Seine kleine Wohnung im Sint-

Marten-Viertel wurde seit Montagmorgen observiert, aber der Fang des Observationsteams bestand lediglich aus einem Postboten, einem Zeitungsboten und einem Mann, der für den Rheumafonds sammelte. Dekker allerdings ließ sich nirgends blicken, nicht innerhalb der Aktivistenkreise, die dem Ermittlungsdienst bekannt waren, und auch nicht außerhalb.

Auch die Informanten vom PID kamen mit leeren Händen zurück. Niemand schien zu wissen, wo sich Dekker aufhielt.

»Ich glaube, dass er nicht mehr hier in Arnheim ist.«

Ralph Sikkel lehnte am Türrahmen von Zadigs Büro. Er knöpfte seine Jacke zu; er war auf dem Weg nach Hause. Zadig saß in Hemdsärmeln an seinem Schreibtisch und drückte seinen Zigarillo in dem vollen Aschenbecher aus. Sein Quantum von fünfzehn Zigarillos am Tag hatte er bei weitem überschritten. »Du hast Recht, Ralph. Wenn er noch in Arnheim wäre, hätten wir ihn gefunden. Er hat sich aus dem Staub gemacht, bevor wir überhaupt angefangen haben, ihn zu suchen. Aber die Maschen unseres Fangnetzes sind kleiner als ein Mäusearsch. Morgen will ich außerdem einen landesweiten Fahndungsaufruf rausschicken.«

»Und die Observationsteams? Willst du die zurückrufen?«

»Nein, noch nicht. Ich gebe ihnen noch ein paar Tage Zeit. Ich habe vorhin mit dem Untersuchungsrichter gesprochen. Er will keinen Durchsuchungsbefehl für Dekkers Wohnung herausrücken.«

»Logisch. Wir haben praktisch nichts, das in Dekkers Richtung weist.«

Der Untersuchungsrichter hat fast wörtlich genau dasselbe gesagt, dachte Zadig.

»Wir finden ihn schon«, sagte er hoffnungsvoll.

Es klang wie eine flehentliche Bitte.

Arnheim, Mittwoch, 18. September, 13.30 Uhr

Der Beamte warf einen raschen Blick auf den Monitor, als der Time-Laps-Rekorder ein leises Klicken von sich gab. Der Bewegungsmelder, der auf die Haustür des *Bolwerck* gerichtet war, schaltete automatisch den Rekorder ein, als die Tür aufging. Einer der beiden im Zimmer anwesenden Beamten warf einen raschen Blick auf den Monitor und identifizierte die Person, die herauskam, als Marcel de Groot. Er griff zum Funkgerät und instruierte das acht Mann starke Observationsteam auf der Straße.

Die Beschattung von Marcel de Groot bereitete keinerlei Schwierigkeiten. Er schaute weder nach rechts noch nach links. Wie ein Leopard-Panzer, hatte einer der Beschatter festgestellt, der fährt über Stock und Stein, aber der Lauf bleibt immer auf das Ziel gerichtet. Er hatte deshalb vorgeschlagen, de Groot Leopard zu nennen, gemäß der Tradition des Beschattungsteams, ihren Opfern einen Spitznamen zu geben. Doch er hatte nicht den eleganten Gang eines Leoparden, und weil er so durch und durch normal war, nannten sie ihn Jansen. Der Ermittlungsdienst wusste vom PID-Mann, dass de Groot und Toine Dekker miteinander befreundet waren, und hoffte, über de Groot hinter Dekkers Aufenthaltsort zu kommen. Er wurde, ebenso wie einige andere Bewohner des *Bolwerck* vierundzwanzig Stunden am Tag überwacht. In einem Raum eines Nebengebäudes der Heimatschutztruppe schräg gegenüber dem *Bolwerck*, hatte das Beschattungsteam seine Basis eingerichtet. Das Zimmer war drei mal drei Meter groß und bot genügend Platz für zwei Beamte, ein Feldbett, einen kleinen Schreibtisch, einen Stuhl sowie die Video-Überwachungsanlage, bestehend aus einem Bewegungsmelder, dem Time-Laps-Rekorder, einer Kamera, einem Farbbildschirm und einem Videodrucker.

Die zwei Tage dauernde Observation hatte allerdings noch kein Ergebnis gebracht.

»Er versteckt sich nicht«, sagte Karel Zadig, als er am selben Abend mit Sidjon Kylow telefonierte.

Der lag in einem hellblauen, ungewaschenen Trainingsanzug zu Hause auf einem Dreiersofa.

»Er weiß nicht, dass wir ihn im Visier haben.«

»Haben wir ihn denn im Visier?«

Kylow war durch Zadigs Anruf beim Anschauen eines Sex-Videos gestört worden. Rasch drückte er den Pausenknopf.

»Das kommt schon noch.«

Zadig massierte sich das Schienbein, das von seinem Sparringspartner in der Sportschule aus Versehen einen knallharten Tritt abbekommen hatte.

»Wie geht's bei dir, Sidjon? Hat der Schlüssel vom Stahlwerk schon etwas gebracht?«

Kylow zwang sich dazu, seine Gedanken von der dreifachen Fellatio auf dem Bildschirm weg und auf den vierfachen Mord hin zu lenken, insbesondere auf den an Mischa Baarl, über dessen zerschossenen Kopf er sich anderthalb Monate zuvor gebeugt hatte.

»Vor ungefähr zwei Jahren hat er unter dem Namen Uittenboogaard für eine Zeitarbeitsfirma gearbeitet. Dekker benutzte den Namen seiner damaligen Freundin, mit der er zu dieser Zeit im *Bolwerck* zusammenwohnte. Damals bekam er Sozialhilfe. Sein Lohn wurde auf ihr gemeinsames Konto überwiesen. Wir haben dem Betriebsleiter und einigen Mitarbeitern ein Foto von ihm gezeigt. Einer von ihnen hat ihn als Christian und noch was identifiziert … Seine Freundin hieß

Christa Uittenboogaard. Dieses ›und noch was‹ erwies sich dann als Uittenboogaard. Schlauer Junge.«

»Ob er den Schlüssel geklaut hat?«

Zadig setzte sich aufrecht hin.

»Die bei Vesuvius haben noch nie einen Schlüssel vermisst.«

»Dann hat er einen nachmachen lassen.«

»Um zwei Jahre später Klinker auf dem Gelände in ein Fass mit Altöl zu stecken?«

Zadig spielte den Teufel und Kylow war der Advokat.

»Die Morde waren verdammt gut vorbereitet, Sidjon.«

»Vielleicht ist es aber auch nur Zufall.«

»In dieser Periode verließ er die Aktivistenbewegung ...«

»Und wurde ein mittelständischer Unternehmer«, ergänzte Kylow.

Das sind einfach zu viele verdammte Zufälle, dachte Zadig und sagte: »Toine Dekker war damals ein führendes Mitglied der Bewegung. Er wusste, dass er observiert wurde.«

»Und?!«

»Er wollte die Aufmerksamkeit von sich ablenken, deshalb verwandelte er sich in einen braven Kerl und lullte uns damit ein. Als er wusste, dass wir kein Interesse mehr an ihm hatten, schlug er zu. Pandora zeigt genau an, ab wann der PID ihn in Ruhe gelassen hat.«

»Na ja«, sagte Kylow anerkennend, »schöne Hypothese, jedenfalls wenn man davon ausgeht, dass Dekker unser Mann ist. Aber ist er denn wirklich unser Mann, Charlie?«

»Ich weiß es nicht«, bekannte Zadig. »Eigentlich ist das Motiv, das er für die Morde an Baarl und Klinker haben könnte, ziemlich schwach. Die beiden haben ihn aus seinem Keller hinausgeekelt. Und was Frank Doven und Licia Vanhoucke betrifft, tappe ich völlig im Dunkeln.«

»Doven hat sich geweigert, ihm zu helfen. Das wiegt in dieser Szene genauso schwer wie das Brechen der Omertà, der Schweigepflicht der Mafia.«

»Und was ist mit Licia Vanhoucke?«

Kylow schwieg.

»Ob vielleicht noch ein zweiter Mörder herumläuft? Oder sogar ein dritter?«

»Glaubst du das?«

»Wir sind die ganze Zeit von der Voraussetzung ausgegangen, dass die vier Morde von ein und derselben Person begangen wurden. Warum sollten es nicht zwei Mörder gewesen sein, die zusammenarbeiten und …«

»Charlie, Charlie«, unterbrach ihn Kylow, »du machst es damit nur noch komplizierter. Lass uns erst mal diesen Dekker an den Eiern kriegen. Dann legen wir ihn auf das Nagelbrett und hören uns seine Geschichte an. Übrigens können wir uns inzwischen ein relativ deutliches Bild von Dekkers Leben als Mittelständler machen. Meine Jungs haben alle Kontakte von Dekker nachgeprüft. Du kennst das ja: Großhandelsfirmen, Tinten- und Papierlieferanten, Setzereien, Organisationen der grafischen Industrie.«

»Und?«

»Meneer Dekker ist, Pardon, war ein ordentlicher Mittelständler, mit dem es ein Vergnügen war, Geschäfte zu machen. Meiner Meinung nach, weil er seine Rechnungen pünktlich bezahlte.«

Schon während der Sitzung mit Pandora war Zadig von der Wandlung Dekkers von einem der wichtigsten ideologischen Führer der Aktivistenbewegung zum Geschäftsmann beeindruckt gewesen. Und das in sehr kurzer Zeit. Es sah fast so aus, als sei in Dekkers Kopf ein Schalter umgelegt worden. Wodurch? War etwas geschehen, was Dekker dazu veranlasst hatte, sich um hundertachtzig Grad zu drehen? Zadig erinnerte sich an das, was er auf dem Ausdruck von Pandora gelesen hatte: Spezialist in der Vermittlung anarchistischer und linker Theorien. Zadig kannte seine Pappenheimer. So einer trug quadratkilometergroße Scheuklappen. Da war mindestens eine Gehirnwäsche vonnöten, um solchen Leuten ein etwas differenzierteres Weltbild nahe zu bringen.

»Und seine Kunden?«

»Das meiste war Kleinkram. Flugblätter, Anzeigen, einfache Prospekte auf Recyclingpapier. Fast alles Kunden, die sich ein wenig am Rande unserer wunderschönen Gesellschaft bewegen. Aber auch ein paar größere Betriebe. Die waren es hauptsächlich, die ihm Gewinne einbrachten.«

»Gut«, sagte Zadig, »wir sehen uns dann übermorgen in Arnheim.«

»Bis dann.«

Zadig legte den Hörer auf die Gabel und beugte sich über seine Akten. Fast gleichzeitig hörte er den Schlüssel im Haustürschloss.

Mevrouw Zadig kam herein und deponierte umsichtig ihre Handtasche in einer Ecke.

Zadig richtete sich auf und bereitete sich gelassen darauf vor, sich ein Stündchen Klatsch über den Bridgeclub anzuhören.

Zwolle, Donnerstag, 19. September, 15.30 Uhr

De Wacht hatte Valery van Dieste seit dem Kunstnachmittag im *Qotz* regelmäßig angerufen. Eine undeutliche Stimme auf dem Anrufbeantworter hatte stets verkündet, sie sei nicht da.

Er hatte seinen Namen und seine Telefonnummer auf Band gesprochen und um Rückruf gebeten. De Wacht hatte allerdings kein Vertrauen in den Apparat und versuchte regelmäßig, zweimal pro Tag, sie zu erreichen. Als sie nach fünf Tagen plötzlich selbst ans Telefon ging, fühlte er sich davon so überrumpelt, dass er über seine eigenen Worte stolperte. Valery schien es nicht zu merken.

»Hallo, Donald«, sagte sie fröhlich, »wie nett, dass du anrufst.«

»Ja«, antwortete de Wacht. Er räusperte sich.

»Ich habe mir gedacht, wir haben ja letzten Samstag kaum miteinander gesprochen, obwohl ich gern einmal ein bisschen mit dir …«

»Wie nett. Worüber denn?«, unterbrach ihn Valery.

»Ach, an Gesprächsstoff fehlt es nicht, würde ich mal sagen.«

»Meinst du wegen der Geschehnisse der letzten Monate?«

»Ja. Zum Beispiel«, sagte de Wacht. Er fragte sich, ob sie das auch nett finden würde.

»Das kann nett werden«, antwortete sie. »Komm doch heute Abend zu mir. Weißt du, wo ich wohne?«

»Nein.«

Valery nannte ihm eine Adresse in einem vor kurzem renovierten Arbeiterviertel. Die Renovierungen waren so schlecht ausgeführt worden, dass die Hälfte der ursprünglichen Bewohner nicht mehr zurückgekehrt war. Sie hatten ihr Heil in Arnheim-Süd gesucht, wo es mehr Platz und mehr Grün gab. Aber nach einem halben Jahr fühlten sie sich heimatlos und nörgelten über die Angehörigen von Minderheiten, die in ihrem alten Viertel untergekommen waren.

Als sie auflegte, fiel de Wacht ein, dass er ihr nicht erzählt hatte, dass er Benter mitbringen wollte. Er wählte die Nummer von Freds Büro, wo sofort abgenommen wurde.

»Hast du heute Abend schon was vor?«

»Ja«, sagte Benter, »ich habe morgen früh einen Termin in Luxemburg. Ein paar GmbHs zusammenbasteln. Ich fliege heute Abend.«

Schön, dachte de Wacht.

»Das ist aber ungünstig«, sagte er, »ich habe mich mit Valery verabredet. Sie konnte nur heute Abend. Ich habe das Gefühl, dass sie etwas auf dem Herzen hat und es mir erzählen möchte. Ich hätte dich gern dabeigehabt.«

»Was glaubst du denn, was sie zu erzählen hat?«

»Was weiß denn ich. Einen Versuch ist es auf jeden Fall wert. Ich schaue einfach mal, was dabei herauskommt. Sie war zumindest die Einzige, die mich letzten Samstag halbwegs freundlich begrüßt hat.«

»Ruf mich an, wenn etwas Wichtiges dabei herauskommt. Ich wohne im Grand Hotel. Morgen gegen Abend bin ich wieder zurück. Grüß sie auf jeden Fall von mir. Und mach was draus. So oder so.«

»Du kannst dich drauf verlassen«, antwortete de Wacht und legte auf.

»Kaffee? Oder möchtest du etwas Stärkeres?«

Valery hatte noch immer diesen langsamen, würdevollen Augenaufschlag, der so gut zu ihrer sinnlichen, heiseren Art zu reden passte. De Wacht fand diesen Augenaufschlag wunderbar. Und ihre Art zu reden auch.

»Gib mir einfach irgendwas zu trinken.«

»Bier? Das magst du doch, oder?«

De Wacht nickte und versuchte, dabei charmant zu lächeln.

»Unter anderem«, sagte er und räusperte sich.

Valery stand auf und ging in die Küche, wo er sie herumwirtschaften hörte. Sie klapperte mit den Schranktüren. Eine davon wollte nicht zugehen und bekam von ihr ein paar Schläge ab.

Er saß im Wohnzimmer von Valerys Wohnung auf einem Rattanstuhl, der bei jeder Bewegung knarzte. Auf dem Betonfußboden lag eine ausgerollte Bastmatte. Es roch nach feuchtem Zement.

Valery stieß die Tür auf. An ihre Brust gedrückt trug sie zwei Halbliterflaschen Pils und in ihrer freien Hand hielt sie zwei umgedrehte Gläser, aus denen sie Wassertropfen schüttelte.

»Nett hast du's hier«, sagte de Wacht.

»Bis jetzt schon«, sagte Valery, während sie eine Flasche Bier und ein Glas neben de Wacht auf den Fußboden stellte, »aber warten wir erst mal ab, was für Nachbarn unter mir, neben mir und über mir einziehen. Ich hoffe nur, dass ich nicht von Junkies umzingelt werde. Aber ich hatte die Wahl zwischen einer Wohnung in Arnheim-Süd und dieser hier. Ich habe mich für die Stadt entschieden. In Arnheim-Süd ist man doch nur ein Niemand im Niemandsland.«

De Wacht dachte an die Résidence Suicide, in der Bombi wohnte, und kam zu dem Schluss, dass sie in der Tat das kleinere Übel gewählt hatte. Er hob die Flasche, prostete Valery zu und trank. Das Glas ignorierte er. Er hielt seinen Blick auf Valery gerichtet.

Am Samstag war sie noch blond gewesen, aber sie hatte ihr kurzes Haar im Laufe der Woche so rabenschwarz gefärbt, dass ein stahlblauer Glanz darauf lag. Auf ihrem gebräunten rechten Oberarm trug sie eine Tätowierung, eine kleine Spinne im Netz, dessen Fäden unter ihrem engen T-Shirt verschwanden. Tätowierungen, dachte de Wacht. Seeleute? Verbrecher? Sklavinnen?

Er versuchte, ihren Charakter zu ergründen, fand aber an ihrem Äußeren allein und den ungenauen Erinnerungen nur wenig Anhaltspunkte. Sie hatte sich die Achseln rasiert und trug keinen BH. Das sah er, als sie ihr Glas an die Lippen hob. Valery war nicht dick, obwohl sie mindestens siebzig Kilo wiegen musste. Sie war fast so groß wie de Wacht.

»Arbeitest du immer noch als Journalist?«, fragte sie und sah ihn dabei schräg von der Seite an.

»Das kommt darauf an«, sagte er, »im Augenblick gerade nicht. Und du? Arbeitest du noch beim Radio?«

Er spielte auf die Periode an, in der Valery beim illegalen Sender gearbeitet hatte, um der Stimme der Bewegung mehr Klang zu verleihen.

Sie schüttelte langsam den Kopf. »Schon eine ganze Weile nicht mehr. Ich arbeite jetzt auf selbstständiger Basis für zwei kleine Radiosender und ein paar Zeitungen.«

»Willkommen bei der NVSH.«

»Der was?«

»Der Niederländischen Vereinigung für Sprachhuren.«

Valery öffnete den Mund. De Wacht erwartete entweder einen Ausruf der Empörung oder Gelächter, aber sie sagte: »So schlimm ist es nicht, ich habe immer noch meine Grenzen. Betrachtest du dich selbst als Sprachhure?«

De Wacht grinste: »Allerdings, aber eine sehr teure.«

Valery lachte nicht. In dieser kahlen Umgebung und einem Menschen gegenüber, der wirklich ernst nahm, was er sagte, klang es auch nicht wie ein Witz. De Wacht dachte über eine ernsthaftere Antwort nach, überlegte es sich dann aber anders. Für eine endlose Diskussion über die Gratwanderung zwischen dem Schreiben für den Lebensunterhalt und edleren Motiven war er nicht hergekommen. Die führte er schon seit Jahren mit sich selbst. Ohne dass er übrigens zu einer Lösung gelangt wäre.

»Schon gut«, sagte er. »War nur ein Witz. Ein Berufsschaden.«

Er trank ein paar Schlucke. Valery schlug die Augen nieder. Sie hatte große, tief liegende Augen mit den weißesten Augäpfeln, die de Wacht je gesehen hatte.

»Du bist damals heftig angegriffen worden, nicht wahr?«

»Die haben sich ganz schön ins Zeug gelegt, stimmt.«

»Sie beschuldigten dich damals der … Was war das noch mal … der journalistischen Prostitution …«

»Ja, und für die war es kein Witz. Ob der Vergleich zutrifft, weiß ich nicht. Ich hätte meine Seele dem Kapital verkauft, ich betriebe Volksverdummung, ich sei ein Lakai der herrschenden Macht.«

De Wacht zuckte mit den Schultern.

»Weißt du, warum sie es gerade auf dich abgesehen hatten? Es lief doch genug kapitalistisches Gesindel herum, das viel eindeutiger …«

»Ich bin mir nicht sicher, aber es gab eine Gruppe, die mir nicht vertraute. Ich hegte zwar damals Sympathien dafür, dass sie viele heiße Eisen anpackten, aber nicht für alle Methoden, die sie anwandten. Außerdem gefielen mir ein paar dieser Leute ganz und gar nicht. Sie gehörten zu den Führern, obwohl dieses Wort tabu war, und wenn sie das Sagen bekommen hätten, ich meine, stell dir vor, dass sie auf die ein oder andere unwahrscheinliche Weise an die Macht in diesem spießigen Land gekommen wären, dann wäre ich Hals über Kopf zurückgegangen nach Südamerika, denn dann hätte ich die Situation dort als um einiges sicherer eingeschätzt als hier. Auf der anderen Seite ...«

De Wacht machte eine wegwerfende Gebärde und trank seine Flasche leer.

»Ihr Problem war, dass ich immer differenziert habe, und damit konnte sich eine bestimmte Gruppe einfach nicht abfinden. Die wollten Fisch oder Fleisch, schwarz oder weiß, Freund oder Feind. Alles oder nichts. Keines von beiden konnte ich bieten. Das nahm man mir übel. Nein, als eindeutiger Widersacher wäre es mir besser ergangen.«

De Wacht fegte mit der Hand durch die Luft, um anzudeuten, dass er die Vergangenheit als abgeschlossen betrachtete.

»Da war doch noch mehr, es gab Gerüchte ...«, hakte Valery nach.

»Dass ich ein Informant gewesen sei? Ja, das habe ich noch mitbekommen. Es wird immer und überall von jedem und über alles so viel Mist erzählt«, sagte de Wacht kopfschüttelnd. »Und ich hasse das.«

»Es gab ja auch keine Beweise, das waren nur Gerüchte«, sagte Valery beruhigend, »genau wie jetzt.«

Sie schlug ihre Augen auf und schaute de Wacht an. Fast wie in Zeitlupe, dachte er und spürte, wie er wieder ein Stückchen weiter dahinschmolz. Er zwang sich rasch zu einer Antwort.

»Bitte erspar' mir die. Ich glaube, ich kenne sie schon. Die Rechte-Terrorgruppen-Hypothese? Ein nasser roter Traum. Für die Bewegung ist das sicher ein

Leckerbissen. Da haben sie endlich ihre heiß begehrten Opfer. Aber mich macht diese Geschichte nicht an. Wenn diese Morde aus Rache begangen wurden oder um Terror zu säen, dann wäre das wie Senf nach dem Würstchen. Es ist doch hauptsächlich die alte Truppe, die den Löffel abgegeben hat. Außerdem waren es allesamt Leute, die sich von ihren früheren Überzeugungen abgewandt hatten. In den letzten fünf Jahren hatten Klinker, Baarl, Vanhoucke und in geringerem Maße auch Doven sich mit vollem Herzen dem bürgerlichen Leben verschrieben. Selbst Dekker scheint ein Mittelständler geworden zu sein. Ich frage mich sogar, ob sich überhaupt noch jemand daran erinnert, dass diese braven Bürger früher einmal eine etwas kritischere Haltung zum Leben eingenommen haben. Was meinst du?«

Valery ließ sich in ihren Sessel zurücksinken. Sie trug eine schwarzgraue Jeans, die ihre Oberschenkel und auch ihre Waden eng umschloss. Es fiel de Wacht nun erst auf, dass sie barfuß war. Schmale braune Füße mit schwarz lackierten Nägeln. Schmale mattglänzende Knöchel. Auch ihre Fingernägel waren schwarz lackiert.

»Ich denke an Bombi«, sagte sie bedächtig.

De Wachts Herzschlag schaltete um auf einen schnelleren Rhythmus.

»Warum?«, fragte er vorsichtig.

»Ich habe ein paar Informationen über ihn.«

De Wacht griff in einem Reflex in die Innentasche seines Jacketts, in dem sich sein Notizblock und sein Stift befanden.

»Na, na, Donald!«, sagte Valery. »Du bist nicht als Journalist hier, hast du das vergessen?«

Er zog die Hand wieder zurück. »Entschuldige, nur ein Reflex«, sagte er mit einem schwachen Lächeln.

»Du dachtest an Bombi? Hast du denn mit Bombi gesprochen?«

»Nein, aber er fühlt sich garantiert nicht wohl in seiner Haut.«

»Warum glaubst du das?«

Valery stand auf und ging hinüber zu einem Berg voller Müllsäcke in einer Ecke des Zimmers. Sie schaute sich die Aufkleber an, öffnete einen und wühlte mit beiden Händen darin herum. Da sie nicht sofort fand, was sie suchte, nahm sie den Sack und schüttete den Inhalt auf den Fußboden. Zwischen einem Haufen Kleidung fiel klappernd eine Kassettenhülle auf den Fußboden.

»Na also«, sagte sie.

Sie nahm die Kassette heraus und hielt sie de Wacht vor die Nase.

»Ich spiele sie dir nur vor; deine Schlüsse musst du selbst daraus ziehen.«

Sie legte das Band in den Kassettenrekorder ein und warf de Wacht die Hülle in den Schoß. Er las: Aufnahme L. Vanhoucke. Valery drückte auf den Abspielknopf und beinahe zu gleicher Zeit ertönte ihre Stimme knallhart aus den beiden Lautsprechern: »So, jetzt sind wir ungestört.«

Vom Band kam Gepolter und das Rascheln von Papier. Danach Schritte und das Knarzen eines Stuhls. De Wacht schaute Valery fragend an, die sich wieder ihm gegenüber hinsetzte. Sie schloss die Augen und sagte nichts. Das Band lief weiter.

Nun kam eine andere Stimme aus den Lautsprechern.

»Ich habe mich seitdem tausendmal gefragt, was passiert ist. Ich stehe damit auf und ich gehe damit zu Bett. Jetzt, wo sie tot sind, alle außer Bombi ... Ich bin mir sicher, dass es etwas damit zu tun hat. Ich ... ich äh ...«

Die Stimme schwieg hilflos.

»Licia Vanhoucke?«, flüsterte de Wacht aufgeregt.

Valery nickte.

»Womit hat ...«, begann de Wacht, aber Valery legte den Zeigefinger auf die Lippen und bedeutete ihm, zuzuhören.

Einige Augenblicke später hörte man wieder die Stimme von Licia, nun etwas fester. »Val, ich kann mich niemandem anvertrauen. Und ich stehe Todesängste aus.«

Die resolute Stimme von Valery: »Hast du Bombi gewarnt?«

»Nein, das kann ich nicht, dann weiß er sofort, dass ich etwas damit zu tun hatte. Darüber braucht jemand wie Bombi nicht zweimal nachzudenken und schon habe ich noch ein Problem am Hals. Bombi hat eine Vorliebe für rigorose Lösungen, das weißt du genauso gut wie ich.«

»Warum gehst du nicht zur Polizei?«

»Was sollte ich ihnen denn erzählen, was sie nicht sowieso schon wissen? Sie müssten besser über alles informiert sein als ich, schließlich waren sie an jenem Abend dabei, es geschah direkt vor ihrer Nase. Und so frage ich mich die ganze Zeit, warum in aller Welt sie diese Morde einfach geschehen lassen. Vielleicht ist es ein Mordkommando der Polizei, das dabei ist, alle Spuren zu verwischen!«

Valerys Stimme klang beruhigend: »Du bist verrückt! Wir sind hier doch nicht in Südamerika! Kannst du denn nicht mit der Frau Kontakt aufnehmen, die dich angeworben hat?«

»Das habe ich schon versucht, aber ich habe nur zur Antwort bekommen, sie arbeite nicht mehr dort, und niemand kann oder will mir sagen, wo ich sie erreichen kann. Ich hatte nur ihre Telefonnummer im Büro.

Ihren Nachfolger hätte ich sprechen können, aber das nützt mir nichts.«

Auf der Kassette war deutlich zu hören, dass Licias Atem schneller ging. Sie zog ein paarmal die Nase hoch und einige Minuten lang war auf dem Band nur ihr Schluchzen zu hören. De Wacht zog die Augenbrauen hoch, aber Valery reagierte noch immer nicht.

»Ich denke, es wäre das Richtige, die Polizei darüber zu informieren. Du weißt, was dahinter steckt, und wenn du nichts unternimmst, gerätst du vielleicht selbst in Gefahr. Bist du dir sicher, dass du damals nicht verraten hast, wer daran beteiligt war?«

»Ich habe nur gesagt, dass etwas passieren würde, ich habe erklärt wo und wann. Mehr nicht. Ich habe keine Namen genannt! Ich wollte niemanden persönlich verraten. Ich hielt die Aktion, die sie vorhatten, für lebensgefährlich; ich hoffte, sie würden verhaftet, bevor sie sie ausführen konnten. Ich war mir noch nicht einmal sicher, ob Hansje dabei sein würde; sie hatte zu mir gesagt, die Jungs hätten eine harte Aktion geplant. Und im nächsten Moment steht ein Polizist vor der Tür und erzählt, Hansje hätte sich vor einen Zug geworfen!«

Sie fing wieder an zu schluchzen.

De Wacht fragte: »Hansje Dekker?«

Valery nickte kurz. Schluchzend erzählte Licia weiter: »Ich habe mir solche Mühe gegeben, die Geschichte zu glauben, wirklich wahr, es gab sogar Zeiten, da ist es mir gelungen!«

»Hast du die Jungs nie danach gefragt? Was geschehen ist und ob sie wirklich eine Aktion an den Gleisen durchgeführt haben?«

Valerys Stimme klang sanft, aber de Wacht hörte einen nötigenden Ton heraus. De Wacht beugte sich zum Lautsprecher hin. Die Antwort war fast unverständlich. »Nein, ich habe mich nicht getraut. Ich hätte mich ja selbst dadurch verraten.«

»Aber du und Hansje, ihr hattet … ihr wart …«

»Hansje und ich, Hansje und viele andere! Hansje probierte alles aus, also erspare mir deine Predigt! Und sie war tot, also was hätte es für einen Sinn gehabt, die Jungs unter Beschuss zu nehmen? Wenn sie nicht selbst mit der Geschichte herausrückten, hatten sie gewiss ihre Gründe dafür.«

Eine Zeit lang sagte keine von beiden etwas. Die Stille hörte plötzlich auf und ein Klicken verdeutlichte das Ende der Kassette.

De Wacht entfuhr ein Seufzer. Es war dunkel geworden. Valery stellte sich auf einen Stuhl vor das Fenster und befestigte zwei Stücke Stoff über den Rahmen.

»Gib mir mal eine Reißzwecke, da drüben.«

Sie zeigte auf ein Kästchen unter dem Tisch. De Wacht reichte es ihr an. Beim Hinuntersteigen legte sie die Hand auf seine Schulter und stand für einen Moment dicht an ihn gedrängt. Sie roch nach Seife und Bier. Ihre Brüste brannten an seinem Körper. Unwillkürlich zog er den Bauch ein.

»Wohnten Hansje und Licia zu der Zeit nicht zusammen?«

De Wacht erinnerte sich an das, was Bombi vor fast zwei Wochen zu ihnen gesagt hatte: ›Hansje und ich waren damals zusammen. Wir waren wahnsinnig verliebt ineinander.‹

Valery nickte.

De Wacht setzte sich wieder in den knarzenden Stuhl.

»Wie kommst du an diese Aufnahme?«

Er zündete sich eine Zigarette an und blies den Rauch zur Decke. Sie zeigte auf den Anrufbeantworter.

»Als mir klar wurde, dass sie *hot stuff* erzählte, habe ich das Ding eingeschaltet.«

De Wacht sah sie verständnislos an.

»Ich habe gesagt, ich wolle den Anrufbeantworter einschalten, damit wir nicht gestört würden. Ich habe das Band für die hereinkommenden Gespräche gegen das 30-Sekunden-Band ausgetauscht, auf dem mein eigener Text gespeichert ist. Du drückst die entsprechenden Knöpfe, mit denen du einen neuen Text aufnehmen kannst, und der Apparat zeichnet alles auf, was gesagt wird. Allerdings nicht nur 30 Sekunden lang, sondern eine halbe Stunde.«

»Ganz schön schlau«, sagte de Wacht anerkennend. »Was wollte sie von dir?«

»Sie wollte mir ihr Herz ausschütten, denn sie sah keinen Ausweg mehr. Ich war eine der wenigen, vielleicht sogar die Einzige, die sie ins Vertrauen zu ziehen wagte. Im Nachhinein denke ich, dass sie auch eine Versicherung für den Fall ihres eigenen Todes abschließen wollte. Dass sie ihre Geschichte nicht mit auf die andere Seite nehmen wollte, ohne dass jemand davon wusste.«

»Glaubst du ihr?«

»Ja. Sie war mit ihrem Latein am Ende; sie hatte das Gefühl, dass sie nichts mehr zu verlieren hatte. Außerdem hast du bisher nur die Hälfte von dem gehört, was sie mir anvertraut hat.«

»Ich höre.«

»Licia Vanhoucke hat damals ein paar Informationen an eine gewisse Alice weitergegeben, die bei der Polizei in Arnheim arbeitete.«

»Sie war also eine Informantin.«

»Das klingt so gewichtig; sie lieferte nur Informationen über Aktionen, die ihr wirklich zu weit gingen. Diese Zugsabotage zum Beispiel.«

»Wie kam sie dazu?«

»Sie war einmal bei einem Ladendiebstahl erwischt worden und saß zur Vernehmung auf der Wache. Die Frau, die das Protokoll anfertigte, war diese Alice. Der fiel auf, dass es da noch mehr gab als den Diebstahl, und sie hat Licia angeworben, im Tausch gegen ... ich denke ... gegen die Sicherheit, ein offenes Ohr zu finden. Es war eine verworrene Zeit. Licia hatte gerade mit ihrem Studium an der *Socialen Academie* begonnen, aber dabei ließ man sie so sehr allein, dass es für sie regelrecht die Hölle war. Außerdem hatte sie keinen festen Wohnsitz; sie wohnte zwar in besetzten Häusern, war aber schon dreimal rausgeworfen worden. Sie nahm an allerlei Arbeitsgruppen teil, von ›weiblicher Körper‹ bis ›Kernenergie‹, aber sie gehörte nirgendwo richtig dazu. Und Geld war auch ein Problem. Von zu Hause war sie Überfluss gewöhnt, aber mit ihrer Studienbeihilfe kam sie nicht aus. Daher ...«

»Ging sie proletarisch einkaufen?«

»So in etwa, ja. Auf jeden Fall kriegte sie zu der Zeit alles nicht so gut auf die Reihe. Das war Mitte 1981. Nach der Zugaffäre ist sie eine ganze Weile von der Bildfläche verschwunden; ich lernte sie erst kennen, als sie regelmäßig ins Frauenhaus kam, um wieder auf die Beine zu kommen. Nicht dass sie je den wahren Grund für ihre Depressionen verraten hätte.«

»Und später hat sie angefangen, für die Polizei zu arbeiten?«

»In der Polizeiausbildung, ja. Ich habe sie auch danach gefragt. Sie ließ durchblicken, dass sie wirklich ganz leicht an diesen Job gekommen war. Meinst du, er war vielleicht eine Art Schweigeprämie?«

De Wacht zuckte mit den Schultern. »Könnte sein. Hat sie noch an andere Informationen weitergegeben?«

»Nicht, dass ich wüsste. Vergiss nicht, dass sie nicht wusste, wem sie vertrauen konnte.«

»Wie sich ja mittlerweile herausgestellt hat. Hast du noch anderen ...«

»Nein, für mich gilt dasselbe wie für sie. Aber ich finde, dass Toine Dekker Bescheid wissen sollte. Ich treffe mich morgen mit ihm. Schließlich und endlich geht es dabei auch um seine Schwester.«

Das wird Bombi gefallen, dachte de Wacht.

»Du warst damals noch nicht dabei, du warst noch irgendwo in Südamerika. Bei dir bin ich mir sicher, dass du nichts damit zu tun haben kannst. Außerdem weiß ich, dass du der Sache auf den Grund gehen willst.«

Und du lässt mich die Kastanien aus dem Feuer holen, dachte de Wacht.

»Glaubst du das oder weißt du das?«, fragte er.

»Stell dich nicht so dumm!«, antwortete sie heftig. »Warum tauchst du plötzlich im *Qotz* auf und machst einen auf gut Freund mit Marcel de Groot und Toine Dekker? Und warum bist du überhaupt hier?«

Bei der letzten Frage spürte de Wacht, wie er rot wurde. Er lachte verlegen und drehte die leere Bierflasche in den Händen.

»Du hast Recht. Aber du kannst meinen Besuch auch als einen persönlichen betrachten«, sagte er.

»Wie weit bist du?«, fragte sie.

»Nicht besonders. Was du mir erzählt und was du angedeutet hast, bestätigt, was ich mir auch schon gedacht habe. Mehr nicht. Dass sich bei den Gleisen mehr abgespielt hat, als je bekannt geworden ist, ist für mich ziemlich offensichtlich. Aber was genau war da los? Das ist eine Frage, auf die auch ich noch keine Antwort weiß. Und all das ist nicht genug, um es in der Redaktion zu präsentieren.«

Er stellte seine Flasche ab. Insgeheim hatte er beschlossen, Valery nichts von dem Besuch bei Bombi zu erzählen.

»Kann ich eine Kopie von dem Band haben?«

Valery zögerte. »Nein, nicht wenn du die Sache in die Schlagzeilen bringen willst. Und wenn du so weit bist, dann will ich dabei sein. Nur unter dieser Voraussetzung.«

»Natürlich.«

Sie nahm die Kassette aus dem Rekorder und verstaute sie in einer Plastiktüte.

»Dann lass es mich wissen, wenn es so weit ist. Möchtest du noch was trinken?«

»Gern.«

De Wachts Augen ruhten auf ihrem Po, während sie neue Bierflaschen holen ging. Er hörte sie fluchen und wieder gegen die Küchenschranktüren treten. Sie kam mit leeren Händen zurück.

»Nichts mehr da. Sollen wir in die Stadt gehen? Ich würde gern mal wieder ausgehen.«

De Wacht zögerte und schaute auf die Uhr.

»Halb zehn«, sagte sie ungeduldig, »eine gute Zeit, dann ist es noch nicht so voll.«

De Wacht holte tief Luft, sammelte allen Mut, den er hatte, dachte einen Augenblick an Fred Benter und sagte so beiläufig wie möglich: »Genauso gerne würde ich aber mit dir ins Bett gehen.«

Er spürte, wie er unglaublich rot wurde, und Valery öffnete sofort den Mund. Wieder befürchtete de Wacht einen Ausruf der Empörung oder, schlimmer noch, dass sie ihn auslachen würde.

Doch sie grinste nur und zog eine kurze Lederjacke über. Während sie zur Tür hinausging, sagte sie: »Ich gehe auf jeden Fall zur Snackbar, ein bisschen Bier holen. Aber nicht weggehen.«

De Wacht war von seinem eigenen Wagemut überrascht. Normalerweise mochte er solche direkten, plumpen Annäherungsversuche nicht. Außerdem kam morgen seine Exfrau Ella für ein langes Wochenende vorbei. Wie spät war es gleich wieder? Zehn Uhr? Er schaute auf die Uhr. Noch gut eine Stunde Zeit, um den letzten Zug nach Zwolle zu erwischen. Aber Valery van Dieste schien ihm keine Frau zu sein, die sich mit einer Stunde begnügte. Vielleicht noch nicht einmal mit einer ganzen Nacht.

Valery kam mit einer Plastiktüte voller Bügelflaschen Bier zurück. »Ich weiß nicht, welche Marke du am liebsten trinkst, Donald.« Sie stellte die Tasche auf den Boden und zog ihre Jacke aus.

»Ist schon okay.« De Wacht wusste nichts Sinnvolles mehr zu sagen, und um nicht dumm dazustehen, drehte er sich eine Zigarette und schaute auf die Uhr.

Valery sah es. Während sie zum Kühlschrank ging, sagte sie spöttisch: »Der erste Zug nach Zwolle fährt erst morgen früh um sechs Uhr oder hattest du nur an einen Quickie auf dem Küchentisch gedacht?«

»Lass uns doch einfach damit anfangen«, sagte de Wacht und stand auf.

Der Tisch knarzte genauso schlimm wie die Stühle.

Zwolle/Arnheim, Freitag, 20. September, 11.30 Uhr

Kommissar Sidjon Kylow schaute aus dem Fenster seines Arbeitszimmers und dachte über seine Zukunft nach, als das Telefon ihn aus seinen Gedanken riss.

Er rieb missbilligend über den Kaffeeflecken in seinem olivgrünen Armeehemd und nahm ab.

»Ich habe Zadig für dich auf der Zwei«, meldete die Sekretärin.

»Okay.«

»Stabsbesprechung um zwei Uhr«, mahnte sie. »Der Polizeipräsident hat sich schon beschwert, weil du die letzten beiden Male nicht dabei gewesen bist.«

»Was hast du ihm geantwortet?«

»Dass du dich im Zusammenhang mit diversen Mordermittlungen anderswo aufhalten müsstest.«

»Danke. Heute werde ich zum dritten Mal fehlen, denn ich muss heute Nachmittag nach Arnheim.«

Kylow drückte auf einen Knopf.

»Zadig, was für eine Überraschung.«

Kylow schien an diesem Tag bereit, zu jedem freundlich zu sein. Zadig ignorierte Kylows Fröhlichkeit. Seine Stimme klang angespannt und eifrig zugleich.

»Sidjon, wir haben einen Durchbruch erzielt. Am besten, du kommst sofort nach Arnheim!«

»Wieso?«

»Mehr kann ich dir jetzt nicht erzählen. Für das, was herausgekommen ist, gilt ein Telefonembargo.«

»Ein Telefonembargo?«

»Unsere Kollegen vom Geheimdienst haben mir ans Herz gelegt, nur mit dir und Sikkel persönlich darüber zu sprechen. Wir haben sehr viel zu beratschlagen, bevor wir uns mit dem Rest der Familie treffen. Wenn du sofort losfährst, kannst du in einer Dreiviertelstunde hier sein.«

Kylow nahm die Füße vom Schreibtisch.

»Na, dann gib schon mal den Porschefahrern von der Autobahnpolizei durch, dass ich vorbeikomme.«

»Licia Vanhoucke eine Informantin? Interessiert sich der Staatsschutz denn jetzt auch schon für Schauspielerinnen?«

Sidjon Kylow beobachtete die Vorgänge im Kaffeeautomaten und schaute dann Karel Zadig an, der ihn in ungewohnt herzlicher Weise dazu eingeladen hatte, mit ihm zusammen auf dem Gang einen Becher Kaffee zu holen.

»Nicht für Schauspielerinnen«, korrigierte Zadig, »sondern für die Aktivistenbewegung. Und schrei nicht so. Sie hat ein halbes Jahr für den PID gearbeitet. Wir sind erst heute Vormittag dahinter gekommen. Die Information war mit einem PID-Code blockiert, unsere PID-Leute waren in London und der BVD wollte die Sperrung erst aufheben, wenn wir das Formular Nummer dies und das Gesuch Nummer jenes eingereicht hätten. Was ich dir jetzt erzählen werde, sind die allerneuesten Nachrichten. Zut hat sich tagelang mit der Sache abgeplagt.«

»Diese verdammte Bürokratie«, brummte Kylow, wobei er offen ließ, ob er Zut oder den BVD damit meinte.

Er nahm den Becher Kaffee aus dem Automaten und warf eine zweite Kaffeemünze ein.

»Und was noch?«

Eine Tür ging auf und ein Beamter brachte ein Ehepaar zum Lift. Die Frau hatte rot verweinte Augen.

Zadig schwieg, bis es wieder totenstill war. »Nimm deinen Kaffee und komm mit in mein Büro.«

Er schloss sorgfältig die Tür ab und fragte Kylow mit gedämpfter Stimme: »Hast du schon mal von dem Munitionszug-Zwischenfall gehört?«

Er beobachtete einen Moment Kylows Reaktion und setzte sich dann an seinen Schreibtisch. Kylow lehnte an einem Aktenschrank und schlürfte seinen Kaffee. Es war ein aufreizendes Geräusch, aber Zadig hatte sich vorgenommen, sich durch nichts ablenken zu lassen. Kylow schüttelte gleichgültig den Kopf.

»Nein, noch nie.«

»Kann auch gar nicht sein«, sagte Zadig zufrieden. »Es gibt nur ganz wenige Leute, die darüber Bescheid wissen. Wir müssen Sikkel noch informieren; der Rest des Teams braucht es nicht zu wissen. Und wird es auch nie erfahren.« Er senkte seine Stimme noch weiter.

»Die Geschichte spielte sich 1982 ab. Die Kameraden von der Aktivistenbewegung beschlossen, den Transport von NATO-Munition vom Hafen in Delfzijl aus nach Deutschland zu blockieren. Eine Sabotagegruppe von fünf Mann sollte diesen Job übernehmen. Licia Vanhoucke gab uns, das heißt den Arnheimer Kollegen, einen Tipp, und die konnten den Sabotageakt verhindern. Ich hatte nichts damit zu tun; ich war zu der Zeit in Alkmaar beim Dezernat für Besondere Gesetze.«

Kylow forschte in seiner Erinnerung. »Ich erinnere mich nur an ein Gerücht, dass eine Frau Selbstmord begangen haben sollte«, sagte er.

»Offiziell beging sie Selbstmord, aber in Wirklichkeit wurde sie auf der Flucht von einem Zug überfahren.«

»Auf der Flucht?«

»Diese Frau war Hansje Dekker, die jüngere Schwester von Toine Dekker. Die Gruppe machte sich gerade mit Sägen und Äxten an den Gleisen zu schaffen, als die Jungs vom Sondereinsatzkommando Arnheim eingriffen. Hansje Dekker stürzte von einem Strommast und wurde dabei verletzt. Ihre Kameraden ließen sie wie alten Müll zurück und versuchten, ihre eigene Haut zu retten. Unglücklicherweise blieb sie auf den Schienen liegen und niemand konnte verhindern, dass ein leerer Güterzug sie überfuhr. Es war eine heikle Sache. Denk dran: Diese Information muss unbedingt unter uns bleiben. Die gesamte Aktivistenszene der Niederlande würde Hansje Dekker in den Märtyrerstand erheben, wenn es herauskäme. Du kannst dir vorstellen, dass wir darauf verzichten konnten. Und können. Die Kollegen tarnten es damals als Selbstmord und Hansjes Saboteur-Kollegen hatten anscheinend nichts dagegen. Jedenfalls haben sie unserer Version nie widersprochen. Es war eine stillschweigende Übereinkunft in beiderseitigem Interesse.«

Er lachte kurz, aber es klang nicht besonders überzeugend.

»Und die anderen waren ...?« Kylow ließ die Frage in der Luft hängen.

»Keine Ahnung. Der Leiter des Sondereinsatzkommandos ließ sie gehen, ohne sie identifiziert zu haben.«

»Bestimmt in Panik geraten«, konstatierte Kylow, nicht ganz zu Unrecht. »Glaubst du, dass Dekker dahinter gekommen ist, wer die anderen waren?«

»Wahrscheinlich schon.«

»Und dass Licia unsere Informantin war?«

Zadig nickte.

»Du sagtest fünf Mann? Und Licia war bei der Aktion nicht dabei?«

Zadig nickte nun pausenlos.

»Vier hat er erwischt. Es steht also noch jemand auf der Liste. Er ist noch nicht fertig«, sagte Kylow nachdenklich. »Aber wer?«

»Wir wissen es einfach nicht.«

Und kurz darauf: »Laut PID weiß niemand in der Aktivistenszene etwas von einer Sabotageaktion 1982. Sie wurde vollkommen totgeschwiegen.«

Zadig schüttete Zucker und Milch in seinen Plastikbecher. Kylow sagte: »Das ist eine schöne Hypothese. Aber wir sollten uns nicht zu sehr darauf versteifen.«

Zadig schüttelte energisch den Kopf: »Das ist das Motiv, aber wir haben auch einen Hinweis.«

»Was denn?«, fragte Kylow.

»Am Mittwoch, den 28. August wurde Frank Doven ermordet. Wie haben jeden vernommen, der sich möglicherweise an jenem Tag und etwa um die Tatzeit herum in der Nähe des Bauernhofs aufgehalten haben könnte. Ohne Ergebnis. Heute Morgen habe ich unsere Leute noch einmal losgeschickt, diesmal mit einem Foto von Toine Dekker. Zwei Angler haben ihn erkannt. Ihnen war aufgefallen, dass Dekker an dem bewussten Tag sein Fahrrad am Anfang des Weges zum Bauernhof abstellte. Wie du weißt, sind es von dort bis zum Bauernhof nur noch etwa zweihundert Meter. Warum fuhr er dann nicht einfach mit dem Rad zum Bauernhof? Sie haben sich dann nicht weiter darum gekümmert. Wahrscheinlich hat Dekker sie nicht bemerkt. Du weiß ja, wie Angler sind: Sie geraten erst dann in Bewegung, wenn etwas angebissen hat. Als wir die Befragung der Nachbarschaft durchführten, waren sie in Urlaub. Sie haben ihn jetzt erkannt. Ganz sicher.«

Kylow verzog den Mund zu einem breiten Grinsen. In diesem Moment öffnete Sikkel die Tür, ohne vorher angeklopft zu haben. Er grinste zurück, weil er annahm, das sei Kylows Begrüßungsritual.

»Komm rein zu uns, Junge«, sagte Zadig herzlich, »die Sache kommt langsam in Fahrt.«

Er schlug Kylow auf die Schulter und sie setzten sich zu dritt zusammen. Zadig hatte Sikkel gegenüber gewisse Schuldgefühle, weil die Ermittlungen jetzt in die Richtung gingen, die er sich gewünscht hatte.

Kylows geradlinige Art zu denken verlief quasi parallel zu der Karel Zadigs, wenn Letzterer auch vielleicht ein wenig subtiler auftrat. Zadigs Gefühl für Takt und Diplomatie waren es auch, die ihn zum Leiter der Sonderkommission Gelderland befähigt hatten. Zadig und Kylow ähnelten sich in mancher Hinsicht sehr. Sie spürten das, und darum war Ralph Sikkel ungewollt das fünfte Rad am Wagen.

»Klingt gut«, gab Sikkel zu, nachdem ihm Zadig die neuesten Informationen mitgeteilt hatte. »Aber …«

»Ja, ja, in der Tat«, unterbrach ihn Zadig. Er hatte keine Lust auf irgendwelche Einwände.

»Wir haben Dekker noch nicht gefunden«, fuhr Sikkel fort. »Nicht hier, nicht in Nijmegen und auch nicht in Amsterdam. Er ist wie vom Erdboden verschluckt. Wir halten Kontakt zu jedem, der irgendwann einmal zur Tür eines potenziell besetzbaren Hauses auch nur hineingeschaut hat. Bis jetzt null Komma nix. Das *Bolwerck* wird von einem kompletten Observationsteam beobachtet. Das hat bis jetzt noch nichts gebracht. Auch unsere Informanten, die über den PID eingeschaltet wurden, sind bisher alle mit leeren Händen zurückgekommen. Dekkers Wohnung scheint unbewohnt zu sein. Die Gardinen sind zugezogen und nach Meinung der Nachbarn ist in den letzten fünf Tagen niemand hinein- oder hinausgegangen. Wenn wir anrufen, klingelt zwar das Telefon, aber niemand nimmt ab. Wir haben versucht, einen Hausdurchsuchungsbefehl zu bekommen, aber der Untersuchungsrichter will sich noch nicht daranwagen. Du kennst ihn ja, Karel.

Seiner Meinung nach sind vertrocknende Pflanzen noch lange kein Grund, eine Tür aufzubrechen. Und wir können ihm nicht unter die Nase reiben, was wir jetzt wissen.«

»Die Nachbarn haben sich beschwert. Über einen starken Verwesungsgeruch«, sagte Kylow beiläufig.

Zadig lachte geräuschlos und Sikkel zeigte ein sparsames Grinsen.

»Was genau umfasst die Observation?«, fragte Sidjon Kylow.

»Nur ein Bewegungsmelder, seit gestern. Reagiert nur auf die Eingangstür.«

»Wir können also nur abwarten?«

»Genau.«

Kylow reckte sich, faul wie ein alter Löwe. Er holte ein Päckchen Kaugummi aus seiner Tasche und steckte einen in den Mund.

Er ging zu Zadigs Schreibtisch und pikte Sikkel freundschaftlich in die Brust. »Wer«, sagte er und schaute Sikkel eindringlich an, »ist der fünfte Mann?«

»Ja«, wiederholte Sikkel, »wer ist der fünfte Mann auf der schwarzen Liste?«

Zadig reckte sich und ließ seine Hände mit Wucht auf den Schreibtisch fallen.

»Das werden wir schon noch herauskriegen. Nämlich dann, wenn wir ihn finden«, sagte er aufgeräumt. »Ich meine Dekker«, fügte er hinzu, als er die Empörung in Sikkels Gesicht sah.

Zwolle, Samstag, 21. September, 19.30 Uhr

Mit einem Glas kühlen Sylvaner in der einen Hand und einer Zigarette in der anderen ging Jaël Zamka an den Bücherschränken von Donald de Wacht entlang. Ab und zu blieb sie stehen, um mit schräg gelegtem Kopf einen Titel zu lesen, ging weiter, bückte sich und holte nach einigem Jonglieren mit Zigarette und Glas ein Buch aus dem Schrank. Sie las den Text auf der Rückseite und fragte:

»Was ist Savonarola?«

»Was? ... Äh, ein italienischer Frater aus dem fünfzehnten Jahrhundert, der in Florenz auf den Trümmern des päpstlichen Reiches ein neues Jerusalem errichten wollte. Ein fanatischer Idealist, der regelrecht trunken wurde von seinen eigenen Predigten. Seine Zuhörer übrigens auch.« De Wacht saß auf seinem festen Platz am Tisch und schaute Jaël an. »Er wurde verhaftet, gefoltert und zum Schluss verbrannt«, fuhr er fort. »Aber seine Art war damit noch lange nicht ausgestorben.«

Jaël schob das Buch zurück in den Schrank und setzte sich neben Fred Benter, der de Wacht gegenübersaß. Ella lehnte mit dem Ellbogen auf de Wachts Schulter und behielt den Backofen im Auge.

Gestern war sie nach Zwolle gekommen, diesmal in ihrem Oldsmobile Cutlass, und sie hatte vorgeschlagen, Benter und seine Freundin zu einem kleinen Diner einzuladen. Eine Stunde später war sie wütend und mit quietschenden Reifen wieder weggefahren, nachdem de Wacht ihr von seiner Nacht mit Valery erzählt hatte.

Der Streit war inzwischen beigelegt, nach einem Telefongespräch, das die halbe Nacht gedauert hatte.

»Ella ist eine Frau, die zur Tür hinausrennt und dabei behauptet, sie sage dir für immer Lebewohl. Kurz darauf steht sie dann wieder vor deiner Tür. Hat nur ein Päckchen Zigaretten geholt«, hatte de Wacht Benter gegenüber bemerkt, als er ihn einlud.

»Was für ein kleines Diner?« Benter war argwöhnisch.

Die wenigen Male, die Ella gekocht hatte, konnte man an den Fingern abzählen. In ihrer gemeinsamen Zeit aßen Ella und de Wacht häufig in Restaurants und noch öfter beauftragte Ella einen Catering-Service, von ihr konsequent ›mein Traiteur‹ genannt.

»Na, ganz einfach, eine Pizza oder Pasta und Salat dazu«, hatte de Wacht geantwortet.

Benter hatte ihn kurz angeschaut und genickt. Ella Beaulieu hatte sich ganz augenscheinlich verändert.

De Wacht rieb sich über die Stoppeln seines Wochenendbartes und schaute zwischen zwei Kerzenständern auf dem wunderschön in Gelb und Weiß gedeckten Teil des Tischs hinüber zu Jaël. Sie hatte etwas Klassisches angezogen: blauer Faltenrock, weiße Bluse, roter Schal und blauer Blazer. Ihr Haar hatte sie hochgesteckt. Sie wollte nicht hinter einer Frau zurückstehen, von der Benter erzählt hatte, sie sei reich, überheblich und attraktiv.

Doch Ella trug eine Jeans und ein von de Wacht geliehenes T-Shirt mit der Aufschrift: I ALWAYS TAKE THE SHORTCUT TO HEAVEN.

De Wacht hatte das T-Shirt bei einem Kartenspiel mit zwei Kollegen in einem peruanischen Bordell vor den Toren von Lima gewonnen. Das allerdings hatte er ihr nicht erzählt. Ella trug ihr Haar offen und strich sich regelmäßig eine Locke weg, die ihr vor das linke Auge zu fallen drohte. Es war eine majestätische Geste, Jeans und T-Shirt zum Trotz.

Nachdem Ella und Jaël sich vor einer halben Stunde vorgestellt worden waren, hatte Jaël Benter kurz einen bösen Blick zugeworfen. Benter hatte darauf mit einer Geste geantwortet, als wolle er sagen: Woher sollte ich das wissen?

Benter hatte sich zu dieser Gelegenheit in einen silbergrauen Blazer gehüllt und beobachtete – ebenso wie de Wacht – genauestens, wie sich die Beziehung zwischen Jaël und Ella entwickelte. Eine Viertelstunde lang hatte sich Jaël aufgeschmissen gefühlt. Sie und Fred Benter schick gekleidet und angenehm duftend, und auf der anderen Seite Ella mit ihrer legeren Kleidung und de Wacht, der aussah, als habe er in seinem Kleiderschrank ziemlich schnell die Orientierung verloren.

Benter beruhigte sie flüsternd. »Don war schon immer so, er schert sich einfach nicht um Konventionen, und Ella wurde offensichtlich bekehrt«, sagte er, während Ella und Donald in der Küche das Essen vorbereiteten. »Sie will dich nicht provozieren, sie passt sich einfach nur Don an.«

»Wenn das mal gut geht«, flüsterte Jaël zurück, »die beiden sind genauso verschieden wie du und ich.«

Benter seufzte tief.

»Aber die Liebe gibt uns Kraft.«

Ellas kleines Diner bestand aus knusprigem Baguette mit Anschovisbutter und Knoblauchbouillon, Tagliatelle mit Lachs, übergossen mit einer würzigen Basilikumsauce, gefolgt von einer butterzarten Saltimbocca und einem Salat, in dem Oliven mit Kräutern die Hauptrolle spielten, das Ganze begleitet von einigen Flaschen weißem Landwein.

Schon bald stellte sich heraus, dass Jaël und Ella einander einigermaßen gewachsen waren. Beim Dessertwein, einem zuckersüßen Sauternes, dessen einziger Vorzug war, dass er genug Alkohol enthielt, um das Gespräch in Gang zu bringen, brachte Benter sein Lieblingsthema zur Sprache. Er erklärte, glänzende Seidenunterwäsche sei für ihn, erotisch gesehen, das Salz in der Suppe. Ella war ausnahmsweise einmal mit ihm einer Meinung.

»Nur schade, dass Herrenunterwäsche so selten einen vergleichbaren Effekt hat«, fügte sie hinzu. »Man sieht so oft, dass sie anfängt auszuleiern, wenn sie ein paarmal getragen wurde.«

Sie kicherte. Es war ein Seitenhieb auf de Wacht, um anzudeuten, dass auch sie so ihre Erfahrungen habe.

»Ja«, pflichtete ihr Jaël enthusiastisch bei, »die meiste Herrenunterwäsche passt sich schnell dem Körper ihres Trägers an.« Womit über die Figur von Ellas Liebhabern genug gesagt worden war.

De Wacht feixte unauffällig und Benter fragte laut, ob sich jemand an das Rezept für Pimpernell erinnern könne, aber da stand schon fest, dass Jaël und Ella nie Freundinnen fürs Leben werden würden.

Zu Beginn des Abends wusste Jaël nicht genau, wen sie in dem gleichgültigen de Wacht vor sich hatte. Sie kannte ihn nur als Gast des *Bodoni*. Sie wusste zwar, dass er Journalist war und Donald de Wacht hieß, aber sie hatte sich nie besonders für ihn interessiert. Was andersherum übrigens genauso war. Sie sah in de Wacht einen müden Mann ohne die sprudelnde Energie eines Fred Benter. Doch sie hatte ihre Meinung geändert, als de Wacht ihr locker von seiner Vergangenheit erzählte, von dem langen Weg, der ihn schließlich nach Zwolle geführt hatte, und von seiner merkwürdigen Getriebenheit, als Kriegskorrespondent zu arbeiten, sowie von den zahllosen Flaschen Bier, die ihn dabei begleitet hatten.

Sie glaubte, dass sie ihn ganz nett fand.

Als Ella in der Küche die Espressomaschine ausprobierte, klingelte das Telefon.

De Wacht ging hinüber in die Ecke und nahm ab.

Nach einigen Sekunden erstarrte er. Benter stand halb von seinem Stuhl auf und schaute de Wacht fragend an. Der winkte ihm hastig, ans Telefon zu kommen, und deutete auf den Mithörlautsprecher.

Benter drückte sein Ohr dagegen und hörte die Stimme von Toine Dekker.

»... Zusammenhang mit diesen Morden«, hörte er ihn sagen.

»Was ist mit diesen Morden?«, fragte de Wacht tonlos.

»Wir haben uns doch vor einer Woche im *Bolwerck* unterhalten, weißt du noch?«

»Ja.«

»Damals sagte ich, die Morde hätten nichts miteinander zu tun. Purer Zufall.«

»Und?«

»Es gibt aber einen Zusammenhang.«

»Das weiß ich, Toine. Aber woher weißt du das?«

»Valery hat es mir erzählt. Ich habe auch mit ihr gesprochen.«

Ja, ja, gesprochen sicher auch, dachte de Wacht.

»Ich habe Anton verflucht, weil er mir nie davon erzählt hat. Diese gottverdammten Arschlöcher. Sie haben den Mund gehalten, um sich ein paar Monate Knast zu ersparen. Er erzählte mir übrigens, dass du und Fred Benter es schon seit Wochen wussten. Und ich wusste überhaupt nichts«, fügte er anklagend hinzu.

»Worauf willst du hinaus, Toine?«

»Wie du weißt, lautete die offizielle Version, meine Schwester habe Selbstmord begangen. Es war aber gar kein Selbstmord, sondern ein banaler Unfall. Egal, das

Resultat ist dasselbe. Darum geht es auch gar nicht. Hansje ist unter diesen Zug gekommen und das kann man nicht mehr ungeschehen machen. Ich habe gesehen, was noch von ihr übrig war. An ihrem Ring und den Resten ihrer Kleidung konnte ich sie identifizieren. Ich …«

Dekkers Stimme versagte kurz und dann fuhr er fort, diesmal in festerem Ton: »Weißt du, de Wacht, ich fand es damals schon seltsam, dass die Bullen noch am selben Abend zu mir kamen und mir sagten, Hansje habe Selbstmord begangen.«

»Warum?«, unterbrach de Wacht ihn schnell.

»Weil sie nicht mehr zu erkennen war. Woher konnten die Bullen also wissen, dass es sich um Hansje handelte? Sie hatte keine Papiere bei sich, gar nichts, verstehst du?«

»Das ist wirklich merkwürdig«, pflichtete ihm de Wacht bei, »und da dachtest du: Ich werde mal nachforschen, wie das möglich war.«

Benter setzte sich vorsichtig auf den Rand des weißen Ledersessels, der neben dem Telefontischchen stand. Er lauschte gespannt und sah aus, als wollte er den kleinen Lautsprecher in seinen Kopf hineindrücken.

»Stimmt, Kumpel«, antwortete Dekker.

»Und zu welchem Resultat bist du gekommen?«

»Zu keinem, das heißt, ich kam der Sache keinen Schritt näher. Oh, natürlich bekam ich viel zu hören über die Vorgehensweise in solchen Fällen. Abgrenzung polizeilicher Befugnisse, Autopsieberichte und solchen Scheiß.«

»Tja …«, sagte de Wacht.

»Nach einer Weile habe ich es dabei bewenden lassen. Vielleicht sah ich ja nur Gespenster. Sie sagten, sie hätten sie identifizieren können. Mehr erfuhr ich nicht. Wie dem auch sei, durch diese Morde in letzter Zeit bekommen die Informationen, die ich damals gesammelt habe, eine ganz andere Bedeutung. Ich weiß noch nicht genau welche, aber Anton und Valery haben mir erzählt, dass ihr, du und Benter, euch für die Sache interessiert. Wer die Morde begangen hat, weiß ich nicht, aber vielleicht könnt ihr etwas mit den Informationen anfangen, die ich gesammelt habe.«

Nach ein paar Sekunden fragte de Wacht: »Welche Informationen denn?«

»Das werde ich dir bestimmt nicht am Telefon erzählen, de Wacht. Du und Fred, habt ihr ...« – er sagt nicht Benter, dachte de Wacht – »morgen Zeit?«

Donald de Wacht schaute Benter fragend an, der zögernd nickte.

»Ja.«

»Ich bin morgen bei Anton. Er macht sich vor Angst in die Hosen. Er glaubt, er sei der Nächste auf der Liste.«

»Logisch.«

»Ich gebe dir seine Adresse ...«

»Lass nur, ich weiß, wo er wohnt. Gegen drei sind wir da«, sagte de Wacht und legte auf.

De Wacht stand unentschlossen im Zimmer und zog grimmig an seiner selbst gedrehten Zigarette. Ella stand neben ihm und hing wieder an seiner Schulter. Ihr Verhalten ließ Benter allmählich etwas gereizt werden. Manchmal trug sie einfach zu dick auf und de Wacht ließ sich alles gefallen.

»Vielleicht steckt eine Absicht dahinter«, sagte de Wacht. »Vielleicht will Dekker uns reinlegen ... ich weiß nicht so recht.«

»Dekker uns reinlegen? Was soll das denn? Inwiefern sollte er uns reinlegen? Oder glaubst du vielleicht, Dekker sei übergeschnappt?«

»Warum ruft ihr nicht einfach die Polizei an?«, bemerkte Jaël.

Benter zuckte mit den Achseln und schaute de Wacht an.

»Wir haben damit angefangen, also bringen wir es auch zu Ende.«

»Ich bin mit Jaël einer Meinung«, sagte Ella.

Sie studierte ihre manikürten Hände; eine distanzierte Haltung, die sie schon viele Male erfolgreich angewandt hatte, wenn sie die Unbeugsamkeit ihrer Haltung dezent unterstreichen wollte. Wenn Ella ihre Nägel betrachtete, so wusste de Wacht, war jede weitere Diskussion überflüssig.

»Wir fahren morgen nach Arnheim«, sagte er leichthin. »Leihst du uns dein Auto?«

»Ich bringe euch vorbei. Jedenfalls wenn ich heute hier übernachten kann«, fügte sie hinzu.

»Kein Thema«, erwiderte de Wacht, »dann blas schon mal die Luftmatratze auf.«

Arnheim, Sonntag, 22. September, 14.45 Uhr

Um Viertel vor drei glitt das Oldsmobile auf den Parkplatz des Mietshauses in Arnheim-Süd. Während der Fahrt hatte kaum jemand ein Wort gesagt. Benter, der auf dem Rücksitz saß, hatte schweigend die vorbeiziehende Landschaft betrachtet und eine Zigarette nach der anderen geraucht. Als sie Arnheim-Süd erreichten, hatte er zynisch auf das jubelnde Empfangsplakat gezeigt: »So schnell kommt man nach Arnheim-Süd!« Nun, wo der Gefängnisneubau in Arnheim-Süd fertig gestellt worden war – der wegen seiner Ähnlichkeit mit den bekannten Margarineschachteln Blue-Band-Knast genannt wurde –, stimmte der Reklameslogan einigermaßen mit der Wirklichkeit überein. Endlich und zum ersten Mal, seit er von einem in der PR-Branche herumstümpernden Beamten ersonnen worden war.

De Wachts Blick war starr auf einen Punkt am Horizont gerichtet. Ella hielt seine Hand und ließ sie nur los, um zu schalten. Ab und zu warf sie einen forschenden Seitenblick auf ihn.

Als sie fast an dem Mietshaus angekommen waren, sagte de Wacht: »Du hast deinen Koffer vergessen oder, äh …«

»Welchen Koffer?«

»Schon gut.«

Benter und de Wacht stiegen aus und schauten hinauf zur vierten Etage der hässlichen Mietskaserne.

»Pass bloß auf, Donnie, und du auch, Fred!«

»Wir sind ja zu zweit.«

De Wacht hockte sich neben die geöffnete Autotür.

»Mach dir keine Sorgen, Ella, ich rufe dich noch heute Abend an.«

Ella nickte.

»Soll ich euch gleich abholen kommen?«

»Nein, ich kann ein Taxi rufen.«

De Wacht schlug die Autotür zu und Ella fuhr weg.

»Kommt rein, ihr seid früh dran«, sagte Toine Dekker und trat einen Schritt zur Seite.

Donald de Wacht nahm die kräftige, gedrungene Gestalt vor ihm kaum wahr. Dekkers Stimme schien zwischen den einladenden Worten zu versagen. War er nervös oder täuschte de Wacht sich?

Fred Benter ging hinein, aber de Wacht zögerte.

»Wo ist Anton?«

»Zigaretten holen.«

De Wacht nickte und ging an Dekker vorbei in die Wohnung.

Das Wohnzimmer vermittelte denselben trostlosen Eindruck wie während ihres letzten Besuchs bei Bombi vor zweieinhalb Wochen. Nur dass es jetzt auch noch feucht und schimmelig roch.

Benter lehnte an der zwei Meter hohen Gefrierkombination, die immer noch an ihrem merkwürdigen Platz mitten im Zimmer stand.

De Wacht warf über die Schulter einen Blick auf Dekker, der schräg hinter ihm stand, die Hände lässig in den Hosentaschen.

»Und, Toine?«

»Schau mal in diese Kiste.«

Er zeigte auf ein metallbeschlagenes Ungetüm, das neben dem wackligen Lehnstuhl stand und als Tisch fungierte. Bombis Erfindungsreichtum kannte keine Grenzen.

»Was ist mit dieser Kiste?«, fragte Benter.

»Schau doch mal rein.«

Benter ging zu der Kiste und schlug den Deckel auf.

Fast erwartete er, die Leiche von Anton ›Bombi‹ Rondeel darin zu entdecken.

In der Kiste lagen ein Samuraischwert in einer Scheide aus schwarzem Holz, ein Totschläger und eine Sprühdose mit CS-Gas.

De Wacht stellte sich neben ihn.

»Was soll das?«

»Mit dem Schwert wurde Licia Vanhoucke enthauptet, und mit dem CS-Gas und dem Totschläger wurden Doven und Klinker, sagen wir mal, vorbehandelt.«

De Wacht starrte Toine Dekker an und langsam dämmerte ihm die unglaubliche Wahrheit.

»Du?«

»Richtig. Ich.«

Dekker zog mit der rechten Hand den Dan Wesson 44V, den er auf dem Rücken unter dem Hemd im Gürtel getragen hatte.

»Und das hier ist das Letzte, was Baarl in seinem Leben gesehen hat.«

Entsetzt schaute de Wacht die Waffe an. Der Lauf ging hoch und das Klicken des Hahns, der gespannt wurde, klang beinahe unwirklich.

»Hast du nirgends eine Feuerwaffe gefunden?«, fragte Benter, der noch immer fasziniert in die Kiste starrte. Was hinter seinem Rücken geschah, entging ihm völlig.

Er drehte sich halb zu Dekker um und starrte genau in die blauschwarze Mündung der Waffe.

»Doch«, antwortete Dekker, »hier.«

»Was soll das denn jetzt? Hast du …?«

Dekker nickte.

Der zehn Zentimeter lange Lauf der Wesson senkte sich ein wenig und wurde auf einen Punkt irgendwo zwischen Benter und de Wacht gerichtet. De Wacht kannte die Waffe. Man konnte Läufe in verschiedenen Längen aufschrauben. Bei diesem Abstand konnte sich Dekker mit dem kürzesten begnügen. Die Trommel war mit sechs Remington Soft-Nose Magnum-Patronen gefüllt, von denen fünf mit ihren Hohlspitzen bösartig auf ihr zukünftiges Opfer wiesen.

Dekker setzte sich vorsichtig auf einen Stuhl und stützte sich dabei mit der Waffe in der Hand auf dem Formica-Tisch ab.

Benter blieb bei der geöffneten Kiste stehen und war einigermaßen erstaunt darüber, dass er keine Angst verspürte. De Wacht dagegen fürchtete sich durchaus. Er wusste auch wovor. In Bolivien hatte er gesehen, was ein Magnumgeschoss anrichten konnte. Er kämpfte gegen eine aufsteigende Übelkeit an und schluckte ein paarmal.

»Es ist wegen deiner Schwester, nicht wahr?«

Benter suchte in den Taschen seines Jacketts nach einer Zigarette. Der Lauf wurde um ein paar Millimeter angehoben.

»Ich will nur eine Zigarette rauchen, Toine«, sagte Benter und spreizte die Hände.

»Deine letzte, Benter.«

Benter wollte mit den Schultern zucken, beherrschte sich aber.

»Warum, Toine?«

De Wachts Stimme klang unsicher. Er spürte, wie ihm das Essen hochkam.

»Weil sie Hansje im Stich gelassen haben. Die haben sie geopfert.«

»Geopfert?«

De Wacht bewegte sich ein paar Zentimeter in die Richtung der Gefrierkombination.

»Die haben sie auf die Schienen fallen lassen, um den Bullen zu entkommen. Die haben Hansje wörtlich und im übertragenen Sinne fallen gelassen. Um ihre eigene Haut zu retten. Hansje hat den Zug noch nicht einmal kommen hören. Ich habe sie danach gesehen. Eine Plastikkiste mit ein paar Knochen, Schleim, ein paar Fleischfetzen. Es sah aus, als sei sie durch den Fleischwolf gedreht worden.«

»Bombi hat gesagt, sie sei von einem Sondereinsatzkommando gehetzt worden«, sagte de Wacht.

Dekker rieb sich kurz mit der linken Hand über die Augen und schüttelte verbohrt den Kopf. Voller Verachtung sagte er: »Bombi, der Held, der seine Geliebte nicht retten konnte. Das hat er sich so oft vorgesagt, bis er es schließlich selbst geglaubt hat.«

Dekker stand auf und hielt den Revolver mit gestrecktem Arm von sich weg.

»Bombi hat euch die geschönte Variante aufgetischt«, sagte er bitter. »Seine ganze Geschichte stimmt, abgesehen von der halben Minute, in der Hansje unter den Zug geriet.«

Benter räusperte sich.

»Und was geschah deiner Meinung nach in dieser halben Minute?«

»Mischa Baarl und Bombi hatten Hansje auf den Strommast hinaufgeholfen. Sie war gerade dabei, das Stahlkabel durchzusägen, als Jacob Klinker Alarm schlug. Die Bullen kamen aus zwei Richtungen, sie hatten sie in die Zange genommen. Frankie Doven wurde von der anderen Seite aus auf sie zugetrieben. Er hatte sich noch nicht einmal die Mühe gemacht, die anderen zu warnen. Hansje sprang, fiel, schlug mit dem Kopf auf die Schienen und verlor das Bewusstsein. Zu viert zerrten sie sie weg, aber der Fluchtversuch war zum Scheitern verurteilt. Sie konnten nur in eine Richtung entkommen, und zwar durch den Wassergraben, der hinter dem Bahndamm lag. Dort wären sie aber garantiert stecken geblieben. In diesem Moment sahen sie den Zug kommen, mit dem niemand gerechnet hatte – ein ganz normaler Güterzug, der mit den Munitionstransporten nicht das Geringste zu tun hatte. Sie zögerten keine Sekunde und ließen Hansje auf die Schienen fallen, genau vor den heranrasenden Zug.« Dekker holte tief Luft und schaute Benter und de Wacht eindringlich an. »Die hatten es eilig, versteht ihr? Auf diese Art von Sabotage stehen fünfzehn Jahre.«

Benter nickte automatisch.

»Und dann?«, fragte er.

»Und dann? Dann sind sie alle gefasst worden, aber niemand hatte große Lust dazu, die Sache an die Öffentlichkeit zu bringen. Von diesem Moment an stimmt Bombis Geschichte wieder. Niemand hatte ein Interesse daran, dass der wahre Sachverhalt bekannt wurde. Der Deal war schnell abgemacht; man verlor kaum ein Wort darüber.«

»Wie hast du das erfahren?«, fragte de Wacht. Wieder rückte er ein paar Zentimeter weiter weg.

»Stehen bleiben, Donald!«

Donald de Wacht stand etwa zwei Meter von Dekker entfernt. Selbst ein Blinder hätte ihn von da aus treffen können. Unwillkürlich erschauerte er.

»Hansje und Licia Vanhoucke wohnten damals zusammen, Vanhoucke im Souterrain. Sie hatten etwas miteinander. Nachdem Hansje tot war, zog Vanhoucke um. Ich habe Hansjes Sachen zu meiner Mutter gebracht und dabei aus Versehen eine Kiste mit Platten von der Vanhoucke mitgenommen.«

Ein kurzes, freudloses Lachen.

»Irgendwann 1984 oder 1985 bat mich meine Mutter, mich um die Sachen zu kümmern. Vielleicht sei etwas dabei, was ich gebrauchen könne. In der Kiste mit den

Platten fand ich einen Stapel Taschenkalender, darunter auch einen von 1982. Sie stammten von Licia Vanhoucke.«

»Und?«

Fred Benter nahm einen langen Zug von seiner Zigarette und inhalierte den Rauch tief.

»In diesem Kalender stand eine Telefonnummer. Ich erkannte die Durchwahl des Polizeipräsidiums in Arnheim. Ich brauchte nicht lange, um herauszufinden, dass es die Nummer des Plaatselijke Inlichtingendienst war, und am 21. Januar, also zwei Tage vor Hansjes Tod, fand ich folgende Eintragung: 31 Querstrich 1, Schrägstrich, NS, Schrägstrich, AR, MB, HD, JK, FD, Schrägstrich, ab 22 Uhr. Es kostete mich nicht viel Mühe, die Initialen zu interpretieren. Also war doch etwas an den Gleisen geschehen. Aber sie hielten den Mund, alle: die Bullen, die Bahn und auch Hansjes solidarische Freunde.«

»Aber wie hast du erfahren, was sich dort wirklich abgespielt hat?«

»Ich habe den Lokführer des Güterzugs aufgespürt. Er hat alles gesehen, sie standen voll im Licht der Scheinwerfer des Sondereinsatzkommandos. Und er fuhr nicht schneller als fünfzig. Die Bullen haben ihm sofort den Mund gestopft und nicht lange danach wurde er aus dem Verkehr gezogen. Ich habe ihm sein eigenes gefälschtes Vernehmungsprotokoll unter die Nase gehalten. Und danach eine Erklärung, die jahrelang in den Archiven der Bahnpolizei gelegen hat. Dieses Protokoll enthielt die Wahrheit. Ich brauchte ihn gar nicht zu bedrängen. Die ganze Geschichte lag ihm schon seit Jahren auf der Seele und er war froh, dass er sie jemandem erzählen konnte.«

»Warum wurde aber dieses zweite Protokoll angefertigt?«

»Zur Absicherung: Die NS erstellen immer ein eigenes Protokoll. Und in diesem Fall hätten sie damit herausrücken können, falls man ihnen eine Schadenersatzklage hätte anhängen wollen.«

»Lebt dieser Lokführer noch?«, fragte Benter.

»Natürlich, du Idiot.«

»Und was jetzt?«

»Was jetzt? Jetzt beißt ihr ins Gras.«

»Warum?«

Dekker machte ein Gesicht, als täte es ihm Leid.

»Valery hat mir erzählt, ihr wärt der Geschichte mit dem Munitionszug auf der Spur. Ihr seid mir viel zu weit gegangen ... und eigentlich passt mir das ganz gut in den Kram.«

De Wacht seufzte tief.

»Valery weiß aber auch, dass wir uns mit der Sache beschäftigen.«

»Sie hat es vielleicht gut gemeint, als sie mir alles erzählte. Ja, sie wird sich sicher Vorwürfe machen, weil sie euch in Bombis Richtung gelotst hat. Nun ja ...«

»Und was ist mit der Polizei?«, fragte de Wacht schnell.

»Die bekommt mit euch und Bombi einen neuen fetten Knochen vorgeworfen. Die wissen noch nicht einmal, wer alles an der Aktion beteiligt war. Das hat diese Verräterin nie erzählt, wie aus ihrem Geständnis bei Valery deutlich hervorging. Du hast es ja gehört, de Wacht!«

»Wo ist Bombi?«

Die Mündung mit ihren 10,8 Millimetern Durchmesser zeigte kurz auf die Gefrierkombination.

»Untere Tür.«

De Wacht ging zu dem Kühlschrank, der sich auf groteske Weise vom Rest der Einrichtung abhob. Er öffnete die untere Tür. In den Gefrierschrank war Anton Rondeel gezwängt worden. Er saß auf dem Boden, die Knie angezogen, den Kopf dazwischen. Sein rechter Arm lag auf einem Knie, die Hand war halb geschlossen. Der linke Arm hing in einem seltsamen Winkel an der Seite herunter. Dekker hatte ihn brechen müssen, um die Tür des Gefrierschranks schließen zu können.

De Wacht stockte der Atem. Benter setzte sich auf den Rand der Kiste und blickte entsetzt Bombis Leiche an, die mit einer ersten dünnen Eisschicht bedeckt war. Auch Bombis Augenbrauen, seine Wimpern und Haare waren bereift. De Wacht schloss daraus, dass Dekker ihn schon am Tag zuvor getötet hatte. Aber durch die Temperatur von achtzehn Grad unter null war er gut konserviert worden. Die schwelende Wut in Rondeels Augen war jetzt für immer erloschen. Sie waren geschlossen und fest zugefroren.

»Gottverdammt, du bist ja wirklich vollkommen wahnsinnig«, stöhnte Benter aus dem tiefsten Grund seines Herzens.

Dekker ignorierte seinen Stoßseufzer. »Bombi ist euer Mörder, versteht ihr?«

Er klang jetzt ungeduldig, als wollte er seine Erklärung zu Ende bringen. Er wirkte entschlossen und die Hand, in der der schwere Revolver ruhte, zitterte keinen Augenblick.

»Das gelingt dir nie im Leben, Dekker«, sagte Fred Benter ruhig. »Bombi hat garantiert Alibis. Jemand muss ihn zu der Zeit gesehen haben, als er angeblich seine heilige Mission durchgeführt hat.«

Dekker schüttelte heftig den Kopf. »Niemand weiß, wo Bombi sich die ganze Zeit herumgetrieben hat, noch nicht einmal seine Freundin, Pardon, Exfreundin, hat eine Ahnung. Falls es darauf ankommt, wurde er zurzeit der Morde in Arnheim gesehen. Marcel de Groot wird das letztendlich bestimmt bestätigen.«

De Wacht stand jetzt neben der Gefrierkombination mit ihrem makaberen Inhalt.

»Bombi schießt euch über den Haufen und springt dann vom Balkon. Die Polizei findet das Beweismaterial in der Kiste und …«

»Blödsinn, Dekker.«

De Wachts Stimme schnitt wie ein Rasiermesser durch Dekkers Argumentation, doch Benter hörte einen verzweifelten Unterton heraus.

»Bombi ist fast vollständig gefroren. Glaubst du wirklich, die Polizei fällt darauf herein? Und was sagst du zu den Leichenflecken an seinen Ellenbogen, auf seinem Rücken und …«

»Und warum sollte Bombi vom Balkon springen?«, ergänzte Benter.

»Bombi springt erst heute Nacht vom Balkon, wenn er ganz aufgetaut ist. Ihr habt ihn mit eurer Geschichte überrumpelt. Schließlich habt ihr ihn auch schon vorher belästigt. Ihr habt ihn in die Enge getrieben und Bombi reagiert impulsiv und wie immer gewalttätig. Erst hinterher denkt er darüber nach. Er kommt zu der Überzeugung, dass seine Position aussichtslos ist. Also …?«, sagte Dekker forsch. »Selbstmord. Das kommt hier öfter vor. Er konnte es nicht mehr ertragen.«

»Aber warum denn? Welches Motiv soll er gehabt haben?«

»Er war eine Zeit lang unsterblich verliebt in Hansje. Das war damals schon allgemein bekannt. Die Bullen werden schon dahinter kommen. Seine Fingerabdrücke sind bereits auf den Sachen in der Kiste und gleich auch auf diesem Ding hier. Wann wurden die Opfer ermordet? Nachdem er aus dem Gefängnis gekommen war. Er war eben ziemlich verrückt geworden. Knastkoller. Mich werden sie nicht verdächtigen. Ich weiß die Hintergründe von Hansjes Tod erst seit ein paar Tagen. Von Valery! Meinem Alibi! Sie hat mich wirklich überrascht.«

»Aber was ist mit dem Krach?«, wagte de Wacht noch einen Versuch. »Ein Schuss aus so einer Waffe ist im ganzen Gebäude zu hören.«

»Die Wohnungen über euren Köpfen und unter euren Füßen stehen leer.« Ein schwaches Lächeln. Dekker warf einen Blick auf die Uhr.

»Nebenan wohnt ein Junkie, der gerade sein Methadon abholt oder seine tägliche Ration Autoradios. Doch zur Sicherheit werden wir ein wenig Musik einschalten. Bombi stand total auf Heavy Metal.«

Dekker ging rückwärts zu einem Holzregal an der Wand und schwenkte dabei den Lauf des Revolvers zwischen Benter, der auf der Kiste saß, und de Wacht, der neben der Gefrierkombination stand, hin und her.

Dekker tastete mit der linken Hand hinter seinem Rücken herum und suchte den Knopf des Verstärkers. Seine Augen huschten kurz zu der Stereoanlage hinter ihm. Das war der Moment, auf den Fred Benter gewartet hatte. Er schnappte sich das CS-Gas aus der Kiste, stand auf, streckte zugleich den Arm so weit wie möglich geradeaus und drückte auf den Sprühknopf. Im selben Moment schoss Dekker. Die Kugel verfehlte Benter, zog aber eine brennende Spur über die rechte Hüfte von de Wacht, riss ein Stück von dessen Jacke ab und zerbarst an der Betonwand.

De Wacht schrie, fasste sich an die verletzte Seite und ging taumelnd hinter dem Kühlschrank in Deckung.

Ein Strahl CS-Gas erreichte Dekker, bevor dieser zum zweiten Mal feuerte. Das Gas brannte ätzend in seinen Augen und eine kleine Scheibe im oberen Teil der Fenster ging klirrend zu Bruch. Benter schwenkte die Sprühflasche wild hin und her und zog dadurch, rückwärts laufend, einen Vorhang aus Gas zwischen sich und ihn. Mit der anderen Hand stieß er die Gefrierkombination um, die mit Wucht genau neben Dekker zu Boden krachte.

Dekker wich zurück und prallte gegen die Stereoanlage, die aus dem Regal fiel. Er fing an zu würgen und wischte sich wie wild über die tränenden, geschwollenen Augen. Ohne etwas sehen zu können, feuerte er nochmals zwei Schüsse ab. Das erste Geschoss bohrte sich in den Sitz des schweren Lehnstuhls, das zweite verschwand in der Decke. Benter lag inzwischen flach auf dem Boden hinter dem riesigen Kühlschrank, halb auf de Wacht. Die Leiche von Bombi war zur Hälfte herausgerutscht.

De Wacht kämpfte sich hoch und rief Benter etwas zu. Er riss Benter am Kragen hoch und schleppte ihn, gebückt rennend, zur Balkontür, die er mit der Schulter aufstieß. Er schubste Benter nach draußen und ließ sich sofort hinter das niedrige Mäuerchen unter der großen Scheibe fallen.

»Dein Messer!«, zischte er Benter zu.

Benter zog blind sein Taschenmesser hervor. De Wacht riss ihm die CS-Gas-Sprühdose aus der anderen Hand, durchstach mit dem Messer den nach innen gewölbten Boden, zog die Klinge wieder heraus, hielt das Loch mit dem Daumen zu und warf die Dose wie ein erfahrener Soldat aus dem Laufgraben nach drinnen. Sofort schloss er die Tür und stellte seinen Fuß davor.

Die Dose traf Dekker zufällig, aber er spürte es kaum. Er war noch immer blind und die Schüsse dröhnten in seinen betäubten Ohren. Die neue Ladung Gas, die aus der Dose zischte, wurde ihm zu viel. Er atmete eine Wolke Gas ein und hatte das Gefühl, ersticken zu müssen.

Mit geschlossenen Augen suchte er die nächste Tür. In der Diele wäre Dekker beinahe über ein paar Gummistiefel gestolpert. Sich mit den Händen an der Wand entlangtastend, erreichte er die Eingangstür. Seine Jacke und sein T-Shirt waren mit Erbrochenem verschmiert und aus den Mundwinkeln hingen ihm dicke Speichelfäden. Dekker zog mit einem Knall die Tür hinter sich zu und rannte die Galerie entlang. In der frischen Luft kehrte sein Orientierungsvermögen zurück.

Erst, als er seine Autoschlüssel aus seiner Tasche holen wollte, bemerkte er, dass er den großen Revolver noch immer in der Hand hielt. Er setzte sich ans Steuer und kniff ein paarmal die Augen zusammen, um den Schleier von Tränenflüssigkeit zu beseitigen. Dekker startete den Motor seines Simca-Lieferwagens und fuhr mit hoher Geschwindigkeit davon.

»Ein Streifschuss, mehr nicht«, konstatierte Benter fachkundig.

Er hatte zwar noch nie eine Schussverletzung gesehen, aber seine Diagnose war richtig. »Einen Zentimeter weiter, und du wärst jetzt ein paar Kilo leichter.«

»Und mausetot«, sagte de Wacht.

Sie standen auf dem Balkon und untersuchten rasch den acht Zentimeter langen, feuerroten Streifen auf de Wachts Hüfte. Aus der Wunde floss ein wenig Blut.

»Es brennt wie Feuer. Ruf die Polizei an, Fred, und danach ein Taxi. Wir müssen machen, dass wir hier wegkommen.«

»Das Telefon ist kaputt. Dieser Mistkerl hatte schon die Drähte rausgezogen. Los, komm. Augen zu und nicht atmen. Du willst doch nicht den schönen Teppich voll kotzen?«

»Und was ist mit Bombi?«

Benter warf einen kurzen Blick auf die Leiche, die noch immer in ihrer erstarrten Haltung halb aus dem Gefrierschrank heraushing.

»Der kann warten. Bombi hat alle Zeit der Welt.«

De Wacht lachte heiser.

Sie stürmten mit angehaltenem Atem durch die Wolke von CS-Gas in der Wohnung und rannten die Treppen hinunter nach draußen.

»Verdammt, ist Ella noch hier?«

Benter zeigte auf das hellblaue Oldsmobile Cutlass, das hundertfünfzig Meter weiter auf dem Parkplatz vor dem Mietshaus stand. Niemand saß darin.

»Da fährt Dekker!«

De Wacht winkte wie wild in Richtung Hollandweg, wo der Simca etwa dreihundert Meter entfernt eine rote Ampel überfuhr. Ein von links kommender Oberleitungsbus konnte ihm auf der Kreuzung gerade noch rechtzeitig ausweichen. Die Stromabnehmer auf dem Dach des Busses schwankten heftig hin und her und verloren den Kontakt zur Oberleitung. Der Bus blieb mitten auf der Kreuzung stehen.

Benter und de Wacht rannten zum Auto. Der Zündschlüssel steckte noch im Schloss.

De Wacht zögerte keinen Moment und riss die Autotür auf der Fahrerseite auf. »Los, Fred, schnappen wir uns den Mistkerl!«

De Wachts jahrelanger Aufenthalt im unruhigeren Ausland begann sich eindeutig auszuzahlen. Benter setzte sich auf den Beifahrersitz und de Wacht startete das Auto.

Der Motor gab ein tiefes Grollen von sich und de Wacht ließ ihn kräftig aufheulen. Einen Moment schien es, als wolle der große Wagen sich nicht in Bewegung setzen, aber dann schoss er schleudernd und mit quietschenden Reifen los. In dem Moment bog stotternd ein Opel Corsa auf den Parkplatz ein.

Mit hoher Geschwindigkeit fuhr de Wacht auf die Ausfahrt zu, die zu der Straße in Richtung Nieuwe Brug führte, bremste im letzten Augenblick und gab dann wieder Vollgas. Durch dieses Manöver vollführte das Auto eine Vierteldrehung, rammte den Opel auf der linken Seite und nahm dann seinen Kurs wieder auf.

»Sorry«, murmelte de Wacht, während er einen raschen Blick in den Seitenspiegel warf.

Die Tachonadel zeigte auf hundertsechzig, als de Wacht an der Ausfahrt zur Nieuwe Brug zum ersten Mal abbremsen musste, weil sich über die Brücke hinweg eine Autoschlange gebildet hatte. Dekkers Lieferwagen musste irgendwo in diesem Stau stecken.

Ella Beaulieu war nicht nach Hause gefahren, nachdem sie Benter und de Wacht am Mietshaus abgesetzt hatte. Sie war vom Parkplatz hinuntergefahren, hatte aber nach zweihundert Metern ihren Wagen gewendet und war wieder auf den Parkplatz zurückgekehrt. Sie blieb eine Weile im Auto sitzen und rauchte ein paar Zigaretten, wobei sie darüber nachdachte, ob sie etwas unternehmen sollte und wenn ja, was.

Ein Stück weit entfernt, am anderen Ende des Parkplatzes, sah sie eine Telefonzelle. Ella fasste einen Entschluss, fuhr hin und stieg aus. In der Telefonzelle stand ein alter, zart gebauter Mann, der den Hörer mit der Behutsamkeit eines Menschen festhielt, der nicht an die modernen Kommunikationsmittel gewöhnt ist.

Der Mann stand mit dem Rücken zu ihr.

Ella schaute hinauf zu der Wohnung und erschauerte.

Dann sah sie, wie eine Gestalt aus dem Hausflur herausgerannt kam, in ein Auto stieg und in voller Fahrt davonfuhr. Sie konnte ihn nicht richtig erkennen.

Der Mann in der Telefonzelle hängte den Hörer ein und versuchte, die Tür zu öffnen. Doch der Türschließer zeigte sich seinen Versuchen hinauszukommen, ohne weiteres gewachsen. Halb eingeklemmt zwischen Tür und Rahmen der Telefonzelle, konnte sich der alte Mann schließlich nach draußen zwängen. Ella betrachtete seine Versuche mit gelangweiltem Blick und machte keinerlei Anstalten, ihm zu helfen. Das war die Seite von Ella Beaulieu, die de Wacht absolut nicht leiden konnte.

Der Mann sah sie böse an, sagte aber nichts. Dann ging er weg.

Ella betrat die Zelle. Ihre Nasenflügel zitterten kurz. Sie warf eine Münze in den Schlitz, wählte die Nummer der Auskunft und bat um die Telefonnummer der Arnheimer Polizei. Ella brach das Gespräch ab, ohne sich zu bedanken und suchte in ihrer Brieftasche nach einem zweiten Kwartje.

»Polizei Arnheim.«

Die Stimme schien auszudrücken: Lassen Sie es sich bloß nicht einfallen, uns Arbeit aufzuhalsen.

»Guten Tag. Mein Exmann und sein unbesonnener Freund besuchen gerade einen ziemlich zwielichtigen Typen im Zusammenhang mit diesen ... äh ... Morden und ...«

»Welche Morde?«

»Welche Morde? Die Morde an Meneer Baarl und Meneer Klinker und äh ...«

»Augenblick, Mevrouw, bleiben sie am Apparat.«

Für ein paar Sekunden hörte Ella nichts.

»Zadig. Sie haben Informationen die Herren Baarl und Klinker betreffend?«

Zadig war zufällig gerade im Präsidium. Ralph Sikkel und er hatten an einer Fahrradtour des Polizeisportvereins teilgenommen und Zadig hatte beschlossen, danach noch einmal in sein Büro hereinzuschauen, hauptsächlich um seiner Frau aus dem Weg zu gehen.

»Wer sind Sie?«, fragte Ella scharf.

»Zadig«, sagte Zadig.

»Welche Funktion üben Sie aus?«, fragte Ella herablassend.

»Ich bin Kriminalkommissar und mit den Ermittlungen in den Mordfällen an Baarl und Klinker betraut. Unter anderem.«

»Gut. Wie ich bereits Ihrem Telefonisten sagte, befinden sich mein Exmann und sein Freund gerade bei einer zwielichtigen Person, die Informationen über diese Morde haben soll. Ich traue der Sache nicht.«

»Und wie heißt dieser zwielichtige Typ, Mevrouw ...«

»Dekker, Toine Dekker.«

Charlie Zadig sprang auf und biss seinen Zigarillo durch. Sein Vorrat La Donnas war während der Mordermittlungen um einiges geschrumpft.

»Wo denn, Mevrouw?«

»Am Schipholplein. Dort steht so ein abscheuliches Mietshaus. Sie sind da hineingegangen ... Die Sache ist mir nicht geheuer.«

Schipholplein. Anton Rondeel. Zadigs Gehirn arbeitete auf Hochtouren.

»Und wer ist jetzt gerade bei ihm?«

»Mein Exmann, Meneer de Wacht, und ein Freund von ihm, Meneer Benter.«

»Mevrouw«, sagte Zadig mit Nachdruck, »bleiben Sie bitte kurz am Apparat. Ich verbinde Sie mit einem Mitarbeiter, der die näheren Umstände notieren wird. Ich schicke sofort ein paar Leute zu Ihnen. Wo sind Sie jetzt?«

Ella Beaulieu schaute sich kurz um.

»Ich bin in einer Telefonzelle in einem ziemlich

schäbigen Einkaufszentrum. Ganz in der Nähe dieses unheimlichen Wohnhauses.«

»Bleiben Sie, wo Sie sind!«, rief Zadig.

»Warum?«, fragte Ella.

Aber da hatte Zadig bereits den Hörer auf die Gabel geknallt.

Ella blieb, wo sie war.

Acht Mitglieder des Arnheimer Sondereinsatzkommandos rannten zwei Minuten später zu zwei Opel Corsa, die permanent im Innenhof des Arnheimer Polizeipräsidiums bereitstanden. Es war purer Zufall, dass Zadig über das Team verfügen konnte. Im Gegensatz zu den vier Einsatzkommandos der Rijkspolitie, die jedes für einen Teil der Niederlande zuständig waren, beteiligten sich die Kollegen der Gemeindepolizei Arnheim nämlich nur in Teilzeit und neben ihrem normalen Dienst an diesem speziellen Sondereinsatzkommando. Doch Zadig hatte Glück: Die Einsatzgruppe übte gerade auf dem Schießstand. Zadig hatte den Polizeipräsidenten angerufen, der seinerseits mit dem Oberstaatsanwalt Kontakt aufnahm. Innerhalb von zwanzig Sekunden hatte der Oberstaatsanwalt sein Einverständnis zu der Aktion erteilt.

Zur Standardausrüstung des Sondereinsatzkommandos zählte die halbautomatische Heckler & Koch PSG-1, Kaliber 7,62 mm, zusätzlich waren die Männer noch mit einer Walther P5 bewaffnet. Die Mitglieder des Teams waren blitzschnell in ihre marineblauen Einsatzanzüge gesprungen, inklusive der Twaron-Schutzwesten und ihren Käppis. Sie waren angespannt und hatten trotz ihres jugendlichen Alters harte Gesichter.

Das erste Auto nahm die Kurve zum Hollandweg etwas zu weit und streifte mit dem vorderen Kotflügel einen jungen Baum, der mitsamt der Wurzel aus dem

Boden gerupft wurde. Das entsprach ganz der Tradition der Arnheimer Polizei, die landesweit in dem Ruf stand, ein auffälliges Talent für das Verursachen von Unfällen mit Dienstwagen zu haben.

»Verdammt noch mal!«, fluchte der Fahrer, aber niemand reagierte.

Mit hoher Geschwindigkeit fuhr er am Parkplatz vorbei und sah erst im letzten Moment, dass er zu weit gefahren war. Sofort trat er auf die Bremse.

Der Fahrer des zweiten Opel Corsa, der sich etwa zehn Meter hinter seinen Kollegen befand, konnte nicht mehr rechtzeitig bremsen und bohrte sich mit der Nase voran unter unangenehmen Krachen in den Kofferraum seines Vordermannes.

»Verdammte Scheiße!«, rief der Fahrer des zweiten Wagens und dann ging zu allem Überfluss auch noch der Motor aus. Fettiger Qualm kam unter der Motorhaube hervor, die nun aussah wie ein wichtiger Teil einer Ziehharmonika.

Der vordere Opel Corsa wendete und fuhr auf den Parkplatz. Die Kollegen im zweiten Auto verfolgten das Manöver mit verwirrten Blicken.

Ella Beaulieu stand noch immer in der Telefonzelle, als sie den Motor des Oldsmobiles anspringen hörte. Sie drehte sich um und sah, dass Donald de Wacht und Benter wegfuhren. Gleich darauf hörte sie das Geräusch von aufeinander krachendem Metall. Sie sah, wie ein Opel Corsa beinahe achtlos vom Oldsmobile beiseite geschoben wurde und dass dieser daraufhin mit quietschenden Reifen wendete und hinter de Wacht und Benter herfuhr. Die Insassen des Opels sahen aus wie eine Gangsterbande.

Sie sperrte ihren rot geschminkten Mund auf.

Rasch rief sie noch einmal im Polizeipräsidium an.

Der Fahrer des stehen gebliebenen Opels meldete sich über Funk im Präsidium. Kurz angebunden berichtete er, dass der Opel mit einer Panne auf dem Hollandweg stehe, forderte einen Abschleppwagen an und teilte mit, dass sie zu Fuß zu dem Mietshaus gehen würden.

»Einen Abschleppwagen? Schon wieder?«

Der Fahrer verbiss sich seinen Ärger und unterbrach die Verbindung.

»Los, kommt, Jungs. Jaap, du bleibst hier.«

Die drei Mitglieder des ausgedünnten Einsatzkommandos rannten zum Wohnhaus. Entgeistert sahen sie, wie ein großer Wagen den ersten Opel rammte und mit hoher Geschwindigkeit davonfuhr. Die Kollegen nahmen die Verfolgung auf.

Ratlos standen sie vor der Einfahrt des Parkplatzes.

»Rauf zur Wohnung, Männer!«, rief der Fahrer, der noch am meisten Geistesgegenwart besaß.

Fassungslos sah Ella in der Telefonzelle zu, wie drei bewaffnete, widerlich aussehende Typen auf den Eingang des Mietshauses zustürmten.

Es sprach für sie, dass sie erst dann anfing zu schreien, als ein dritter Opel Corsa auf den Parkplatz gefahren kam und kurz vor der Telefonzelle anhielt. Karel Zadig stieg aus und zog Ella aus der Zelle.

»Mein Name ist Zadig, Polizei Arnheim. Mevrouw de Wacht?«

Ella nickte wie betäubt.

»Sie verfolgen den Mann mit meinem Auto. Er ist in einem anderen Auto geflüchtet, einem gelben.«

Sie zeigte in die Richtung des Oberleitungsbusses, der immer noch auf der Kreuzung stand.

»Welche Marke?«

»Keine Ahnung.«

»Und Ihr Auto?«

»Ein Oldsmobile, blau, hellblau.«

Ralph Sikkel, der im Auto durch die geöffnete Tür mitgehört hatte, griff zum Funkgerät und gab eine Reihe von Instruktionen an das inzwischen gehörig auseinander gerrissene Sondereinsatzkommando durch.

Donald de Wacht schlug mit der rechten Hand auf das Steuer des Oldsmobile Cutlass und fluchte laut. Das Adrenalin, das nach den letzten Ereignissen in Bombis Wohnung ausgeschüttet worden war, ließ sein Herz wild klopfen. Fred Benter schaute über die Schulter hinweg den Standstreifen hinter ihnen entlang. Er zündete zwei Zigaretten an und steckte eine Gitane zwischen die Lippen von de Wacht.

»Ich sehe ein Blaulicht auf dem Standstreifen.«

Einige Sekunden später hielt ein ziemlich lädierter Opel Corsa neben dem Oldsmobile. Ein Mitglied des Sondereinsatzkommandos stieg aus und öffnete die Beifahrertür.

»Benter? De Wacht?«

Fred Benter wollte etwas sagen, aber der Mann fragte sofort: »Steckt Dekker in diesem Stau?«

Benter nickte.

»Ein gelber Simca-Lieferwagen. Könnt ihr ihn nicht auf dem Standstreifen verfolgen?«

»Der wird ein Stück weiter vorn von einem Rettungswagen blockiert. Dekker wird auf der anderen Seite der Brücke erwartet.«

Der Mann sprach genauso, wie er aussah: grimmig und viel zu laut. Er warf einen kurzen Blick auf den Blutfleck auf de Wachts Hemd. »Hat der Scheißkerl dich erwischt? Ist er bewaffnet?«

»Ja, beides.«

Das Funkgerät im Auto neben ihm machte Überstunden. Ein Mitglied des Einsatzkommandos hielt das Mikrofon in der Hand und reagierte ab und zu auf den anhaltenden, metallisch klingenden Strom von Bitten, Fragen, Befehlen und Anweisungen. Benter und de Wacht konnten kein Wort davon verstehen.

»Woher wusstet ihr, dass ...«, begann Benter.

»Einer unserer Kommissare hat es über Funk durchgegeben. Die Frau von einem von euch hat im Präsidium angerufen. Womit ist er bewaffnet?«

»Mit einem Dan Wesson 44V«, antwortete de Wacht.

»Allmächtiger! Ihr bleibt im Auto sitzen.«

Die Schlange geriet in Bewegung. De Wacht schloss langsam auf und der Mann lief ein paar Meter nebenher.

»Wir werden ihn schon kriegen. Mischt euch also bitte nicht ein. Geht eine Runde Karten spielen oder so.«

»Karten spielen? Mitten auf der Brücke?«

Die Ironie in Benters Frage entging dem Mann nicht. Er konnte sich sogar ein anerkennendes Lachen abringen.

»Schleicht brav in der Schlange mit und fahrt an der nächsten Ausfahrt ab. Meldet euch auf dem Polizeipräsidium. Okay?«

De Wacht antwortete fast ohne zu zögern: »Aber natürlich.«

Zu Benter sagte er: »Wir sollten zur Abwechslung mal den Ratschlag eines uniformierten Gangsters annehmen. Ich bin nicht zum Helden geboren. Und ich bin mir ganz sicher, dass ich nicht als Held untergehen will.«

Nach einigen Minuten kroch das Oldsmobile an dem Rettungswagen vorbei.

Der Opel Corsa hatte sich mit Hilfe des Blaulichts, das mit einem Magneten auf dem Dach befestigt worden war, kurz vor dem Rettungswagen in den Stau eingefädelt und diesen nach ein paar Metern wieder verlassen.

Es dauerte nicht länger als eine Minute, bis das Einsatzkommando mit quietschenden Bremsen schräg vor dem gelben Simca zum Stehen kam, genau auf dem Scheitelpunkt der Brücke. Mit gezogenen Waffen gingen die Männer hinter den Autotüren in Deckung. Über Megaphon wurde der Fahrer des gelben Simca aufgefordert, die Hände an die Windschutzscheibe zu drücken. Keine Reaktion. Zwei Mitglieder des Teams kamen vorsichtig hinter den Autotüren hervor, bereit, bei der geringsten Bewegung zu schießen. Ihre Vorsicht war überflüssig.

Der Lieferwagen war leer.

Arnheim, Sonntag, 22. September, 17.00 Uhr

Eine Viertelstunde zuvor war Dekker im Stau stehen geblieben und ausgestiegen, wie die Insassen der anderen Autos auch.

Einige Autofahrer kamen ihm entgegengeschlendert. Er fragte sie, was los sei.

»Massenkarambolage«, sagte einer von ihnen, »eine ganz schöne Schweinerei, mindestens zehn Autos sind aufeinander geknallt. Das dauert bestimmt eine ganze Stunde.«

Dekker spähte über die Doppelreihe Autos hinweg. In dem Chaos einen halben Kilometer vor ihm konnte er nicht erkennen, ob er an der Ausfahrt erwartet wurde. Wenn er weiterfahren würde, würde er in einer Falle landen und er wollte keinerlei Risiko eingehen. Einen Moment spielte er mit dem Gedanken, sich in das Chaos zu mischen und sich als Unfallopfer auszugeben. Das Erbrochene und der Schleim auf seiner Jacke, seine noch immer tränenden und geschwollenen Augen waren überzeugend genug. Vielleicht könnte er in einem Rettungswagen entkommen. Er stolperte einer Gruppe Neugieriger hinterher, die die Brücke entlanggingen, um einen Blick auf den Unfall zu werfen. Dort, wo die Straße in einem spiralförmigen Bogen von 360 Grad nach unten führte, hatte er eine gute Sicht auf die Geschehnisse: ein Auto, das in Flammen stand und gelöscht wurde, aufgelöste Unfallopfer, verbogenes Blech und Glassplitter, Tragen, Rettungsassistenten und Blaulichter. Das Chaos würde ihm genügend Deckung bieten, um zu entkommen. Er sah, dass die Opfer, die nicht so schlimm verletzt waren, zu Streifenwagen gebracht wurden. Den Impuls, sich von der Polizei persönlich an einen sichereren Ort bringen zu lassen, verwarf er und ging hinüber zur anderen Seite der Brücke, um auch den Abschnitt zu kontrollieren, wo sich die Ausfahrt in verschiedene Abzweigungen Richtung Stadtzentrum teilte.

In seiner Aktivistenzeit hatte er gelernt, vor Polizeibeamten in Zivil auf der Hut zu sein. Er hatte an einer Broschüre mitgearbeitet, in der die Arnheimer Zivilpolizisten sowie die Autos, die sie fuhren, aufgeführt waren, damit jeder Aktivist in Arnheim sie mühelos erkennen konnte. Dadurch war er in der Lage, gleich drei Autos als zivile Streifenwagen zu identifizieren. Sie standen jeweils ein Stück voneinander entfernt am Straßenrand, von wo aus sie nur wenige Meter schräg vorfahren mussten, um die Pkws aufzuhalten, die sich durch das Verkehrschaos gezwängt hatten. Direkt unterhalb der Stelle, wo er stand, erkannte er die dazugehörigen Zivilbeamten mit Funkgeräten. Er zählte acht von ihnen. Jeder Wagen wurde gründlich kontrolliert.

Hastig zog er den Kopf zurück. Schnell, aber auch nicht so schnell, dass er auffiel, ging er zurück zu der Stelle, wo er den Simca verlassen hatte. Der Verkehr auf der gegenüberliegenden Fahrbahn in Richtung Arnheim-Süd fuhr fast in Schrittgeschwindigkeit. Die Insassen begafften mit der üblichen Schadenfreude das Schauspiel eines kilometerlangen Staus auf der anderen Straßenseite. Dekker ging, um sich vor den Blicken zu schützen, neben einem langsam fahrenden Lieferwagen schnell weiter, sorgfältig den Verkehr auf der anderen Fahrbahn im Auge behaltend. Eine Minute später kam er an der Stelle vorbei, wo Benter und de Wacht im Stau stecken geblieben waren. Mit abgewandtem Gesicht rannte er weiter, sich noch immer neben dem Lieferwagen verbergend. Als er sich im Laufen umschaute und einen Pkw mit Blaulicht neben dem Oldsmobile mit Benter und de Wacht anhalten sah, wusste er ganz sicher, dass eine intensive Treibjagd auf ihn in Gang gesetzt worden war. Er spürte, wie eine Welle der Panik durch seinen Körper flutete, und einen Augenblick lang überlegte er, den Fahrer des Lieferwagens mit seinem Revolver zum Anhalten zu zwingen und dessen Wagen zu kapern.

»Denk nach«, befahl er sich laut, »keine überstürzten Entscheidungen.«

In dieser Situation mit dem Revolver herumzufuchteln hätte zu viel Aufmerksamkeit erregt. Er beschloss, weiterzurennen.

Fünf Minuten später wurde der leere Simca entdeckt, aber da hatte Dekker bereits mindestens einen Kilometer entlang der dicht befahrenen Autobahn zurückgelegt. Sein Herz klopfte wie ein Kolbenmotor, die Ladung Gas aus der Sprühdose brannte noch immer in seinen Lungen und in seiner Luftröhre, und der Lauf des Wesson in seinem Gürtel hatte die Haut an seiner Hüfte aufgeschürft. Dekker wischte mit dem Jackenärmel über seine tränenden Augen. Laut keuchend lehnte er sich an einen Pfosten und schüttelte den Kopf, um die Nebelschleier vor seinen Augen zu vertreiben. Die Brücke lag nun mindestens anderthalb Kilometer hinter ihm, aber er fühlte sich alles andere als sicher. Der Verkehr lief wieder recht flüssig und die Chance, auf einen langsam fahrenden Wagen aufzuspringen, war nun vertan.

Er wischte ein wenig Erbrochenes und Schleim von seiner Jacke und knöpfte sie zu, um den Kolben seines Revolvers zu verbergen. Die Trommel enthielt noch zwei Patronen und in seiner Jackentasche befanden sich noch zwei Schnelllader mit je sechs Patronen.

Wenn alles nach Plan verlaufen wäre, wäre er jetzt auf dem Weg nach Amsterdam gewesen, wo er sich letzte Woche in relativer Anonymität auf den Mord an Bombi und vor allem dessen Vertuschung vorbereitet hatte. Dort wollte er ein paar Tage abwarten, wie die Polizei die Mordermittlungen anging. Danach – wenn sich alles so abgespielt haben würde, wie er es geplant hatte – wäre er wieder nach Arnheim zurückgekehrt.

Doch alles war völlig aus dem Ruder gelaufen und jetzt musste er improvisieren. Zwei Kilometer weiter, an der Autobahn nach Nijmegen, lagen ein großer Parkplatz und eine Tankstelle. Dort konnte er sich, vielleicht sogar ungesehen, ein Auto besorgen. Notfalls würde er einen Fahrer als Geisel nehmen.

Er brauchte zehn Minuten, um zur Tankstelle zu kommen, an der in dem Moment gerade drei Autos betankt wurden. Der Besitzer eines weißen VW Käfer mit Spoiler hakte eben die Tankpistole wieder ein und betrat den kleinen Geschäfts- und Verkaufsraum, um zu bezahlen. Dekker warf einen schnellen Blick in den Innenraum und sah, dass die Schlüssel im Zündschloss steckten. Er blickte auf den Rücken des Besitzers, der gerade die Eingangstür der Tankstelle aufzog und nach dem Portemonnaie in seiner Gesäßtasche griff. Dekker holte tief Luft, öffnete die Tür des Käfers, warf den Wesson auf den Beifahrersitz und startete den Motor, der sofort ansprang.

Er löste die Handbremse, schaltete in den ersten Gang und fuhr los.

Von dem Augenblick an, als der gelbe Simca-Lieferwagen leer aufgefunden wurde, ging es im Funkverkehr besonders hektisch zu. Die Gemeente- und Rijkspolitiekorps in der Umgebung wurden alarmiert, und sofort errichtete man Absperrungen an den wichtigsten Ausfallstraßen von Arnheim.

In der Zentrale an der Beekstraat warteten Karel Zadig, Ralph Sikkel und Sidjon Kylow, der inzwischen zu ihnen gestoßen war, gespannt die weiteren Entwicklungen ab. Auf Befehl Zadigs war der gesamte Funkverkehr, der nicht mit der Fahndung nach Toine Dekker zusammenhing, blockiert worden. Außerdem hatte Zadig bei der Luftfahrtbehörde des Reichspolizeikorps Unterstützung angefordert. Der Helikopter sollte binnen zwanzig Minuten vor Ort sein.

Nachdem der fassungslose Besitzer eines weißen VW Käfer beim Polizeipräsidium gemeldet hatte, dass jemand sein Fahrzeug gestohlen hatte, war jeder Polizeibeamte im Umkreis von dreißig Kilometern in höchste Alarmbereitschaft versetzt worden.

Benter und de Wacht hatten sich endlich aus dem Stau herauswinden können und beschlossen, zuerst zum Schipholplein zu fahren und nachzuschauen, ob Ella vielleicht noch dort wartete. Auf dem Hollandweg kam ihnen ein Abschleppwagen entgegen, der einen zerbeulten Opel Corsa transportierte. Auf dem Parkplatz vor dem Mietshaus standen ein Streifenwagen und ein Rettungswagen. Es sah aus, als habe der Rettungswagen sein Heck in den Hausflur geschoben. Von Ella war keine Spur zu sehen.

»Sollen wir dem Polizeiclubhaus einen Besuch abstatten?«, fragte de Wacht.

»Vielleicht sollten wir lieber erst mal in die Ambulanz fahren.«

Benter warf einen besorgten Blick auf de Wachts Seite. Sein Hemd war blutdurchtränkt.

»Die Bullen haben bestimmt ein Pflaster für mich«, sagte de Wacht und fuhr los.

»Das ist doch bloß dummes Machogeschwätz, Don. Du blutest wie ein Schwein.«

De Wacht reagierte nicht, aber als er das Auto vor dem Eingang des Polizeipräsidiums zum Stehen gebracht hatte, hatte sein Gesicht mittlerweile die Farbe von weißem Marmor angenommen. In der Eingangshalle wurden sie von Zadig und Kylow erwartet.

De Wacht wurde, gestützt von zwei Beamten, ins Erste-Hilfe-Zimmer gebracht, um verbunden zu werden.

Zadig wechselte ein paar Worte mit Kylow und ging zurück in die Zentrale. Sidjon Kylow betrachtete Benter mit einer merkwürdigen Mischung aus Neid und Wohlwollen.

»Benter«, begann er, »du bist die reinste Klebmine. Wo ich auch hinkomme, tauchst du auf.« Er nickte kurz, als wollte er sagen: Und dann gibt es immer Ärger. »Was hast du dir eigentlich dabei gedacht, Benter? Dass das Detektivduo Benter & Wachtmans ...«

»De Wacht«, korrigierte Benter, »er heißt de Wacht.«

»Von mir aus. Wart ihr euch eigentlich darüber im Klaren, dass ihr es mit einem Psychopathen zu tun hattet? Ach, lass mal, das kommt dann später.« Er nahm Benter am Arm.

»Komm mit in die Zentrale.«

Er zögerte einen Moment. »Na ja, wenigstens lebt ihr noch.«

Das klang überraschend freundlich.

Toine Dekker dachte fieberhaft nach. Er vermutete, dass die Polizei Großalarm auslösen würde, nachdem sie den Simca gefunden hatte. Der Besitzer des Käfers hatte den Diebstahl seines Autos wahrscheinlich auch bereits gemeldet. Er rechnete sich aus, dass er nur noch wenige Minuten Zeit hatte, um außerhalb des Bereichs der Straßensperren zu gelangen. Doch wo sollte er danach hin? Vielleicht konnte er doch noch nach Arnheim hinein kommen, wenn er den weißen

Käfer in einem der südlichen Stadtteile zurückließ und zu Fuß die Oude Brug überquerte. Man suchte nach einem weißen Käfer, nicht nach einem Fußgänger, zumindest nicht in Richtung Stadtzentrum. An wen könnte er sich in Arnheim wenden? Er nahm an, dass nicht nur seine Freunde und Bekannten observiert wurden, sondern auch seine Wohnung und andere Orte, die er zu besuchen pflegte. Amsterdam vielleicht? Zu weit weg. Nijmegen? Er kannte ein paar Leute in Nijmegen. In dieser Stadt hatte er eine größere Chance unterzutauchen als in Arnheim. Aber vor der Brücke über die Waal hatten sie wahrscheinlich eine Straßensperre errichtet, genau wie bei der Ausfahrt in Richtung Tiel. Außerdem war es ein zu großes Risiko, die Autobahn nach Nijmegen zu nehmen. Er erinnerte sich an eine Straße, die parallel zur Autobahn verlief, über den Ort Elst bis nach Lent, ein kleines Dorf am Fuße der Auffahrt zur Waalbrug. In Lent könnte er an einer unauffälligen Stelle den Käfer zurücklassen. Danach könnte er aus sicherer Entfernung beobachten, wie die Polizei an den Absperrungen vorging. Wenn sie jedes Auto, jeden Bus, jedes Taxi, jeden Fahrradfahrer und jeden Fußgänger kontrollierten, konnte er es vergessen. Wenn nicht, hatte er noch eine Chance, zu Fuß oder mit dem Taxi die Brücke zu überqueren. Zur Not mit dem Bus. Er beschloss, das Risiko einzugehen und den Käfer erst in Lent zurückzulassen. Seine Müdigkeit und der relative Schutz, den der Käfer bot, gaben dabei den Ausschlag.

Ungefähr vier Kilometer vor der Ortsgrenze von Elst wurde der weiße Käfer von einem Streifenwagen gesichtet, der in entgegengesetzter Richtung unterwegs war. Da die Leitplanke in der Fahrbahnmitte ein unüberwindliches Hindernis darstellte, mussten die Beamten bis zur nächsten Kreuzung weiterfahren, um wenden zu können. Dekker hatte den Streifenwagen ebenfalls bemerkt und gab sofort Vollgas. Er schaute fortwährend in den Rückspiegel und jagte den Käfer mit einer Geschwindigkeit von hundertfünfzig Stundenkilometern die Straße entlang. Der Wagen war offensichtlich frisiert. Als die Straße auf beiden Seiten einspurig wurde, musste er dauernd wegen entgegenkommender Fahrzeuge abbremsen. Der Streifenwagen mit Blaulicht und Sirene kam rasch näher.

Zweihundert Meter vor ihm gingen die halben Schranken am Gleisübergang herunter, damit der Intercity von Arnheim nach Nijmegen ungehindert die Straße überqueren konnte. Dekker schaute schnell nach rechts und links die Gleise entlang. Vor dem Bahnübergang warteten mittlerweile ungefähr zehn Autos. Dekker bremste ab, schaltete in den dritten Gang zurück, wich auf die linke Straßenseite aus und trat das Gaspedal ganz durch. Der Käfer gab ein hohes Jaulen von sich und schoss über die Doppelgleise schräg zur rechten Straßenseite hinüber.

Der Intercity, der den Käfer seitlich erfasste, fuhr in diesem Moment mit einer Geschwindigkeit von hundertsiebenundzwanzig Stundenkilometern und kam erst kurz hinter dem kleinen Bahnhof von Elst zum Stillstand. Teile von Toine Dekker lagen über eine Länge von zweihundertfünfzig Metern im Umkreis der Gleise verstreut. Sein Kopf, der durch den enormen Schlag vom Rumpf abgetrennt worden war, rollte auf eine Wiese und wurde von ein paar neugierig schnuppernden Kühen gefunden.

»Ihr geht am besten nach Hause«, sagte Karel Zadig.

Es war halb acht und gerade war die Nachricht bestätigt worden, dass es sich bei dem Insassen eines

Pkw, der bei einem Zugunglück ums Leben gekommen war, in der Tat um Toine Dekker handelte.

Zadig hatte es Benter und de Wacht kurz im Treppenhaus mitgeteilt. De Wacht wollte noch etwas fragen, aber Ella war schneller als seine journalistischen Impulse. Sie deutete auf die Blutflecken in de Wachts Hemd. »Er muss jetzt wirklich in die Ambulanz!«

De Wacht hatte zwei Paracetamol genommen, die er vom Polizeiarzt bekommen hatte, und das wohlige Gefühl, das durch seinen Körper strömte, hatte die Schmerzen seiner Wunde gelindert. Er schaute ein wenig glasig vor sich hin und betastete vorsichtig den Verband um seine Hüfte.

Sie standen in der Eingangshalle des Polizeipräsidiums. Ralph Sikkel war inzwischen in den Sitzungsraum gegangen, ebenso wie Kylow. Zadig hatte eine Sondersitzung des Ermittlungsdienstes anberaumt. Er wollte so schnell wie möglich die Strategie für den Abschluss der Ermittlungen bestimmen. Das Team wartete ungeduldig darauf, die definitive Version der Ereignisse festzulegen.

»Ich komme morgen zur Pressekonferenz«, sagte de Wacht, »aber ich bleibe heute Nacht in Arnheim. Ella, hast du noch ein Gästebett für Fred frei?«

Benter schüttelte ablehnend den Kopf.

»Ich fahre zurück nach Zwolle. Ich nehme den Zug.«

»Trink doch noch was bei uns«, sagte de Wacht schläfrig. »Der letzte Zug nach Zwolle geht um … äh … vergessen.«

»Aber nicht vergeben«, murmelte Ella, während sie ihn am Arm packte und nach draußen schob.

Im Auto blieb es überraschend still.

Arnheim, Montag, 23. September, 10.00 Uhr

»... die Tragik dieser Auflösung. Sie ist in gewisser Weise unbefriedigend, weil wir aufgrund dessen nie einen vollständigen Einblick in den Motivkomplex gewinnen werden. Eifersucht, Groll, Frustration oder geistige Verwirrung? Das wird für immer ein Gegenstand der Spekulation bleiben müssen.«

Der Polizeipräsident schaute über seine halbe Brille hinweg in den kleinen Saal, der wegen der Pressekonferenz völlig überfüllt war. Er zweifelte nicht daran, dass im Gehirn einiger Journalisten das Rätselraten bereits in vollem Gange war. Er vermied es, Donald de Wacht anzusehen, der als Letzter hereingekommen war und an der Wand lehnte. Auf einem Schild neben seinem Kopf stand: Rauchen verboten.

Durch die graublauen Tabakwolken über die Köpfe seiner Kollegen hinweg schaute er Karel Zadig an, der mit einer einstudierten Geste einen dünnen Zigarillo anzündete und das Streichholz in der hohlen Hand ausblies.

Mit dem Pressesprecher war detailliert besprochen worden, wie die Version von einem geistig gestörten Täter zu einer glaubwürdigen Presseerklärung ausgearbeitet werden könnte. Sie hatten beschlossen, hauptsächlich Dekkers Frustration als Aktivist zu betonen, der hatte zusehen müssen, wie seine früheren Kameraden innerhalb der verhassten bestehenden Ordnung Karriere machten. Sollte es Fragen über Dekkers Schwester geben, hatte diese ihr Leben verloren, als sie sich vor einen Zug warf. Sollten die Fragen weiter gehen, dann war nichts über die Umstände bekannt. Eventuell sollte später, nach einer gründlichen Untersuchung, der schwarze Peter nachträglich der Bewegung untergeschoben werden. Natürlich ohne dass die Mitwirkung eines gewissen Sondereinsatzkommandos dabei zur Sprache kam.

Doch erst musste man abwarten, was auf den Tisch kam. Der Polizeipräsident lehnte sich zurück und suchte den Saal ab.

»Der Einzige, der uns Schwierigkeiten machen kann, ist dieser de Wacht«, hatte Kylow gesagt. »Wir wissen nicht, was er alles weiß.«

»Und wer es ihm erzählt hat«, bemerkte der Pressesprecher. Er fühlte sich wichtiger denn je.

»Und wem er es erzählt hat«, fügte Sikkel missmutig hinzu.

»De Wacht ist das schwache Glied in unserer Geschichte«, bestätigte Zadig. »Was sollen wir also tun?«

Er gab sich selbst die Antwort: »Wir schnappen uns seine Quellen. Wir observieren ihn. Und sorgen dafür, dass er nicht einmal auf ein Telefon deuten kann, ohne dass wir es wissen.«

Die halbe Nacht verging über dem Entwurf eines Szenarios, bei dem man sich eine Übersicht über de Wachts Möglichkeiten verschaffte. Die sensationelle Enthüllung des Zwischenfalls während des Munitionstransports und seiner blutigen Folgen musste um jeden Preis verhindert werden.

Bei der Hausdurchsuchung, die am frühen Abend in Dekkers Wohnung durchgeführt wurde, hatte man eine Mappe gefunden, in der er alle Informationen gesammelt hatte, die ihn zu den wirklichen Ereignissen in jener Nacht geführt hatten. Die Kopie eines Protokolls, das aus den Archiven der Bahnpolizei stammte, unterzeichnet von Lokführer W. Logen, veranlasste den Leiter des PID, empört zu fluchen.

»Unser Land ist ein einziges großes Leck«, fügte er hinzu. »Jeder quatscht, wann und wie immer es ihm gerade passt.«

Zadig konnte gut verstehen, dass sich die NS vor unvorhersehbaren Folgen schützen wollte und zur Sicherheit das Protokoll der Aussage des Lokführers in ihren Archiven aufbewahrt hatte. Aber darüber hinaus war ihm sonnenklar, dass dieses Protokoll für das Arnheimer Korps höchst explosives Material enthielt.

Dafür müssen wir eine Lösung finden, dachte er.

Er wandte sich an den Leiter des PID: »Es wird Zeit, deine großen Brüder in Den Haag anzurufen. Alle Lecks müssen abgedichtet werden. Der BVD soll seine Kollegen bei der Bahnpolizei mal wachrütteln.«

Um halb zwölf Uhr abends erhielt der ehemalige Lokführer W. Logen Besuch von zwei Herren aus der Führungsspitze der Bahnpolizei, die ihn allein sprechen wollten. Sie machten ihm klar, dass er noch immer der Schweigepflicht unterlag. Sie erklärten ihm, dass er nicht besonders klug gehandelt habe, Dekker sein Herz auszuschütten. Außerdem ließen sie durchblicken, dass er bei einem Strafverfahren schlechte Chancen habe. Er habe in seiner Funktion als Sonderermittlungsbeamter der NS zwei verschiedene Erklärungen verfasst und unterzeichnet. Das sei ein Fall von Amtsmissbrauch, der noch lange nicht verjährt sei. Er habe es selbst in der Hand, ob es zu einem Strafverfahren käme. Es sei Glück im Unglück, dass er von Dekker nichts mehr zu befürchten habe.

Logen war empört. Sie hätten ihn dazu gezwungen, zwei verschiedene Erklärungen zu unterzeichnen, sagte er. Ihm könne man nichts vorwerfen, und ob sie nun so freundlich wären, zu verschwinden.

Doch die Herren fuhren hartnäckig fort, in überzeugender und eindringlicher Weise auf ihn einzureden, und Logen begriff in seiner rechtschaffenen, aber machtlosen Wut, dass er nicht anders konnte, als klein beizugeben.

Eine halbe Stunde später brachte er die beiden Herren zur Tür. Sie hatten den Eindruck, dass Logen begriffen hatte, was er zu tun, besser gesagt was er nicht zu tun habe.

Sie hatten Recht.

Anschließend besuchten sie den Direktor eines Detektivbüros bei sich zu Hause. Es war ein Einmannbetrieb. Als sie von dort wieder wegfuhren, hatte der Direktor, ein vorzeitig ausgeschiedener Polizeiwachtmeister, alle Papiere, die sich auf den Auftrag eines gewissen A. Dekker bezogen, mit kaum verhohlenem Widerwillen abgetreten. Es kostete ihn noch mehr Mühe, den Namen desjenigen Mitarbeiters des NS-Archivs zu verraten, der auf seine Bitte hin das Protokoll von Lokführer W. Logen aus den Akten gefischt und eine Kopie davon gemacht hatte.

Dieser Mann erhielt den letzten und kürzesten Besuch. Ihm wurde mitgeteilt, dass er zur Einkaufsabteilung versetzt worden sei. Auf seine Frage nach dem Warum antworteten ihm die Herren, dass er zu oft am Kopierer herumgespielt habe. Weiterhin machten sie ihm klar, dass seine Karriere bei der Einkaufsabteilung außerordentlich kurz sein werde, wenn er über einen gewissen Gefallen für ein Informationsbüro aus dem Nähkästchen plaudern würde.

Die PID-Mitarbeiterin, die Licia Vanhoucke ein paar Monate lang als Informantin betreut hatte, bekam keinen Besuch. Sie erhielt telefonisch die Mitteilung, sie solle sich im Polizeipräsidium melden. Sie arbeitete inzwischen als Computerfachfrau bei der Abteilung für Wirtschaftskriminalität in Amsterdam und war innerhalb von einer Stunde in Arnheim. Der Leiter des PID, ihr ehemaliger Chef, empfing sie herzlich, kam aber schnell zur Sache. Auch ihr wurde absolute Schweigepflicht in Bezug auf sämtliche Aktivitäten auferlegt, die sie als PID-Mitarbeiterin ausgeführt hatte. Ohne sich in Details zu ergehen, gab er ihr den Befehl, jedem Außenstehenden gegenüber eiskalt zu leugnen, je eine Licia Vanhoucke gekannt zu haben. Im Grunde wiederholte er damit nur die Instruktionen, die zu jeder Zeit für alle BVD-Mitarbeiter galten.

Sie fragte, ob etwas schief gegangen sei. Der PID-Chef antwortete, das käme darauf an. Wenn alle sich an die Instruktionen hielten, hätte niemand etwas zu befürchten. Sie lächelte verständnisvoll.

Aus dem Pandora-Computer wurden große Teile der unter Verschluss stehenden Akte von Licia Vanhoucke gelöscht. Was übrig blieb, erhielt einen normalen Zugangscode, den jeder Kriminalbeamte kannte. Jeglicher Zusammenhang mit dem BVD oder dem PID wurde gelöscht. Man machte eine normale Polizeiakte daraus, in der das Protokoll über den Ladendiebstahl den Hauptbestandteil ausmachte.

Das Sondereinsatzkommando, das damals gegen die Sabotagegruppe eingesetzt worden war, wurde von Kylow aufgespürt. Bis auf drei taten alle Mitglieder noch Dienst bei verschiedenen Polizeikorps in der Umgebung. Sie wurden von Kylow angerufen und ausführlich über die Ereignisse der letzten drei Monate informiert. Es verstand sich von selbst, dass sie weder die Polizeibehörde noch ihre Kollegen und schon gar nicht sich selbst in Misskredit bringen wollten, indem sie Unbefugten etwas über den Gang der Ereignisse verrieten. Die drei Polizeibeamten, die ihre Uniform an den Nagel gehängt hatten, betrieben inzwischen eine erfolgreiche Wach- und Schließgesellschaft. Auf Kylows scherzhafte Frage, ob sie gern wollten, dass es so bliebe, gaben sie eine erstaunlich ernsthafte, bestätigende Antwort.

Um halb elf abends hatte man alle Telefone angezapft, von denen de Wacht möglicherweise Gebrauch machen konnte – die seiner eigenen Wohnung, die von Ella, von Benter, in der Redaktion und noch einige andere. Ein perfektes Timing, wie sich herausstellte. Ein klein wenig später erwachte de Wacht aus einem unruhigen Schlaf in Ellas Schlafzimmer. Er stöhnte, als er aufsprang. Seine rechte Seite war steif und die Streifschusswunde brannte, als er nach seinem Päckchen Tabak tastete.

»Du wirst doch wohl nicht arbeiten?«, fragte Ella, als er ins Wohnzimmer schlurfte.

De Wacht verzog das Gesicht zu einer gepeinigten Grimasse.

»Ich muss nur ein paar Telefongespräche führen«, sagte er, »nur zwei Minuten, bitte schenk mir doch ein Bier ein.«

Zu seiner Überraschung stand Ella auf und verschwand in der Küche.

Rasch wählte er die Nummer von Valery.

»He, hallo! Wie nett, dass du ...«, begann sie.

»Ja, ein netter Zufall«, unterbrach sie de Wacht. »Was genau weißt du?«

Einen Moment war es still in der Leitung.

»Genug.«

»Hast du schon die Nachrichten gehört?«

»Ja, Toine Dekker ist tot und scheint alle anderen ins Jenseits befördert zu haben ... und ...«

»Mich beinahe auch. Dank der Informationen, die du an ihn weitergegeben hast. Wirklich klasse von dir. Es hätte nicht viel gefehlt und du hättest nie wieder etwas von mir gehört. Vielen Dank auch.«

»Du glaubst doch nicht etwa …«

»Ich glaube gar nichts, ich erinnere dich jetzt nur an unsere Abmachung. Morgen früh findet im Polizeipräsidium eine Pressekonferenz statt. Die Polizei wird alles tun, um der Öffentlichkeit die wahren Hintergründe vorzuenthalten. Sie werden die Munitionszugaffäre vertuschen. Ich will die ganze Sache morgen herausbringen. Dafür brauche ich das Band mit dem Bekenntnis von Licia Vanhoucke. Im Moment ist das mein einziger Beweis.«

»Und was ist mit mir?«

»Ich werde dich als Korrespondentin nennen. Aber die Artikel schreibe ich selbst.«

»Ich bin dir was schuldig, stimmt's?«

»Ach«, sagte de Wacht, »nimm's nicht allzu persönlich. Betriebsunfall. Das nächste Mal einfach nicht mehr mit fremden Männern reden. Morgen früh um halb neun stehe ich bei dir vor der Tür. Gib mir das Band, und was mich betrifft: Schwamm drüber.«

»Okay«, sagte Valery, »aber wenn du möchtest, kannst du auch jetzt gleich …«

De Wacht zögerte. In diesem Augenblick kam Ella herein und stellte ihm eine Flasche Bier und ein Glas hin.

»Nein«, antwortete de Wacht, »ausgeschlossen. Ich kann mich kaum bewegen.«

»Schade«, sagte Valery, »dann eben bis morgen.«

Nachts um Viertel vor zwölf wurde Valery van Dieste in ihrer Wohnung verhaftet und zur Vernehmung mit aufs Präsidium genommen.

Sie wurde verdächtigt, an einem Mordversuch beteiligt zu sein.

An D. de Wacht, einem Journalisten aus Zwolle.

De Wachts Chefredakteur glaubte, außer an Gott und das Königshaus, an die Pressefreiheit. Mit der Letzteren vertrug sich der Anruf , den er vom Leiter der Direktion B des BVD erhielt, die sich mit antidemokratischen Gruppierungen und politischem Terrorismus beschäftigte, absolut nicht.

»Es gibt nicht den geringsten Grund dafür anzunehmen, dass Meneer de Wacht dabei ist durchzudrehen«, sagte der Chefredakteur gereizt.

»Nun, dann wollen wir es mal so ausdrücken«, sagte der Mann vom BVD. »Meneer de Wacht wurde bei einem Anschlag verletzt und wir gehen davon aus, dass er aus diesem Grund nicht mehr in der Lage ist, objektiv zu berichten.«

»Vielleicht«, antwortete der Chefredakteur, »aber in diesem Fall haben wir genügend fähige Leute im Haus, um das festzustellen. Und zu korrigieren. Dafür brauchen wir keine Organisation von außerhalb.«

Der BVD-Leiter stellte fest, dass taktvolles Drängen einen gegenteiligen als den gewünschten Effekt hatte.

»Dann gebe ich Ihnen einen guten Rat«, sagte er barsch. »Kontrollieren Sie die Quellen, auf denen de Wachts Artikel über uns basieren. Geben Sie sich nicht mit seiner Fantasie zufrieden. Denn Sie sollten bedenken, dass wir nicht vor Prozessen zurückschrecken, schon gar nicht vor einem kurzen Prozess. Schadenersatzforderungen folgen dann von selbst.«

De Wacht war noch nicht ausgeschlafen, als er um halb neun bei Valery vor der Tür stand.

In seinem Kopf hämmerte es und er hinkte. Er hatte eine unruhige Nacht hinter sich, was vor allem an den

Schmerzen durch den Streifschuss lag. Außerdem hatte Ella versucht, seine Aufmerksamkeit abzulenken, indem sie ihn zu ein wenig Sex verführte. Davon hatte er die Kopfschmerzen.

Es dauerte eine Weile, bis er merkte, dass ihm nicht aufgemacht wurde. »Verdammt!«

Er verfluchte sich, dass er sich am Abend zuvor geweigert hatte, das Band sofort abzuholen, und trat in seiner Ohnmacht gegen die Tür.

Die gab geräuschlos nach, und da erst entdeckte de Wacht auch das gesplitterte Holz am Türrahmen in Höhe des Schlosses.

Rasch betrat er die Wohnung.

Das Chaos war atemberaubend. Es sah aus, als habe es jemandem Spaß gemacht, jedes Anzeichen von Ordnung zu vernichten. Kein einziger Gegenstand von Valerys Wohnungseinrichtung war verschont geblieben. Ihre Bücher, Kleider, Platten und Zeichnungen waren auf den Boden geworfen, die Möbel umgekippt, Blumentöpfe an die Wand geschmissen worden. Sämtliche Müllsäcke mit den noch nicht ausgepackten Umzugssachen waren ausgeleert worden und der Inhalt lag knöchelhoch auf dem Fußboden. Sogar die Tapete war an einigen Stellen von der Wand gerissen worden.

De Wacht ging zu der Stelle, wo er Valery die Kassette in einen Müllsack hatte werfen sehen. Er schob etwas Unterwäsche beiseite und schaute, ob er eine Kassette fand. Nichts.

Er wühlte mit der Schuhspitze im Erdhaufen aus dem Topf eines riesigen umgeknickten Kaktus herum. Vorsichtig darauf achtend, wo er hintrat, nahm er hier und dort eine Stichprobe. Er fand keine einzige Kassette, auch nicht bei dem Kassettendeck, das aus dem Stereoturm herausgezogen worden war.

De Wacht schaute auf die Uhr. Er hatte noch eine Stunde Zeit bis zur Pressekonferenz. Er musste rasch dahinter kommen, warum Valery nicht hier war, warum ihre Wohnung wie ein Müllhaufen aussah und wo er die Kassette finden konnte.

Er ging wieder hinaus ins Treppenhaus und probierte eine Klingel auf derselben Etage aus. Er hörte nichts, noch nicht einmal das Geräusch der Klingel. Er erinnerte sich daran, dass Valery ihm erzählt hatte, sie sei die Erste, die in dieses renovierte Haus eingezogen sei. Er ging zurück ins Wohnzimmer und kontrollierte, ob das Telefon funktionierte. Er wählte seine eigene Nummer und hörte die neuesten Nachrichten auf seinem Anrufbeantworter ab. Verschiedene Leute baten um Rückruf, darunter sein Chefredakteur, aber Valery war nicht dabei.

Ob sie allein von der Exklusivnachricht profitieren wollte? Wer hatte hier alles durcheinander gebracht und warum? Ob ihr etwas passiert war?

Sollte er die Polizei anrufen? In jedem Fall sollte er melden, dass Valerys Wohnung aufgebrochen worden war.

Die Telefonistin verband ihn mit der Kriminalpolizei und die wiederum versprach, gleich eine Streife vorbeizuschicken. Wie war doch gleich sein Name?

»De Wacht«, sagte de Wacht automatisch und im selben Moment wurde ihm klar, dass er nun an Ort und Stelle bleiben und warten musste.

»Innerhalb einer Viertelstunde kommt jemand zu Ihnen.«

Im Präsidium wusste man bereits seit einer halben Stunde, dass de Wacht in Valerys Wohnung war. Das Observationsteam, das ihn seit dem vorigen Abend überwachte, hatte es durchgegeben.

»Gut so«, sagte Zadig und schenkte sich seine x-te Tasse Kaffee ein. »Da kann er jedenfalls keinen Schaden anrichten. Nun brauchen wir nur noch abzuwarten, ob er noch etwas unternimmt. Bleibt er mit verschränkten Armen sitzen, sind wir in Sicherheit. Dann ist er schachmatt.«

Kylow hob den Daumen, gähnte und legte seine riesigen Füße auf Zadigs Schreibtisch.

»Weck mich, wenn die Pressekonferenz anfängt.«

Der Streifenbeamte war angewiesen worden, erst nach einer halben Stunde aufzutauchen. In der Zwischenzeit war de Wacht unruhig in Valerys Wohnung herumgewandert. Er hatte versucht, Benter anzurufen, ihn aber nicht erreicht. Er hatte die Redaktion angerufen, um anzukündigen, dass er mit einer Riesensensation aufwarten könne. Ohne dass er darum gebeten hatte, wurde er mit dem Chefredakteur verbunden, der wissen wollte, worum es ging. De Wacht war ein wenig erstaunt, weil sich der Chefredakteur sonst kaum um den alltäglichen Ablauf kümmerte. Er erzählte von der Schießerei und der Verfolgungsjagd am vergangenen Sonntag. Der Chefredakteur brummte anerkennend.

De Wacht erzählte ihm, dass Licia Vanhoucke und ein Zwischenfall im Zusammenhang mit einem Munitionstransport von 1982 etwas damit zu tun hatten. Der Chefredakteur war begeistert, machte de Wacht aber darauf aufmerksam, dass er beim Bericht über diese Geschehnisse seine Quellen werde offen legen müssen.

»Ich gehe davon aus, dass du jegliche Zweifel mit knallhartem Beweismaterial ausräumen wirst.«

»Natürlich«, sagte de Wacht.

In diesem Moment kam der Bezirksbeamte herein. De Wacht erklärte ihm die Situation. Der Bezirksbeamte brauchte quälend lange, um de Wachts Aussage zu notieren. Manche Fragen wiederholte er. Er versicherte de Wacht, dass es in seinem Viertel jeden Monat Dutzende von Einbrüchen gebe. Die Bewohnerin solle es nicht persönlich nehmen. Ob de Wacht übrigens wisse, wo er sie finden könne? Und wenn nicht, aus welchem Grund er dann hier sei?

De Wacht hatte letztendlich nur noch zehn Minuten Zeit, um zur Pressekonferenz zu eilen. Sein Kopf hämmerte wie eine Dampframme. Er kam zu spät und schob sich in den überfüllten Saal, kurz nachdem der Polizeipräsident ›eine vorläufige Analyse der komplexen Motive des Täters‹ abgegeben hatte.

In einer Zelle, nicht mehr als zehn Meter Luftlinie von ihm entfernt, wartete Valery van Dieste auf ihr zweites Verhör.

Kylow und Zadig hatten angedeutet, dass de Wacht sie angezeigt habe. Von Zeit zu Zeit verfluchte sie ihn nun aus dem Grunde ihres Herzens. Zwischen den Verwünschungen fragte sie sich allerdings, welches Interesse er daran haben könne, sie einsperren zu lassen. Wenn er den Exklusivbericht ganz allein für sich ausbeuten wollte, bräuchte er die Bandaufnahme von Licias Bekenntnis. Warum hatte er nicht gewartet, bis sie sie ihm gegeben hatte? Die zweite Möglichkeit war, dass er es ernst meinte. Dass er wirklich davon überzeugt war, sie habe ihn in Dekkers Falle laufen lassen.

Was genau los war, wusste sie freilich nicht, doch während ihres ersten Verhörs, zwei Stunden, nachdem sie hereingebracht worden war, hatte sie rasch geschlussfolgert, dass sie mit offenen Karten spielen musste, um ihre Haut zu retten. Zadig, der das Verhör persönlich leitete, machte es ihr einfach. Unterstützt von den markigen Bemerkungen Kylows hatte er ihr vor Augen geführt, dass die Vorwürfe gegen sie sehr ernst seien. Habe Dekker schließlich nicht durch ihr Zutun erfahren, dass ihm Benter und de Wacht auf die Schliche gekommen waren? So dass Dekker wusste, wen er in die Falle locken musste? Sie konnte nicht anders, sie musste ihnen Recht geben.

»Aber ich habe de Wacht doch auch Tipps gegeben!«, hielt sie ihnen entgegen.

»Welche denn?«, wurde sie gefragt.

Zadig und Kylow wussten zwar bereits Bescheid, nickten aber interessiert, als sie Valerys Antwort lauschten.

»Und wo können wir dieses Band finden?«

Valery erklärte ihnen, wo es war. Sie habe ihren Wohnungsschlüssel beim Wachkommandanten abgegeben, antwortete sie auf Zadigs höfliche Frage, ob sie davon Gebrauch machen dürften. Sie erklärte ihnen, welchen Schlüssel sie benutzen müssten, und wurde um halb drei wieder weggeschlossen. Zadig und Kylow gingen sofort die Kassette holen.

Valery hatte Kylow aus eigenem Antrieb gesagt, dass sie von der Kassette nur eine einzige Kopie besaß. Mit dem Leiter des PID verabredeten Zadig und Kylow jedoch, dass ihre Wohnung nochmals gründlich durchsucht werden solle, um ganz sicherzugehen. Zwei BVD-Mitarbeiter waren zwischen halb vier und halb sechs in Valerys Wohnung beschäftigt. Es kostete sie keinerlei Mühe, hineinzugelangen. Der Rest des Gebäudes war unbewohnt und in Valerys Nachbarschaft waren Einbrüche so häufig wie Regenschauer im Herbst. Um den Eindruck zu vermeiden, dass Zadig und Kylow ihre Wohnung hatten auseinander nehmen lassen, beschädigten sie das Türschloss. Sie durchsuchten die Wohnung äußerst akribisch, fanden hundertundsechs Kassetten und nahmen alle mit. Rund drei Tage später waren sie mit dem Abhören fertig. Auf keiner von ihnen befand sich das Gespräch mit Licia.

Kylow und Zadig hatten de Wacht beim Hereinkommen bemerkt und ihn freundlich gegrüßt. Er sah schlecht aus, stellte Kylow zufrieden fest. Er zwinkerte Sikkel zu, während Zadig der versammelten Presse den Verlauf der Ermittlungen schilderte.

»Einer Ihrer Kollegen war schon vor Ort und wurde verletzt, als der Täter auf seiner Flucht um sich schoss«, sagte er. »Ich werde nicht viel darüber sagen, denn das wird er zweifellos in einer Ausgabe seiner eigenen Zeitung berichten wollen.«

Kylow grinste de Wacht zu. Einige Journalisten schauten ihn neugierig an.

De Wacht schluckte und verfluchte Valery in Gedanken.

Er hörte der Erklärung Zadigs nur mit halbem Ohr zu, der mit reserviertem Stolz über den raschen Erfolg bei der Fahndung nach dem flüchtenden Dekker berichtete. Vergeblich suchte de Wacht nach Fragen, die er auf der Grundlage dessen, was er wusste, hätte stellen können. Doch ihm wurde immer deutlicher bewusst, dass er Valerys Kassette brauchte, um nicht mit leeren Händen dazustehen.

Zu guter Letzt beschloss er, ganz zu schweigen. Er holte sein Notizbuch aus der Tasche seines Jacketts und begann, die Antworten aufzuschreiben, die Zadig der versammelten Presse gab.

Beim Verlassen des Saals sehnte er sich nach frischer Luft, doch er wurde von Zadig aufgehalten.

»Wie geht's denn heute?«, fragte er.

De Wacht wollte sich gerade die Stirn massieren, aber stattdessen steckte er die Hand in die Tasche.

»Prima!«

»Na Gott sei Dank«, sagte Zadig. »Ich habe hier noch eine Presseerklärung für dich. Darin steht, wie sich alles zugetragen hat.«

Er nickte zu ein paar Kameras hinüber.

»Die Sender stehen schon Schlange. Viel Erfolg noch.«

Valery wurde gegen drei Uhr nachmittags freigelassen. Zadig wollte sie nicht in Gewahrsam nehmen, weil dies administrative Probleme mit sich gebracht hätte. Er teilte ihr einfach nur mit, dass sie nach Hause gehen könne. Die Anzeige sei vom Tisch. Nähere Untersuchungen hätten entlastendes Material zu Tage gefördert. Ihre Kassette erhielt sie mit der Mitteilung zurück, die Klangqualität sei so schlecht, dass das Band als unbrauchbar eingestuft worden sei.

Nach ihrem wütenden Anruf versuchte derselbe Bezirksbeamte – der diesmal innerhalb von fünf Minuten vor der Tür stand – sie zu beruhigen. Er half ihr sogar beim Aufräumen des Chaos und gab zu, dass er der Einbruchswelle, die das Viertel heimsuchte, machtlos gegenüberstand.

Erst spät am Abend kam sie dazu, die Kassette abzuhören.

Zadig hatte Recht gehabt.

Ein dichtes Rauschen überlagerte alles, und nur ganz weit weg, fast unverständlich, wie eine schwache Stimme in der Brandung, glaubte Valery ab und zu, Licia hören zu können.

»Die beiden Einwohner aus Zwolle, die am Sonntagnachmittag dem Anschlag entkommen konnten, waren von D. unter dem Vorwand in die Wohnung gelockt worden, er verfüge über wichtige Informationen zu den Serienmorden. Sie hatten einen Zusammenhang zwischen den Opfern herstellen können und D. wollte sie umbringen, bevor sie ihn endgültig entlarven konnten. Einer der beiden Zwoller Bürger ist als Journalist für unsere Zeitung tätig. Er wurde bei der Auseinandersetzung durch einen Streifschuss verwundet. Sein Begleiter blieb unverletzt.«

Fred Benter faltete die Zeitung zusammen und schlug damit eine imaginäre Fliege auf dem Sofa tot. Mit gerunzelten Augenbrauen starrte er auf seine Schuhe.

»Ist das alles?«, fragte Jaël Zamka.

Er hatte ihr ein Stück aus dem Artikel vorgelesen.

»Ja«, sagte er, »das ist alles.«

Er versuchte sich vorzustellen, warum de Wacht in seinem Bericht *so* zurückhaltend gewesen war. Ein Blutbad, reduziert auf einen dämlichen kleinen Artikel auf der Titelseite, dachte er. Das sah Donald gar nicht ähnlich. Vielleicht wollte de Wacht schlau sein und seine Geschichte für viel Geld an ein Sensationswochenblatt verkaufen, *Panorama* zum Beispiel oder sogar *Bild*. In diesem Fall könnte er ihm bei den Verhandlungen behilflich sein und ihm ein paar steuerrechtliche Kniffe verraten.

Aber eigentlich war das gar nicht de Wachts Art. Er verhielt sich seiner Zeitung gegenüber ziemlich loyal. Benter hielt es für wahrscheinlicher, dass sich die kommende Wochenendausgabe etwas ausführlicher mit den Hintergründen beschäftigen würde. Das war doch mal etwas anderes als Reportagen über Unterwasser-Freizeitvergnügungen in den Polderseen oder die Restaurierung antiker Laternenpfähle, für die sich kein Mensch interessierte. Der typische Landgeruch eines lokalen Nachrichtenblättchens, dachte er. De Wacht würde nie seinen Frieden damit machen.

Leider konnte Benter selbst keine Vorteile aus der ganzen Sache ziehen. Er hatte darauf bestanden, dass die Polizei seine Identität nicht der Öffentlichkeit preisgab. Schlecht fürs Geschäft, hatte er bemerkt.

»Okay, komm jetzt, Sherlock Holmes.« Jaël schüttelte ihn am Ellenbogen.

»Komm, lass uns feiern, dass du mit dem Leben davongekommen bist. Ich lade dich zum Mittagessen ein.«

Sie tätschelte seinen Bauch. »Aber nur Nouvelle Cuisine.«

»Nouvelle Cuisine? Gibt's das noch? Dann nehme ich mein Vergrößerungsglas mit, Watson!«

Erläuterungen

ANP = Algemene Nederlandse Persdienst; Niederländischer Presse-Informationsdienst.

ANWB = Algemene Nederlandse Weggebruikers Bond; die niederländische Straßenwacht.

BVD = Binnenlandse Veiligheidsdienst; die Niederländische Staatsschutzbehörde.

CID = Criminele Inlichtingen Dienst; Kriminal-Informationsdienst: Bei jedem Polizeikorps gibt es eine CID-Abteilung. Dieser Informationsdienst sammelt Daten über Straftäter und ihre Organisationen und gibt diese an Kollegen innerhalb des Korps oder an andere CIDs weiter. Die Informationen werden auf die unterschiedlichste Weise gesammelt, vor allem jedoch durch den Kontakt zu Informanten im kriminellen Milieu, das Abhören von Telefonen, das Observieren einer kriminellen Zielgruppe und durch das Einschleusen von Verbindungspersonen. CID und PID sind, wenn es um Informationen geht, Allesfresser. Wer auf ihrer Liste steht, kann davon ausgehen, dass Informationen über seinen Lieblingsfilm, seine sexuellen Vorlieben oder sein Lieblingshaustier mit ebenso viel Sorgfalt in seiner Akte gespeichert sind wie seine finanzielle Situation oder die Namen seiner Mitmenschen, mit denen er oder sie soziale Kontakte unterhält.

Dustlifter: Er wird zum Abnehmen von Staubspuren auf verschiedenartigen Untergründen benutzt. Das

Gerät besteht aus einer regelbaren Hochspannungseinheit, die eine elektrostatische Ladung an eine spezielle, tiefschwarze Folie abgibt. Die Folie zieht den Staub vom Boden an. Wo ein Schuh gestanden hat, ist die Anzahl der Staubpartikel wesentlich geringer, wodurch der Fußabdruck auf der Folie sichtbar wird.

Als *Hollanditis* oder ›niederländische Krankheit‹ wurde das Phänomen bezeichnet, dass die Friedensbewegung in den Niederlanden großen Einfluss hatte und breite Unterstützung in der Bevölkerung fand. Befürworter eines militärisch hochgerüsteten Mitteleuropa befürchteten eine Ausbreitung der Hollanditis auf Nachbarstaaten.

Nederlandse Spoorwegen (NS) = Niederländische Eisenbahn.

Pandora ist der Name eines Informationssystems, das 1991 von der Arnheimer Polizei angeschafft wurde. Darin sind eine große Menge von Informationen über Straftäter abgespeichert worden, und zwar vom Freizeithandtaschenräuber bis zum einschlägigen Schwerkriminellen. Die Effektivität und Popularität des Systems beruht auf der Möglichkeit, blitzschnell Verknüpfungen mit anderen Daten herzustellen. Dadurch verfügt der Kriminalbeamte über eine große Menge an Hintergrundinformationen über einen bestimmten Straftäter oder eine bestimmte Straftat.

PID = Plaatselijke Inlichtingendienst; der örtliche Informationsdienst. Dieser operiert ebenfalls von den Polizeidienststellen aus und ist diesen unterstellt, im

Gegensatz zum BVD, dessen Aufgaben sich teilweise mit denen des PID überschneiden.

PvdA = Partij van de Arbeid; sozialdemokratische Partei.

Soko (Sonderkommission): Eine Soko wird auf der Basis einer Liste von 35 bis 40 Polizeibeamten und -beamtinnen aus den verschiedenen (Gemeinde- und Reichs-)Polizeikorps in der entsprechenden niederländischen Provinz zusammengestellt. Die Teilnehmer stehen für eine Periode von mindestens vier Jahren der Soko zur Verfügung. Die Leitung hat ein Polizeikommissar aus der Provinzhauptstadt inne, unterstützt von zwei Kollegen aus anderen Städten. Der Leiter verfügt im Allgemeinen über die größte Soko-Erfahrung und wird deshalb ›Nestor‹ genannt. Der Führungsstab, auch Koordinationsteam genannt, besteht neben den Kommissaren aus den Leitern der verschiedenen Soko-Ermittlungsteams. Die zwölf überregionalen Sokos der Niederlande weisen dieselbe Struktur auf. Die Gelderländer Sonderkommission, die Anfang der siebziger Jahre gebildet wurde, um dem Bedürfnis eines integrierten Vorgehens Rechnung zu tragen, hat dafür Modell gestanden. Im Unterschied zur deutschen Soko ist sie eine ständige Einrichtung.